草婴译著全集

第八卷

哥萨克

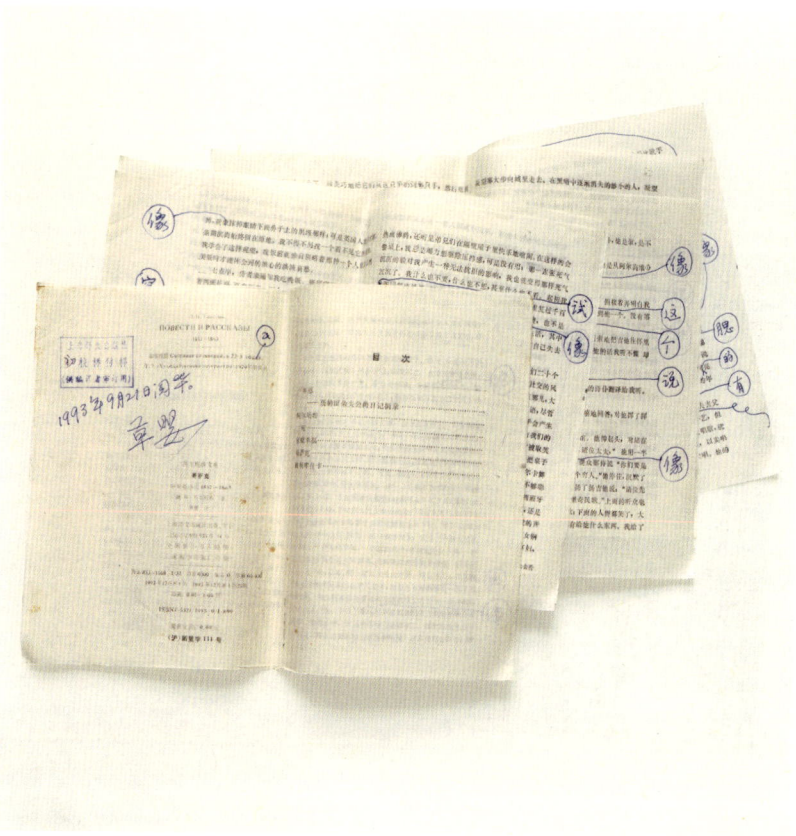

《哥萨克》修订稿。

不同版本的《哥萨克》。

目 录

卢塞恩——聂赫留朵夫公爵日记摘录 /001

阿尔培特 /027

三死 /059

家庭幸福 /075

哥萨克——1852年高加索的一个故事 /163

波利库什卡 /347

卢 塞 恩①
——聂赫留朵夫公爵日记摘录

7月8日

　　昨晚来到卢塞恩,住进本地最好的旅馆:瑞士旅馆。

　　"卢塞恩,这座古老的州城,建于四州湖畔,是瑞士最富有浪漫气息的地方之一;"梅勒②写道,"这儿有三条大道交叉;到里奇山乘汽船只有一小时路程,从里奇山眺望,就可以欣赏世界上最壮丽的景色。"

　　这话不知是否正确,但其他旅游指南也都这样说,因此各国旅游者,特别是英国人,到卢塞恩来的不计其数。

　　豪华的五层楼瑞士旅馆不久前刚落成,矗立在湖畔,那里从前有一座有顶的弯曲木桥,桥梁上雕有圣像,桥堍有座小教堂。如今英国人大量涌到,为了满足他们的需要,迎合他们的趣味,并靠了他们的金钱,拆毁了那座旧桥,新筑了一条笔直的花岗石湖滨街,街上盖了

---

① 旧译《琉森》。
② 摘自英国出版商约翰·梅勒的《瑞士旅游指南》。原文是英语。

一排四四方方的五层楼房子，房子前面种了两行菩提树，都用支柱撑着，菩提树中间照例安放着漆成绿色的长凳。这是个散步的好地方，头戴瑞士草帽的英国淑女和身穿坚实而舒适衣服的英国绅士在这里来回踱步，欣赏着他们的杰作。这样的街道、房屋、菩提树和英国人，在别处也许令人赏心悦目，但在这儿，在这庄严得出奇而又和谐得难以形容的大自然中，可不是那么回事。

我上楼走进我的房间，打开临湖的窗子。湖光、山色和天宇的美最初一刹那使我头晕目眩，惊叹不已。我感到情绪激动，心里有一种感情需要抒发。在这个时刻，我想拥抱什么人，紧紧地拥抱他，呵他的痒，拧他，总之，要对他和对我自己做点不寻常的事。

晚上六点多钟。下了一整天雨，这会儿放晴了。浅蓝的湖水好像燃烧的硫黄；湖上几叶扁舟，拖着一条条渐渐消逝的波纹；光滑宁静的湖水像要满溢出来，从窗外葱绿的河岸间蜿蜒流去，流到两边夹峙的陡坡之间，颜色渐渐变暗，接着就停留和消失在沟壑、山岭、云雾和冰雪之间。近处，潮湿的浅绿湖岸伸展出去，岸上有芦苇、草坪、花园和别墅；远一点是树木苍郁的陡坡和倾圮的古堡；再远一点是淡紫色的群山，那里有形状古怪的巉岩和白雪皑皑的奇峰；万物都沉浸在柔和清澈的浅蓝色大气中，同时又被从云缝里漏出来的落日余晖照耀得瑰丽万状。湖上也好，山上也好，空中也好，没有一根完整的线条，没有一种单纯的色彩，没有一个停滞的瞬间，一切都在运动，哪里也没有平衡，一切都变幻莫测，到处是互相渗透、光怪陆离的线条和阴影，但周围却是一片宁静、柔和、统一和无与伦比的美。可是这儿，在我的窗前，在这浑然天成的自然美景中，却俗不可耐地横着一条笔直的湖滨街、用支柱撑着的菩提树和漆成绿色的长凳。这些粗劣俗气的人工产物，不仅不像远处别墅和倾圮的古堡那样融合在和谐统一的美景中,而且粗暴地将它破坏了。我的视线老是不由自主地同那条直得可怕的湖滨街相撞,我真想把它推开,毁掉,就像抹掉眼睛下面鼻子上的黑斑那样;可是英国人散步的那条湖滨街始终留在原地。我不得不另找一个看不见它的视角。我学会了这样观望,晚饭前就独自领略着那种一个人欣赏自然美景时才能体会到的揪心的淡淡哀愁。

  七点半,侍者来通知我吃晚饭。底层富丽堂皇的大厅里摆着两张长桌,至少可坐一百人。客人默默地聚拢来,大约用了三分钟时间,只听得女宾衣服的窸窣声、轻轻的脚步声以及同殷勤体面的侍者的悄悄说话声。最后,全部位子都被绅士淑女们占据了。他们个个穿戴得十分漂亮,甚至阔绰,而且异常整洁。这里也像瑞士其他地方一样,旅客多半是英国人,因此公共餐桌上的主要特点是严格遵守礼节:大家都彬彬有礼,不随便交谈,并非由于高傲,而是觉得彼此不需要亲近,人人都单独陶醉在舒服和愉快的环境中。四面八方都是雪白的花边、雪白的硬领、雪白的真牙和假牙、雪白的脸和手。不过,所有的脸——其中也有很漂亮的——只有一种表情,那就是只满足于个人的幸福,对周围与己无涉的东西一概漠不关心。而戴着宝石戒指和半截手套的白手,只是用来理理领子,切切牛肉,斟斟美酒而已。从他们的一举一动中看不出丝毫内心活动。家人之间也只偶尔低声交谈几句,说哪道菜或哪种酒味道好,里奇山的景色有多美。有些单身的男女旅客默默地坐在一起,谁也不看谁一眼。要是这一百个人中有两个交谈几句,那也无非是谈谈天气和攀登里奇山之类的话。刀叉在盘子里轻轻移动着,菜肴一小口一小口地吃着,豌豆和青菜都用叉子叉着吃。侍者不由自主地顺从这种严肃的气氛,低声问你要什么酒。每次这样吃饭,我总感到压抑、不快,甚至忧郁。我老觉得犯了什么过错,受到惩罚,就像小时候淘气被罚坐椅子,并且听到讽刺的话:"你就歇会儿吧,我的宝贝!"当时我热血沸腾,还听见弟兄们在隔壁屋子里快乐地喧闹。在这样的会餐桌上,我总是竭力想驱除压抑感,可是没有用;那一张张死气沉沉的脸对我产生一种无法抗拒的影响,我也就变得那样死气沉沉了。我什么也不要,什么也不想,甚至什么也不看。起初我试图同邻座谈谈,但是,除了同一个人在同一个地方重复过千百遍的话之外,我听不到别的回答。其实,这些人并不傻,也不是麻木不仁,许多死气沉沉的人也像我一样有着内心生活,其中不少人比我复杂得多,有趣得多。那他们为什么要使自己失去人生的一大乐趣——交际的乐趣呢?

我们在巴黎的公寓生活就完全不同。在那儿,我们二十个人,国籍不同,职业不同,性格不同,但在法国人爱好社交的风气影响下,大家坐在一起吃饭,毫无拘束,十分愉快。在那儿,大家从餐桌这一头谈到那一头,还常常夹些俏皮话和双关语,尽管说得语无伦次,但都是共同的语言。在那儿,谁也不在乎会产生什么后果,心里想什么,嘴里就说什么。在那儿,我们有我们的哲学家,有我们的辩论家。有我们的*俏皮鬼*①,有我们的常被取笑的倒霉蛋,一切都是共有的。在那儿,一吃完晚饭,我们把桌子推开,不管合不合节拍,就在沾满尘土的地毯上跳起**波尔卡舞**来,一直跳到深夜。在那儿,尽管我们有点玩世不恭,也不够聪明,不值得受人尊敬,但我们都是人。不论是风流多情的西班牙伯爵夫人,还是那在饭后朗诵《神曲》的意大利修道院院长,还是那获得去

---

① "俏皮鬼"原文为法语。以下原文凡用法语的,一律排楷体,不再一一作注。

杜尔里宫①许可证的美国医生,还是那留长头发的青年戏剧家,还是那自称创作了世界上最优秀波尔卡舞曲的女钢琴家,还是那每个手指上都戴着三个戒指的俏丽而薄命的寡妇,大家彼此都保持着人的关系,尽管关系不深,但都十分诚恳,而且互相留下或浅或深的印象。这种印象甚至深入人心,使人终生难忘。可是在这种英国式的餐桌上,我瞧着这些花边、缎带、戒指、搽油的头发和丝绸衣服,心里常常想:有多少这样活生生的女人自己可以获得幸福,也可以使别人幸福,想起来也怪,这儿有多少朋友和情人,最幸福的朋友和最幸福的情人,并排坐在一起,却不懂得这个道理。天知道为什么他们从不懂得这个道理,从不肯把他们所渴望和非常容易给人的幸福给予对方。

吃过这样的晚餐,我照例感到闷闷不乐,不等吃完甜食,就心烦意乱地上街溜达。又窄又脏又暗的街道,上了门板的店铺,喝得烂醉的工人,走去打水的女人和头戴帽子沿胡同根儿墙闲荡、眼睛东张西望的女人,这一切不仅没有驱除而且加深了我的忧郁。街上已是一片漆黑,我没向周围环顾,头脑里也没想什么,径直向旅馆走去,希望用睡眠来摆脱心头的忧郁。我感到极其寒冷、孤独和沉重,就像一个人刚到一个新地方,有时会莫名其妙地产生这样的心情那样。

我瞧着脚下的地面,沿湖滨街向瑞士旅馆走去,突然一阵美妙动人的乐声把我惊住了。这乐声顿时使我精神振奋,仿佛一道欢乐的强光射进我的心田。我感到轻松愉快。我那沉睡的注意力重又投向周围的一切。美丽的夜色和湖景原来已被我淡忘,这会儿忽然像一件新玩意

---

① 巴黎的皇宫,于16世纪建成,18世纪末资产阶级革命时期是国民公会所在地,后曾作为拿破仑和法国皇帝的皇宫,1871年在战争中焚毁。

儿那样使我精神振奋。刹那间,我忽然发现冉冉上升的月亮照着阴暗的天空,有几块灰云飘浮在湛蓝的天幕上;平滑的墨绿湖水上映着点点灯火,看见远处雾蒙蒙的群山,听见从弗廖兴堡传来的蛙鸣和对岸鹌鹑像朝霞般纯净的啼声。就在我前面,在我的注意力被乐声吸引的地方,昏暗中我看到街心有一群人围成半圆形,而在人群前面几步的地方,有一个穿黑衣服的矮小的人。在人群和那人后面,背衬着浮云片片的深灰色天空,整整齐齐地浮现着几行黑魆魆的杨树,古教堂两边庄严地耸立着两个森严的塔顶。

我走近,乐声更清楚了。我清楚地听出那在远方夜空中美妙地回荡着的吉他婉转的和音,还有几个人在轮唱,不唱主旋律而唱其中最扣人心弦的几段。主旋律类似优美悦耳的玛祖卡舞曲,歌声忽近忽远,有时是男高音,有时是男低音,有时像是提罗尔人从喉部发出的高亢颤音的假声。这不是歌曲,而是一首轻快歌曲的优秀草稿。我不知道这是什么歌,但很美妙动听。那令人销魂的吉他婉转的和音,那轻快美妙的旋律,那月光照耀下黑沉沉的湖面,那默默耸立着的两个高塔和黑魆魆的杨树,以及那在神奇环境中孤独的黑衣人——这一切都是怪诞的,但都具有说不出的美,至少我有这样的感觉。

生活中错综复杂而又无法摆脱的印象忽然对我产生了意义和魅力。我心里仿佛绽开了一朵芬芳的鲜花。刚才的疲劳、委靡和对世间万物的冷漠一扫而光,我忽然感到需要爱情、希望和纯洁的生活的欢乐。我情不自禁地问自己:"你需要什么?你希望什么?还不是从四面八方向你涌来的美和诗嘛!尽你的全力大口大口地吸收美和诗吧,尽情享受吧,你还需要什么呢!一切都属于你,一切都是那么美好……"

我走得更近些。那个矮小的人好像是个提罗尔流浪汉。他站在旅馆窗前，伸出一只脚，仰起头，一面弹吉他，一面用不同的音调唱着优美的歌曲。我对他顿时发生了好感，感谢他促使我心灵上发生变化。我勉强看出，这位歌手身穿一件很旧的黑礼服，头发又黑又短，头戴一顶很俗气的旧便帽。他的衣着毫无艺术家风度，但他那潇洒天真的姿态和矮小个儿的一举一动，都给人一种诙谐好玩的印象。在灯火辉煌的旅馆的台阶上、窗子里和阳台上，站着浓妆艳抹、细腰宽裙的贵妇人、硬领雪白的绅士、身穿金边制服的看门人和侍仆；街上，在围成半圆形的人群中，在较远的林荫道的菩提树之间，聚集着衣衫漂亮的侍者、头戴白帽和身穿白罩衫的厨师、互相搂腰的姑娘和游人。看来，人人都有跟我同样的感受。大家默默地站在歌手周围，聚精会神地听着。周围一片寂静，只有在歌声停歇的片刻，远远地从水面上飘来锤子的敲击声，以及从弗廖兴堡那儿传来的断断续续的蛙鸣，其中夹杂着鹌鹑婉转单调的啼叫。

矮小的人在黑暗的街上，像夜莺一样，一段又一段，一曲又一曲地唱着。我走到他跟前，他的歌声依旧给我带来极大的快乐。他的声音并不洪亮，但非常悦耳。他控制声音时所表现出来的轻柔、韵味和感情都恰到好处，显示他这方面很有天赋。他重唱每一段，每次唱法都不同，而这些美妙的变化他都是兴之所至，随口唱来的。

上面瑞士旅馆的人和下面林荫道上的人常常发出低低的赞许声，而周围则是一片表示敬意的沉默。在灯火辉煌的阳台上和窗口，盛装艳服的仕女越来越多了。他们凭栏站着，那景象煞是好看。散步的人都停住脚步，在湖滨街的阴影里，到处有三五成群的仕女站在菩提树旁。在我的旁边，稍微离开人群，站着一个豪门贵族的侍仆和一个厨师,嘴里都抽着雪茄。厨师被音乐的魅力深深感动,每次听到高音的假声,就情绪激动而莫名其妙地向侍仆挤挤眼,点点头,用臂肘撞撞他,脸上的表情仿佛在问:"唱得怎么样,呃?"侍仆呢,我从他的满脸笑容上看出也同样高兴,对厨师的碰撞只耸耸肩膀回答,表示要使他感到惊奇相当困难,因为比这唱得更好的他也听多了。

在歌唱的间歇,歌手清了清嗓子,我就问侍仆,他是谁,是不是常到这儿来。

"每年夏天都要来两三次,"侍仆回答,"他是从阿尔高维①来的。是个要饭的。"

"怎么,像他这样的人很多吗?"我问。

"是的,是的,"侍仆一下子没听懂我的话,但接着弄明白我的问题,就改口说,"哦,不!在这儿我只看到他一个。没有第二个了。"

这时候,个儿矮小的人唱完一支歌,利索地把吉他往怀里一抱,接着就用他的德国方言说了些什么。他的话我听不懂,却逗得围观的人哈哈大笑。

"他在说什么?"我问。

"他说喉咙干,要喝点酒,"站在我旁边的侍仆翻译给我听。

"哦,他是不是爱喝酒啊?"

"他们那种人都是这样的。"侍仆笑嘻嘻地回答,对他挥了挥手。

歌手摘下帽子,扬了扬吉他,走近旅馆。他仰起头,对站在窗口和阳台上的绅士淑女说:"诸位先生,诸位太太,"他用一半意大利腔一半德国腔的法语像魔术师对观众那样说,"你们要是以为我想挣点钱,那

---

① 瑞士的一个州。

你们就错了。我是个穷人。"他停住,沉默了一会儿;因为谁也没有给他什么,他又扬了扬吉他说,"诸位先生,诸位太太,现在我要给你们唱一支里奇民歌。"上面的听众毫无反应,但仍站在那儿等着听下一支歌;下面的人群都笑了,大概是因为他说得很好玩,而且谁也没有给他什么东西。我给了他几个生丁,他灵巧地把它们从这只手扔到那只手,然后塞到背心口袋里,戴上帽子,又唱起他那支叫作《里奇民歌》的曲调优美的提罗尔歌来。这支歌是他的压台戏,唱得比前面几支更好,从四面八方不断聚拢来的人群中发出一片喝彩声。他唱完这支歌,又扬了扬吉他,摘下帽子,把它举到前面,向窗口走近两步,又说了那种费解的话:"诸位先生,诸位太太,你们要是以为我想挣点钱,那……"这话他显然自以为说得很巧妙很俏皮,但在他的声音和动作里,我发现他有点踌躇,而且像孩子般胆怯。这种神态由于他身材矮小而特别令人感动。高雅的观众仍旧站在灯火辉煌的阳台上和窗口,穿着盛装艳服,那景象依然十分好看;有几个彬彬有礼地谈论着那伸手站在他们面前的歌手,有几个好奇地仔细打量着这个穿黑衣服的矮小的人,从一个阳台上传出一位年轻姑娘清脆快乐的笑声。下面的人群中,说话声和笑声越来越响。歌手第三次重复他那句话,声音更加微弱,甚至不等说完,就又伸出拿帽子的手,但立刻又缩了回去。而那百来个衣饰华丽的听众,还是没有人扔给他**一个子儿**。人群冷酷无情地哈哈笑起来。矮小的歌手——我觉得他更矮小了——一只手拿着吉他,另一只手把帽子举到头上扬了扬说:"诸位先生,诸位太太,谢谢你们,祝你们晚安。"然后他戴上帽子。人群高兴得哈哈大笑。漂亮的绅士和淑女悠闲地交谈着,渐渐从阳台上离去。林荫道上又有许多人在散步。在歌唱时一度寂静的街道又热闹起来,有几个人没有走近,只远远地望着歌手发笑。

我听见那矮小的人嘴里嘀咕着,转过身——他的身子显得更矮小了——快步向城里走去。快乐的游人还是和他保持一段距离,眼睛瞧着他,跟在他后面笑……

我惘然若失,弄不懂这一切是什么意思。我站在那儿,茫然凝望那大步向城里走去、在黑暗中逐渐消失的渺小的人,凝望那些跟在他后面嘻嘻哈哈笑着的行人。我感到痛苦、悲哀和羞耻,主要是羞耻。我替那个渺小的人,替人群,也替我自己感到羞耻,仿佛是我向人家讨钱,人家什么也没给我,还要嘲笑我。我怀着揪心的痛楚,也不回头张望,就快步向我住宿的瑞士旅馆走去。我还捉摸不透我的感受,只觉得心头有一种无法摆脱的压力,使我感到沉重。

在灯火辉煌的豪华旅馆大门口,我遇见那彬彬有礼地让开路的看门人和一家英国人。那个魁伟漂亮的男人留着英国式黑色络腮胡子,头戴黑呢帽,胳膊上搭着一条方格花毯,手里拿着一根贵重的手杖,挽着一位身穿绚丽丝绸连衣裙、头戴缎带发亮和花边精致的女帽的太太,目空一切地懒洋洋走来。旁边走着一位如花似玉的小姐,头戴一顶雅致的瑞士女帽,帽上像火枪手那样斜插着一根羽毛,帽子下面白净的脸蛋周围垂着一绺绺柔软、鬈曲的淡褐色长发。他们前面连跳带蹦地走着一个十岁模样的小姑娘。她脸颊绯红,精致的花边下露出一双浑圆的雪白膝盖。

"夜色真美啊!"我从他们身边经过时,听到那位太太娇声娇气地说。

"嗬!"那英国人懒洋洋地答应一声。看上去,他在世界上过得那么称心如意,连话都懒得说了。他们活在世界上,似乎个个都感到无忧无虑,轻松愉快;他们的一举一动和脸上的表情都反映出对别人生活的极度冷漠；他们深信，看门人会给他们让路和鞠躬，他们散步回来，会找到干净的房间和床铺；他们深信，这一切都是理所当然的，他们在这方面享有充分的权利。我情不自禁地拿他们同那又饥又累、忍辱逃避人们嘲笑的流浪歌手做比较。我恍然大悟，究竟是什么像一块巨石似的压住我的心。我对这些人感到有说不出的愤恨。我在这个英国人旁边来回走了两次，没有给他让路，还用臂肘撞他，感到很痛快，然后我走下台阶，在黑暗中朝那矮小的人消失的方向跑去。

我赶上三个同行的人，问他们歌手往哪儿去了。他们笑笑，指给我看他就在前面。他独自快步走着，没有人接近他，我仿佛觉得他还在气愤地嘀咕着。我跑到他跟前，提议跟他一起到什么地方去喝杯酒。他还是匆匆走着，不高兴地看了我一眼，但等弄明白是怎么一回事，就站住了。

"好吧，既然您一番好意，我就不客气了，"他说，"这儿有家小咖啡馆，可以去坐坐，是个普普通通的地方，"他补充说，指指那家还在营业的小酒店。

他说"普普通通的"这个词，不由得使我想到不该到那家普普通通的咖啡馆去，而应该上那家有人听过他歌唱的瑞士旅馆。尽管他胆怯而兴奋地说瑞士旅馆太奢侈，谢绝到那儿去，我还是坚持我的意见。于是他就装出无所谓的样子，快乐地挥动吉他，跟着我沿湖滨街走去。我刚走到歌手跟前，就有几个悠闲地散步的人走近来听我说话。接着他们交头接耳地议论起来，跟着我们走到旅馆门口，大概是希望那提罗尔人再演唱些什么。

我在门廊里遇见一个侍者，向他要了一瓶葡萄酒。那侍者含笑对我们瞧瞧，就一言不发地跑开了。我也向领班提出同样的要求。他认真地听了我的话,从脚到头打量了一下怯生生的矮小歌手,严厉地叫看门人把我们领到左边那个厅里。左边那个厅是接待普通顾客的酒吧间。屋角有个驼背女工在洗碗碟,里面只有几张简朴的木桌和板凳。招待我们的侍者露出温和的嘲笑,对我们瞧瞧,双手插在口袋里,同那驼背女工交谈了几句。他显然很想让我们明白,尽管他的社会地位和身份比歌手高得多,他伺候我们不仅不感到屈辱,甚至觉得很有趣。

"来普通葡萄酒吗?"他懂事地说,暗指坐在我对面的人向我挤挤眼,同时把餐巾从这只胳膊搭到那只胳膊上。

"来瓶香槟,要最好的。"我说,竭力装出傲慢和威严的神气。但香槟也好,我那装作傲慢和威严的神气也好,对那侍者都不起作用。他冷笑了一下,站着瞧了我们一会儿,从容不迫地看看金表,这才悠闲地轻轻走出去。他很快拿了酒回来,后面跟着另外两个侍者。那两个侍者坐在洗碗碟女人旁边,脸上现出快乐的神色和温柔的微笑欣赏着我们,就像父母欣赏孩子做有趣的游戏那样。只有那洗碗碟的驼背女人不是带着嘲弄而是怀着同情看着我们。虽然在侍者们咄咄逼人的目光下,我款待歌手并同他谈话有点难堪,但我还是竭力做得落落大方,若无其事。在灯光下,我把他看得更清楚了。他体格匀称,筋脉毕露,个儿很小,简直像个侏儒,黑头发硬得像鬃毛,一双黑色的大眼睛没有睫毛,老是泪汪汪的,而他那张线条分明的小嘴则非常逗人喜爱。他留着短小的络腮胡子,头发不长,穿着寒伧。他外表邋遢,衣服褴褛,皮肤很黑,总之是一副劳动者的模样。他与其说像个艺术家,不如说像个贫穷的小贩。只有他那双老是湿润的亮晶晶的眼睛和抿着的小嘴很有特色,十分动人。看上去,他的年龄在二十五到四十之间,其实他是三十八岁。

他诚挚地讲了他的身世。他是阿尔高维人,从小失去父母,没有亲戚,也从没有过财产。他跟一个细木匠学过手艺,但二十二年前一只手得了骨疽,从此不能干活。他从小爱唱歌,就唱起歌来。外国人偶尔给他一点钱。他买了一把吉他,以卖唱为生,十八年来跑遍了瑞士和意大利,在旅馆前面卖唱。他的全部行装是一把吉他和一个钱袋,钱袋里现在只有一个半法郎,他今晚就得靠这些钱宿夜吃饭。他每年(今年是第十八年)都要跑遍瑞士的旅游胜地:苏黎世、卢塞恩、英脱拉根、沙摩尼等地;经圣伯尔拿到意大利,然后经圣·哥特德或萨伏伊回来。如今他渐渐感到走路吃力,两腿因受风寒酸痛——他自认为是风湿痛——一年比一年厉害,视力和嗓子也一年不如一年。尽管这样,他还是要到英脱拉根和亚兴雷邦,然后经圣伯尔拿到他特别喜欢的意大利去。总的看来,他对他的生活是心满意足的。我问他为什么要回家,家里有没有亲人,有没有房地产。听了这话,他乐得嘴都合不拢来,含笑回答说:

"是啊,糖是好东西,孩子们最喜欢!"他说完,对侍者们挤挤眼。

我摸不着头脑,但那几个侍者都笑了。

"我什么也没有,要不然我会那么东奔西跑吗?"他向我解释道,"至于回家,那是因为故乡对我总还有点吸引力。"

于是他又调皮而自得地重复说:"是啊,糖是好东西。"接着又淳朴地笑起来。侍者都很开心,也哈哈大笑,只有洗碗碟的驼背女人用她那双善良的大眼睛严肃地瞧瞧矮小的歌手,给他拾起他在谈话时从凳子上掉下的帽子。我发现凡是流浪歌手、杂技演员,甚至变戏法的,都喜欢自称为艺术家,因此我在同矮小歌手谈话时几次暗示他是个艺术家,但他绝不承认他有这方面的禀赋,他只是把他的行当看作谋生的手段罢了。我问他唱的歌是不是他自己创作的。他听了这种古怪的问题感到惊奇,回答说他怎么会呢,那都是古老的提罗尔民歌。

"那么里奇歌呢?我看那不是一支古代民歌吧?"我问道。

"是的,这支歌是十五六年前作的。巴塞尔有个德国人,绝顶聪明,这支歌是他作的。这支歌真美!您瞧,他这是为旅行家作的。"

于是他就把里奇歌译成法语,念给我听,显然他很喜欢这支歌:

> 如果你要去里奇,
> 到维吉斯一段不用走路,
> 那里有轮船航行。
> 从维吉斯出发得拿根棍子,
> 手里再挽一位姑娘,
> 临走可喝上一杯红酒。
> 只是别喝得太多,
> 因为谁想喝酒,
> 谁得先建立功劳……

"哦,这支歌真美!"他结束说。

侍者们大概也认为这支歌很美,都走拢来听。

"那么,曲子是谁作的呢?"我问。

"没有谁作曲,就这么随便唱唱。要唱给外国人听,就得换点新鲜花样。"

侍者给我们送来了冰块,我给我的客人倒了一杯香槟。他显然有点窘,回头望望侍者们,坐在板凳上扭动身子。我们碰杯祝艺术家们健康。他喝了半杯,似乎有什么事要沉思一番,紧紧地皱起眉头。

"我好久没喝这样的好酒了。这话我只跟您说说。在意大利,阿斯提酒不错,但还比不上这酒。哦,意大利!意大利可真是个好地方!"他补充说。

"是啊,那里的人重视音乐,重视艺术家。"我说,想引他谈谈当晚在瑞士旅馆门口演出的失利。

"不,"他回答说,"在那儿我能用音乐给谁带来快乐。意大利人是天下最出色的音乐家;不过我只唱些提罗尔歌曲。这种歌对他们来说还是新鲜的。"

"怎么样,那儿的老爷们是不是慷慨些?"我继续说,想引他像我一样愤恨瑞士旅馆的旅客。"那儿总不会像这儿这样,大旅馆里住的都是阔佬,听音乐家唱歌的有百来个人,可是大家什么也不给……"

我的问题完全没有产生预期的效果。他根本没想到生他们的气;相反,他还以为我这话是在责怪他才气不足,没有获得奖赏,就竭力在我面前替自己辩护。

"不是每次都能得到许多报酬的,"他回答,"有时候嗓子都唱哑了,累得很。不瞒您说,我今天跑了九个钟头,差不多唱了一整天。真吃力。可那些贵族老爷,他们有时候连提罗尔歌曲都不爱听。"

"不管怎么说,他们总不能什么也不给啊。"我重复说。

他没有理解我的话。

"问题不在这儿,"他说,"这儿主要是**警察局限制太严**,问题就在这儿。根据这儿的共和国法律,他们不让你唱,可是在意大利,你到处都可以唱,谁也不会说一句话。在这儿,他们高兴让你唱,就让你唱;不高兴,就叫你坐牢。"

"哦,真有这样的事吗?"

"是的。要是他们警告过你一次,而你还要唱,他们就会叫你坐牢。我已坐过三个月牢了,"他笑着说,仿佛这是一个非常愉快的回忆。

"哦,这真是太可怕了!"我说,"这究竟是为什么呀?"

"这是根据他们共和国的新法律①,"他兴奋起来,继续说,"他们不肯想想,也得让穷人活下去。我要不是得了残疾,我也愿意工作。至于我唱唱歌,那又会损害什么人?富人可以随心所欲地生活,可像我这样的穷小子连日子都过不下去。这究竟是怎么一回事啊?共和国法律究竟算什么呀?要是这样,那我们还要共和国干什么呀?先生,你说是吗?我们不要共和国……我们只要……我们只要……"他迟疑了一下,"我们宁可要自然法。"

我又给他斟了一杯酒。

他端起杯子,对我鞠了一躬。

"我知道您要干什么,"他眯缝着眼睛,用手指指我说,"您要灌醉我,瞧我的好看;哼,不行,这您办不到。"

"我干吗要把您灌醉呢?"我说,"我只不过想使您高兴高兴罢了。"

他误解了我的用意,大概有点后悔,感到很窘,就欠起身来,捏捏我的臂肘。

"不,不,"他用那双湿润的眼睛恳求似地瞧着我说,"我这只是开开玩笑,开开玩笑。"

接着他又说了些颠三倒四、莫名其妙的话,大意是我毕竟是个好人。

"这话我只对您说说!"他最后说。

---

① 指1848年瑞士共和国宪法。

就这样,我继续跟歌手喝酒谈天,侍者们仍旧肆无忌惮地瞧着我们,看来还在取笑我们。尽管我们谈得津津有味,我还是留意着他们,而且说实在的,对他们越来越生气。有个侍者站起来,走到歌手跟前,仔细察看他的头顶,笑了。我对瑞士旅馆的住客已积了一肚子气,还没有机会发泄。这会儿,说实在的,那一伙侍者实在弄得我忍无可忍。看门人没有摘下帽子,走进屋里,一屁股坐在我旁边,双臂支在桌上。这最后的一幕触犯了我的自尊心或者说虚荣心,惹得我按捺不住,使我心里憋了一晚上的怒气顿时爆发了。为什么当我一个人走到大门口时,他卑躬屈膝地向我鞠躬,如今我同一名流浪歌手坐在一起,他就蛮不讲理地坐到我旁边来呢?我心头的怒火熊熊燃烧,但我反而觉得快慰,甚至兴奋,因为它刺激了我,使我在肉体上和精神上暂时感到舒畅、振奋和有力。

我霍地从座位上站起来。

"你笑什么?"我对那侍者大声喝道,感到自己脸色发白,嘴唇直打哆嗦。

"我没有笑,我就是这样,"那侍者一面回答,一面后退。

"不,你取笑这位先生。这儿有客人,你有什么权利上这儿来,还要坐下?不许坐!"我大声喝道。

看门人嘴里嘀咕着,站起来,向门口走去。

"这位先生是客人,你是侍者,你有什么权利取笑他,还要坐到他旁边来?为什么今晚吃饭的时候你不取笑我,不坐到我旁边来呢?是不是因为他穿得寒伧而且在街头卖唱呢?就是因为这个缘故,而我却穿着阔气的衣服。他人虽然穷,但我相信他的品德比你高尚万倍。因为他没有侮辱谁,你却侮辱他。"

"我什么也没做,您何必这样呢,"我所痛恨的那个侍者怯生生地回答。"他坐在这儿,我又没打搅他。"

那侍者没懂得我的意思,我的德国话白说了。态度粗暴的看门人想帮那侍者说话,但被我狠狠地骂了一通,他也就装作听不懂我的话,摆了摆手。洗碗碟的驼背女人察觉我的愤激情绪,怕闹出事来,也许是因为同意我的意见,站在我一边,竭力替我和看门人调解,劝他别做声,并说我是对的,恳求我别激动。"先生说得对,您说得对。"她肯定地用德语说。歌手现出可怜巴巴的恐惧神色,显然不明白我为什么发火,我要干什么,就要求我赶快离开这地方。可是我的火气越来越大,气话也越说越多。我念念不忘那嘲笑他的人群和分文不给的听众,我怎么也无法平息心头的怒火。我想,要不是那侍者和看门人表示让步,我准会跟他们大干一场,或者用手杖敲敲那手无寸铁的英国小姐的脑袋。当时我要是在塞瓦斯托波尔,就准会冲进英军堑壕,向他们猛砍猛杀。①

"你们为什么把我和这位先生领到这个厅里而不领到那个厅里?啊?"我揪住看门人的胳膊不让他走,责问道。"你们有什么权利可以决定,这位先生只能进这个厅而不能进那个厅?进旅馆,只要付钱,不是应该人人平等吗?这规矩不仅适用于这儿共和国,在全世界都适用。你们的共和国真是糟透了!……这就是你们的平等!那些英国人白听这位先生唱歌,等于每人从他身上剥夺了应该给他的几个生丁,可你们就是不敢把英国人领到这个厅里来。你们怎么敢叫我们坐到这个厅里来呢?"

"那个厅关着。"看门人回答。

---

① 这里指1853—1856年塞瓦斯托波尔保卫战,托尔斯泰曾亲自参加那次战争。

"不,"我嚷道,"胡说,那个厅没关。"

"那您知道得比我们清楚啰。"

"我知道,我知道你们撒谎。"

看门人侧身从我身边走开去。

"唉,有什么可说的!"他嘀咕着。

"哼,别来'有什么可说的'这一套,"我大声叫道,"马上把我领到那个厅里去。"

我不管驼背女人的劝告和歌手回家的要求,坚决要领班过来,自己就带着客人向那个厅走去。领班听见我那愤怒的声音,看到我那激动的神情,没同我争辩,只是轻蔑而恭敬地说,我高兴上哪儿,就可以上哪儿。我没来得及揭穿看门人的谎言,因为不等我走进那个厅,他已溜走了。

那个厅确实开着,里面灯火通明,一个英国绅士和太太正坐在里面吃饭。尽管侍者把我们领到一张独用的桌上,我和肮脏的歌手偏偏紧挨着那英国人坐下,并吩咐侍者把我们没喝完的半瓶酒拿来。

这对英国夫妇先是大吃一惊,然后恶狠狠地瞧瞧呆坐在我旁边的矮小歌手。他们交谈了两句,那英国太太把盘子一推,站起来,弄得衣衫窸窣发响,接着两人走掉了。隔着玻璃门,我看见那英国绅士怒气冲冲地对侍者说着些什么,一只手不断地指着我们。侍者把头探进门来瞧瞧。我欣然等着他们来撵我们出去,这样我就可以把所有的怒气往他们身上倾泻,但总算他们走运,没有来干涉我们。这使我有点失望。

歌手起初不肯喝酒,这会儿却匆匆把瓶里剩下的酒都喝光,想尽快离开这地方。我发觉他对我的款待表现出真诚的感谢。他那双泪汪汪亮晶晶的眼睛变得更湿润更明亮了。他又对我说了一句非常古怪难懂的话表示感激。它的大意是,要是人人都像我这样尊重艺术家,那他就快活了。他还祝我万事如意。不论怎么说,他的话还是使我高兴。我和他一起走到前厅。那些侍者和我所憎恨的看门人都站在那儿。那看门人仿佛在向他们说我的坏话。他们瞧我的那副神气,好像我是个疯子。我要让他们看到,矮小的歌手同大家地位平等,就尽量现出恭敬的态度,摘下帽子,紧握着他那瘦骨嶙峋的手。所有的侍者都装作根本没有看到我的样子,只有一个人发出恶毒的嘲笑。

歌手鞠了个躬,在黑暗中渐渐消失了,我上楼回到自己的房间,想睡个觉来摆脱这些印象和突然袭上心头的幼稚愚蠢的憎恨。但我感到自己激动得无法入睡,就又上街溜达,直到心里平静下来。不过,说实在的,除此以外,我还朦朦胧胧地希望有机会碰到那看门人、那侍者或者那英国人,同他们干一场,好让他们认识认识他们的残酷,尤其是他们的不公平。可是,除了那个一看见我就转过脸去的看门人以外,我没遇见任何人,只好独自沿着湖滨街踱步。

"哦,这就是诗歌的奇怪遭遇,"我稍微冷静点儿,寻思着,"人人都喜爱诗歌,找寻它,追求它,可是谁也不承认它的力量,谁也不珍惜这世上最大的幸福,谁也不看重和感激把这种幸福献给人类的人。你不妨问问瑞士旅馆随便哪个旅客:什么是世上最大的幸福?所有的人,也许是百分之九十九的人,会露出嘲弄的微笑对你说,世上最大的幸福就是金钱。'这种想法你也许不喜欢,或者和你那崇高的理想格格不入,'他会这样说,'但人类的生活就是这样安排的,只有金钱能给人幸福,那又有什么办法呢?我不能不理智地去看待世界,也就是看待现实。'唉,你的理智实在可怜,你所追求的幸福也实在可怜,你是个连自己也不知道需要什么的可怜虫……为什么你们抛下祖国、亲人、事业和财产,聚集到这个瑞士小城卢塞恩来呢?为什么你们今晚都拥到阳台上,肃静地倾听那矮小乞丐的歌唱呢?再说,他要是肯再唱下去,你们还会默默地听下去。难道金钱,哪怕是几百万,能驱使你们抛下祖国,聚集在卢塞恩这个小天地里吗?金钱能使你们集中到阳台上,一动不动地默默站上半小时吗?不!只有一样东西能迫使你们行动,而且永远比生活中其他动力更强大,那就是对诗歌的需要,这一点你们不承认,但你们会感觉到,只要你们身上还有一点儿人性,你们就永远都会感觉到。你们觉得'诗歌'这个名词很可笑,你们以嘲弄挖苦的语气使用这个名词。你们容许天真的少男少女给爱情带上诗意,但你们却取笑他们。其实你们需要的是积极的东西。孩子们看待生活是健康的,他们热爱并且知道人应该爱什么,什么会给人带来幸福,可是生活弄得你们颠三倒四,腐化堕落,你们嘲笑你们所爱的东西,你们追求你们所憎恨并使你们不幸的东西。你们实在是昏了头,不懂得对那个给你们带来纯洁快乐的穷提罗尔人尽应尽的义务,同时却认为应该在一位勋爵面前卑躬屈节,牺牲自己的安宁和舒适,既没有获得什么好处,也没有享到什么欢乐。这真是荒唐,真是莫名其妙的怪事!不过今晚最使我吃惊的倒不是这件事。这种对给人以幸福的东西的无知,这种对诗歌的乐趣的麻木不仁,我在生活中常常遇到,已经习惯了,差不多也能理解;人群的粗暴和不自觉的残酷对我也并不新奇;不管那些为群众心理辩护的人怎样解释,人群虽是许多好人的集合体,但他们只接触兽性的卑下方面,因此只表现出人性的弱点和残忍。可是你们这些讲究人性的自由民族的儿女,你们这些基督徒,你们这些被称为人的人,怎么能用冷酷和嘲弄来回报一个不幸的求乞者给予你们的纯洁的快乐呢?可不是吗,在你们的祖国没有乞丐收容所。事实上,讨乞的人是没有的,世界上也不应该有讨乞的人，也不应该存在对讨乞的同情心。但那个提罗尔歌手可是付出过劳动的呀，他给了你们欢乐，他央求你们为他的劳动给他一点你们多余的东西。可你们却从你们金碧辉煌的高楼大厦里，带着冷笑像观赏稀有怪物那样观赏他，而在你们百来位幸福的阔人中，竟没有一个人扔给他一点东西！他受了凌辱，从你们身边走开了，可是那没有头脑的人群却跟在后面取笑他，他们侮辱的不是你们而是他，因为你们冷淡、残忍和无耻；因为你们白白享受了他向你们提供的欢乐，他因此受到了侮辱。"

"1857年7月7日，在卢塞恩那家头等阔佬下榻的瑞士旅馆门前，一个流浪的讨乞歌手唱歌弹琴达半小时之久。百来个人听他演唱。歌手三次要求施舍。没有一人给他任何东西，有许多人还嘲笑他。"

这不是虚构，而是确凿无疑的事实。谁只要到瑞士旅馆常住旅客那里去调查一下，或者通过报纸向7月7日在瑞士旅馆住过的外国人打听一下，谁就可以证实这件事。

是的，这件事当代历史学家应该用不可磨灭的如火如荼的文字记录下来。这件事比报章史册所记载的那些事重大得多，严酷得多，具有更深刻的意义。什么英国人又枪杀了一千名中国人，因为他们不肯买英国货啦，而英国一味想掠夺当当响的金币；[①]什么法国人又杀死了一千名阿尔及利亚人，[②]因为在非洲庄稼长得好，而且经常打仗对训练军

[①] 指1856年英国军舰借口中国当局在英国船上拘捕鸦片贩子，炮轰中国沿海城市。
[②] 指1857年法国军队在殖民战争中镇压阿尔及利亚人的抵抗。

队有益啦;什么土耳其驻那波里公使不可能是犹太人啦;①什么拿破仑皇帝在帕隆比列公园散步,并且发表公告,他统治国家完全是秉承全体人民的意志啦②——这些言论不是掩盖就是宣布众所周知的事实。然而7月7日在卢塞恩发生的这件事,我觉得新鲜而奇怪,它不涉及人性中永远存在的缺点,而同社会发展的一定时期有关。这件事不属于人类活动史的范畴,而属于进步和文明史的范畴。

  为什么这种惨无人道的事不可能发生在德国、法国或者意大利的任何一个乡村,而发生在这儿,在这高度文明、自由和平等的地方,发生在这最文明国家的最文明旅游者集中的地方?为什么这些又有教养又讲人道的绅士淑女一般也能讲讲公道,做些善事,如今面对一个不幸的人,却缺乏人类的同情心呢?为什么这些绅士淑女在议会上或者其他集会上热情关心在印度的未婚中国人的状况,③关心非洲基督教的传布和教育的发展,关心改善全人类协会④的成立,却不能在自己心里得到起码的人对人的感情?难道他们真的没有这种感情吗?是不是这种感情已被在议会和各种集会上支配他们的虚荣心、名誉心和利欲心排斥了呢?难道理性和自私的结合体,即所谓文明的传布就会消灭和否定人的本性和爱吗?难道人们就是为了这样的平等才流了那么多无辜的血、犯了那么多的罪吗?难道各国人民空喊"平等",就会像孩子一般感到幸福吗?

---

① 指那波利政府拒绝接受土耳其公使,理由是他是犹太人。
② 据当时许多欧洲报纸记载,拿破仑三世曾在法国孚日省疗养地散步。
③ 1857年7月英国议院讨论吸收中国人移民到英国殖民地,英国人忧虑的是中国移民不带家眷,不能安心定居。
④ 这里似指成立"全欧国家联盟",这个问题1856—1857年曾在英法报纸上展开讨论。

法律面前人人平等吗？难道人的生活都是在法律范围内度过的吗？其实人们的生活只有千分之一属于法律范围，其余都越出法律范围，而在社会的习惯和观点范围内度过。在这个社会里，侍者穿得比歌手漂亮，他就可以侮辱歌手而不受惩罚。我穿得比侍者体面，就可以侮辱侍者而不受惩罚。看门人认为我比他高，歌手比他低；而当我和歌手在一起，他就自以为可以同我们平起平坐，因此变得蛮不讲理。我对看门人粗暴无礼，看门人就自以为比我低。侍者对歌手粗暴无礼，歌手就自以为比他低。在一个国家里，一个公民，既没有伤害任何人，也没有妨碍任何人，他只做一种力所能及的事以免饿死，却被送去坐牢。难道这样的国家是自由的国家吗？是被人们称之为绝对自由之国的国家吗？

一个人想积极解决各种问题，因而被投入善恶、事件、思想和矛盾的永远动荡的海洋，这真是不幸而可怜。多少世纪以来，人们为了分清善恶，不断地拼搏和劳动。世纪不断过去，凡是讲公道的人，你不论在哪儿把他放到善恶的天平上，天平决不会摇摆：一边有多少善，另一边就有多少恶。一个人要是能学会不判断，不苦苦思索，不回答永远无法回答的问题，那就好了！他要是能懂得一切思想都是真真假假的，那就好了！它之所以假，是因为人不可能掌握全部真理；它之所以真，是因为人有追求真理的一面。人们总是在这永远运动着的善恶混杂的无边海洋里进行分类，在想象中划分这海洋的界线，并指望海洋真的会一分为二，仿佛不可能从不同的观点、不同的方面做出其他无数种分法似的。不错，多少世纪来人们不断进行着新的分类，虽然已过去了许多世纪，今后还会有许多世纪到来。文明是善，野蛮是恶；自由是善，奴役是恶。正是这种虚假的知识扑灭了人性中最本能最幸福的对善的要求。

谁能给我下个定义：什么叫自由，什么叫专制，什么叫文明，什么叫野蛮？两者的界线在哪里？谁心里有一个善恶的绝对标准，使他能衡量错综复杂、转瞬即逝的众多事件？谁有那么了不起的脑袋，使他能哪怕从不会再变化的往事中洞察和衡量各种事物？谁又看到过善恶不并存的情况？我又怎么能知道我看到这个比那个多，并不是因为我的观点错了？谁又能让精神完全脱离生活而超然地观察生活，哪怕只有一瞬间？我们有一个，只有一个，绝对正确的指导，那就是毫无例外地渗透在我们每一个人心灵中的世界精神。这种精神促使我们每一个人追求应该追求的东西；这种精神促使树木向着太阳生长，促使花卉在秋天撒下种子，促使我们情不自禁地相亲相爱。

而且，只有这种绝对的福音能压倒文明发展的嘈杂噪音。谁更像个人，谁更像个野蛮人：是那个看见歌手的破烂衣服就恶狠狠地离开餐桌，不肯从自己的财产中拿出百万分之一来酬劳他，此刻正吃得饱饱的坐在明亮宁静的屋子里，悠闲地大谈其中国形势并认为在那儿屠杀平民是正义的那个英国勋爵呢，还是那个冒着坐牢的危险，二十年来走遍高山深谷，没有损害过任何人而用歌唱来安慰人，可是受尽凌辱，今晚差点被人推出门去，口袋里只有一个半法郎，又饿又累又羞，此刻不知溜到哪个烂麦秆上去睡觉的矮小歌手？

这时，从深夜死寂的城市里，远远地传来矮小歌手的吉他声和唱歌声。

"不，"我不禁对自己说，"你没有权利可怜他，也没有权利为勋爵的阔绰而生气。谁曾衡量过他们每个人心灵里的幸福呢？你瞧那歌手，他这会儿正坐在哪个肮脏的门槛上，抬头望着月光溶溶的天空，在花香扑鼻的静夜里快乐地唱着歌，他的心里没有责备，没有埋怨，也没有悔恨。可是谁知道那些高楼大厦里的人此刻内心有些什么活动？谁知道他们每个人是不是也像矮小的歌手那样,心里充满无忧无虑的生之欢乐和与世无争的满足感呢？允许和规定这些矛盾同时存在的上帝,真是无限仁慈无限睿智！可是你这渺小的虫子竟胆大妄为,胆敢探索上帝的法则和上帝的意旨,只有你才觉得存在着矛盾。上帝从他光辉的高处俯视着、欣赏着芸芸众生在其中蠢动的无限和谐的大地。可是你却妄自尊大,竟想摆脱这普遍法则。不行！你还对卑微的侍者们表示愤慨,要知道你也该对永恒的无限和谐负责啊……"

1857 年 7 月 18 日

阿尔培特

1

深夜两点多钟,五个有钱的年轻人来到彼得堡一个小型舞会作乐。

香槟酒喝了许多,大部分男子都很年轻,姑娘都很漂亮,钢琴和小提琴不知疲倦地一支接一支演奏着波尔卡舞曲,跳舞和喧闹一直没停,但大家总觉得有点沉闷、有点别扭,而且不知怎的感到(这是常有的事)这一切都不对劲,没意思。

他们几次勉强提高情绪,但假装的欢乐比沉闷更难受。

五个年轻人中的一个,整个晚上对自己和对别人都特别不满意,终于怀着嫌恶的心情站起来,找到帽子,打算悄悄走掉。

前厅里一个人也没有,但他听见隔壁屋里有两个人在争吵。他停住脚步,留神倾听。

"不行,那里有客。"一个女人说。

"请让我进去,没关系!"一个男人低声恳求道。

"没有太太许可,我不能让您进去,"那女人说,"您往哪儿去?唉,您这人真是！"

门开了，门口出现一个容貌古怪的男人。女仆一看见来客，不再拦阻，这个古怪的人就怯生生地鞠了一躬，移动两条罗圈腿，蹒跚地走进里屋。这个人中等身材，脊背瘦长而有点驼，头发又长又乱。他身穿一件短外套和一条窄小的破裤，脚蹬一双肮脏的粗皮靴。细长白净的脖子上系着一条卷得像麻绳一样的领带。从肮脏的衬衫袖口里露出一双骨瘦如柴的手。他的身子虽然非常干瘦，他的脸却又白又嫩，稀疏的络腮胡子上方的脸颊还显出鲜艳的红润。蓬乱的头发往后掠，露出虽不高却异常光洁的前额。一双疲倦的深褐色眼睛带着温柔、探索而又傲慢的神情望着前方。这双眼睛的神情，同稀疏的小胡子下弯曲而鲜红的嘴唇合在一起，很富有魅力。

他走了几步站住，回过头去对那年轻人微微一笑。他笑得仿佛很勉强，但当他脸上浮起微笑时，那年轻人也情不自禁地笑了笑。

"他是谁啊？"当样子古怪的人走进乐声悠扬的房间时，年轻人悄悄地问女仆。

"剧院里一个发疯的乐师，"女仆回答，"他有时来看女主人。"

"杰列索夫，你到哪儿去了？"这时大厅里有人叫道。

这个叫杰列索夫的年轻人就回到大厅。

乐师站在门口，瞧着翩翩起舞的男女，笑容满面，眉飞色舞，用脚打着拍子，表示他的高兴。

"喂，您也来跳舞吧！"有个客人对他说。

乐师鞠了一躬，向女主人投去询问的目光。

"去吧，去吧。既然人家请您，您就去吧。"女主人说。

乐师瘦弱的四肢突然使劲活动起来。他满面春风，左顾右盼，扭动身子,笨拙而费力地在大厅里跳起舞来。卡德里尔舞跳到一半,一个快乐的军官跳得漂亮,这时舞兴正浓,他的背无意中撞了乐师一下。乐师衰弱而疲劳的两腿失去平衡,他向一旁踉踉跄跄颠了几步,就**直挺挺地**倒在地板上。他倒下时发出剧烈的重浊响声,最初一刹那,几乎所有的人都笑了。

但乐师没有爬起来。客人们都沉默了,连钢琴也停止演奏。杰列索夫和女主人首先跑到倒下的人跟前。乐师用臂肘支着身子,呆呆地望着地面。他被扶起来,搀到椅子上坐下。他用骨瘦如柴的手迅速地把额上的头发往后一掠,脸上露出微笑,没回答人家问他的话。

"阿尔培特先生!阿尔培特先生!"女主人说,"怎么样,您摔着没有?摔在哪儿?唉,我说过不要跳舞。他身子太虚了!"她对客人们继续说,"他连走路都勉强,怎么能跳舞!"

"他是谁?"有人问女主人。

"他是个穷人,是个卖艺的。人挺不错,只是怪可怜的,可不是!"

她当着乐师的面说这话,毫无顾忌。乐师清醒过来,仿佛害怕似的蜷缩起身子,把围着他的人群推开。

"什么事也没有。"他突然说,好不容易从椅子上站起来。

为了证明他一点没有摔疼,他走到大厅中央,想纵身一跳,但身子晃了晃,要不是人家把他扶住,他又会倒下。

大家都感到有点不自在,瞧着他,不做声。

乐师的目光又暗淡下去。他显然忘记周围的人,一只手揉着膝盖。他突然抬起头,伸出颤颤巍巍的腿,又粗野地把头发往后一掠,走到小提琴手跟前,把他的小提琴拿过来。

"什么事也没有!"他拿琴一挥,又说了一遍。"诸位!我们米拉一支曲子吧。"

"这人真怪!"客人们相互说。

"这个可怜的人说不定倒是挺有才华的!"有个客人说。

"是呀,可怜,真可怜!"另一个说。

"他的脸多美!……他身上有一种与众不同的气质,"杰列索夫说,"让我们瞧瞧……"

2

这时,阿尔培特对谁也不加理会,把小提琴搁在肩上,慢吞吞地在钢琴旁走来走去,调着琴弦。他冷漠地抿着嘴唇,眼睛眯缝得看不见,他那瘦削的脊背、又白又长的脖子、弯曲的两腿和黑发蓬松的脑袋却显得古怪,但不知怎的一点也不使人觉得可笑。他调好琴弦,利索地拉了一个和音,头向后一仰,向准备替他伴奏的钢琴师转过身去。

"《C大调忧郁曲》!①"他做了个命令式手势对钢琴师说。

随后,仿佛为这命令式手势道歉似的,阿尔培特温和地微微一笑,并含笑扫视了一下听众。他用拿弓的手掠了掠头发,在钢琴角前站住,姿势优美地在弦上拉起了弓。大厅里鸦雀无声,只听得一片悠扬纯净的琴声。

在第一个乐音之后,主题就舒畅而美妙地流泻出来,于是就有一道令人快慰的明亮的光辉突然照亮所有听众的心。没有一个错误或夸张

---

① 原文是德语。

的乐音破坏听众的欣赏，所有的乐音都是清晰优美和回肠荡气的。大家都不做声，带着期望的战栗倾听着乐曲的展开。他们从原来寂寞无聊、逢场作戏和心灵沉睡的境界突然来到一个早已被他们忘却的截然不同的天地。他们心里时而泛起对往事的平静回顾，时而涌起对幸福的热情追忆，时而产生对权力和荣誉的无限渴望，时而又出现恋爱不成、顺从命运的惆怅。那时而忧郁多情、时而绝望挣扎的声音交织在一起，那么优美、那么强烈、那么缥缈地逐一流泻出来，以至不是声音，而是一种早就熟悉、但此刻才诗意盎然地表现出来的美妙洪流倾泻到每个人的心田。阿尔培特的形象随着每个乐音的流出变得越来越高大。他一点也不丑，一点也不怪。他用下巴压住小提琴，全神贯注地倾听着自己拉出来的声音，同时激动地挪动双脚。他时而挺直身子，时而把腰弯得很低。他的左手紧张地弯曲着，仿佛一直保持这个姿势，只有瘦骨嶙峋的手指在琴弦上痉挛地移动着；右手从容、优雅而难以察觉地拉着弓。他的脸焕发着一种持续不断的喜气洋洋的光彩，眼睛放射出明亮而严肃的光辉，鼻孔鼓起，鲜红的嘴唇高兴得张开着。

　　有时，他的头低俯到小提琴上，眼睛紧闭，半被头发遮住的脸上现出怡然自得的微笑。有时，他敏捷地挺直身子，伸出一只脚，他那光洁的前额和环视全厅的炯炯眼睛就现出高傲、庄严和自命不凡的神气。有一次，钢琴师弹错了一个和音，小提琴手的全身和脸上就现出痛苦的神色。他停了一刹那，像孩子般恶狠狠地跺着脚叫道："小调，C 小调。"①钢琴师纠正了错误，阿尔培特就闭上眼睛，微微一笑，又把自己、别人和整个世界都忘掉，如痴如醉地沉湎于自己的演奏中。

---

① 原文是德语。

在阿尔培特演奏时，大厅里人人屏息静听，仿佛完全陶醉在他的音乐里。

一位快乐的军官一动不动地坐在窗前的椅子上，眼睛茫然注视着地板，沉重而缓慢地呼吸着。姑娘们都靠墙坐着，默不作声，只偶尔交换一下钦佩得有点困惑的眼色。女主人笑眯眯的胖脸由于高兴而显得更加宽大。钢琴师眼睛盯着阿尔培特的脸，挺直身子，现出唯恐出错的紧张神态，竭力跟住他的演奏。一个酒喝得最多的客人趴在沙发上，竭力一动不动，免得暴露内心的激动。杰列索夫体会到一种异乎寻常的感情，仿佛有一个冰冷的箍套住他的脑袋，一会儿收紧，一会儿放松。他的头发根都变得有感觉了，脊背上自下而上掠过一阵阵寒颤，喉咙口有什么东西不断涌上来，鼻子和上颚仿佛有细针在扎，泪水悄悄地沾湿了他的双颊。他身子一惊，拼命想把眼泪收住，擦干，但新的泪水又夺眶而出，顺着面颊往下流。凭着一种奇怪的联想，阿尔培特的琴声一开始就把杰列索夫带回到最早的青年时代。现在，他这个年纪已经不轻、被生活折磨得疲倦不堪的人，突然觉得自己又像一个十七岁的小伙子，洋洋得意，天真无邪，而且没有意识到自己的幸福。他想起了同穿粉红色连衣裙表妹的初恋，想起在菩提树小径上的第一次爱情表白，想起那次无意中接吻的热烈而奇妙的滋味，想起当时自然景色的神奇和难以理解的神秘。他回顾往事，看到**她**在朦胧的希望、莫名的欲念、深信无法实现的幸福的迷雾中大放异彩。当时那千金难买的珍贵时刻一幕又一幕地浮现在他的眼前，这不是现在转瞬即逝的无聊时光，而是能够停留的、不断扩大的、动人心魄的过去景象。他心醉神迷地玩味着这些景象，哭了起来。他哭，不是因为本该更好地利用的时期过去了（即使时光倒流，他也不会更好地利用它）；他哭，只是因为那个时期一去不复返。往事源源不断地浮上心头,但阿尔培特的小提琴却反复诉说着同样的话:"对你来说,身强力壮、恋爱、幸福的时代过去了,从此一去不再来。你哭吧,把眼泪都哭干,在痛哭这个时代的泪水中死去,这就是留给你的最大幸福。"

拉到最后变奏曲快结束的时候,阿尔培特的脸涨得通红,眼睛炯炯有神,脸颊上流着大颗的汗珠。他额上青筋暴起,全身动得越来越厉害,苍白的嘴唇不再闭上,整个姿势表现出对欢乐的狂热渴望。

他全身猛地一晃,头发往后一甩,放下小提琴,神态庄重地含笑扫视了一下在座的人。然后他弯下腰,低下头,闭紧嘴唇,眼神暗淡,又自惭形秽似的怯生生环顾四周,跟跟跄跄往另一个房间走去。

3

在座的人都产生一种奇异的感觉,在阿尔培特演奏完毕后死一般的寂静中,大家有一种奇怪的体验,这究竟是怎么一回事?仿佛人人都想说又说不出来。那么,灯火辉煌、温暖如春的房间,光艳照人的女人,窗上的曙光,沸腾的热血和逝去音乐留下的纯洁印象,这一切究竟是怎么一回事?但谁也不想说出这究竟是怎么一回事;相反,几乎人人都因无法进入新印象给他们展开的新天地而对它愤愤不平。

"是啊,他拉得实在好。"军官说。

"太美了!"杰列索夫偷偷用衣袖擦擦面颊回答。

"不过,诸位,我们该走了,"那个趴在沙发上的人平静点儿,说,"诸位,得给他点什么。我们凑点钱给他吧。"

这时阿尔培特独自坐在另一个房间的沙发上。他的两肘支在皮包骨头的膝盖上,两只出汗的脏手抚摸着自己的脸,弄乱了头发。他自得其乐地微笑着。

他们凑了一大笔钱,由杰列索夫交给他。

此外,杰列索夫从音乐中获得非常强烈而不寻常的印象,想为这个人做点好事。他想把他带回家去,让他穿得体面点,并替他找个工作,总之,使他摆脱目前这种卑贱的处境。

"怎么样,您累了吧?"杰列索夫走到他跟前问。

阿尔培特笑笑。

"您确实有才华,您应该好好从事音乐工作,举行公演。"

"我倒想喝点儿什么。"阿尔培特仿佛刚睡醒,说。

杰列索夫拿来酒,乐师一下子就喝了两杯。

"真是好酒!"他说。

"《忧郁曲》真是美妙的音乐!"杰列索夫说。

"哦,是啊,是啊,"阿尔培特笑着回答,"对不起,我不知道阁下是谁,您是伯爵还是公爵,您能不能稍微给我一点钱?"他停了停,"我一无所有……我是个穷人。我无法还您。"

杰列索夫脸红了,他有点不好意思,慌忙把凑集的钱交给乐师。

"我很感谢您,"阿尔培特一把抓过钱,说,"现在我们来奏乐吧。您要听多少,我就给您拉多少。不过我要喝点儿什么,喝点儿什么,"他站起来添加说。

杰列索夫又给他拿来了酒,并让他坐在自己旁边。

"请您原谅,我坦白对您说,"杰列索夫说,"我很欣赏您的才华。我觉得您的境况不太好,是吗?"

阿尔培特一会儿瞧瞧杰列索夫,一会儿瞧瞧走进屋来的女主人。

"如果您需要什么,"杰列索夫继续说,"我愿意为您效劳,如果您愿意在舍间住一段时候,我非常欢迎。我就一个人生活,我也许对您有点用处。"

阿尔培特笑笑,什么也没回答。

"您怎么不谢谢他,"女主人说,"当然,您这样是做了件好事,可我不劝您这样做,"她转身对杰列索夫说,不以为然地摇摇头。

"非常感谢您,"阿尔培特用汗湿的手握住杰列索夫的手说,"现在让我来拉支曲子吧。"

但其余的客人都准备走了,不管阿尔培特怎样挽留,他们还是往前厅走去。

阿尔培特向女主人告了别,戴上他那顶宽边旧礼帽,披上单薄的旧斗篷(这就是他过冬的全部衣服),同杰列索夫一起走到门口台阶上。

杰列索夫和这位新交坐上马车,闻到乐师身上那股难闻的酒味和肮脏的气味,他后悔自己的行为,责备自己太幼稚,心肠太软,考虑事情太轻率。再说,阿尔培特所说的话都很愚蠢庸俗,到了户外他又立刻显出可憎的醉态,使杰列索夫感到恶心。"叫我拿他怎么办呢?"他想。

马车走了一刻钟光景,阿尔培特就不做声了。他的帽子掉在脚下,整个身子倒在马车角落里,他打起鼾来。车轮在上冻的雪地上发出均匀的咯咯声,黎明淡淡的曙光透过结了冰花的车窗射进来。

杰列索夫回头瞧了瞧同车的人,那人的瘦长身子盖着斗篷,毫无生气地躺在他旁边。杰列索夫觉得,在这人身上摇晃着一个有黑色大鼻子的长脑袋,但凑近一看,才看出被他当作鼻子和脸的原来是头发,而真正的脸却在下面。他弯下腰去，才看清阿尔培特的相貌。那前额和宁静地抿着的嘴的美又使他吃惊。

杰列索夫直到早晨还没有睡觉，又听了那么使他兴奋的音乐，他的神经感到非常疲劳。他望着这张脸，又回到了昨夜窥见的那个欢乐世界，又想起了他幸福豪放的年华。于是他对自己的行为不再感到后悔。在这一刻，他真诚地热爱阿尔培特，并且下决心要为他做点好事。

4

第二天早上，杰列索夫被唤醒去上班，他看到旁边那架旧屏风、他的老仆和小桌上的座钟，觉得烦恼而惊奇。"除了这些永远待在我身边的东西，我还想看到什么呢？"他问自己。这时他想起了乐师的黑眼睛和幸福的微笑；而《忧郁曲》的旋律和昨夜奇怪的情景又在他的头脑里掠过。

但他没有工夫考虑他把乐师带回家来这件事是好是坏。他一面穿衣服，一面在心里安排这一天的活动。他拿了公文，吩咐了必要的家务，就匆匆穿上大衣和套鞋。他走过餐厅，往门里望了一眼。阿尔培特把脸埋在枕头里，穿着肮脏的破衬衫，伸开手脚沉睡在昨晚他烂醉如泥时被安置的皮沙发上。"总有点不对头。"杰列索夫不由地想。

"请你到波留佐夫斯基那儿去一下，说我要向他借小提琴给那乐师用一两天，"他吩咐仆人说，"等他醒了，你给他喝咖啡，把我的衬衣和旧衣服拿给他穿。总之，要好好招待他。麻烦你了。"

杰列索夫很晚回到家里，发现阿尔培特不在，感到很惊讶。

"他到哪儿去了？"他问仆人。

"他吃完饭就出去了，"仆人回答，"拿起小提琴就走了，他答应一小时后回来，可是到这会儿还没有回来。"

"唉！唉！真糟糕！"杰列索夫说，"扎哈尔，你怎么就让他走了？"

扎哈尔是从彼得堡带来的听差，伺候杰列索夫已有八年。杰列索夫是个**举目无亲的单身汉**，常常情不自禁地把自己的打算告诉他，并且喜欢每一件事都征求他的意见。

"我怎么敢不让他走呢，"扎哈尔玩弄着怀表上的小印章回答说，"德米特里·伊凡诺维奇，您要是关照我把他留在家里，我也不会让他走了。可您只说给他衣服穿。"

"唉！真糟糕！那么，我不在家，他在干什么？"

扎哈尔嗨地笑了一声。

"啊，德米特里·伊凡诺维奇，他可真称得上是个艺术家。他一醒来就要喝马德拉酒，后来一直跟厨娘和邻居家男仆鬼混。这人真可笑……不过脾气挺好。我给他送茶、端饭，他总不肯一个人吃，老是请我一起吃。至于小提琴，拉得可好啦，这样的乐师就是伊兹列尔①那儿也很少。这样的人才可以留在我们这儿。他给我们拉了《沿伏尔加河顺流而下》，简直就像一个人在哭。太好了！楼上楼下的邻居都到我们门口来听。"

"那么，你给了他衣服没有？"主人打断他的话问。

---

① 伊兹列尔是彼得堡郊区一个专营矿泉水的老板。他常举行各种歌舞表演，以招徕顾客。

"当然,我把您的睡衣给了他,还把我的大衣让他穿了。这样的人是应该帮助的,真是个讨人喜欢的人。"扎哈尔微微一笑说。"他老是问我您是几品官,有没有认识的要人,您有多少农奴。"

"嗯,行了,现在得先去把他找回来,以后再也别给他酒喝,要不对他更糟。"

"这倒是实话,"扎哈乐插嘴说,"看样子他身体很弱,从前我们家老爷也有这样一个管家……"

杰列索夫早就熟悉那个喝得烂醉如泥的管家的故事,不让扎哈尔再往下说,吩咐他准备过夜,并且差他去把阿尔培特找回来。

杰列索夫躺到床上,吹灭蜡烛,但好半天都睡不着,老是想着阿尔培特。"虽然会有许多朋友认为这一切很怪,"杰列索夫想,"但是一个人难得为别人做点事,因此有这样的机会得感谢上帝,我决不能错过。我一定要帮助他,尽我所能帮助他。也许他根本不是疯子,只是个酒鬼。这又花不了我多少钱,有一人的饭就够两个人吃饱。先让他在我这儿住,然后给他找个工作,或者开一次音乐会。先让他摆脱困境,以后瞧着办。"

这样考虑了一番,他感到洋洋自得。

"说真的,我可不是个坏人,完全不是个坏人,"他想,"同别人相比,简直是个好人……"

他刚要睡着,就被前厅的开门声和脚步声吵醒。

"对了,我要对他严厉些,"他想,"这样好些,我得这么办。"

他打了一下铃。

"怎么样,把他带回来啦?"他问走进门来的扎哈尔。

"他这人真可怜,德米特里·伊凡诺维奇,"扎哈尔意味深长地摇摇头,闭上眼睛说。

"怎么,他喝醉了?"

"他太虚弱了。"

"小提琴在吗?"

"带回来了,是那位太太交给我的。"

"好,现在别让他到我这儿来,叫他睡觉,明天说什么也别让他出去。"

但没等扎哈尔出去,阿尔培特就走进屋来。

5

"您要睡了吗?"阿尔培特笑着说。"我刚才到安娜·伊凡诺夫娜家去了。今天晚上过得挺快活;弄弄音乐,说说笑笑,都是些有趣的伙伴。您让我喝杯什么吧,"他拿起桌上的长颈水瓶添加说,"就是不要水。"

阿尔培特同昨天一样:还是那好看的含笑的眼睛和嘴唇,还是那光洁的充满灵感的前额,以及衰弱的四肢。他穿着扎哈尔的大衣正合身,那清洁而没有浆过的睡衣长领子漂亮地围着他那细长白净的脖子,使他看上去具有一种天真无邪的神气。他坐到杰列索夫床上,默默地望着杰列索夫,露出快乐和感激的微笑。杰列索夫瞧瞧阿尔培特的眼睛,突然觉得自己又被他的笑容所感染。他不再想睡,也忘了要对他严厉些的决定,相反,想开心,听音乐,同阿尔培特亲切地聊聊天,一直聊到天亮。杰列索夫吩咐扎哈尔拿酒、纸烟和小提琴来。

"这太好了，"阿尔培特说，"还早呢，我们听听音乐吧，您想听多少曲子，我就给您拉多少。"

扎哈尔得意洋洋地拿来一瓶拉斐特红葡萄酒、两个杯子、阿尔培特爱吸的淡味纸烟和小提琴。但他并没听东家的吩咐去睡觉，自己点上一支雪茄，坐到隔壁屋里。

"我们还是聊聊吧，"杰列索夫对刚要拿起小提琴的乐师说。

阿尔培特顺从地坐到床上，又快乐地微微一笑。

"哦，好的，"他突然用手拍拍前额，露出担心和好奇的神色说。（他脸上的表情总是把他要说的话先表现出来。）"请问……"他沉吟了一下，"昨天晚上和您在一起的那位先生……您叫他 N 的，他是不是那位大名鼎鼎的 N 的儿子？"

"是他的亲生儿子，"杰列索夫回答，怎么也不明白阿尔培特怎么会对这件事感兴趣。

"这就对了，"他得意地笑着说，"我从他的举止上立刻就看出他有一种与众不同的贵族气派。我喜欢贵族，贵族身上有一种优美典雅的风度。还有那位舞跳得很好的军官我也很喜欢，他又风趣又高尚。他大概是 NN 副官吧？"

"哪一位呀？"杰列索夫问。

"就是跳舞时同我相撞的那一位。他准是个可爱的人。"

"不，他是个微不足道的家伙，"杰列索夫回答。

"哦，不对！"阿尔培特热情地替他辩护说，"他身上有一种非常讨人喜欢的气质。他是个出色的音乐家，"阿尔培特补充说，"他在那里演奏什么歌剧。我好久没有遇到过这样可爱的人了。"

"是的，他演奏得很好，但我不喜欢他的演奏，"杰列索夫说，想引对方谈谈音乐,"他不懂古典音乐,而唐尼采蒂①和贝里尼②,这可算不上音乐。您大概也是这么看的吧?"

"哦,不,不,对不起,"阿尔培特带着庇护的神色说,"旧音乐是音乐,新音乐也是音乐。新音乐里也有非常优美的乐曲,譬如《梦游女》《露契亚》的最后乐章,还有**肖邦**、《罗勃》③你说怎么样?我常常想……"他停了停,显然在集中思想,"要是贝多芬还活着,他听了《梦游女》一定会高兴得哭起来。从头到尾都很美。当维亚多④和鲁比尼⑤在这里的时候,我头一次听《梦游女》,那时候啊,"他说时眼睛闪闪发亮,两手做着手势,仿佛要从胸中掏出什么东西。"只要再加点什么,就叫人受不了啦!"

"那么,您觉得现在的歌剧怎么样?"杰列索夫问。

"博西奥⑥好,非常好,"他回答说,"非常美,就是不能打动这儿,"他指指凹陷的胸脯说,"歌唱家要有激情,可是她没有。她能使人快乐,却不能使人痛苦。"

"那么拉布拉什⑦呢?"

"我从前在巴黎听过他的《塞维勒的理发师》⑧,当年他是举世无双

---

① 唐尼采蒂(1797—1848),意大利歌剧作曲家。作有歌剧十七部,著名的有《拉美摩尔的露契亚》、《帕斯夸莱先生》等。
② 贝里尼(1801—1835),意大利歌剧作曲家。代表作有《诺尔玛》、《梦游女》、《清教徒》等。
③ 《罗勃》指德国作曲家梅耶贝尔(1791—1864)的歌剧《恶魔罗勃》。
④ 维亚多是法国女中音歌唱家。
⑤ 鲁比尼是意大利男高音歌唱家。
⑥ 博西奥是意大利女歌唱家。
⑦ 拉布拉什是意大利男低音歌剧演唱家。
⑧ 《塞维勒的理发师》是意大利作曲家罗西尼(1792—1868)的歌剧。

的,可是现在他老了,不能再演出了,老了。"

"老有什么关系,他参加合唱还是挺好的。"杰列索夫谈到拉布拉什总是这么说。

"老怎么没有关系?"阿尔培特严厉地反驳说。"他不应该老。一个艺术家不应该老。艺术需要很多东西,但主要是火!"他说时眼睛熠熠发亮,两手向上举起。

他全身上下真的燃起了熊熊烈火。

"哦,天哪!"他突然说。"您不认识画家彼得罗夫吗?"

"不,不认识。"杰列索夫笑眯眯地回答。

"我真希望您能同他认识!您同他谈谈一定会感到愉快。他可懂得艺术啦!我以前常常在安娜·伊凡诺夫娜家遇见他,可现在她不知怎的生他的气。我真希望您能同他认识。他这人很有才华,很有才华。"

"怎么,他画画吗?"杰列索夫问。

"我不知道,好像不画了,但他原是个学院派画家。他的思想了不起!他有时谈论艺术,谈得可妙啦。哦,彼得罗夫很有才华,就是生活太放荡,真可惜。"阿尔培特笑着添加说。接着他从床边站起来,拿起提琴,调起弦来。

"那么,您早就不在歌剧院了吗?"杰列索夫问他。

阿尔培特回过头来,叹了一口气。

"唉,我实在没有办法,"他抱住头说。接着他又坐到杰列索夫旁边。"我老实对您说,"他几乎像耳语似的说,"我不能到那儿去,不能到那儿去演奏,我什么也没有,什么也没有,没有衣服,没有房子,没有小提琴。我的生活糟透了,糟透了!"他反复说。"我到那儿去干什么?

去干什么？用不着，"他笑着说，"唉，《唐璜》①！"

他拍了一下脑袋。

"那么，什么时候我们一起去好吗？"杰列索夫说。

阿尔培特没有回答。他一跃而起，拿起小提琴，开始演奏《唐璜》第一幕的最后乐章，用他的音乐语言来叙述歌剧的内容。

当他奏出垂死的海盗的声音时，杰列索夫毛骨悚然。

"不行，我今天不能拉，"他放下小提琴说，"我喝得太多了。"

但接着他又走到桌旁，倒了满满一杯酒，一饮而尽，然后又在杰列索夫的床上坐下。

杰列索夫目不转睛地望着阿尔培特；阿尔培特偶尔笑笑，杰列索夫也笑笑。两人都不做声，但他们的目光和眼神却使他们的关系越来越亲密。杰列索夫觉得他越来越喜欢这个人，心里感到有说不出的高兴。

"您恋爱过吗？"杰列索夫突然问。

阿尔培特沉吟了一下，接着脸上露出苦涩的微笑。他向杰列索夫俯下身去，聚精会神地对他的眼睛瞧了瞧。

"您问我这个干什么？"他低声说。"不过我会把一切都告诉您的，我喜欢您，"他对杰列索夫望望，又回过头继续说，"我不愿骗您，我会原原本本讲给您听的。"他停住话头，他那双眼睛古怪地停住不动。"不瞒您说，我这人不够理智，"他突然说，"是的，安娜·伊凡诺夫娜大概对您说过。她对谁都说我是个疯子！这话不对，她这是说着玩的，她是个好心肠的女人，但我身体不太好确有一阵子了。"

阿尔培特又停住了，接着睁大眼睛直愣愣地望了望黑漆漆的门。

---

① 奥地利作曲家莫扎特(1756—1791)的著名歌剧。

"您问我有没有恋爱过？是的,我恋爱过,"他扬起眉毛低声说,"那是很久以前的事,当时我还在剧院工作。我在歌剧里拉第二小提琴。她坐在左边包厢里。"

阿尔培特站起来,俯身对着杰列索夫的耳朵。

"不,何必把她的名字说出来呢,"他说,"您大概认识她,大家都认识她。我不做声,只是默默地望着她。我知道我是个穷乐师,可她是位贵夫人。这一点我很清楚。我只是望着她,没存什么妄想。"

阿尔培特沉思着,回忆着往事。

"这事是怎么发生的,我已经记不清了；只记得我被叫去拉小提琴给她伴奏。我算得了什么,一个穷乐师罢了!"他摇摇头含笑说。"哦,我不知道怎么说才好,不知道……"他抱住头添加说,"当时我是多么幸福!"

"那么,您常到她那儿去吗?"杰列索夫问。

"去过一次,只去过一次……但这得怪我自己,我简直疯了。我是个穷乐师,可她是位贵夫人。我什么话都不该对她说。可我简直疯了,我干了蠢事。从那时起我全完了。彼得罗夫对我说得对:我只在剧院里看见她就好了……"

"您到底干了什么啦?"杰列索夫问。

"哦,慢一点,慢一点,这我不能说。"

他双手捂着脸,沉默了好一会儿。

"那天我去乐队迟到了。那天晚上我跟彼得罗夫一起喝了酒,我心烦意乱。她坐在包厢里,正跟一位将军谈话。我不知道那位将军是谁。她坐在包厢边上,双手放在栏杆上；她穿着一身雪白的连衣裙,脖子上挂着一串珍珠。她同他说话,眼睛却望着我。她对我望了两次。

她的发型真是迷人,我没有拉琴,却站在低音提琴旁边瞧着她。这时我第一次感到神魂颠倒。她对将军微微一笑。又对我望望。我觉得她是在说我,于是我突然发觉我不在乐队里,而是在包厢里,站在她旁边,握着她的手,握着这个地方。这是怎么一回事?"阿尔培特停了停,问。

"这是幻觉。"杰列索夫说。

"不,不……我说不明白,"阿尔培特皱起眉头说,"我那时已很穷,没有住处,所以我去剧院,有时就在那里过夜。"

"怎么?在剧院里?在黑暗的空荡荡的大厅里?"

"唉!我不怕您笑话。哦,等一下。当大家都走了,我就走到她坐过的包厢里,在那儿睡觉。这是我唯一的乐趣。我在那里度过了多少个美好的夜晚!不过有一次我又犯病了。夜里我精神恍惚,看见许多东西,但我不能把这许多都讲给您听。"阿尔培特垂下眼睛,瞧着杰列索夫。"这是怎么一回事?"他问。

"真怪!"杰列索夫说。

"不,慢一点,慢一点!"他凑近杰列索夫的耳朵低声说,"我吻着她的手,站在她旁边哭,还跟她说了许多话。我闻到她身上的香水味,听见她的声音。她一个晚上跟我说了许多话。然后我悄悄拿起琴,轻轻地拉起来。我拉得好极了。可是我感到害怕。我不信那些荒唐的话,可是我为我的头脑担忧,"他说,亲切地笑着,同时摸摸前额,"我为我可怜的头脑担忧,我觉得我的脑子出了毛病。也许这没有关系吧?您觉得怎么样?"

两人沉默了几分钟。

即使浮云遮住太阳,

太阳还是永远明亮。①

阿尔培特温和地笑着,唱道。"是不是这样?"他又加了一句。

我也生活过,我也享受过。②

"唉,要是彼得罗夫老头儿在,他就会给您解释清楚了。"
杰列索夫不做声,恐惧地瞧着对方激动的苍白的脸。
"您知道《尤利斯特圆舞曲》③吗?"阿尔培特叫道,没等他回答,就一跃而起,抓起小提琴,拉起这支快乐的圆舞曲来。他忘情地拉着琴,仿佛觉得整个乐队在为他伴奏。他面带笑容,摇晃着身子,挪动双脚,拉得非常出色。
"哦,真开心!"他拉完曲子,挥了挥提琴说。
"我要走了,"他默默地坐了一会儿,说,"您不去?"
"去哪儿?"杰列索夫惊奇地问。
"再到安娜·伊凡诺夫娜家去,那儿快活,人多,热闹,又有音乐。"
杰列索夫开头差点儿同意,但仔细一想,还是劝阿尔培特今晚别去。
"我只去一会儿。"
"真的,您还是别去。"
阿尔培特叹了口气,放下提琴。

---

① 摘自德国作曲家韦伯(1786—1826)的歌剧《魔弹射手》,原文是德语。
② 摘自舒伯特(1797—1828)谱曲的席勒的诗《少女的哀叹》,原文是德语。
③ 约翰·斯特劳斯的圆舞曲。

"那么不去了?"

他又望望桌子(酒没有了),就道了晚安,走了。

杰列索夫打了打铃。

"注意,不经我许可,别放阿尔培特先生出去,"他对扎哈尔说。

6

第二天是假日。杰列索夫醒来后坐在客厅里喝咖啡,看书。阿尔培特在隔壁屋子里还没有动静。

扎哈尔小心地打开门,往餐室里望了望。

"您准不会相信,德米特里·伊凡诺维奇,他就这么睡在光光的沙发上!身下什么也没铺,真的。简直像个小孩子。真是个卖艺的。"

十一点多钟,门里传出来哼哼声和咳嗽声。

扎哈尔又走进餐室。于是主人听见扎哈尔和气的声音和阿尔培特微弱的请求声。

"喂,什么事?"扎哈尔出来时,主人问。

"他感到无聊,德米特里·伊凡诺维奇,他不肯洗脸,脸色阴沉,一直要酒喝。"

"哼,既然决定了,就得坚持到底。"杰列索夫自言自语。

他吩咐不给阿尔培特酒喝,又拿起书来看,但又情不自禁地倾听着餐室里的动静。那里毫无动静,只偶尔传出重重的咳嗽声和吐痰声。过了两小时,杰列索夫穿好衣服,出门之前决定去看看这个借宿的人。阿尔培特一动不动地坐在窗口,两手托着头。他回头看了看。他脸色枯黄，皱纹累累，不仅闷闷不乐，而且愁容满面。他想笑笑表示问候，但脸上的表情更加凄苦。他仿佛要哭出来。他吃力地站起来，鞠了一躬。

"要是可以，给我一小杯伏特加就行，"他恳求说，"我身子太虚了……对不起！"

"您最好还是喝杯咖啡提提神。我劝您喝咖啡。"

阿尔培特的脸顿时失去天真的神色，他冷冷地茫然望望窗外，颓然跌坐在椅子上。

"您不想吃点早饭吗？"

"不，谢谢，我吃不下。"

"您要是想拉拉琴，那倒不会妨碍我的。"杰列索夫把小提琴放在桌上说。

阿尔培特带着轻蔑的微笑瞧了瞧小提琴。

"不，我身子太虚了，拉不动。"他说着把琴推开。

以后，不论杰列索夫说什么，请他出去走走，晚上去看戏，他只是顺从地点点头，执拗地不做声。杰列索夫坐车出去，拜访了几位朋友，在别人家里吃了午饭，直到看戏之前才回家换衣服，同时看看乐师在做什么。阿尔培特坐在黑暗的前厅，双手托住头，望着生火的炉子。他穿得整整齐齐，脸洗得干干净净，头发也梳过了，但他的眼睛暗淡无光，死气沉沉，样子显得比早晨还要软弱和疲劳。

"哦，阿尔培特先生，您吃过饭了吗？"杰列索夫问。

阿尔培特点点头表示吃过了，接着瞧了瞧杰列索夫的脸，怯生生地垂下眼睛。

杰列索夫感到有点难堪。

"今天我跟剧院经理谈起您，"他说，也垂下眼睛，"他很愿意聘请您,只要您能听他的话。"

"谢谢您,我拉不动。"阿尔培特喃喃地说,接着就回到自己屋里,随手轻轻地把门关上。

几分钟后,门把手同样轻轻地转动了一下,阿尔培特拿着小提琴出来。他恶狠狠地瞪了杰列索夫一眼,把小提琴往椅子上一放,又进去了。

杰列索夫耸耸肩膀,微微一笑。

"我还有什么办法呢?我到底错在哪里?"他想。

"喂,乐师怎么样?"晚上他很晚回家,第一句就这样问。

"很糟!"扎哈尔简短地大声回答。"他一直唉声叹气,咳嗽,什么话也不说,只是一连四五次向我讨伏特加喝。我只给了他一杯。要不然,德米特里·伊凡诺维奇,我们会毁了他的,就像管家那样……"

"那么,他没拉琴吗?"

"连碰也没碰。我把琴给他送去过两三次,他就轻轻地拿起,又把它送出来,"扎哈尔含笑回答,"那么,酒给不给他喝?"

"不,再过一天,看情况再说。他现在在干什么?"

"他一个人关在客厅里。"

杰列索夫走到书房,挑了几本法文和一本德文《福音书》。

"明天把这些书放在他屋里,注意别让他出去,"他对扎哈尔说。

第二天早晨,扎哈尔报告主人,乐师一夜没睡,一直在房子里走来走去。他走进餐具室,想打开酒柜,但扎哈尔很仔细,把柜子都锁上了。扎哈尔说,他假装睡着,只听见阿尔培特在黑暗中自言自语,挥动双手。

阿尔培特一天比一天忧郁和沉默。他看来怕杰列索夫,当他们的目光相遇时,他的脸上就现出病态的恐惧。他不拿书,不拿琴,不回答人家向他提出的任何问题。

乐师来后第三天,杰列索夫深夜才回家。他身体疲劳,心情恶劣。他坐车跑了一整天,为一件看来很简单的事奔走,尽管费了很大力气,事情却毫无进展。这种情况是常有的。此外,他在俱乐部打惠斯特牌输了钱,情绪很坏。

"哼,让他去吧!"他听扎哈尔说到阿尔培特的可悲情况,这样回答。"明天我要他明确答复:他愿不愿住在我家里,并听从我的劝告?不愿意,那就听便。我可是已尽了我的力了。"

"这就是为人做好事的结果!"他暗自想,"我把这肮脏的家伙留在家里,带来不少麻烦,弄得上午不能接待生客,为了他到处奔走,可他却把我看成为了自己快乐而把他关在家里的坏蛋。主要是他一点也不为自己努力一番。他们都是这样的(这里'他们'是指一般人,尤其是指今天同他打交道的人),现在拿他怎么办呢?他在想些什么?有什么舍不得?舍不得放弃我把他从那里拉出来的放荡生活吗?舍不得丢弃他原来的屈辱吗?舍不得摆脱我把他从那里挽救出来的极端贫困吗?看来他堕落得太深了,以至不能正视规规矩矩的生活……"

"不,这是幼稚的行为,"杰列索夫暗自想,"我连自己都管不好,哪里还谈得到改造别人。"他想立刻就放他走,但想了想,决定到明天再说。

夜里,杰列索夫被前厅桌子翻倒的声音、说话声和脚步声吵醒。他点上蜡烛,惊讶地留神倾听……

"您等着,我要告诉德米特里·伊凡诺维奇。"扎哈尔说。阿尔培特激动而断断续续地咕噜着什么。杰列索夫一骨碌爬起来,拿着蜡烛跑进前厅。扎哈尔穿着睡衣当门站着,阿尔培特身披斗篷,头戴礼帽,

想把他从门口推开,声泪俱下地对他嚷道:

"您不能不让我走!我有身份证,我没有拿过你们家一针一线!您可以搜查!我要去找警察局局长!"

"对不起,德米特里·伊凡诺维奇!"扎哈尔对主人说,仍用背挡着门。"他夜里起来,在我大衣袋里找到钥匙,把一瓶加糖的伏特加统统喝光了。这像话吗?现在他又要走。我没有得到您的吩咐,所以不能让他走。"

阿尔培特一看见杰列索夫,就更加逼近扎哈尔。

"谁也不能扣留我!谁也没有这个权利!"他嚷道,嗓门越来越大。

"您让开,扎哈尔,"杰列索夫说,"我不扣留您,我也不能扣留您,但我还是劝您留到明天。"他对阿尔培特说。

"谁也不能扣留我!我要去找警察局局长!"阿尔培特叫得越来越响,而且只对扎哈尔叫嚷,眼睛不瞧杰列索夫。"救命啊!"他突然狂叫起来。

"您这么嚷嚷干什么?谁也没有留您。"扎哈尔打开门说。

阿尔培特不再叫嚷。"办不到吧?想要我的命。办不到!"他一边穿套鞋,一边喃喃地说。他不向谁告辞,嘴里喃喃地说个不停,走出门去。扎哈尔拿着蜡烛送他走到大门口,就回来了。

"感谢上帝,德米特里·伊凡诺维奇!要不早晚会闹出事情来的,"他对主人说,"现在得查点一下银器。"

杰列索夫只摇摇头,什么也没有回答。他历历在目地想起同乐师共度的头两个晚上,想起由于他的过错而使阿尔培特在这儿度过的几天不痛快的日子,主要是想起初次见到这个怪人在他心里唤起的惊讶、怜爱和同情交织的甜蜜感情,他不禁可怜起他来了。"现在叫他怎么办呢?"他想,"没有钱,没有暖和的衣服,深更半夜孤零零一个人……"他想派扎哈尔去追他,但已经晚了。

"外面冷吗?"杰列索夫问。

"冷得厉害,德米特里·伊凡诺维奇,"扎哈尔回答,"我忘了向您禀报,开春以前还得买点木柴。"

"你不是说足够了吗?"

7

外面确实很冷,但阿尔培特并不觉得冷,这是因为他喝了酒,又吵了一架,浑身感到很热。

他走到街上,回头望了望,快乐地搓搓手。街上空荡荡的,一长排路灯还发出红光,天上星光灿烂。"怎么样?"他对着杰列索夫家灯光明亮的窗子说,接着双手插进斗篷里面的裤袋里,弯曲的身子向前冲着,迈着沉重跟跄的步子向街道右边走去。他感到两腿和胃里都非常沉重,头脑里嗡嗡作响,一种无形的力量使他左右摇晃,但他还是朝安娜·伊凡诺夫娜家的方向走去。他的头脑里掠过种种奇怪的不连贯思想。他忽而想起刚才同扎哈尔的争吵,忽而不知怎的想起大海和他乘轮船初次抵达俄国的情景,忽而想起同一个朋友顺路在一家小酒店里度过的快乐夜晚,忽而心里唱起一支熟悉的曲子,他想起了热恋的对象和剧院里那个可怕的夜晚。尽管这些回忆都不连贯,它们却鲜明地浮现在他的眼前,他闭上眼睛,不知道什么更真实:是他所做的还是他所想的?他不记得也没有感觉到他怎样勉强举步,怎样跟跟跄跄撞在墙上,怎样茫然四顾,怎样走过一条条街道。他只记得和感觉到,他的浮想古怪离奇,错综交织,层出不穷。

阿尔培特在走过小滨海街时绊了一跤。他猛地清醒过来,看到前面有一座雄伟豪华的建筑物,就继续向前走去。天上没有星星,没有曙光,没有月亮,街上也没有路灯,但各种物体却显得清清楚楚。那座矗立在街头的建筑物,窗内灯火通明,但那些灯火却像倒影似的不断晃动。这座建筑物越来越近,越来越清楚地呈现在阿尔培特面前。但他一走进宽阔的大门,里面的灯火就熄灭了。房子里黑漆漆的。拱顶下重重地回响着孤独的脚步声。当他走近时,一些影子就溜掉了。"我上这儿来干什么?"阿尔培特想,但有一种不可抗拒的力量把他向前拉去,拉到大厅深处……那里有一座高台,周围默默地站着些矮小的人,"谁要讲话?"阿尔培特问。没有人回答,只有一个人向他指指高台。这时台上已站着一个瘦瘦的高个子,头发硬得像鬃毛,身上穿着一件花袍。阿尔培特立刻认出是自己的朋友彼得罗夫。"真奇怪,他怎么会在这儿?"阿尔培特想。"不,弟兄们!"彼得罗夫指着一个人说。"你们不了解这位生活在你们中间的人!他不是一个卖艺的,不是一个机械的琴师,不是一个疯子,不是一个堕落的人。他是一位天才,一位伟大的音乐天才,但在你们中间不被注意,不受重视,因而被断送了。"阿尔培特立刻明白他的朋友说的是谁,但他不想使他难堪,只谦逊地垂下头。

"他好像一根干草,被我们大家所侍奉的圣火烧成灰烬,"那个声音继续说,"但他完成了上帝赋予他的全部使命,因此他应该被称为伟人。你们可以轻视他,折磨他,侮辱他,"声音越来越响,"但他过去、现在和将来都比你们大家崇高得多。他幸福,他善良。他待人一视同仁,一样地爱人或蔑视人,他只为上帝交给他的使命工作。他只爱一样东西,那就是美——世界上唯一的绝对幸福。对,他就是这样一个人!你们都在他面前跪下!"他大声叫道。

但是,从大厅对面角落里轻轻响起另一个声音。"我不愿给他下跪。"那个声音说,阿尔培特立刻听出那是杰列索夫的声音。"他有什么伟大?为什么我们要给他下跪?难道他的行为规矩正派吗?他给社会带来过益处吗?难道我们不知道他怎样借钱不还,怎样从同事那里拿走小提琴上当铺吗?……("天哪,他什么都知道!"阿尔培特想,头垂得更低了。)难道我们不知道他怎样奉承最卑鄙的人,为了几个钱去奉承他们?"杰列索夫继续说。"难道我们不知道他怎样从剧院里被赶出来?安娜·伊凡诺夫娜怎样想把他送交警察局吗?("天哪!这一切都是真的,但请你替我辩护吧,只有你知道我为什么要这样做。")

"不要再说了,真不害臊,"彼得罗夫的声音又响了,"你们有什么权利责备他?难道你们过过他的生活吗?你们有他那样的灵感吗?('对,对!'阿尔培特喃喃说。)艺术是人的能力的最高表现。艺术只赋予极少数精英,并把他们提升到令人头晕目眩的高处,普通人是很难在那里生活的。艺术也像一切斗争那样有自己的英雄,他们为事业奉献一切,往往没有达到目的就牺牲了。"

彼得罗夫静默了,阿尔培特抬起头来,大声叫道:"对!对!"但他的叫嚷没有声音。

"这事同您无关,"画家彼得罗夫严厉地对他说。"哼,你们侮辱他,蔑视他,"他继续说,"但他是我们中间最优秀最幸福的人!"

阿尔培特听了这句话,心花怒放,忍不住走到朋友跟前,想亲吻他。

"滚开,我不认识你,"彼得罗夫回答,"走你自己的路,要不你要走不到了……"

"瞧你醉成什么样子！你走不到家了。"十字路口有个岗警对他叫道。

阿尔培特站住，提起精神，竭力不东摇西晃，拐进胡同。

离安娜·伊凡诺夫娜家只剩几步路了。她家的灯光从门廊射到院子里的积雪上。门口停着雪橇和马车。

他用冻僵的双手抓住栏杆，跑上台阶，打了打铃。

一个女仆睡眼惺忪地从门上小窗里探出头来，怒气冲冲地瞅了一眼阿尔培特。"不行！"她吆喝道，"东家吩咐不让你进来，"说完就砰的一声把小窗关上。台阶上听见音乐声和女人的说话声。阿尔培特就地坐下，头靠着墙，闭上眼睛。就在这一刹那，许多不相连贯而亲切动人的幻影更强烈地包围了他，把他卷进它们的浪潮，并把他带到一个自由美丽的幻想世界。"是的，他是天下最优秀最幸福的人！"这句话不觉又涌上他的脑海。门里传出波尔卡舞曲的音乐。这些音乐也说，他是天下最优秀最幸福的人！附近教堂里传出钟声，这钟声也说："是的，他是天下最优秀最幸福的人。"阿尔培特想："我现在是不是再到大厅里去，彼得罗夫还有许多话要跟我说呢。"但大厅里已一个人也没有了，站在高台上的不是画家彼得罗夫，而是阿尔培特自己。他自己在小提琴上奏出刚才说的话。但这是一把很古怪的小提琴，全部用玻璃制成。而要它发出声音，必须双手抱着它，慢慢把它紧贴在胸前。声音那么柔和，那么悦耳，阿尔培特从来没有听见过。他把琴抱得越紧，心里越感到快乐和甜蜜。声音越是洪亮，阴影消散得越快，大厅的墙壁就被强烈的光芒照得越亮。但演奏这琴必须非常小心，免得把它压碎。阿尔培特拉这玻璃提琴拉得非常小心，非常动听。他认为他奏出了谁也不可能再听到的美妙音乐。当另一个遥远的低沉的声音吸引他的注意时,他已感到疲劳。这是钟声,但在远处高亢地说:"是的,你们觉得他很可怜,你们瞧不起他,可他是天下最优秀最幸福的人!再不会有人奏这种乐器了。"

阿尔培特突然觉得这些熟悉的话非常精辟,非常新颖,非常公正。他停止演奏,竭力一动不动,举起双手,抬头望着天空。他觉得自己心旷神怡,十分幸福。尽管大厅里一个人也没有,阿尔培特却挺起胸膛,傲然昂起头,站在台上,让大家都能看到他。突然有人用手碰碰他的肩膀,他转过身来,在昏暗中看见一个女人。她伤心地望着他,不以为然地摇摇头。他立刻明白他的行为不对,他感到害臊。"您到哪儿去?"他问她。她再次长久地凝视着他,然后伤心地低下头。她就是他所热爱的人,她穿的还是那件衣服,雪白丰满的脖子上挂着一串珍珠项链,好看的手臂露到臂肘以上。她拉住他的手,带他走出大厅。"出口在那边。"阿尔培特说,但她笑笑没有回答,继续带他往外走。迈过大厅门槛时,阿尔培特看见了月亮和水。但水不像通常那样在下面,月亮也不像通常那样在上面:一轮明月照例停留在一个地方。月亮和水融成一片,上下左右,在他们俩周围,到处都是月亮和水。阿尔培特同她一起跳进月亮和水里,他明白现在他可以拥抱天下他最爱的人了。他拥抱她,感到无限幸福。"我是不是在做梦?"他问自己,但是不!这是现实,比现实更真切,这是现实加上回忆。他觉得,他此刻所享受的无法形容的幸福已经过去,而且一去不回。"我在哭什么呀?"他问她。她默默无言,凄苦地对他望望。阿尔培特明白她这是什么意思。"既然我活着,那又有什么呢。"他说。她没有回答,一动不动地望着前方。"这太可怕了!怎样向她说明我还活着?"他恐怖地想。"天哪!我还活着,您要了解我!"他喃喃地说。"他是天下最优秀最幸福的人。"一个声音说。可是有一样东西越来越沉重地压在阿尔培特身上。这是月亮和水呢,还是她的拥抱,还是眼泪,他不知道,但他感到他说不出要说的话,而且一切都快结束了。

两位客人从安娜·伊凡诺夫娜家出来,正好看见阿尔培特直挺挺地躺在门槛上。其中一位回去叫女主人出来。

"啊,这太造孽了,"他说,"您竟把一个人冻成这个样子。"

"哦,原来是阿尔培特,瞧他坐在什么地方。"女主人回答。"喂,安奴施卡!快把他抬到屋里去,"她吩咐女仆说。

"我还活着,怎么要埋葬我啊?"阿尔培特精神恍惚地被抬进屋里去的时候喃喃地说。

1858 年 2 月 28 日

三　死

1

秋天,两辆马车在大道上疾驰。前面的轿车上坐着两个女人。一个是贵夫人,身体消瘦,脸色苍白。另一个是使女,脸色红润,体态丰满。使女干枯的短发老从褪色的帽子里掉下来,她只好用戴破手套的冻红的手不时把头发塞进去。她那高高的胸脯裹着粗披巾,散发出健康的气息。她那双乌溜溜的眼睛时而望望窗外掠过的田野,时而怯生生地瞧瞧太太,时而不安地打量马车的角落。她的鼻子前面晃动着太太那顶挂在网架上的帽子,她的膝盖上躺着一条小狗,她的腿因地上放着一堆匣子而高高地翘着,在车座弹簧的抖动声和车窗玻璃的丁丁声中,可以隐隐听见她的鞋底碰到匣子的声音。

贵夫人双手叠放在膝盖上,闭着眼睛,稍稍皱起眉头,从胸腔里咳嗽着,身子靠在背后的靠垫上微微摇晃。她头上戴着一顶白色睡帽,娇嫩白净的脖子上系着一条浅蓝色头巾。睡帽底下露出笔直的头路,把她那搽过油的平整的淡褐色头发分开,苍白的头路显得没有生气,像死人的皮肤一样。她的脸清秀美丽,但皮肤松弛枯黄,两颊和颧骨泛出红潮。她的嘴唇干燥,不断翕动;稀疏的睫毛没有卷起;凹陷的胸脯使她的旅行呢外套现出一条条直褶。她双目紧闭,脸上现出疲倦、烦躁和常有的痛苦神色。

听差双肘支着软椅,在驭座上打瞌睡。驿车夫神气活现地吆喝着,赶着四匹热汗淋漓的高头大马,偶尔回头望望后面篷车上吆喝着的另一名马车夫。宽阔的平行车辙在泥泞的石灰路上均匀而迅速地向前伸展。天空阴沉寒冷,黑雾不断降落到田野和大路上。马车里很闷,散发出花露水和尘土的气味。病人把头往后一靠,慢慢睁开眼睛,她那双眼睛又大又亮,黑得很美。

当使女外套的下摆稍稍触到太太的腿时,她就用消瘦的纤手神经质地把它推开,并且说:"又来了!"她的嘴痛苦地瘪了一下。玛特廖莎双手提起外套,用强壮的腿支起身子,坐得远一点。她那娇嫩的脸上泛起鲜艳的红晕。病人那双美丽的乌黑眼睛紧紧盯着使女的一举一动。太太两手按住座位,也想支起身子坐得高些,但她力不从心。她的嘴瘪了一下,整个脸由于无可奈何的自嘲而变得难看。"你哪怕帮我一把也好啊!……唉!不必了!我自己也能,只是对不起,别把麻袋之类的东西放在我背后!……既然你不会,那就别来碰我!"太太闭上眼睛,接着又迅速地抬起眼皮,瞧了使女一眼。玛特廖莎望着她,咬着红红的下唇。病人从胸膛里吐出深沉的叹息,但叹息到一半又变成了咳嗽。她转过脸去,皱起眉头,双手按住胸口。咳嗽完了,她又闭上眼睛,仍旧一动不动地坐着。轿车和篷车驶进了村庄。玛特廖莎从披巾下伸出一只胖鼓鼓的手,画了个十字。

"什么事?"太太问。

"到站了,太太。"

"我问你为什么画十字?"

"有座教堂,太太。"

病人转身对着窗外,睁大眼睛望着马车经过的那座乡村教堂,动手慢慢地画十字。

轿车和篷车同时在驿站前停下。病人的丈夫和医生下车来到轿车跟前。

"您觉得怎么样?"医生把着她的脉问。

"哦,怎么样,我的朋友,你累了吗?"丈夫用法语问,"你不想下车吗?"

玛特廖莎抱起包裹缩在角落里,免得妨碍他们谈话。

"没什么,还是那样,"病人回答,"我不下车。"

丈夫站了一会儿,走进驿站。玛特廖莎霍地跳下马车,踮着脚尖跑过泥泞地,也走进驿站大门。

"就算我身体不好,也不能成为您不吃早饭的理由。"病人含笑对站在车窗旁的医生说。

"他们谁也不来管我,"医生刚轻手轻脚地离开她,跑上驿站台阶,她就这样自言自语,"他们身体好,什么都不在乎。哦!天哪!"

"怎么样,爱德华·伊凡诺维奇?"丈夫遇到医生,快乐地笑着搓搓手说,"我吩咐他们把食盒拿进来,您觉得怎么样?"

"行。"医生回答。

"那么,她怎么样?"丈夫压低声音,扬起眉毛,叹了口气说。

"我说过:她不仅到不了意大利,能到莫斯科就算不错了。特别是碰到这种天气。"

"那怎么办呢？哦，天哪！天哪！"丈夫用手掩住眼睛说。"拿到这儿来！"他对端食盒进来的仆人说。

"本来就该待在家里。"医生耸耸肩膀回答。

"您说，我有什么办法呢？"丈夫反问道，"不瞒您说，我曾想尽办法留住她，我提到费用，提到不得不撇在家里的孩子，提到我的工作，可她什么都不听。她定了在国外生活的计划，仿佛她是个健康人。但如果把她的病情如实告诉她，那就等于要她的命。"

"其实她已经没命了，华西里·德米特里奇，这一点您心里要有数。人没有肺不能活，而肺又不能重新生出来。这确实很伤心，难受，但是有什么办法呢？你我所能做到的，只是让她死得尽可能平静些。现在得请神父了。"

"哦，天哪！您要明白我的处境，要问问她有什么遗愿。听天由命吧，我可不能对她说这事。您知道，她这人多么善良……"

"不论怎么说，您还得劝她等路冻硬了再走，"医生意味深长地摇摇头说，"要不路上会出事……"

"阿克秀莎，喂，阿克秀莎！"驿站长的女儿从头上套上一件短袄，在泥泞的后门台阶上跺着脚，尖声喊道，"我们去瞧瞧希尔金家的太太，据说她得了肺病，要到外国去，我还从没见过害痨病的人是什么样子。"

阿克秀莎从门里跳出来，两人手拉着手跑到大门外。她们放慢脚步走过马车，向开着的车窗张望了一下。病人向她们转过头来，发现她们好奇的神色，就皱起眉头转过脸去。

"我的妈呀！"驿站长的女儿连忙转过头来说。"她原来是个多么漂亮的美人，可现在变成什么样了？简直可怕。阿克秀莎，你看见了吗？看见了吗？"

"是啊，真瘦呀！"阿克秀莎附和说。"我们假装到井边去，再去看看。瞧，她转过头去，可我还是看见了。真可怜，玛莎。"

"路上真泥泞啊！"玛莎回答。接着两人都跑回大门里去。

"我的样子一定很可怕，"病人想，"但愿快一点到国外，快一点到国外，到了那边很快就会康复了。"

"你觉得怎么样，我的朋友？"丈夫走到马车跟前，嘴里还嚼着东西，说。

"问来问去就是这句话，"病人想，"自己还在吃东西！"

"没什么，"她透过牙缝说。

"要知道，我的朋友，我担心这种天气赶路对你更不好。爱德华大夫也这么说。我们还不如回去吧？"

她气呼呼地不吭声。

"天气说不定会好起来，到那时路也就好走了，你的身体也会好些，那时我们再一起去。"

"对不起。要是我早先不听你的话，我现在已到了柏林，身体也完全康复了。"

"有什么办法呢，我的天使，你知道那是办不到的。可现在，你要是肯再等一个月，你的身体就会大大康复，我也可以把事情办完，我们还可以把孩子带去……"

"孩子们身体健康，可是我有病。"

"不过你要明白，我的朋友，在这样的天气里，万一你的病在路上加重……不然至少还在家里。"

"家里，家里怎么样？……叫我死在家里吗？"病人暴躁地说。但死这个字显然使她害怕,她恳求而又询问似地对丈夫瞧瞧。丈夫垂下眼睛没做声。病人的嘴突然像孩子似的瘪了一下,接着眼泪夺眶而出。丈夫用手帕捂住脸,默默地从马车旁走开去。

"不,我要去。"病人抬起眼睛望着天空,抱着双臂,嘴里断断续续地低声说着话。"天哪!这是为什么呀?"她说。泪水流得更多了。她热烈地祈祷了很久,但胸口还是感到疼痛,喘不过气来;天空、田野和道路还是那么阴沉灰暗,秋天的黑雾还是那样不密不稀地落在泥泞的道路上、屋顶上、马车上和车夫们的皮袄上。车夫们热烈而快乐地交谈着,给车轮抹油,套车……

2

轿车套好了,但车夫还在磨蹭。他走进车夫休息的小屋。小屋里又热又闷又暗,充满人气和烤面包、白菜、羊皮袄的气味。正房里有几个车夫,厨娘在炉灶旁忙碌着,炕上躺着一个穿羊皮袄的病人。

"费多尔叔叔!费多尔叔叔!"一个身穿羊皮袄、腰里插着鞭子的年轻车夫走进屋来招呼病人。

"懒鬼,你找费多尔干什么?"一个车夫答应说,"瞧,人家在马车里等你哪。"

"我想问他借双靴子,我这双破了。"小伙子把头发往后一甩,又把手套塞在腰里,回答。"他睡着了?喂,费多尔叔叔!"他走到炕边,又喊道。

"什么事?"一个微弱的声音答应道,接着一张红褐色的瘦脸从炕上探下来。接着,一只毛茸茸的苍白瘦弱的大手拉上一件粗呢大衣,盖住穿着肮脏衬衫的瘦肩膀。"给我点水喝,老弟,你有什么事?"

小伙子递给他一勺水。

"是这么回事,费多尔,"他迟疑不决地说,"你现在大概用不着新靴子了,给我吧,你大概不会到处跑了。"

病人把疲软无力的头俯在光滑的勺子上,稀疏的下垂胡子浸在浑浊的水里,他吃力而贪婪地喝着水。他那蓬乱的胡子很脏,凹陷无神的眼睛勉强抬起来望着小伙子的脸。喝完水,他想举起手来擦擦湿嘴唇,可是没有力气,只能在大衣袖子上蹭一蹭。他没吭声,困难地用鼻子呼吸着,勉强打起精神直盯着小伙子的脸。

"也许你已经答应别人了,"小伙子说,"那就算了。主要是外面地上泥泞,我得出去干活,因此我就想:把费多尔那双靴子借来吧,他大概用不着了。也许你自己要用,那就直说吧……"

病人胸口有什么东西涌上来,咕噜咕噜直响。他佝偻着身子,拼命咳嗽起来。

"他要靴子做什么?"厨娘突然怒气冲冲地嚷起来,嚷得整个屋子都能听见,"他有一个多月没下炕了。嘿,听见他那个咳嗽呀,我连心口都疼了。他要靴子做什么?总不会让他穿着新靴子入土吧。上帝恕我直说,他早该上路了。瞧他那个咳嗽。得把他搬到别的屋子或者什么地方去!听说城里有这种医院,要不他占着整个角落,怎么行。弄得你没有一点儿空地方,还讲究什么干净。"

"喂,谢廖加!快上车,老爷们等着哪!"驿站长向屋里喊道。

谢廖加没等到回答想走,但病人一面咳嗽,一面用目光表示他有话要说。

"谢廖加,你把靴子拿去吧。"他忍住咳嗽,歇了一会儿,说。"但你听我说,我死后你给我买块墓碑。"他哑着嗓子加了一句。

"谢谢叔叔,那我拿去了,墓碑我会给你买的。"

"喂,伙计们,听见了没有?"病人还有话要说,但他又佝偻着身子喘不过气来。

"好,听见了,"一个车夫说,"去吧,谢廖加,上车吧,要不站长又要跑来了。你知道,希尔金家的太太正病着呢。"

谢廖加连忙脱下他那双大得出奇的破靴子,把它扔到长凳底下。费多尔叔叔那双新靴子正好合脚,谢廖加端详着那双靴子,向马车走去。

"瞧,多漂亮的靴子!我来给你上点油,"当谢廖加爬上驭座、拿起缰绳时,一个手拿刷子的车夫说,"白白送给你了?"

"你眼红是不是?"谢廖加回答,拉拉粗呢大衣的下摆把腿盖好。"走吧!我的宝贝!"他挥挥鞭子向马吆喝道。于是载着乘客、各种箱子的轿车和篷车就在泥泞的大路上飞驰,渐渐隐没在灰蒙蒙的秋雾里。

生病的车夫留在闷热小屋的炕上,他咳不出痰,好不容易翻了个身,才安静下来。

小屋里,到傍晚一直有人进进出出,来这里吃饭,但谁也不理会病人。晚上,厨娘爬到炕上,伸手从他的腿边拿走羊皮袄。

"你别生我的气,娜斯塔西雅,"病人说,"我很快就会把这地方给你腾出来的。"

"好,好,那有什么,没关系,"娜斯塔西雅含糊地说。"叔叔,你哪儿疼呀?你说吧。"

"五脏六腑都难受。天知道是怎么回事。"

"咳嗽的时候嗓子大概疼吧?"

"哪儿都疼。我快死了,就是那么回事。喔唷,喔唷,喔唷!"病人呻吟道。

"你把腿盖盖好,就这样。"娜斯塔西雅说,顺手替他拉好粗呢大衣,从炕上爬下来。

夜里,小屋里灯光暗淡。娜斯塔西雅和十来个车夫睡在地板上和长凳上,大声打着呼噜。只有病人一人在炕上翻来覆去,微弱地呻吟着,咳嗽着。到早上,他一点声音也没有了。

"昨天晚上我做了一个怪梦,"第二天,厨娘在晨光熹微中伸着懒腰说,"我梦见费多尔叔叔从炕上爬下来,出去劈柴。他说:'娜斯塔西雅,我来帮你忙。'我就对他说:'你怎么能劈柴呢?'他却抓起斧头就劈,劈得很有劲,只见木屑飞溅开来。我说:'你不是有病吗?'他说:'不,我好了。'他说着抡起斧头猛劈,可把我吓了一跳。我大叫一声就醒了。莫非他死了?喂,费多尔叔叔!叔叔!"

费多尔没有回答。

"可不是,他也许是死了?让我去瞧瞧。"一个刚醒来的车夫说。

一条长满黄褐色茸毛的手臂从炕上垂下来,又白又凉。

"他大概死了,得去告诉驿站长。"车夫说。

费多尔没有亲人,他是个外乡人。第二天,他被埋在小树林后面的新墓地里。娜斯塔西雅一连好几天逢人就说她的梦,并且说是她第一个发现费多尔死了。

3

春天来了。在城里潮湿的街上,湍急的流水潺潺地流过上冻的畜粪;熙来攘往的人群穿着鲜艳的衣衫,热闹地交谈着。在围着篱笆的花园里,树木已经发芽,树枝飒飒地在微风中摇摆。到处都有清澈的水流动着,滴下来……麻雀叽叽喳喳地欢叫,鼓动小翅膀飞来飞去。在向阳的一边,篱笆上、房屋上、树木上,一切都在晃动,一切都闪闪发亮。空中、地上和人们心里都洋溢着青春的欢乐。

大街上一座大公馆门前刚铺上干草;那位急于出国的垂死的女病人就在这个公馆里。

在一间关着的房门口站着病人的丈夫和一个上了年纪的女人。一位神父坐在沙发上,垂下眼睛,手里拿着一包用长巾包着的东西。一位老太太——病人的母亲——躺在屋角那张高背安乐椅里,伤心地哭着。一个使女拿着一块干净手帕伺候老太太;另一个使女用什么东西揉着老太太的太阳穴,并且吹着她睡帽底下的白发。

"嗯,基督保佑您,夫人,"病人丈夫对站在门口上了年纪的女人说,"她那么信任您。您又那么会同她说话,去吧,好朋友,您去好好劝劝她。"他刚要给她开门,但表姐拦住他,几次拿手帕按在眼睛上,猛地摇摇头。

"好了,这下子我不像哭过了。"她说,接着自己打开门走进去。

丈夫心里十分焦急,似乎完全手足无措。他向老太太走去,但没走几步又转过身,穿过房间,走到神父跟前。神父对他瞧瞧,扬起眉毛,叹了一口气。他那浓密的花白大胡子也扬起来,接着又垂下。

"天哪!天哪!"丈夫说。

"有什么办法?"神父叹息着说,眉毛和胡子又向上扬起,然后又垂下来。

"她妈妈也在这儿!"丈夫几乎绝望地说,"她可受不了这样的打击。要知道她是多么爱她呀,我没见过谁像她这样爱女儿……神父,您最好想法子安慰安慰她,劝她离开这儿。"

神父站起来,走到老太太跟前。

"是的,做母亲的心是谁也无法估量的,"他说,"不过上帝是仁慈的。"

老太太的整个脸突然抽搐起来,她神经质地打着嗝。

"上帝是仁慈的,"等她稍微平静下来,神父继续说,"我可以告诉您,在我的教区里有一个病人,比玛丽雅·德米特里耶夫娜的病重得多,但有个普通市民用草药很快就把他治好了。而且那个市民现在就在莫斯科。我对华西里·德米特里奇说过,不妨请他来试试。至少对病人是个安慰。上帝是万能的。"

"不,她已经没救了,"老太太说,"上帝不召我去,却要把她带走。"接着,她更厉害地打着神经质的嗝,一会儿就昏过去了。

病人的丈夫双手捂住脸,从屋子里跑出来。

他在走廊里首先遇见他那个六岁的男孩,男孩正一个劲儿地追着妹妹。

"请问,要不要把孩子们带到妈妈那儿去?"保姆问。

"不,她不愿见他们,这会使她伤心的。"

男孩站了一会儿,凝神瞧瞧父亲的脸,突然撒腿向前跑去,嘴里快乐地嚷嚷着。

"爸爸,她好像一匹黑马!"男孩指指妹妹叫道。

这时候在另一个房间里,表姐坐在病人旁边,巧妙地和她谈着话,使她对死有个思想准备。医生在另一扇窗前调药水。

病人穿着宽大的白色睡袍坐在床上,四周围着枕头,默默地望着表姐。

"唉,表姐,"病人突然打断她的话说,"你不用来给我做思想准备。不要把我当孩子。我是个基督徒。我什么都知道。我知道我活不长了。我也知道我的丈夫要是早点听我的话,现在我已经到了意大利,说不定——简直可以肯定——身体已经好了。大家都这么对他说。可是有什么办法呢,看来这是上帝的意思。我们大家都有许多罪孽,这一点我知道,但我相信上帝是仁慈的,人人都会得到宽恕,人人准会得到宽恕。我竭力了解自己。我知道我也有许多罪孽,表姐。因此我受了那么多苦。我一直在努力忍受痛苦……"

"那么,我去叫神父来好吗,表妹?您领了圣餐,一定会好过些。"表姐说。

病人点点头表示同意。

"上帝啊!饶恕我这个罪人吧。"她喃喃地说。

表姐走出去,对神父使了个眼色。

"她是个天使!"她含泪对病人丈夫说。

丈夫哭了,神父走进门去,老太太还是不省人事,第一间屋里鸦雀无声。五分钟后,神父从屋里出来,取下长巾,理理头发。

"感谢上帝,她现在比较安静了,"他说,"她想看看你们。"

表姐和丈夫走了进去。病人正望着圣像低声哭泣。

"恭喜你,我的朋友。"丈夫说。

"谢谢!我现在觉得好多了,我感到说不出的快乐,"病人说,薄薄的嘴唇上露出一丝微笑,"上帝真是仁慈!他是仁慈和万能的,是不是?"她又双眼饱含泪水,目光虔诚地望着圣像。

然后她仿佛突然想起什么事,示意丈夫到她跟前去。

"我求你的事,你总是不肯做。"她用微弱的声音不满地说。

丈夫伸长脖子,恭顺地听着。

"什么事,我的朋友?"

"我跟你说过多少次,这些医生什么也不懂,倒是有些郎中能治病……神父说……有一个市民……去把他找来。"

"把谁找来呀,我的朋友?"

"天哪!他什么也不愿懂!……"病人皱起眉头,闭上眼睛。

医生走到她跟前,拿起她的手。她的脉搏显然越来越弱。他对丈夫使了个眼色。病人发现这眼色,恐怖地环顾了一下。表姐转过脸去,哭起来。

"不要哭,不要折磨自己,也不要折磨我,"病人说,"这样你会使我失去最后的安宁。"

"你是个天使!"表姐吻着她的手说。

"不,吻这儿,只有对死人才吻手。天哪!天哪!"

当天晚上,病人已成了一具尸体,尸体入殓后,灵柩停在公馆大厅里。大厅门户紧闭,里面坐着一名诵经士,用鼻音有节奏地念着大卫的诗篇。明亮的烛光从高高的银烛台上投射到死者苍白的额上,投射到那双僵硬的白蜡似的手上,投射到膝盖和脚趾处可怕地凸出的衾衣的挺直皱褶上。诵经士并不懂得所念的诗句,只是有节奏地念着;在肃静的屋子里,诗句古怪地交替响起和静止。从遥远的房间里时而传来孩子们的说话声和脚步声。

"你掩面,他们便惊惶,"诗篇说,"你收回他们的气,他们就死亡,归于尘土。你发出你的灵,他们便受造,你使地面更换为新。愿耶和华的荣耀存到永远。"①

死者的脸严峻、平静而庄严。她那冰凉的洁白前额、她那紧闭的嘴都一动不动。她看上去全神贯注。但现在她是否理解这些庄严的诗句呢?

4

一个月后,贵夫人的墓上盖起了一座石头小教堂。车夫的坟上却还没有石碑,坟上长出嫩绿的青草,成为这里埋葬着一个人的仅有标志。

"谢廖加,你真造孽,不给费多尔买块石碑,"驿站的厨娘有一次说,"你说过,冬天买,冬天买,可是到现在还不守信用。你这是当着我的面说的。他来找过你一次了,你再不买,他还会来,会把你掐死的。"

"什么,难道我说话不算数吗?"谢廖加回答,"石碑我会买的,我答应过,我会买的,我会花一个半卢布去买。我没有忘记,但得去把它运回来。哪天进城,我一定去买。"

"你哪怕先去竖个十字架也好,"一个年老的车夫插嘴说,"要不太

---

① 见《旧约全书·诗篇》第一〇四篇。

不像话。靴子倒穿在脚上了。"

"叫我到哪儿去弄十字架呀？总不能用木柴削一个吧？"

"你这算什么话？木柴是削不出来的,你带把斧头一早到小树林去,在那儿做一个不就得了吗？砍一棵白蜡树什么的,不就可以做个十字架吗？要不你还得请护林员喝酒。为这么一根废料请他喝酒可划不来。瞧,前天我弄断一根撬棒,我就去砍了一根新的,挺结实,谁也没说过一句话。"

第二天清早,天色刚亮,谢廖加就拿着斧头到小树林里去。

大地万物盖着一层灰白的寒露,没有照到阳光的露水一滴一滴地滴下来。东方破晓,微弱的曙光映在薄云片片的苍穹上。地上的小草,枝头的树叶,都纹丝不动。只有树丛中鸟雀的扑翼声和地上沙沙的响声偶尔打破树林的寂静。在树林边缘,突然响起一阵与大自然格格不入的响声,然后又沉寂了。接着响声又起,并且在一棵一动不动的树干周围有节奏地重复着。一棵树的树梢异乎寻常地颤动起来,苍翠欲滴的叶子飒飒发响,一只红胸鸲栖在树枝上,唧唧地叫着鼓动翅膀,摇摇尾巴,落到另一棵树上。

斧头低低地发出越来越重浊的响声,湿润的白木片飞落到露珠滚滚的草地上,在砍击声中传出一声轻微的折裂声。整棵树颤动了一下,向一边倾斜,又迅速地挺直,根部恐惧地摇摆着。一瞬间又万籁俱寂,接着那棵树又向一边倾斜的树干上又发出折裂声,于是枯枝折断,树枝下垂,一棵树树梢朝下轰隆一声倒在潮湿的地上。斧头声和脚步声都静止了。那只红胸鸲叫了一声,拍拍翅膀往高处飞去。被它的翅膀触动的树枝摇晃了一会儿,又像其他树枝一样一动不动了。树林披着纹丝不动的枝叶,在开阔的新的空地上更加快乐地展示出它们的美丽。

最初的几道阳光穿过透明的云片在空中闪了一下,然后照遍大地和天空。朝雾在谷地里像波浪似的翻腾,草木上露珠滚滚,闪闪发亮,透明的云片在蓝幽幽的空中迅速地飞散开来。鸟儿在树丛中扑腾,兴高采烈地啁啾;苍翠欲滴的叶子在树梢上快乐而宁静地飒飒作响,而那些活着的树木的枝叶也在倒下的死树上面庄严地微微晃动。

家 庭 幸 福

第 一 部

1

母亲在秋天去世了。我跟卡嘉和宋尼雅为她服丧,整个冬天都在乡下度过。

卡嘉是我家的老朋友,是把我们俩带大的家庭教师,自从我记事的时候起,我就记得她,爱她。宋尼雅是我的妹妹。我们在波克罗夫斯科耶老家度过一个阴郁凄凉的冬天。天气寒冷,刮风,积雪堆得比窗子还高,窗子几乎一直结着冰花,整个冬天我们哪儿也没去。难得有人来看我们,就是有人来,也没给我们增添欢乐。家里的人都愁容满面,轻声说话,仿佛生怕吵醒什么人,谁也不笑,看到我,特别是看到穿黑色丧服的宋尼雅,总是叹息,流泪。家里仍笼罩着死的阴影,空气里弥漫着死的悲伤和恐怖。妈妈的房间锁着。每当我去睡觉走过那个房间时,心里总感到害怕,但又忍不住要朝这个阴冷的空房间看一眼。

我当时十七岁。妈妈去世那年,她原想搬到城里,带我进社交界。丧母对我来说是非常伤心的事,但我得承认,除了这种伤心之外,我还感觉到,正像大家所说的那样,我年轻美丽,却在荒僻的乡下虚度第二个冬天。冬天快结束时,这种孤独的忧郁和难堪的寂寞越来越增加,以至我懒得走出房门,懒得打开钢琴,懒得拿起书本。每当卡嘉劝我弹琴或读书时,我总是回答说:没兴致,不想动,心里却在说:何必呢?既然我最好的年华都虚度了,何必还要做什么事呢?何必呢?而对**何必呢**这个问题,我没有别的回答,只有眼泪。

人家说,我在这段时间里瘦了,变得难看了,但我对此毫不在乎。何必要好看呢?又为了谁呢?我觉得,我这辈子只能在这种孤苦伶仃、寂寞凄凉中度过,我孤零零的一个人,既没有力量摆脱这样的处境,也不想摆脱。冬天快结束的时候,卡嘉替我担心,决心一定要带我出国。但这需要钱,而我们简直不知道,母亲死后还剩下什么。我们天天盼望那位监护人来,他一来就会替我们理清家产。

3月间监护人来了。

"哦,感谢上帝!"有一天,当我没有事情、没有思想、没有愿望像幽灵一般在屋里来回踱步时,卡嘉对我说:"谢尔盖·米哈伊雷奇来了,他派人来向我们问好,要来吃午饭。你快打起精神来,我的小玛莎,要不他对你会有什么想法呢?他是很喜欢你们俩的。"

谢尔盖·米哈伊雷奇是我家的近邻,也是先父的朋友,虽然他比我父亲年轻得多。他的到来会改变我们的计划,使我们有可能离开乡下。再说,我从小就喜欢他,尊敬他。卡嘉劝我打起精神来,她猜到,在所有熟人中,我最怕给谢尔盖·米哈伊雷奇留下坏印象。我像家里所有的人(从卡嘉和他的教女宋尼雅到车夫)那样,出于习惯喜欢他。此外,母亲生前当着我的面说过一句话,她说,她希望我有一个像他那样的丈夫,因此他对我就具有特殊的意义。当时我觉得这话很怪,甚至有点不愉快:我心目中的白马王子可完全不是这个样。我心目中的白马王子是清瘦、苍白而忧郁的。可谢尔盖·米哈伊雷奇呢,他年纪已不轻,体格又魁梧,而且我觉得他是个乐天派。虽然如此,母亲的那句话还是印进了我的脑子。六年前,当时我才十一岁,他跟我说话毫无拘束,和我嬉戏,叫我**紫罗兰姑娘**,我有时不无忧虑地自问:万一他要娶我,那可怎么办?

那天午饭(卡嘉给这顿午饭添了奶油点心和菠菜泥)前,谢尔盖·米哈伊雷奇来了。我从窗口看见他坐小雪橇跑来,但他一拐弯,我就连忙跑进客厅,想装出完全没有料到他会来的样子。但一听见前厅里他皮靴的咯咯声、他那洪亮的嗓音和卡嘉的脚步声,我就忍不住跑出去迎接他。他拉着卡嘉的手,面露笑容,大声说话。他一看见我就站住,没有鞠躬,瞧了我一会儿。我感到怪不好意思,脸都红了。

"哦,难道是您吗?"他语气果断而随便地说,张开两臂向我走过来。"变化怎么这样大!您真的长大了!哪里还是紫罗兰!您已是一朵美丽的玫瑰了!"

他用一只大手握住我的手,握得那么有劲,那么真诚,只是没有把我握痛。我以为他会吻我的手,就向他弯下腰去,但他只是又握了握我的手,目光坚定而快乐地对我的眼睛望了望。

我有六年没看见他了。他变得很多,老了,黑了,还留着同他不相称的络腮胡子,但他那平易近人的态度,他那诚实开朗、相貌堂堂的脸,他那双聪明有神的眼睛,以及孩子般亲切的微笑,还是同原来一样。

五分钟后,他不再拘束,成了我家的自己人,就连仆人都十分欢迎他的来临,这从他们殷勤的态度上看得出来。

他的举动一点不像母亲去世后来访的邻居,他们认为在我家应该保持沉默,陪我们流泪。他恰恰相反,有说有笑,快快活活。只字不提母亲的事。这种冷漠的态度起初使我觉得奇怪,而且就他这样一个亲近的人来说,简直有点不礼貌。但后来我明白,这不是冷漠,而是诚恳,为此我很感激他。

晚上,卡嘉坐在客厅的老位子上给大家倒茶,就像妈妈在世时那样;我跟宋尼雅坐在她旁边;老仆格里戈利给他找来爸爸生前用过的一只烟斗,他就照例抽着烟,在屋子里来回踱步。

"想不到这个家会发生这么多可怕的变化!"他站住说。

"是啊。"卡嘉叹了一口气说,接着盖上茶炊盖,对他瞧瞧,差点儿哭出来。

"我想,您还记得你们的爸爸吧?"他问我说。

"不大记得了。"我回答。

"要是现在他能和你们在一起,那该多好!"他低声说,若有所思地望着我的前额。"我非常喜欢你们的爸爸!"他更低声地添加说。我觉得他的眼睛变得更亮了。

"可现在上帝又把她召去了!"卡嘉说,立刻把餐巾放在茶壶上,掏出手帕,哭起来。

"是啊,这家里的变化真可怕,"他转过脸去,又说。"宋尼雅,把你的玩具给我瞧瞧,"过了一会儿他说,说完走出大厅。等他一出去,我热泪盈眶,瞧了瞧卡嘉。

"他真是个很好的朋友!"卡嘉说。

真的,这位非亲非故的好人的同情使我感到温暖和快乐。

客厅里传来宋尼雅的尖叫声和他同她的笑闹声。我叫仆人给他送茶去:只听得他坐到钢琴旁,把着宋尼雅的小手按着琴键。

"玛莎小姐!"传来他的声音。"您来给我们弹点什么!"

他用这么友好随便而又带命令的口吻对我说话,使我感到高兴。我站起来,走到他那儿。

"您就弹这个吧,"他打开贝多芬的乐谱,指着《恰如幻想曲》①奏鸣曲的柔板说,"让我们听听您弹得怎么样,"他添加说,拿着茶杯走到客厅的一角。

不知怎的,我觉得无法拒绝他的要求,也不能推说自己弹得不好;我顺从地在钢琴前坐下,尽我的能力弹起来,虽然我怕他做出评价,因为我知道他懂音乐也喜欢音乐。柔板很适合我们喝茶谈天、回忆往事的气氛,而我似乎也弹得不错。但他不让我弹**谐谑曲**。"不,这个您弹不好,"他走到我跟前说,"别弹这个,但第一乐章您弹得不坏。看来,您懂音乐。"这种恰如其分的赞扬使我高兴得脸都红了。我感到新鲜和愉快的是,他这个父亲的朋友和同辈,单独跟我一本正经地谈话,不再像从前那样把我当孩子看待。这时,卡嘉上楼去安顿宋尼雅睡觉,客厅里只剩下我们两人。

他对我讲到我的父亲,讲到他们怎么成为朋友,当我还在念识字课本、玩玩具时,他们过得多么愉快。通过他的讲述,我的头脑里第一次出现了父亲平易近人的可爱形象,这是我以前所不知道的。他还问我爱好什么,读些什么书,打算做什么,还给我出主意。现在,他对我来说

---

① 原文是意大利文。

已不是个爱开玩笑、爱逗弄我的乐天派,而是个严肃热情而又平易近人的人,我不由得对他产生了敬意和好感。同他说话,我感到轻松愉快,同时又不免有点紧张。我说每句话都有点顾虑,我作为父亲的女儿已获得他的好感,但我希望以我自身的优点来赢得他的喜欢。

卡嘉安顿宋尼雅睡下后,走过来加入我们的谈话。她对他说我总是没精打采,这一点我自己对他只字没提。

"原来她没把最重要的事告诉我,"他责备似的摇摇头,笑眯眯地对我说。

"这有什么可说的!"我说,"这事很无聊,而且快过去了。"(现在我真的觉得,我的苦闷不是即将过去,而是已经过去,甚至根本不曾有过。)

"做人不能忍受孤独,这可不好,"他说,"难道您是位小姐吗?"

"我当然是小姐。"我笑着回答。

"我看,您是个庸俗的小姐,人家欣赏您,您就有劲,等到只剩下一个人,您就没精打采,什么兴致也没有,您活着只是为了让人家欣赏,可完全不是为了自己。"

"您对我的看法不错呀。"我没话找话。

"不!"他沉吟了一会儿说,"难怪您像您父亲,您**有点像他**,"他那善良亲切的眼神使我又高兴又羞怯。

直到这时我才发现,他那快乐的相貌给人的第一个印象就是他那独特的眼神,这眼神最初开朗,然后越来越深沉,而且含有几分忧郁。

"您不应该也不可以觉得无聊,"他说,"您有您懂得的音乐,有书,您可以学习,您前途无量。现在应该努力,免得将来后悔。再过一年就太晚了。"

他同我说话就像父亲或者叔叔,但我觉得他在竭力像平辈那样待我。我感到又生气又高兴,生气的是他把我看得比自己低,高兴的是,他就是为了我一人竭力想显得与本来不一样。

晚上其余的时间他同卡嘉谈家务。

"好,再见,亲爱的朋友们。"他站起来说,走到我面前,握住我的手。

"我们什么时候再见?"卡嘉问。

"春天,"他回答时仍旧拉住我的手,"现在我要到达尼洛夫卡去(我家的另一个村子),到那边去了解一下情况,尽可能做些安排,然后去莫斯科,办点私事,到夏天我们就可以常常见面了。"

"为什么要这么久?"我十分伤心地说;说实话,我已希望天天都能见到他,我觉得舍不得他走,担心我又会感到忧郁。这种心情一定在我的眼神和语调里流露出来。

"是的,您应该多用功,不要闷闷不乐。"他说,我觉得他的语气太冷漠平淡。"到春天我要来考您。"他添加说,放下我的手,眼睛没看我。

我们在前厅里送他,他匆匆穿上皮大衣,目光还是避开我。"他何必这样呢!"我想,"难道他以为他瞧瞧我,我就那么得意吗?他是个好人,是个很好的人……但也仅此而已。"

不过那天晚上我和卡嘉好久都没有睡着,一直谈着话,不是谈他,而是谈我们今年怎样消夏,到哪儿过冬和怎样过冬。"何必呢?"那个可怕的问题已不再在我头脑里出现。我觉得非常简单明了的是,活着就是为了幸福,而且在我的想象中未来充满着幸福。我们这座阴暗的波克罗夫斯科耶老宅仿佛突然变得生气蓬勃,充满了阳光。

2

转眼又是春天。我原先的苦闷过去了,代替它的是春天的期待,充满朦胧的希望和憧憬。虽然我的生活已不像初冬那样,我教宋尼雅读书,自己弹弹琴,看看书,但我还是常去花园,独自在小径上长久地徘徊,或者坐在长凳上,天知道在胡思乱想些什么,憧憬着什么。有时,尤其是在月夜,我通宵达旦凭窗坐在屋里,有时我只穿一件短袄,瞒着卡嘉,悄悄来到花园,踏着露水跑到池塘边。有一次我甚至走到野外,独自在夜里绕着花园兜了一圈。

现在我很难记起和理解当时充满我头脑里的胡思乱想。就是记起来,也很难相信这竟是我的梦想,因为它们实在太荒诞离奇了。

五月底,谢尔盖·米哈伊雷奇结束旅行,如期回来。

他第一次来我家是在傍晚,当时我们完全没有想到他会来。我们正坐在凉台上准备喝茶。花园已是一片郁郁葱葱,夜莺已在茂密的花坛里筑了巢,直到圣彼得节①都栖居在这儿。一丛丛蓊郁的丁香,仿佛顶上洒了一层白色或紫色的泡沫,正含苞欲放。小径上的白桦叶在落日余晖的照耀下显得通体透明。凉台上树影婆娑。草地上晚露滚滚。花园外传来最后的市声和村人驱赶牲口的喧闹声;傻子尼康在凉台前的小路上运送水桶,喷水车里喷出一道冰冷的水,在大丽花和支架周围掘松的泥土上浇出一个个黑圈。在我们的凉台上,铺着白布的桌上放

---

① 圣彼得节在俄历 6 月 29 日。

着擦得银光闪闪的茶炊,茶炊已在沸腾,桌上还有鲜奶油、甜面包和饼干。卡嘉用她胖鼓鼓的手熟练地洗着茶杯。我游过泳,饥肠辘辘,等不及喝茶,就拿起一块涂着厚厚一层鲜奶油的面包来吃。我穿着一件宽袖麻布短衫,头上用手巾包住湿头发。卡嘉隔着窗子第一个看见他。

"哦!谢尔盖·米哈伊雷奇!"她叫道,"我们刚才还谈到您呢。"

我站起来想去换衣服,但在门口就碰上他。

"乡下何必那么讲究礼节,"他瞧着我头上的手巾笑眯眯地说,"您在格里戈利面前不会感到害臊,我对您来说就是格里戈利。"不过我觉得,此刻他看我的神气一点也不像格里戈利,我有点手足无措。

"我这就来。"我说着就离开了他。

"这样有什么不好呢!"他在我后面叫道,"真像个乡下小媳妇。"

"他看着我时,那副神气多怪。"我在楼上匆匆换衣服时想。"哦,感谢上帝,他总算来了,又可以热闹了!"我照了照镜子,快乐地跑下楼,也不掩饰我的兴奋,气喘吁吁地跑到凉台上。他坐在桌旁,对卡嘉讲着我们的家事。他对我瞧了瞧,笑了笑,又讲下去。据他说,我们家的情况挺好。现在我们只要在乡下住过夏天,然后,为了宋尼雅的教育,或者上彼得堡,或者出国。

"您要是能和我们一起出国就好了,"卡嘉说,"要不我们三个就会像走进树林一样迷失方向。"

"哦,我倒真愿意陪你们去周游世界呢。"他半开玩笑半正经地说。

"那没有问题,"我说,"让我们一起去周游世界吧。"

他笑笑,摇摇头。

"可我妈妈怎么办?我们的事怎么办?"他说,"不过问题不在这里。您还是说说,您这一阵子过得怎么样?是不是又没精打采了?"

我告诉他,他走后我很用功,不感到寂寞,卡嘉也替我的话作了证明。他听了很赞赏,不仅用语言,而且用目光,把我当做孩子,仿佛他有权这样做。我觉得必须详详细细、老老实实把我做的好事都告诉他,而且像做忏悔一样向他坦白他可能感到不满意的一切。黄昏很迷人,茶具收掉后我们仍留在凉台上。我们谈得津津有味,连周围的人声渐渐静下来都没有注意到。到处飘散着浓郁的花香,草上滚动着大颗的露珠,一只夜莺在附近丁香丛中鸣啭,听见我们的说话声就停下来;星光灿烂的天空仿佛低垂到我们的头上。

突然一只蝙蝠悄悄飞到凉台的帆布篷下,在我的白头巾周围拍着翅膀,这时我才发现暮色已经很浓了。我身子贴住墙,想大声喊叫,但蝙蝠又从屋檐下无声地急急飞走,消失在花园的暮色中。

"我真喜欢你们的波克罗夫斯科耶,"他中断了谈话,说,"要是能一辈子坐在这里的凉台上就好了。"

"那好,您坐着就是了。"卡嘉说。

"是啊,坐着,"他说,"但生活可不会坐着不动啊。"

"您为什么不结婚?"卡嘉说,"您可以做个出色的丈夫。"

"因为我喜欢坐着不动,"他笑了,"不,卡嘉小姐,你我都不是结婚的年龄了。人家早就不把我看作结婚的对象了。我自己也早没有这样的打算了,我一直觉得这样很好,真的。"

我觉得他说这话有点不自然,好像在开玩笑。

"太好了!三十六岁的人就已经老了。"卡嘉说。

"还不老吗?"他继续说,"我只想坐着不动。要结婚,这样可不行。您可以问问她,"他冲我扬扬头,添加说。"像她们这样的年龄才应该结婚。你我只能为他们高兴。"

他的语气有点感伤和紧张,这一点我听得出来。他沉默了一会儿,我和卡嘉一句话也没说。

"您倒想想,"他坐在椅子上回过头来说,"万一我不幸娶了个十七岁的姑娘,譬如说,玛莎……玛莎小姐。这是个很好的例子,我很愿意有这样的机会……这是个最好的例子。"

我笑了,但我怎么也不明白,他怎么这样高兴,这样会有什么结果……

"请您坦白说,"他开玩笑似的对我说,"您要是同一个上了年纪、坐着不想走动的人结合,而您自己却充满海阔天空的幻想和憧憬,这对您难道不是不幸吗?"

我感到怪不好意思,不知道怎样回答,就没做声。

"我并不是向您求婚,"他笑着说,"但请您老实告诉我,黄昏时您独自在林阴路上散步,那时您所梦想的恐怕不是这样的丈夫吧?这样未免太不幸了,是吗?"

"不是不幸……"我开口说。

"嗯,而是不好。"他替我把话说完。

"是的,但也许是我错了……"

但他又打断我的话。

"您瞧,她说得完全正确。我感谢她的真诚,也很高兴能有这次谈话。此外,对我来说,这可是极大的不幸。"他添加说。

"您真是个怪人,一点也没有变。"卡嘉说着离开凉台,去吩咐摆饭。

卡嘉走后,我们两人都不做声,周围鸦雀无声。只有一只夜莺已不像黄昏时那样断断续续、有气无力地鸣叫几声,而是像在夜间那样从容不迫把歌声注满整个花园。于是另一只夜莺第一次从远处的谷地与它应和。近处那只夜莺停了一停,仿佛倾听了一会儿,就又更高亢更起劲地吐出悦耳的颤音。这一唱一和的鸣叫庄严而从容地响彻我们所不熟悉的鸟类的夜的世界。花匠到花房里去睡觉,他那穿着厚靴子的脚的脚步声顺着小径渐渐远去。有人在山脚下尖声吹了两次口哨,接着周围又恢复了寂静。只听得树叶轻轻的飒飒声,凉台篷布的啪哒声,空中有一阵幽香飘到凉台上,于是凉台上渐渐充满了芳香。在刚才谈了那些话以后,我觉得冷场很难堪,但再说些什么,我又不知道。我对他瞧瞧。他那双目光炯炯的眼睛在暮色中也对我望了一眼。

"生活在世界上真好!"他说。

我不知怎的叹了口气。

"怎么?"

"生活在世界上真好!"我重复他的话说。

接着我们又沉默了,我又觉得有点窘。我一直在想,我同意他的说法,他老了,这话一定使他伤心。我想安慰他,但不知道该怎么办。

"不过再见了,"他站起来说,"妈妈在等我回去吃饭。我今天差不多还没见过她呢。"

"可我想给您弹一支新的奏鸣曲。"我说。

"下次吧。"他说。我觉得他的语气很冷淡。

"再见。"

这时我更觉得我伤了他的心,我感到遗憾。我和卡嘉送他到大门口,在外面站了一会儿,目送他在大路上消失。等他的马蹄声听不见了,我兜了一圈走上凉台,又望望花园。在雾气弥漫的夜色中,我又久久地看到和听到我想看到和听到的一切。

他来了第二次、第三次，由那次别扭的谈话引起的窘迫感已完全消失，而且再也没有出现。整个夏天，他每星期来我家两三次。我对他已有些眷恋，要是他有几天不来，我就觉得空落落的。我生他的气，觉得他撇下我太不应该。他对待我就像对待一个他喜欢的小朋友，向我问长问短，促使我和他推心置腹，还给我各种忠告和鼓励，有时也责备我，阻止我的行动。尽管他竭力平等地对待我，可我总觉得在我所理解他的那部分生活后面，还有一个他认为无需让我进入的陌生天地，正因为如此，我才对他特别尊敬和迷恋。我从卡嘉和邻居那里知道，他不但要照顾同住的老母，料理自己的产业和代管我家的财产，而且还要处理一些给他带来许多麻烦的贵族事务；但他对这一切有什么看法，他有什么信念、计划和希望，我从他嘴里可从没听到过。只要我一提到他的事务，他就会现出一种特别的神态，皱起眉头，仿佛说："别说了，这事与您无关。"接着就把话题转到别的事上。起初这使我生气，但后来我也习惯了，我们总是只谈同我有关的事，而且我觉得这是很自然的。

　　还有一件事起初使我不快，后来却使我高兴，那就是他对我的外表漠不关心，仿佛毫不在意。他从来不用目光或语言暗示我长得美，而且相反，当人家在他面前说我好看时，他就皱着眉头发笑。他甚至喜欢对我的外貌吹毛求疵，以此来逗弄我。每逢节日，卡嘉喜欢让我穿上时髦服装，梳上新型发式，但这只能引起他的嘲笑，因此使善良的卡嘉伤心，也使我感到纳闷。卡嘉断定他喜欢我，可是她怎么也不明白，他怎么会不愿让心爱的女人打扮得漂漂亮亮。我很快就懂得了他的想法。他希望我不要在男人面前卖弄自己。当我明白了这一点后，我在服装、发式和举动上确实做到丝毫不吸引男人注意，却表现出朴实无华的风姿，尽管当时我还不能完全做到这一点。我知道他爱我,但他是把我当做孩子还是当做女人来爱,我还没有问过我自己。我珍视这份爱,觉得他把我看作世界上最可爱的姑娘,因此我不能不希望他把这种错觉留在心里。不过,他有这种错觉,我感到高兴。我觉得在他面前显示心灵的优点比显示外貌的美更好,更有价值。我的头发、手、脸、习惯,这一切不论是好是坏,我觉得他知道得一清二楚,而且立刻能做出评价,因此除非存心想欺骗他,我不能使我的外表增添什么。然而,我的心灵他并不知道,他爱我的心灵,而我的心灵正在成长发展,因此在这方面我能欺骗他,而且真的欺骗了他。当我明白了这一点时,我同他相处真是轻松愉快!我的无缘无故的窘迫和拘谨完全消失了。我觉得,不论从前面还是从侧面,不论坐着还是站着,不论我头发朝上梳还是朝下梳,他都能看见我。他知道我的一切,而且我觉得他对我的模样是满意的。我想,他要是一反常态,突然像别人那样对我说,我的脸长得很美,我一定不会感到高兴。但在我说了一句什么话以后,他仔细对我瞧瞧,动情而装作玩笑地说:

"是啊,是啊,您是**这样的**。我得告诉您,您是个可爱的姑娘。"那时我可真是心花怒放啊。

那么,究竟为什么我能得到这样的赞扬因而内心充满骄傲和快乐呢?因为我说我能体会老格里戈利对他小孙女的爱,或者因为我读诗或读小说感动得流泪,或者因为我喜爱莫扎特超过舒尔霍夫。① 我感到惊奇的是,当时我凭非凡的直觉竟能猜出什么是好和应该爱什么,尽管当时我根本不知道什么是好和应该爱什么。我原来的习惯和趣味他

---

① 舒尔霍夫(1825—1898),捷克钢琴家和作曲家。

多半不喜欢,只要他眉毛一扬或眼珠一转,表示他不爱听我要说的话,只要他现出独有的不屑一顾的神色,我立刻就不再喜欢以前喜欢的东西。有时,他刚要对我做什么劝告,我立刻就知道他要对我说什么。当他盯住我的眼睛问我什么事情时,他的目光就能从我心里勾出他所要的思想。当时我所有的思想,当时我所有的感情都不是我自己的,而是他的思想和感情突然变成我的思想和感情,潜入我的生活中并且把它照亮。我不知不觉换了一副眼镜看待一切:看待卡嘉,看待仆人,看待宋尼雅,看待自己,看待自己的学业。以前我读书只是为了解闷,现在它突然成了我生活中的一大乐趣,因为我同他一起读书,谈论书,他还常常给我带书来。以前教宋尼雅读书,我感到是个沉重的负担,我只是出于责任感才承担这事,但在他听我给宋尼雅上了一次课以后,注意宋尼雅的进步就成了我的快乐。以前要背下整篇乐曲我觉得是不可能的,但现在我知道他会欣赏和赞扬我的演奏,就会把一个乐句连弹四十遍,直到可怜的卡嘉用棉花塞住耳朵,而我仍不觉得厌烦。那些老的奏鸣曲我现在弹得完全不同,听起来要好听多了。就连我像对自己一样熟悉和喜爱的卡嘉,现在在我眼里也变得不同了。现在我才明白,她根本没有责任做我们的母亲、朋友和奴婢。我懂得了这个慈爱的人的自我牺牲精神和忠诚,懂得了我欠她的情,因此也就更加爱她。他还教我用完全不同的眼光看待我们的仆人、农民、家奴和使女。说来可笑,我在这些人中间生活了十七年,我对他们的了解还不如我对从未见过面的陌生人的了解,我从没想到他们像我一样,也有爱情、愿望和烦恼。我早就熟悉的我们的花园、我们的小树林和我们的田野突然在我眼前变得新鲜和美丽了。难怪他说,人生只有一种绝对幸福,那就是为别人而生活。我当时觉得这句话有点怪,不懂得个中道理,但这个信念我不假思索地接受了。他丝毫没有改变我的生活，对每个印象没有增添什么，除了他自己之外，但他真正给我打开了一个快乐的世界。只要他一来，从小就默默存在于我周围的一切，都会说起话来，并且争先恐后地涌入我的心里，使我心里充满幸福。

这个夏天，我常常走到楼上自己的房间里，躺在床上，萦绕心头的已不是春愁和对未来的憧憬，而是目前的幸福。我睡不着，就起来，坐到卡嘉的床上，对她说我非常幸福。现在回想起来，当时根本不用对她说这些话，因为她自己也能看到这一切。但她对我说，她什么也不需要，她很幸福，接着就亲亲我。我相信她的话，我认为人人都得到幸福是必要的、合理的。卡嘉可能想到应该睡觉了，甚至假装生气，有时还把我从床上赶走，然后睡去，可我还久久地琢磨着使我如此幸福的一切。有时我从床上起来，再一次祷告上帝，用自己的语言祷告上帝，感谢上帝赐给我的一切幸福。

屋子里静悄悄的，只有卡嘉均匀的酣睡声、她床旁座钟的滴答声，我辗转反侧不能入睡，就低声祷告，画十字，吻脖子上的十字架。门关上了，百叶窗也关上了，有一只苍蝇或者蚊子老是在一个地方飞来飞去，嗡嗡叫着。我真想永远不离开这个房间，希望永远不会天亮，希望我这样的心情永远不会消失。我觉得我的梦想、思想和祈祷都是有生命的东西，都在黑暗中和我生活在一起，在我床旁飞翔，停留在我的头上。我的每个思想都是他的思想，每种感情都是他的感情。我当时还不知道这就是爱情，我还以为它将永远如此，觉得这种感情得来很容易。

3

有一天，割麦子的时候，我跟卡嘉和宋尼雅吃过午饭，来到花园里我们喜欢坐的长椅上。那条长椅放在菩提树阴下，下面是峡谷，峡谷后面是一片树林和田野。谢尔盖·米哈伊雷奇已有三天没来，这天我们都在等他，我们的管家也说，他答应来看看田地。中午一点多钟，我们看见他骑马走过黑麦地。卡嘉含笑看了我一眼，叫人拿来他喜爱的桃子和樱桃，然后靠在长椅上打瞌睡。我折了一条扁平弯曲的树枝，枝上多汁的树叶和多汁的树皮把我的手沾湿了。我拿树枝扇着卡嘉，继续看书，并不时张望他必经的那条田间大路。宋尼雅在一棵老菩提树的树根旁给布娃娃搭亭子。天气炎热无风，暑气蒸人，乌云密布，从早上起就酝酿着雷雨。在雷雨之前，我照例情绪激动。午后，乌云向边上渐渐扩散，太阳浮到清朗的天空，只在一处有雷声隆隆作响，地平线上有一片浓密的乌云同田野上的尘雾连成一片，偶尔还有白晃晃的闪电劈开乌云，直插地面。今天显然不会有雷雨了，至少我们这里不会有。花园后面的路上，时而有一辆辆麦捆堆得高高的大车慢慢走着，时而有几辆空车迎面飞驰而来，车上晃动着一双双脚，飘扬着衬衫。浓密的尘埃没有散去，也不落下，而是飘浮在篱笆后面稀疏的花园树木中间。从远处打谷场上传来同样的说话声和车轮的辘辘声；同样的装在大车上的黄色麦捆慢慢地从篱笆旁边经过，麦秆在空中飞扬，接着我的眼前出现了一个个椭圆形的麦垛，麦垛上的一个个尖顶，以及在顶上蠕动着的农民。前面，在尘土飞扬的田野上，也有大车在移动，也看得见金黄色的麦捆。远处同样传来车声、人声和歌声。麦茬地连同一条条长满蒿草的田垄,从田地的一头开始,显得越来越宽阔。右边的山坡下,在割去麦子的杂乱的田野上可以看见衣衫鲜艳的农妇,她们正弯着腰,挥动双臂捆麦子,杂乱的田野被渐渐收拾干净,上面摆着一捆捆整齐的麦子。在我的眼前,夏天突然变成了秋天。到处都是尘埃和暑热,只有在花园中我们喜爱的这个地方例外。在这片尘埃和暑热中,在似火的骄阳下,劳动的人们正在说话、喧闹和忙碌。

卡嘉坐在阴凉的长椅上,用一条白麻纱手帕盖着脸,发出那么甜蜜的鼾声;盘子里的樱桃红得发紫,那么光泽多汁;我们的衣衫那么凉爽和干净;杯子里的水在阳光下闪烁着虹彩;我是多么幸福啊!"有什么办法呢?"我想,"我幸福又有什么错呢?但怎样跟别人分享这样的幸福?我该把我自己和全部幸福奉献给谁呢?……"

太阳没入林阴道两旁的桦树梢后面,尘埃渐渐落到田野上,在落日的斜晖下远方变得越来越明亮,越来越清晰,乌云全部飘散了,通过树丛可以看见三个麦垛的尖顶,农民们已从麦垛上下去了;大车带着人们的吆喝声经过,这大概是最后一次了;农妇们腰里束着草绳,肩上扛着耙,大声唱着歌回家;但谢尔盖·米哈伊雷奇还是没有来,虽然我早就看见他骑马下山了。突然,在林阴道上,从我完全没有料到的方向,出现了他的身影。原来他是从峡谷那边过来的。他容光焕发,喜气洋洋,摘下帽子,快步向我走来。他看见卡嘉睡着,就咬着嘴唇,眯起眼睛,蹑手蹑脚地走过来;我立刻看出他心情极好,我很喜欢他这样,我们一向说他是恶性兴奋。他好像一个逃学的小学生,浑身上下都洋溢着一种满足、幸福和淘气的心情。

"喂,您好,小紫罗兰,过得怎么样?好吗?"他走到我跟前,握住我的手,低声说。"我吗?很好……"他回答我的问话说,"我今年十三岁,我很想骑骑木马,爬爬树。"

"恶性兴奋吗?"我瞧着他笑盈盈的眼睛说,觉得这种恶性兴奋也感染了我。

"是的,"他挤挤一只眼睛,忍住笑回答,"可是您为什么要打卡嘉小姐呢?"

我瞧着他,继续挥动树枝,不小心把卡嘉脸上的手帕拂去,树叶就拂过她的脸。我笑了。

"她会说她没睡着。"我低声说,仿佛不愿吵醒卡嘉,其实完全不是因为这个缘故,我只是喜欢跟他低声说话罢了。

他学我的样动动嘴唇,仿佛我说话声音太低,他什么也听不见。他看见那盘樱桃,装作偷偷拿起盘子,走到菩提树下宋尼雅跟前,坐在她的布娃娃上。宋尼雅起初很生气,但他很快就跟她和好了,同她比赛吃樱桃,看谁吃得快。

"要不要叫人再去拿点来,"我说,"或者我们自己去拿。"

他端起盘子,让布娃娃坐在盘子上。我们三人就向棚子走去。宋尼雅笑着跟在我们后面跑,她拉住他的大衣,要他把布娃娃还她。他把布娃娃还给她,一本正经地对我说:

"嗯,您怎么不是紫罗兰?"他依旧低声对我说,虽然已不用担心吵醒任何人,"经过尘埃、暑热和劳动之后走到您旁边,立刻就闻到一股紫罗兰的清香。不是浓香扑鼻的紫罗兰,而是像积雪初融、春草新萌的深色紫罗兰的淡淡清香。"

"那么,事情怎么样,进展顺利吗?"我问他,只是为了要掩饰他的话在我心里引起的快乐激动。

"很出色！这里的老百姓都很出色。你越了解他们，就越喜欢他们。"

"是的，"我说，"您没来前，我在花园里瞧他们干活，我突然感到羞愧，他们在辛苦干活，我却过得这样轻松……"

"别装腔作势了，我的朋友，"他突然严肃而亲切地瞧了我一眼，打断我的话说，"这是天经地义的事。别说这种漂亮话了。"

"我只是跟**您**这么说说。"

"噢，这我知道。那么，樱桃怎么办？"

棚子锁着，园丁都不在（他派他们去干活了）。宋尼雅跑去拿钥匙，但他不等她回来就从棚角爬上去，撩起铁丝网，跳了进去。

"要吗？"里面传出他的声音，"把盘子给我。"

"不，我要自己摘，钥匙我去拿，"我说，"宋尼雅找不着……"

但同时我又想看看，他以为没人看见的时候在那儿做些什么，他的神情怎么样，动作怎么样。说实在的，我当时简直一分钟也不愿让他从我眼前消失。我踮着脚尖从荨麻中穿过，跑到棚子较低的一边。我站在一只空桶上，墙头比我的胸口还低，我探身到棚子里。我朝里面张望了一下，看见几棵长着齿形大叶的弯曲老树，上面挂着沉甸甸的乌黑多汁的樱桃。我从铁丝网底下探进头去，透过节节疤疤的老樱桃树枝，看见了谢尔盖·米哈伊雷奇。他一定以为我走了，没有人会看见他。他摘下帽子，闭上眼睛，坐在一棵老树的丫杈上，使劲把树胶团成一个小球。他突然耸耸肩膀，睁开眼睛，嘴里说了句什么，微微一笑。他那句话和那个微笑挺古怪，却被我偷看到了，我感到不好意思。我仿佛觉得他叫了一声："玛莎！""这不可能。"我心里想。"亲爱的玛莎！"他又叫了一声，但声音更低，更温柔。但我已听清他的叫声。我的心怦怦直跳,我突然感到一种惊心动魄的违禁的快乐,我慌忙双手抓住墙头,免得掉下去被他发现。他听见我的声音,惊慌地回头望了望,突然垂下眼睛,像孩子般脸红耳赤。他想对我说些什么,可是说不出来,脸越涨越红。他瞧着我微微一笑。我也笑了笑。他整个的脸都焕发出快乐的光辉。此刻他已不是一位疼我训我的大叔,而是我的一个平辈,他又爱我又怕我,我也又怕他又爱他。我们什么话也没说,只是默默对视着。但他突然皱起眉头,微笑和眼睛里的光辉不见了,他又像长辈那样冷冷地对待我,仿佛我做了什么错事,他已醒悟过来,并劝我也醒悟过来。

"您还是下来吧,会摔坏的,"他说,"您把头发理理,瞧您像个什么样子。"

"他为什么要装腔作势?为什么要使我难受?"我苦恼地想。就在这时,我产生一种想逗弄逗弄他的强烈欲望,并在他身上试试我的力量。

"不,我要自己摘。"我说,双手抱住最近的一个树丫,纵身跳上墙头。他还没来得及扶住我,我就跳到棚子的地上。

"您真是胡闹!"他说,脸又红了,装出生气的样子来掩饰窘态,"您会摔坏的。您怎么从这里出去呢?"

他比原来更窘了,但现在他这种窘态已不使我感到高兴,而使我感到害怕。他的情绪感染了我,我的脸也红了。我避开他的目光,不知做什么好,我就动手摘樱桃,可是摘了没处放。我责备自己,我后悔,我害怕,我觉得我这样做从此在他眼里毁了自己。我们两人都不做声,两人都感到难受。宋尼雅拿了钥匙跑来,使我们摆脱了这种尴尬的局面。这以后我们彼此久久没有说话,两人都只跟宋尼雅说话。我们回到卡嘉那里,卡嘉对我们说,她一直没有睡,什么都听见了,我这才放心了。

谢尔盖·米哈伊雷奇又竭力装出父辈保护人的姿态,但已装不像,也骗不了我。这时我历历在目地想起几天前我们之间的一场谈话。

卡嘉说,男人谈恋爱和表白爱情比女人容易。

"男人可以说他爱上了谁,可是女人不行。"她说。

"可是我认为男人也不应该说,也不可以说他爱上了谁。"他说。

"为什么?"我问。

"因为这往往是撒谎。一个人恋爱,这有什么稀奇?仿佛只要他这样一说,就会惊天动地。仿佛只要他一说他在恋爱,就一定会发生什么不寻常的事,就是一种预兆,一定会万炮齐鸣。我认为,"他继续说,"凡是煞有介事地说'我爱您'的人,不是在欺骗自己,就是在欺骗别人,而欺骗别人,那就更糟了。"

"要是男人不对女人说他爱她,她怎么会知道呢?"卡嘉问。

"这我就不知道了,"他回答,"每个人都有自己的语言。只要有感情,就能表达出来。我读小说的时候,心里总是在想,斯特列尔斯基中尉或阿尔弗雷德在说:'埃列奥诺拉,我爱你!'并且期待发生什么不寻常的事时,他们脸上的表情是怎样的。其实他和她什么事也没发生,他们长的还是原来的眼睛,原来的鼻子,一切都同原来一样。"

当时我感到这个玩笑中包含着一种同我有关的严肃的事,但卡嘉不愿随便拿小说主人公开玩笑。

"老是胡说八道,"她说,"您倒老实说说,难道您从来没对女人说过您爱她吗?"

"从来没说过,也从来没屈膝下跪过,"他笑着回答,"而且将来也不会。"

"是的,他用不着对我说他爱我,"现在我清楚地回想那次谈话,想,"他爱我,这我是知道的。他竭力装得对我很冷淡,但骗不了我。"

那天晚上,他一直很少同我谈话,但在他对卡嘉、对宋尼雅的每句话里,在他的每个动作和目光中,我都看到了他的爱,并且深信不疑。不过,我又怨他又可怜他,既然事情已那么明显,既然那么轻而易举地可以获得无限的幸福,他为什么还要掩饰而故作冷淡呢?但我刚才跳进棚子里去找他,这事使我像犯了罪一样感到内疚。我一直以为他会为这件事不再尊重我,生我的气。

喝过茶,我向钢琴走去,他跟着我走来。

"您弹点什么吧,我好久没听您弹琴了。"他在客厅里追上我,说。

"我正想弹呢……谢尔盖·米哈伊雷奇!"我说,突然对直望着他的眼睛,"您不生我的气吧?"

"为了什么?"他问。

"为了今天下午我没听您说话。"我涨红了脸说。

他懂得我的意思,摇摇头,笑了笑。他的眼神仿佛在说,本来是要骂的,但他不忍心骂我。

"没有关系,我们还是朋友。"我说着在钢琴前坐下。

"可不是!"他说。

在高大的大厅里,只有钢琴上点着两支蜡烛,周围的空间是昏暗的。夏夜的光从打开的窗子里投射进来。万籁俱寂,只有从黑暗的客厅里传来卡嘉断断续续的脚步声,以及他那匹拴在窗下的马的响鼻声和马蹄踩踏牛蒡的响声。他坐在我后面,所以我看不见他,但在这个昏暗的大厅里,在种种声音里,在我的心中,我处处都感到他的存在。他的每道目光,他的每个举动,我虽然看不见,却都在我心中激起反响。我弹着莫扎特的幻想奏鸣曲,乐谱是他给我带来的,我当着他的面并且为了他学会弹这支曲子。我根本没想到我在弹什么,但我觉得弹得很好,他也喜欢。我感到他很欣赏我的演奏,也感到他从后面凝视我的目光,虽然我没有回头看。我的手指继续无意识地弹着,同时情不自禁地回头瞧了瞧他。在明亮的夜色中,他头部的轮廓非常清晰。他双手托着头坐着,他那双炯炯有神的眼睛凝视着我。我看到他这样的目光,笑了笑,把手停下来。他也笑笑,不以为然地对着乐谱摇摇头,要我继续弹下去。当我弹完时,月亮已高高升起,变得更亮,屋里除了微弱的烛光,还有银色的月光从窗口射到地板上。卡嘉说,我真不该在弹到最精彩的地方停下来,还说我弹得很糟;但他说,正好相反,我从来没弹得像今天这样好过。他在屋里走来走去,穿过大厅走到黑暗的客厅,又回到大厅,每次都回头瞧瞧我,笑笑。我也笑笑,我甚至想无缘无故笑出声来,我对今天发生的事真是高兴啊!等他一走开,我就抱住和我一起站在钢琴旁的卡嘉,吻我最喜欢吻的地方——她下巴下胖鼓鼓的脖子;等他一回来,我又装出一本正经的样子,好容易才忍住笑。

"她今天是怎么了?"卡嘉问他。

但他没有回答,只对我笑笑。他知道我是怎么了。

"你们瞧,夜色多美啊!"他站在客厅面向花园的阳台门前,说。

我们走到他跟前。真的,这是我以后再没见过的最迷人的夜色。一轮满月高悬在我们后面的房子上空,因此看不见;屋顶、柱子和凉台布篷的一半阴影斜射在沙径和圆形的草地上,远远看去已比实物缩小了。其余的一切都是明亮的,洒满银色的露水和月光。一条宽阔的花径,光亮而寒冷,高低不平的碎石子闪着光,半边落满大丽花和支架的斜影,通向雾蒙蒙的远方。树丛中掩映着花房光亮的屋顶,峡谷间升起越来越浓的迷雾。丁香已开始落叶,它的树枝也有点发亮。滚着露珠的花一朵朵清晰可见。林荫路上的光和影交织在一起，因此林荫路看上去不是由树木和小路组成，而像一排摇曳颤动的透明房子。右边，在房子的阴影里，一切都是黑漆漆、混沌沌的，使人感到害怕。但耸立在这片黑暗中的白杨形状怪诞而枝叶扶疏的树梢，却显得更亮。这棵白杨不知怎的奇怪地耸立在房子附近，树梢映着明亮的月光，却没有飞往远处，飞向蔚蓝的天空。

"我们出去走走吧！"我说。

卡嘉同意了，但她要我穿上套鞋。

"用不着，卡嘉，"我说，"谢尔盖·米哈伊雷奇会挽着我的。"

仿佛只要有他挽着，我的脚就不会湿。当时我们三人都觉得这是理所当然的，毫不足怪。以前他从没让我挽过他的手臂，可现在我主动挽住它，他也不觉得奇怪。我们三人走下凉台。这整个世界、这天空、这花园、这空气都和我原来所知道的不同了。

我顺着我们所走的林荫路往前看，我总觉得不能再往前走，仿佛前面就是世界的尽头，这一切都已永远凝固在自身的美妙之中。但我们一往前走，那道美丽的魔墙就分开来，让我们过去，那里似乎也有我们所熟悉的花园、树木、小径和枯叶。我们真的在小径上走着，踏着一圈圈光和影，枯叶也真的在我们脚下簌簌作响，嫩枝也真的拂着我的脸。那挨着我、小心翼翼地挽着我的手臂缓缓走着的，真的是他；那在我们旁边沙沙地走着的，也真的是卡嘉。而那漏过静止不动的枝叶照着我们的，也真的是天上的月亮……

但我们每走一步，魔墙又在我们前后封闭起来，因此我不再相信我们还能往前走，不再相信存在过的一切。

"哦！一只青蛙！"卡嘉说。

"这是谁在说话？说这话做什么？"我想。但接着我想到这是卡嘉，她一向害怕青蛙，我就往脚下瞧了瞧。一只小青蛙跳了跳，在我面前停住了。它那小小的影子落在光亮的泥土小径上。

"您不怕吗？"他问。

我转过脸去瞧瞧他。我们走过的林阴路上缺了一棵菩提树，我就在那里清楚地看见他的脸。他的脸是那么俊美，喜气洋洋……

他说："您不怕吗？"但我仿佛听见他说："可爱的姑娘，我爱你！""我爱你！我爱你！"——他的目光、他的手仿佛都一再这样说；月光、阴影、空气仿佛也在说同样的话。

我们绕着花园走了一圈。卡嘉在我们旁边小步走着，累得直喘气。她说该回去了，我非常非常可怜她，可怜她这个可怜的人。"她为什么没有我们这样的感受？"我想，"为什么不是人人都年轻，人人都幸福，就像今天晚上我和他这样？"

我们回到家里。尽管公鸡已经啼过，家里人都睡了，他的马在窗下越来越频繁地踩着牛蒡，打着响鼻，他还是待了好一阵才走。卡嘉没有提醒我们时间已晚，我们坐在那里随便聊天，不觉一直坐到凌晨两点多钟。直到鸡啼三遍，曙光初露，他才走。他像平时一样告别，没有说什么特别的话；但我知道从这天起他就是我的人，我再也不会失去他了。当我心里一承认我爱他，我就把一切都告诉了卡嘉。她听了很高兴，也很感动，但这个可怜的人这天晚上照样呼呼入睡，我却在凉台上来回踱了很久很久，后来又到花园里去，回想着他的每句话和每个动作，又在我跟他刚才走过的林荫路上走了走。我通宵没有合眼，生平第一次看到日出和黎明。后来我就再没有见过这样的夜晚和这样的黎明。"可是他为什么不干脆对我说他爱我呢？"我想。"既然事情那么简单那么美好,为什么他要瞎想出种种困难,并且自称为老头儿呢?为什么他要浪费也许是一去不复返的宝贵时光呢?他应该说:'我爱你,'明白地说:'我爱你';他应该拉住我的手,低下头来说:'我爱你。'他应该羞红了脸在我面前垂下眼睛,那我就会把一切都告诉他。不,我不是告诉他,而是拥抱他,偎依在他胸前,高兴得直哭。但万一是我弄错了,他并不爱我,那怎么办?"我头脑里突然掠过这样的念头。

我对自己的感情感到害怕:天知道它会把我带到哪里去;我想起我在棚子里向他奔去时他和我的窘态,我心里感到非常沉重。我的眼泪夺眶而出,我开始祷告。于是我产生了一种使我平静的奇妙思想和希望。我决定从今天起开始斋戒,在我生日那天领圣餐,并从这天起做他的未婚妻。

怎么会这样?为什么会这样?以后将发生什么?我一点都不知道,但从那一刻起我知道并且相信事情一定会这样。我回到自己屋里时,天色已经大亮,人们都开始起床了。

4

正巧是圣母升天节①的斋戒期,因此我在这时打算斋戒,家里谁也不感到奇怪。

这星期他一次也没来我们家,我不仅不觉得奇怪,不感到焦急,不

---

① 圣母升天节按天主教在公历8月15日,按东正教在俄历8月15日,相当于公历8月28日。这里似按东正教。

生他的气，而且，他没来，我反而高兴，我只希望他能在我生日那天来。这个星期我每天都起得很早，趁仆人替我套马的时候，独自到花园里散步，回顾昨天所犯的罪孽，同时考虑今天应该做些什么，以便满意地度过这一天，不做什么犯罪的事。当时我觉得不犯罪是容易的，只要稍稍注意就行。马车一来，我就跟卡嘉或女仆坐上马车，到三俄里外的教堂去。我每次走进教堂，都想到为"敬畏上帝的人"祈祷，而且怀着这样的感情走上教堂门前长着青草的两级台阶。这时来教堂做斋戒祈祷的不超过十个农妇和家奴；他们向我鞠躬，我就尽量和颜悦色地向他们还礼；然后我主动向蜡烛箱走去，向士兵出身的教堂执事要了几支蜡烛，把它们插上，就自以为做了什么了不起的事。通过圣幛的中门往里望，可以望见妈妈绣的祭坛帷幔，圣像壁上方有两个木雕的托着星星的天使，我小时候觉得他们非常大，壁上还有一只金光闪闪的鸽子，当时使我很感兴趣。在唱诗班席位后面，可以看见一只凹瘪的圣水盘，我曾多次替家奴的孩子施洗，而我自己也是在那里受的洗。老司祭身穿用我父亲棺罩做的法衣走出来，用他那一成不变的声音祈祷——从我记事起他在我家做礼拜用的就是这种声音：宋尼雅受洗，父亲的追思仪式和母亲的葬礼。诵经士那种颤动的声音从唱诗班里传出来，还有教堂里每次做礼拜必到的那个老太婆，她正弯着腰站在墙边，眼泪汪汪地望着唱诗班里的圣像，交叉的手指紧紧按着胸前褪色的头巾，没有牙齿的嘴喃喃地念着什么。这一切对我已不新奇，并非仅仅由于回忆使我感到亲切，现在这一切在我眼里都是伟大而神圣，而且含义深刻。我仔细倾听着祈祷文的每一句话，竭力联系自己的感情，要是有什么地方我不理解，就默默地祷告上帝给我启示，或者自己改编那些我听不懂的词句。当念到忏悔祈祷文时，我回想起自己的过去，这个天真无邪的过去同我现在的欢乐心情比起来是那么暗淡无光,我不禁哭起来,并且对自己这种心情感到害怕;但同时又觉得一切都是可以饶恕的,要是我的罪孽更大,我的忏悔就会更甜蜜。当司祭在礼拜结束时说"愿主降福于你们"时,我在这一刹那感到一种肉体上的快乐。仿佛我的心头突然注入了一种光和温暖。礼拜结束了,神父走到我跟前,问我要不要什么时候到我们家来做通宵礼拜,我对他的厚意深为感激,但我说我自己会到教堂来的。

"您愿意劳驾吗?"他问。

我不知道怎样回答才不至于傲慢无礼。

做完礼拜,要是卡嘉不在,我总是让马车先走,独自步行回家,遇到人总是和蔼地鞠躬问候,竭力找机会帮助人家,给人家劝告,为别人牺牲自己,帮助人家扛起大车,给人家摇晃孩子入睡,给人家让路而弄脏自己的脚。一天黄昏,我听见管家报告卡嘉说,有个叫谢苗的庄稼人来讨块木板给女儿做棺材,还要一个卢布办丧事,他都给了他。"难道他们真的那么穷吗?"我问。"非常穷,小姐,连盐都吃不上。"管家回答。我听了一阵心酸,同时又仿佛感到高兴。我骗卡嘉说我要出去散步,就跑到楼上,拿出我所有的钱(钱很少,但尽我所有),然后画了十字,穿过凉台和花园,独自向村子里谢苗家的小屋走去。他的小屋在村子尽头。我走近窗口,谁也没有看见我。我把钱放在窗台上,敲了敲窗子。有人吱格一声打开门,从小屋里出来,叫了我一声。我像犯了什么罪似的吓得浑身发冷,直打哆嗦,慌忙跑回家。卡嘉问我上哪儿去了?我怎么啦?但我简直不知道她对我说了些什么,我也没有回答她。我突然觉得这一切都是微不足道的。我把房门锁上,独自在房间里来回走了很久,什么事也不能做,什么事也不能想,也弄不懂自己的感情究竟是怎么一回事。我想到他们全家的快乐，想到他们会用什么语言来谈论给他们钱的人，我也后悔没有亲手把钱交给他们。我还想到，如果谢尔盖·米哈伊雷奇知道这件事，他会说什么，而且我也因永远不会有人知道这件事而感到高兴。我心里真是快活极了，我觉得人人都很坏，我自己也很坏，我又觉得人人都很多情，我也很多情。于是我想到了死，仿佛这是一种幸福的梦想。我微笑，我祈祷，我哭泣，在这一刻我是多么热爱世上所有的人、多么热爱自己啊！在两次礼拜之间，我常常读《福音书》，觉得越来越理解这本书，神一生的经历也显得越来越平凡，越来越动人，我在他的教义中找到的感情和思想也就变得更可畏更深奥。但当我放下这本书，再观察和思考我周围的生活时，我就觉得一切都是那么简单明了。我觉得要使生活过不好是件很困难的事，而爱一切人和被人所爱却十分容易。人人待我都那么善良，那么温存，就连我一直教她读书的宋尼雅也变得完全不同了，她竭力想理解我，讨好我，不使我烦恼。人人待我就像我待他们那样。我逐一回想我在忏悔前必须请求饶恕的仇人，我只记起一位邻居小姐，一年前我曾当着客人的面嘲笑过她，她因此不再上我家的门。我给她写了一封信向她认错，请求她的原谅。她给我回信，请求我的原谅，并且原谅了我。我看了她的信，高兴得直流泪，我从她简单的字句里看到了一种深刻动人的感情。当我请求保姆原谅时，她放声大哭。"为什么他们都待我这样好？我有什么地方值得大家这样爱我？"我问自己。我不由得想起了谢尔盖·米哈伊雷奇，想了好半天。我不能不这样做，甚至并不认为这是一种罪孽。不过，我现在想他和那天晚上第一次意识到爱他时完全不同，我现在想他就像想到自己一样，而且不知不觉把他同自己对前途的每个想法联系起来。我在他面前的自卑感完全消失了。现在我觉得我和他是平等的，从我所处的精神高度我完全能理解他。以前我觉得他身上有些地方很古怪，现在却变得清楚了。现在我才明白，为什么他说为别人活着才是幸福，而且现在我完全同意他的话。我觉得，我们俩在一起会无限幸福，无限安宁。我心里想的不是出国旅行，不是社交活动，不是讲究气派，而是在乡下过宁静的家庭生活，永远奉献自己，永远相亲相爱，永远想到处处帮助人的仁慈的上帝。

我按预定计划在生日那天领了圣餐。那天我从教堂回来，心里充满幸福，我甚至害怕生活，害怕任何可能破坏这种幸福的事物。我们刚走下马车登上台阶，就从桥上传来熟悉的轻便马车的辘辘声，接着我就看见了谢尔盖·米哈伊雷奇。他向我祝贺，我们一起走进客厅。自从我认识他以来，和他在一起，我还从没像那天早上那样平静而自信过。我觉得我心里有一个崭新的世界，那是他所不理解的，而且高出于他的世界。我和他在一起一点也不感到拘束。他大概明白这一点，因此待我特别温柔体贴，特别尊敬虔诚。我刚走近钢琴，他就把它锁上，把钥匙藏进口袋。

"不要破坏您的情绪，"他说，"您现在心里的音乐比世界上的任何音乐都美妙。"

我为这句话感谢他，同时又有点不快，因为他太轻易看透了我内心的秘密。吃午饭的时候，他说他是来向我祝贺的，同时向我们辞行，因为他明天要去莫斯科。他说话的时候眼睛看着卡嘉，但后来又瞟了我一眼，我发现他怕会在我的脸上看到激动的神色。但我并不惊讶，也不忧虑，甚至没有问他是不是要去很久。我知道他会说出那句话来，我知道他不会走。我这是怎么知道的呢？现在我怎么也说不清。但在那个值得纪念的日子，我觉得我知道过去和未来的一切。我仿佛做着一个美梦,将要发生的一切仿佛都已发生过,而且我早就知道,这一切还会再发生,我知道一定还会再发生。

他想一吃过饭就走,但卡嘉做礼拜回来累了,去躺一会儿,他得等她醒来才能向她告辞。大厅里充满阳光,我们来到凉台上。我们刚坐下,我就平心静气地对他说,现在该决定我爱情的命运了。我说这话既不早,也不晚,就在我们刚坐下,谁也还没有开口,还没有定下谈话的内容和基调,这样就不会有什么话题妨碍我要说的话了。我自己也不明白,我说话怎么会这样沉着果断,用词这样精确得当,仿佛说话的不是我,而是一种不以我的意志为转移的神灵借我的嘴说出来的。他凭栏坐在我对面,把一枝丁香拉到面前,摘着叶子。我一开口,他就放掉树枝,一只手支着头。只有一个人十分镇定或者十分激动时才采用这样的姿势。

"您为什么要走?"我一字一顿意味深长地问,眼睛直瞧着他。

他没有立刻回答。

"有事!"他垂下眼睛说。

我明白,他要在我面前撒谎是很困难的,尤其是回答这样一个坦率的问题。

"听我说,"我说,"您知道今天对我是个什么日子。今天从各方面来说都很重要。我问您,不是为了表示关心(您知道,我和您已相处惯了,我爱您),我问您,只因为我想知道:您为什么要走?"

"我很难如实告诉您,我为什么要走,"他说,"这个星期,关于您和关于我自己,我都想得很多,我决定走。您知道为什么吗?您要是爱我,那就别再问了。"他用手擦擦前额,并遮住眼睛。"这使我难受……您会理解的。"

我的心剧烈地跳动起来。

"我无法理解,"我说,"我无法理解,您就告诉我吧,看在上帝分上,为了今天您就告诉我吧,什么话我都能平静地听的,"我说。

他换了个姿势,瞧了我一眼,又把丁香枝拉过来。

"不过,"他沉默了一会儿说,语气故意装得很坚定,"尽管要用语言来表达是愚蠢的,也是不可能的,尽管我很难受,我还是要竭力向您解释清楚。"他补充说,皱紧眉头,仿佛肉体上感到痛苦似的。

"说吧!"我说。

"假定说,有一位甲先生,"他说,"他老了,上了年纪了;还有一位乙女士,她年轻,幸福,没有见过世面,不懂得生活。由于家庭关系,他像爱女儿那样爱她,甚至不怕用其他方式爱她。"

他停了一下,但我没有插嘴。

"但他忘了乙还非常年轻,对她来说,生活还是一种游戏,"他突然迅速而果断地说下去,眼睛不瞧我。"用其他方式爱她很容易,她也会觉得快活。他错了,他突然感到一种类似忏悔的痛苦揪住他的心,他害怕了。他怕他们原来的友好关系遭到破坏,他决定在这种关系还没遭到破坏以前走掉。"他说这话时又漫不经心地揉揉眼睛,并把眼睛遮住。

"为什么他害怕用其他方式爱她呢?"我抑制着内心的激动,用勉强听得见的声音说,我的音调显得很平静,他一定以为我是在开玩笑。他回答的语气仿佛受了侮辱。

"您年轻,"他说,"可是我已不年轻了。您想开玩笑,可我需要的是别的东西。您尽可以闹着玩,可是别找我,要不然我会把它当真的,我会不舒服,您会感到羞愧。这是甲说的话,"他添加说,"不过这些都是胡说,但您一定明白我为什么要走。这事我们不谈了,不再谈了!"

"不,不!要谈!"我哽咽着说。"他爱不爱她呀?"

他没有回答。

"要是他不爱她,那他为什么要像逗弄孩子那样逗弄她?"我问。

"是的,是的,是他不对,"他打断我的话,匆匆地回答,"但一切都结束了,他们作为朋友……分手了。"

"但这太可怕了!难道就没有别的结果吗?"我勉强说出这句话,对自己所说的话又感到害怕。

"有的,"他说,放下手,露出激动的神色,眼睛直视着我,"有两种不同的结果。只是看在上帝的分上别打断我,您要平心静气地理解我。有人说,"他说到这儿站起来,现出痛苦的微笑,"有人说,甲疯了,竟疯狂地爱上了乙,并且把这件事告诉她……可她只是笑笑。对她来说这是个笑话,但对他来说却是终身大事。"

我浑身打了个哆嗦,想打断他的话,叫他不要替我说话,可是他阻止我,把他的手放在我的手上。

"等一下,"他颤声说,"有人说,她似乎可怜他,这个不懂事的可怜姑娘,以为她真能爱她,因此同意做他的妻子。于是他这个疯子便信以为真,相信他的整个生活将重新开始,但她明白她欺骗了他……他也欺骗了她……这件事我们不谈了。"他结束说,显然无法再说下去,接着他就在我对面默默地来回踱步。

他嘴里说:"我们不谈了。"可我看出他一心一意在等我的答复。我想说,可是说不出来,我的心仿佛揪紧了。我瞧了他一眼,他脸色苍白,下唇直打哆嗦。我很可怜他。我猛地冲破束缚住我的沉默,开始低低地用发自内心的声音说话,我担心我的声音随时都会中断。

"还有第三种结果,"我说到这儿停住,但他仍一言不发,"第三种结果是,他并不爱她,但使她痛苦,痛苦,他还自以为正确,走了,还挺得意。是您,可不是我,把这事当玩笑,我从第一天起就爱上您了,爱上您了。"我反复说,而在说"爱上"两个字时,我那低低的发自内心的声音变成了使我自己都吃惊的狂叫。

他脸色苍白站在我面前,嘴唇哆嗦得越来越厉害,两行热泪流到颊上。

"这太坏了!"我简直大叫起来,感到哭不出的愤怒的眼泪使我窒息。"这是为什么呀?"我说着站起来想离开他。

但他不放我走。他的头靠在我的膝盖上,嘴唇吻着我那发抖的双手,他的眼泪把我的手都沾湿了。

"天哪,我要是早知道就好了!"他说。

"为什么?为什么?"我反复说,可我心里充满幸福,一种一去不复返的幸福。

五分钟后,宋尼雅跑到楼上卡嘉那儿,对全家人嚷嚷说,玛莎要同谢尔盖·米哈伊雷奇结婚了。

5

我们的婚礼没有理由推迟,不论是我还是他,都不愿意推迟。不错,卡嘉想到莫斯科去给我置办嫁妆,而他母亲则要求他在结婚以前先购置一辆新马车、一套新家具,房子用新墙纸裱糊一番,但我们俩都坚持,即使非这样不可,这一切也等以后再办,婚礼在我生日后两星期就举行，不张扬，不办嫁妆，不请客，不用傧相，不办酒席，不喝香槟，免掉婚礼的一切繁文缛节。他告诉我他母亲知道结婚不用乐队，没有堆积如山的箱子，房子不装修一新，不像她结婚时那样花上三万卢布，表示很不满意；她怎样瞒着他在贮藏室里翻箱倒柜，怎样认真地偷偷同女管家马柳什卡商量，为了我们的幸福需要用什么样的地毯、窗帘和托盘。在我这方面，卡嘉同老保姆库兹明尼什娜也忙着同样的事。同她谈这事可不能只是开开玩笑。她坚决相信，我们俩彼此谈到我们的前途，只会卿卿我我，谈情说爱，就像一般处在我们这种地位的人那样；但我们未来真正的幸福，还得由衬衫的正确缝制，台布和餐巾的滚边来决定。在波克罗夫斯科耶和尼科尔斯科耶之间，每天都要交换几次秘密情报，相互通报在做些什么，卡嘉和他母亲表面上虽然客客气气，她们之间显然已存在某种敌意，但对付对方的手段却十分巧妙。他母亲塔季雅娜·谢苗诺夫娜（现在我同她已很熟了）是位严厉古板的主妇，是位老派夫人。他爱她不仅是出于做儿子的责任，而且还出于人情，他认为她是天下最善良、最聪明、最仁慈的女人。塔季雅娜·谢苗诺夫娜待我们一向很和气，尤其是待我，儿子结婚她很高兴，但当我以未来儿媳妇的身份同她在一起的时候，我觉得她要我明白，我要做她儿子的配偶应该变得更好些，而且要永远记住这一点。我完全理解她的意思，也同意她的想法。

在最后两个星期里，我们天天见面，他来吃午饭，一直坐到半夜。但是，尽管他说——我知道他说的是实话——他没有我活不下去，他可从来没有和我一起待过一整天，他还是努力做他的事。直到结婚那天，我们表面上还是维持原来的关系：我们相互还是用您称呼，他甚至不吻我的手，他不但不找寻机会甚至避免和我单独相处，仿佛他害怕沉溺于过分的有害的柔情之中。我不知道是他变了还是我变了,但现在我觉得和他完全平等了,在他身上再也找不到以前我不喜欢的故作平易近人的样子,我还常常高兴地看到,在我面前的已不是那个令人望而生畏的男子,而是一个温和的幸福得不知所措的孩子。"他也不过如此!"我常常想,"他只是一个同我一样的人罢了。"现在我觉得,他整个儿地暴露在我面前,我完全了解他。我所了解的一切是那么单纯,又那么同我一致。就连他关于我们将来共同生活的计划也和我的计划一样,只是他说得更清楚更完善罢了。

这几天天气很坏,我们大部分时间都待在屋里。我们在钢琴和窗户之间的角落促膝谈心,倾吐衷曲。黑魆魆的窗上映出近处的烛光,发亮的窗玻璃上偶尔有雨点打来,又往下淌。雨打着屋顶,水沿着屋檐下的水槽哗哗地流到下面的水洼里,潮气从窗口飘进来。我们的角落仿佛变得更光亮,更温暖,更快活了。

"您知道,我有一件事早就想对您说了,"有一次,我们两人在这个角落里坐到很晚,他说,"您弹琴的时候,我一直在想这件事。"

"您什么也别说,我全知道了。"我说。

他笑了笑。

"好的,我们不说了。"

"不,您说,是什么事?"我问。

"是这么一回事。您记得我给您讲过甲和乙的故事吗?"

"这种愚蠢的故事怎么会不记得。幸亏就那样结束了……"

"是的,我的全部幸福差一点被我自己给毁了。是您救了我。但主要是我当时老撒谎,我感到惭愧。现在我要把话说完。"

"哦,请您别说了。"

"别害怕,"他笑着说,"我只想替自己说明一下。我那天说话,只是想发一通议论。"

"为什么要发议论!"我说。"毫无必要。"

"是的,我的议论不对头。我经历了生活中的失望和错误,这次来到乡下,我自己打定主意,谈恋爱的时候已经过去了,我的义务只是度过晚年,因此我弄不懂我对您的感情究竟是怎么一回事,它对我将会有什么结果。我又抱希望,又不抱希望,有时我觉得您是在逗引我,有时我又相信这是真的,我真不知道我该怎么办。但在那天晚上以后——当时我们在花园里散步——我感到害怕,我觉得现在我有那么大的幸福,简直不可能。啊,如果我抱着希望,结果却落空,那怎么办?当然,我只考虑到自己,因为我是个卑鄙的自私自利的人。"

他瞧着我,沉默了一会儿。

"不过我当时也不全是胡说。我的忧虑也不是没有道理的。我从您那儿得到的太多,可我能给您的太少。您还是个孩子,还是个含苞待放的蓓蕾。您是初恋,可是我……"

"是的,您就如实告诉我吧。"我说。但忽然又担心他的回答,"不,不用了。"我又添加说。

"我以前有没有恋爱过?是吗?"他立刻猜透我的心思说,"这我可以告诉您。我没有,没有恋爱过。从来不曾有过这样的感情……"但他的心头仿佛突然掠过一阵痛苦的回忆。"不,要有权爱您,先要得到您的信任,"他忧郁地说,"在说出我爱您以前,难道不需要郑重考虑一番吗?我能给您什么呢?爱情——不错。"

"难道这还不够吗?"我瞧着他的眼睛说。

"不够,我的朋友,对您来说不够,"他继续说,"您年轻美丽!我现在常常幸福得晚上睡不着觉,老是想着我们将来怎样一起生活。我经历多了,我觉得我找到了幸福所需要的东西。在我们这个穷乡僻壤过与世隔绝的幽居生活,力所能及为人们做些好事,这是容易的,因为平时没有人对他们做好事;然后是劳动,对人有益的劳动;然后是休息、自然景色、书本、音乐、爱亲人——这就是我的幸福,我再也没有别的奢望了。除此以外,还有像您这样的伴侣,也许还有子女,一个人所能希望的也不过如此了。"

"是的。"我说。

"对我来说,青春已经过去,情况就是这样,但您可不是这样,"他继续说,"您还没有生活的经历,您也许想在别的方面找寻幸福,也许您能找到。现在您觉得幸福,因为您爱我。"

"不,我一向就喜欢并且希望过安静的家庭生活,"我说,"您只是说出了我所希望的事。"

他笑笑。

"这只是您的想法,我的朋友。这些对您是不够的。您又年轻又美丽。"他若有所思,又说了一遍。

但是我生气了,因为他不相信我,仿佛还拿年轻和美丽来责备我。

"那您为什么要爱我呢?"我生气地说,"是为了我年轻,还是为了我这个人?"

"我不知道,但是我爱您。"他用富有魅力的专注的目光瞧着我,回答说。

我什么也没有回答,情不自禁地望着他的眼睛。突然我眼前出现了一种奇怪的景象:我先是看不见周围的东西,后来他的脸在我面前消失,只剩下他那双炯炯发亮的眼睛,仿佛正对着我的眼睛,后来我觉得那双眼睛钻进我的心里，于是一切都模糊了，我什么也看不见，我只好眯起眼睛，以摆脱这种目光在我心里引起的惊喜交集的感觉……

婚礼前一天的傍晚，天气转晴了。在夏雨绵绵之后，这是第一个寒冷而晴朗的秋夜。一切都是潮湿、寒冷和明亮的。花园里第一次出现了空旷、斑斓和疏落的景象。天空晴朗、寒冷、苍白。我去睡觉，想到明天我们结婚天气晴朗，心里十分快乐。

这天，太阳一出来我就醒了，想到今天就要……我仿佛感到害怕和惊讶。我走到花园里。太阳刚刚升起，阳光斑斑点点地漏过林阴路上正在落叶发黄的菩提树。路上铺满窣窣发响的树叶。一串串皱皮的花楸果鲜红可爱，挂在叶子经霜稀疏蜷缩的枝头；大丽花也凋萎发黑了。萎靡的草上和宅旁折断的牛蒡叶上，初霜银光闪闪。晴朗、寒冷的空中没有也不可能有一片云彩。

"难道真的就是今天吗？"我自问，不相信有这样的幸福，"难道明天我醒来已不在这里，而是在尼科尔斯科耶别人家有圆柱的住宅里吗？难道我真的不用再等待他，迎接他，也不用每天晚上跟卡嘉谈论他了吗？我再也不用跟他一起坐在波克罗夫斯科耶大厅里的钢琴旁了吗？再也不用送他走，并为他在黑夜走路而担心吗？"但我想到昨天他说他这是最后一次来看我，我又想到卡嘉要我试试结婚礼服，她还说："是明天要用的。"我一瞬间相信这是真的，但接着又怀疑起来。"难道从今天起我就要离开娜杰莎，离开格里戈利老头，离开卡嘉，在那里同婆婆生活在一起吗？难道我再也不能在临睡前亲亲老保姆，然后让她照例给我画过十字说，'晚安，小姐'了吗？我再也不能教宋尼雅读书，同她一起玩，早上敲墙叫醒她，听她清脆的笑声了吗？难道从今天起，我将变成连我自己都不认识的人，在我的面前将开始一种能实现我愿望的新生活吗？难道这种新生活将永远继续下去吗？"我迫不及待地等着他,这样想,感到心头沉重。他来得很早,同他在一起,我才完全相信我将做他的妻子,也不再害怕这种想法了。

午饭前,我们去教堂祭祷父亲。

"要是现在他还活着就好了!"我们一路走回家去,我心里想。我默默地靠在我所思念的那个人生前最好的朋友的手臂上。祈祷时,我把头伏在教堂冷冰冰的石头地上,生动地想到了我的父亲。我深信,他的在天之灵能理解我,并赞同我的选择,我觉得他的灵魂就在这里,就在我们头上飞翔,并且在祝福我。于是回忆、希望、幸福和忧伤在我心里融合成一种庄严而愉快的感觉,这种感觉正好同静止的新鲜空气、寂静、凋零的田野和灰白的天空相协调;那灿烂而和煦的阳光从灰白的天空普照大地,也晒着我的面颊。我觉得这个和我同行的人是理解我的心情并和我有同感的。他默默地慢慢走着,我偶尔望望他的脸,他的脸上也流露出那种不知是悲还是喜的庄严感情,同大自然一样,也同我的心情一样。

他突然向我转过脸来,我看出他有话要说。"万一他要说的和我想的不一样,那怎么办?"我这样想。他谈到我的父亲,但没有提到他的名字。

"有一次他跟我开玩笑说:'你同我的玛莎结婚吧!'"

"要是现在他活着,他会多么高兴啊!"我说,更紧地靠在他那挽着我的手臂上。

"是的,那时您还是个孩子,"他瞧着我的眼睛,继续说,"我那时吻过这双眼睛,我爱它,只是因为长得像他的眼睛,但是我还没有想到这双眼睛本身对我会这么宝贵。我那时管您叫玛莎。"

"对我说话用'你'呀。"我说。

"我刚要对你说'你'呢,"他说,"直到现在我才觉得你完全是属于我的。"他那安宁、幸福和富有魅力的目光停留在我的身上。

我们一直穿过那割了庄稼被踩平的田野,沿着还没有成形的田间小路慢慢地走着;我们只听见我们的脚步声和说话声。一边,一片黄褐色的麦茬地穿过峡谷,伸展到远处树叶凋落的小树林;在这片田野里,一个农夫正手扶木犁默默地耕作,犁开一片越来越宽的黑土。山脚下有一群散放的马,看上去离我们很近。另一边,前方,直到我们的花园和花园后面的房屋,是一片黑色和一垄垄已经解冻发绿的冬麦地。万物沐浴在并不炎热的阳光中,上面还沾满蜘蛛细长的游丝。游丝在我们周围的空中飘动,落到霜冻的麦茬地上,落到我们的眼睛、头发和衣服上。我们说话的时候,我们的声音就在我们头上静止不动的空气中回响着,停留着,仿佛全世界只有我们两个人,在这秋阳闪烁的蔚蓝苍穹下只有我们两个人。

我也想对他称你,但感到不好意思。

"你怎么走得这样快啊?"我急急地说,声音很低,不由得脸都红了。

他走得慢些,更亲切、更快乐、更幸福地瞧着我。

我们回到家里,他母亲和几个非请不可的客人已到了。因此直到我们走出教堂坐上马车,到达尼科尔斯科耶为止,我和他没有单独在一起过。

教堂几乎是空的。我从眼角看见他的母亲站在唱诗班旁的小地毯上,卡嘉头戴一顶有紫色飘带的帽子,脸上挂着眼泪,还有两三个家奴好奇地打量着我。我没有朝他看,但我知道他就在这里,就在我身边。

我听着祈祷文,嘴里复述着,但心里毫无反应。我不能祈祷,只呆呆地望着圣像、蜡烛、神父法衣背上绣着的十字架、圣像壁和教堂窗子,可是什么也不明白。我只觉得我身上正在发生一件极不平凡的事。当神父拿着十字架转身对着我们,向我祝贺,告诉我他已给我画过十字,上帝现在已使我们成婚了,卡嘉和他母亲也吻了我们,我听见格里戈利叫马车的声音,这时我感到惊讶和害怕,因为一切都已完了,可我心里并没有发生什么同我受的圣礼相适应的非同寻常的事。我和他接吻,但这种接吻是古怪的,并非出于我们的感情。"就是这些吗?"我想。我们走出教堂,教堂的圆拱下发出车轮的辘辘声,清凉的风拂着我们的脸。他戴上帽子,扶我坐上马车。从马车窗子里望出去,我看见一轮带晕的寒冷的月亮。他在我身旁坐下,随手关上车门。我的心仿佛被什么东西扎了一下。我觉得他那种信心十足的姿态伤了我的自尊心。卡嘉大声喊叫,要我包上头巾,车轮在石子路上辘辘滚过,然后走上土路,我们出发了。我蜷缩在马车一角,望着窗外遥远的明亮的田野和在寒冷的月光中飞逝的道路。我没有看他,但感到他就在我旁边。"哦,难道我期望那么多的这一刻给我的就是这一些吗?"我想,而单独那么挨近他坐着总觉得有点屈辱。我向他转过脸去,想跟他说些什么。但我说不出,仿佛我已没有原来的那种柔情,有的只是一种屈辱和恐惧的感觉。

"直到此刻我都不相信发生这样的事。"他悄悄地回答我的目光。

"是吗,但我不知怎的感到有点害怕。"我说。

"你是怕我吗,我的朋友?"他握住我的手,一边说一边向它低下头去。

我的手毫无感觉地落在他的手里,我的心冷得作痛。

"是的。"我低声说。

但这时我的心跳得更剧烈了,手也哆嗦起来,并且紧紧地握住他的手,我感到热,我的眼睛在暮色中找寻他的目光。我突然觉得我并不怕他,这种恐惧就是爱情,一种比以前更温柔更强烈的爱情。我觉得我整个儿是他的,我因为属于他而感到幸福。

第 二 部

6

一天又一天,一星期又一星期,两个月的乡村幽居生活就这样不知不觉地(当时有这种感觉)过去了。但这两个月所体验的感情、激动和幸福足足抵得上一生。我们俩关于村居生活的梦想实现得完全不像我们想象的那样。不过,我们的生活过得并不比我们的梦想差。没有我出嫁前所想象的那种认真的劳动,没有为了承担义务而自我牺牲,也没有为别人而生活;有的只是彼此相爱的自私感情、被爱的欲望,老是无缘无故地感到快乐,并且忘记了世上的一切。不错,他有时到书房工作,有时进城办事,或者为农活奔忙,但我看出,他离开我时是多么痛苦。后来他自己也承认,只要我不在,世上一切对他都是没有意思的,他不明白怎么能去干那种事。我也有同样的感觉。我看书,弹琴,陪伴婆婆,到学校教书,而我做这一切都只是因为同他有关,并能博得他的称赞;但只要想到什么同他无关的事,我的手就垂下来,而且一想到世界上除了他还有什么别的东西,就觉得可笑。也许这是一种不好的自私的感情,但这种感情使我感到幸福,并且使我高出于全世界之上。对我来说,世界上只存在他一个人,而且我认为他是世界上最完美无缺的人;因此我不能为任何其他事物活着,我只能为他活着,并且做一个他所希望的那样的人。他则认为我是世界上具有一切美德的十全十美的女人;我也就竭力要在世界上最完美的男人面前做一个这样的女人。

有一次,我正在祷告上帝,他走进我的屋里来。我回头望了他一眼,继续祷告。他在桌旁坐下,不来打扰我,接着他翻开一本书。但我觉得他在望着我,又回头看了看。他微微一笑,我也笑起来,祷告就做不下去了。

"你已经祷告过了吗?"我问。

"祷告过了。你继续祷告吧,我走了。"

"你也来祷告,好吗?"

他没回答,想走,但我把他叫住。

"我的宝贝,为了我,同我一起祷告吧。"

他站在我旁边,笨拙地垂下手,神态庄重,结结巴巴地念起来。他偶尔向我转过身,在我脸上寻找赞许和帮助。

他一念完,我笑了,拥抱他。

"都是你,都是你!我仿佛变得又只有十岁了。"他说着涨红了脸,吻着我的双手。

我们的房子是乡间一所古老的住宅,祖祖辈辈住在这里,彼此尊敬爱护,这里处处洋溢着正直良好的家庭传统。我一进门,这种传统仿佛也就成了我的传统。家里的陈设和规矩都是由塔季雅娜·谢苗诺夫娜按照老传统安排的。虽不能说一切都很雅致美观,但从佣人到家具和食物,一切都很丰富,一切都很整洁,厚实,井井有条,令人尊敬。客厅里对称地摆着家具,挂着画像,地板上铺着自织的地毯和花条布地毯。起居室里摆着一架旧三角钢琴、两个式样不同的小衣柜、几把沙发和几张包黄铜带镶嵌的小桌子。我的书房是由塔季雅娜·谢苗诺夫娜精心布置的,里面摆着不同时代和不同式样的精美家具,其中有一架古老的穿衣镜,起初我不好意思照,后来却成了我十分宝贵的东西。塔季雅娜·谢苗诺夫娜的声音虽然听不见,但家里的活动就像一架上足发条的时钟那样进行着。仆人虽然嫌多,但他们都穿着没有后跟的软靴(塔季雅娜·谢苗诺夫娜认为鞋底的嚓嚓声和鞋跟的橐橐声是世界上最讨厌的声音),并以自己的职责自豪,他们在老夫人面前战战兢兢,对待我和我丈夫毕恭毕敬,高高兴兴地干着各人的事。每星期六家里照例要擦洗地板和拍打地毯,每月第一天都要做圣水祭礼拜,每逢塔季雅娜·谢苗诺夫娜和她儿子的命名日(这年秋天又第一次加上我的命名日),都要大宴四邻。而这一切都是从塔季雅娜·谢苗诺夫娜记事的时候起就一直沿袭下来的。丈夫从不过问家务,他只管理农事和农民,在这方面花去很多时间。他起得很早,连冬天都是如此,因此我醒来总是见不到他。他通常在喝早茶的时候回来(我们俩总是单独在一起喝茶),他在操劳和处理了不愉快的事情后心情就特别好,我们把他这种心情叫作**狂欢**。我常常要他告诉我,他早上做了些什么,他就对我说一些荒唐可笑的事,说得我们俩都笑得要死。有时我要他讲些正经事,他就忍住笑讲起来。我看着他的眼睛,看着他翕动的嘴唇,什么也没听明白,我只要能看见他,听到他的声音,就快活了。

"啊,我刚才说什么来着?你说一遍。"他问。但我什么也说不上来。**他**对**我**谈的不是他自己的事,也不是我的事,而是别的什么可笑的事。外面不论发生什么事,仿佛都不关我们的事。过了好多日子,我才了解他的工作,并对此发生兴趣。塔季雅娜·谢苗诺夫娜午饭前一般不出房门,独自喝茶,只打发人来向我们问好。在我们这个独特的幸福得发狂的小天地里,听到从她那另一个庄重规矩的角落传来的声音,觉得十分古怪,因此当使女交叠双手,不慌不忙地报告说,塔季雅娜·谢苗诺夫娜要她来问问,我昨天散步回来后睡得怎样,还要告诉我她腰疼了一夜,村子里那条该死的狗叫得她没法睡觉。她还说:"太太要我问您是不是喜欢今天的面包,她请您注意,今天不是塔拉斯烤的,而是尼科拉沙第一次试烤的,'8'字形甜面包尤其出色,但面包干烘过头了。"我听了这些话总是哈哈大笑。午饭以前我们俩很少在一起。我独自弹琴,看书;他写信,有时再出去;但在四点钟午饭时,我们大家都聚集在客厅里,妈妈慢悠悠地从她的房间里走出来,接着几个常住我家的穷贵族和香客也都出来了。每天我丈夫总是照老规矩挽着母亲出来吃午饭,但她总是要他用另一只手挽着我,因此每天我们总是你推我挤地走进门来。午饭时,妈妈总是坐主位,谈话总是彬彬有礼,甚至有点庄严。我和我丈夫的随便谈话常常愉快地打破午饭时这种庄严的气氛。有时他们娘儿俩还争吵,彼此取笑;我特别喜欢这种争吵和嘲笑,因为这最有力地表现出母子之间牢固的深挚感情。饭后,妈妈坐在客厅的大安乐椅上研鼻烟,或者裁开新书的页边,我们就念书给妈妈听,或者到起居室弹琴。这个时期,我们一起念了许多书,但我们最喜爱和最爱好的享受还是音乐,音乐每次都拨动我们新的心弦,使我们彼此仿佛又一次敞开自己的心扉。当我弹奏他心爱的曲子时,他总是坐到我几乎看不见的远远的沙发上,他由于害羞,总是竭力掩饰音乐对他的影响;但我常常出其不意地从钢琴旁站起来,走到他跟前,竭力在他脸上找寻激动的痕迹和他眼睛里不自然的光辉和泪花,他虽然竭力不让我看见,但没有用。**妈妈**常常想到起居室来看看我们,但她大概不愿使我们感到拘束,有时就故意不看我们,摆出一副严肃而冷淡的神气穿过起居室,但我知道她根本没有必要去自己的屋里又这么快回来。晚茶我常安排在大客厅里,这时一家人又聚集到餐桌旁。在明亮如镜的茶炊旁庄严聚会,由我把玻璃杯和茶杯分发给大家,这种聚会使我长时间感到难堪。我要拧开这么大茶炊的龙头,把玻璃杯放在尼基塔的托盘上,并说:"彼得·伊凡内奇请,玛丽雅·米尼奇娜请。"还问:"够甜吗?"还要给老保姆和资深的用人留下方糖,我总觉得我还太年轻,不够老练,不配享有这样的荣誉。"好,好,"我丈夫常常说,"真像个大人了。"这就使我更窘了。

晚茶后,妈妈就摆牌阵或听玛丽雅·米尼奇娜算命,然后她吻我们俩,给我们俩画十字,我们就回房去。但多半是我们俩一直坐到半夜,这是我们最美好最愉快的时光。他给我讲他的往事,我们一起制订计划,海阔天空地聊天。我们竭力压低声音说话,免得让楼上的人听见,去报告塔季雅娜·谢苗诺夫娜,而塔季雅娜·谢苗诺夫娜总是要我们早早地睡觉。有时我们饿了,就悄悄走到配菜间,请尼基塔给我们弄点冷餐,然后在我的书房里只点一支蜡烛吃夜宵。在这座古老的大房子里存在着传统的习惯和塔季雅娜·谢苗诺夫娜的严谨作风,我同他两人住在这里就像是做客似的。不仅塔季雅娜·谢苗诺夫娜,就是仆人、老使女、家具和图画,都使我产生敬畏的心情,意识到我同他住在这里不太合适,必须非常谨慎小心。我现在回想起来,觉得有许多事情——这种使人拘束的一成不变的秩序和家里一大批无所事事而又爱管闲事的仆人——都使人感到拘束和难受,但当时正是这种拘束使我们的爱情更富有生气。不仅是我,就是他也从不流露不满意的样子,相反,他甚至对坏事装作没有看见。妈妈的侍仆德米特里·西多罗夫是个烟鬼。每天饭后我们在起居室时,他总是到我丈夫书房的抽屉里拿烟丝。这时谢尔盖·米哈伊雷奇就带着又惊又喜的神色踮着脚尖走到我跟前,指指德米特里·西多罗夫,向我挤挤眼,用手示意不要声张,而德米特里·西多罗夫怎么也没想到会有人看见他。这情景是有趣极了。等德米特里·西多罗夫没有发现我们而走了出去后,丈夫发现这事照例顺利结束,便高兴地说我很可爱,并且吻了我。有时他这种泰然自若、宽容姑息和对一切都漠不关心的态度使我很不高兴,认为这是他的弱点,而没有看到我自己也有同样的毛病。"他简直像个没有胆量的孩子!"我想。

"唉,我的朋友!"有一次,我对他说,他的弱点使我惊讶。他就回答说,"我现在这样幸福,怎么还能对什么感到不满呢?与其让别人难堪,不如自己让步,这一点我深信不疑;没有什么处境能使人感到不幸福。我们是多么快活啊!我不能生气,对我来说没有什么不好的东西,只有可怜和好玩的东西。主要是,不要生在福中不知福。不瞒你说,每当我听见铃铛声,或者接到来信,甚至早上醒来的时候,我都会感到害怕。我怕的是还得生活下去,我怕的是会发生什么变化,因为不可能有比现在更好的处境了。"

我相信他,但并不完全理解他的话。我感到快活,但觉得这是理所当然的,不可能有别种情况,而且大家都是这样的,如果说,别的地方还有别种幸福,即使是不大的幸福,那也是另一种幸福。

就这样过了两个月。冬天带着严寒和风雪降临了。虽然他仍同我在一起,我却开始感到孤独,开始感到过的是老一套的生活,我身上和他身上都没有什么新东西,相反,我们仿佛又回到老路上。他开始比以前更努力工作，但不让我过问，因此我觉得他心里有个特殊的天地不放我进去。他那一成不变的沉着使我生气。我和以前一样爱他，也和以前一样因他的爱而感到幸福；但我的爱情停滞了，不再增加，而除了爱情，有一种新的不安感正在潜入我的心里。在经历了热恋之后，我觉得光是爱还不够。我需要活动，而不要平静的生活。我需要激动、冒险和为爱情而自我牺牲。我身上有过剩的精力，无法在我们平静的生活里用掉。我常常感到忧郁，我把它当做坏事竭力瞒着他；我心中又常常涌起一阵阵狂热的柔情和喜悦，这使他感到害怕。他比我更早发现我的这种精神状态，建议我进城去玩玩，但我要求别去，不要改变我们的生活方式，不要破坏我们的幸福。真的，我很幸福，我感到痛苦的只是，这幸福没有花费我什么力气和牺牲，而我却渴望付出力气和牺牲。我爱他，看到我为他所做的一切；但我却希望大家都看见我们的爱情，不让我爱他，而即使如此，我仍然爱着他。我的理智甚至感情全都用上了，但我还有别的感情——青春和渴望行动的感情，在我们平静的生活中找不到使用的地方。为什么他对我说，只要我愿意就可以搬到城里去呢？如果他不对我说这话，也许我会懂得，这种使我烦恼的感情是荒唐的有害的，是我错了，我所追求的牺牲其实就在这里，就在我面前，就是克制这种感情。只要搬到城里去就能摆脱忧郁，这种想法浮上我的心头；同时，为了我而要他离开他所爱的一切，我又觉得内疚，觉得于心不忍。时间就这样不断流逝，雪越下越大，墙外都积满了雪，我们却始终是四目相对，整天厮守在一起，而外面的世界五光十色，人们喧闹、激动、痛苦、欢乐，根本没想到我们，没想到我们虚掷的时光。我觉得最糟糕的是，我们的习惯一天天把我们的生活冻结在一个固定的模式里，而我们的感情则变得很麻木。越来越顺从于四平八稳、没有激情的时间洪流。早晨我们喜气洋洋,午餐时彬彬有礼,晚上情意绵绵。"行善吧!……"我对自己说。"行善和过正直的生活,正如他说的,很好,但这种事我们以后还有机会做,而有些事只有现在才能做。"我需要的不是行善,而是拼搏,我要让感情支配我们的生活,而不要让生活支配我们的感情。我希望和他一起走近万丈深渊,并且说:"再走一步,我就跳下去了,只要一动,我就完了。"他站在深渊边上,脸色发白,伸出他那双有力的手把我抱住,抱着我俯视深渊,我吓得心脏收缩,听任他把我抱到什么地方去。

这种精神状态甚至影响了我的健康,我开始神经衰弱。有一天早晨我的健康状况特别坏;他从管理处回来,情绪不好,这在他是很难得的。我立刻发现这一点,问他出了什么事。但他不愿告诉我,说这事不值一提。后来我才知道,县警察局长对我丈夫没有好感,把我家农民叫了去,向他们提出非法的要求,并且对他们进行威胁。对此我丈夫不能容忍,不能把它只看作一件又可怜又可笑的事,他大发脾气,并因此不愿跟我谈这件事。但我认为他不愿跟我谈,是因为他把我看作小孩子,不能理解他的心事。我扭头不理他,吩咐用人去请玛丽雅·米尼奇娜来喝茶,她当时正在我家做客。我很快喝完茶,然后把玛丽雅·米尼奇娜拉到起居室,同她大声谈些我根本不感兴趣的废话。他在房间里来回踱步,偶尔对我们瞧瞧。他的目光不知怎的对我影响很大,我越来越想说话,甚至越来越想笑:我觉得我说的话和玛丽雅·米尼奇娜说的话都很可笑。他对我什么也没说,就走到自己书房里,随手关上门。我一听不见他的声音,我的愉快心情顿时消失,连玛丽雅·米尼奇娜都感到惊讶,问我出了什么事。我没有回答她,坐到沙发上,直想哭。"他在想些什么呀?"我想。"一定是些小事,但他认为了不起,他要是告诉我,我一定会让他明白,这都是些鸡毛蒜皮的小事。嗜,他总以为我不懂,故意装出若无其事的样子来蔑视我,表示他对待我总是正确的。然而,我感到寂寞空虚,我要生活,我要生活,我不要老待在一个地方虚度年华,我这种感觉又何尝不对呢。我想前进,希望每天每时每刻都能遇到新鲜事情,而他却想停滞不前,并且迫使我也留在原地不动。他这样做真是太方便了!要做到这一点,他不用带我进城;要做到这一点,他只要像我一样不勉强自己,不克制自己,而是随随便便过日子。他这样劝我,但他自己并不随便。问题就在这儿!"

我感到心里在流泪,我生他的气。对这种情绪我自己也感到吃惊,我就去找他。他坐在书房里写东西。他听见我的脚步声,若无其事地回头对我瞧瞧,继续写字。我不喜欢他这种目光;我没有走到他身边,却走到写字台旁,打开一本书来看。他又停下笔对我瞧瞧。

"玛莎!你不高兴吗?"他问。

我用冷冷的目光回答他,仿佛说:"问什么!何必这样客气?"他摇摇头,胆怯而温柔地微微一笑,但我没有用笑脸来回答他的笑脸,这在我还是第一次。

"你今天怎么啦?"我问,"你为什么不告诉我?"

"没什么!一件不愉快的小事,"他回答,"但现在我可以告诉你了。有两个农民进城去……"

但我没让他把话说完。

"喝茶的时候我问你,你为什么不告诉我?"

"我当时很生气,准会对你说出蠢话来。"

"可当时我很想知道。"

"为什么?"

"为什么你总认为我无论什么时候,无论什么事都帮不了你的忙?"

"我怎么认为?"他扔下笔说,"我认为我没有你就活不下去。你不仅处处帮助我,而且什么事都是你在做。亏你想得出!"他笑了。"我是靠了你才能生活。我觉得就因为你在这儿一切才那么美好,我需要你……"

"是的,这我知道,我是个需要宠爱的好孩子。"我说话的语气使他吃惊,他看着我,仿佛还是第一次看见我似的。"我不要你的冷静,你够冷静了,太冷静了。"我添加说。

"哦,你瞧,是这么一回事,"他慌忙打断我的话说,显然不让我把话说完,"不知道你会怎么看待这件事。"

"我现在不想听。"我回答。虽然我很想听他说,但能破坏他心里的平静,我感到很痛快。"我不要游手好闲,我要过真正的生活,"我说,"像你一样。"

他的脸色变化迅速,反应很快,这时现出痛苦和紧张的神情。

"我要跟你平等生活,跟你……"

我没法把话说完,因为他的脸上现出十分忧郁的神色。他沉默了一会儿。

"你跟我一起生活,什么地方不平等?"他说,"是因为同县警察局长和喝醉酒的农民打交道的是我,而不是你……"

"不光这一件事。"我说。

"看在上帝分上请你理解我,我的朋友,"他继续说,"我知道,担惊受怕总是痛苦的,我有生活经历,这滋味我尝过。我爱你,因此我不能不希望让你避免这种痛苦。我活着就是为了爱你,因此你也不要来妨碍我的生活。"

"你永远正确!"我眼睛不瞧他说。

我感到气愤的是,在我烦恼和悔恨的时候,他还是那样心安理得,若无其事。

"玛莎!你怎么啦?"他说,"问题不在于是你正确还是我正确,而完全是另一回事;你对我有什么意见?别急着说,你先考虑一下,再把你的想法告诉我。你对我有意见,你大概是对的,但你得让我明白我错在什么地方。"

但我怎么能把我的心里话告诉他呢?他一眼就能知道我的心事,我在他面前又成了孩子,我做的事没有一件他不了解或没有预见到。想到这一点,我更加激动。

"我对你毫无意见,"我说,"我只是感到无聊,我不希望无聊。但你说非这样不可,结果又是你正确!"

我说完这话,瞧了他一眼。我的目的达到了,他的平静消失了,脸上现出恐惧和痛苦的神色。

"玛莎,"他激动地低声说,"我们现在做的事情可不是儿戏。现在正在决定我们的命运。我请你什么也别回答,先听我说。你为什么要折磨我?"

但我打断了他的话。

"我知道又是你对。别说了,总是你对。"我冷冷地说,仿佛说话的不是我,而是我心里的魔鬼。

"你真不知道你这是在做什么!"他声音发抖地说。

我哭了,我感到好受些。他坐在我旁边,一言不发。我开始可怜他,我感到害臊,对我的行为感到悔恨。我没有看他。我觉得,在这一

刻他应该严厉地或者困惑地望着我。我回头一看,原来他正用亲切温存、仿佛请求原谅的目光凝视着我。我拉住他的手说:

"请你原谅!我自己也不知道我在说什么。"

"对,但我知道你在说什么,你说了实话。"

"什么?"我问。

"我们得去彼得堡,"他说,"目前我们在这儿没事好干。"

"随你的便。"我说。

他拥抱我,吻了吻我。

"请你原谅,"他说,"我对不起你。"

那天晚上,我为他弹琴弹了好久,他在屋里来回踱步,嘴里喃喃地说着什么。他有自言自语的习惯,我常常问他在嘟囔些什么,他总是想一想,然后把他说的告诉我:他多半是在念诗,有时说些毫无意思的废话,但从这些废话里我能知道他的心情。

"你刚才在嘟囔些什么呀?"我问。

他站住,想了想,微微一笑,然后背了莱蒙托夫的两句诗作为回答:

……他疯狂地祈求暴风雨降临,

仿佛暴风雨会给他带来安宁!

"是啊,他是个不平凡的人,他什么都知道!"我想,"我怎么能不爱他呢!"

我站起来,拉着他的手,同他一起来回踱步,竭力使我们的步调一致。

"行吗?"他瞧着我笑眯眯地问。

"行。"我低声说。我们心里都充满了愉快的感情,我们的眼睛都笑了。我们的步子越迈越大,脚尖越踮越高。我们就这样迈着大步,使格里戈利生气,使在客厅里摆牌阵的妈妈大为惊讶。我们就这样穿过各个房间,走到餐厅,在那里站住,四目相视,哈哈大笑。

两星期后,在圣诞节前,我们来到了彼得堡。

7

我们的彼得堡之行,在莫斯科逗留的一个星期,对我们两家亲戚的访问,新居的布置,旅途的见闻,新的城市和新的人物,这一切都像是在做梦。这一切是那么色彩缤纷,新奇有趣,这一切由于他的出现和爱显得格外温暖和明丽,宁静的乡村生活已使我感到遥远而毫无意义。我预料上流社会的人一定很傲慢和冷淡,但使我大为惊异的是,那里人人(不仅亲戚,而且还有不认识的人)都很真诚,亲切而高兴地欢迎我,仿佛他们一直在想念我,盼着我,我一去他们都感到高兴。还有一件事出乎我的意料:在我认为最好的上流社会圈子里,我发现我丈夫有许多从没向我提到过的熟人,我认为这些人都很善良,可是我丈夫却严厉批评其中的某些人。我无法理解,他为什么待他们这样冷淡,而且竭力回避许多我认为值得赞扬的熟人。我认为,好人认识得越多越好,而这里的人都是好人。

"我说,我们要这样安排一下,"他在我们离开乡下前说,"我们在这儿是小财主,但到了那里就很拮据,因此我们在城里只能住到复活节,也不能出入交际场所,要不我们就麻烦了,为了你我也不愿意……"

"我们何必去交际场所?"我回答,"我们只要去看看戏,看看亲戚,听听歌剧和好的音乐,不到复活节我们就可以回乡下去了。"

但我们一到彼得堡,这些计划就被忘记得一干二净。人突然来到一个全新的幸福世界,周围有那么多赏心乐事,那么多新鲜有趣的见闻,使我立刻(虽然是不自觉的)把过去的一切和原定的计划都否定了。"过去的一切都微不足道,生活还没有开始,这儿才是真正的生活!以后会怎么样呢?"我想。乡下使我忧虑不安的烦恼突然像中了魔法似的消失了。我对丈夫的爱变得平静了,在这里我从没想到他对我的爱会不会减少。我也确实不能怀疑他对我的爱,因为我的任何思想他都能立刻理解,我的感情他能共鸣,我的愿望他都能满足。在这儿,他的冷静消失了,或者不再使我生气了。同时我感觉到,他不仅像以前那样爱我,而且还欣赏我的言行。每次出去访问,结识新交,或者在家里举行晚会(在这种场合我心里总是很惶恐,生怕没有尽到主妇的责任)以后,他就会说:"哦,小姑娘!真不错!别害怕,真的,你做得很好!"这样我就很高兴。我们到彼得堡后不久,他写了封信给母亲,叫我在他的信上也写几句,但他写的信不让我看,我自然就要求看,结果还是看了。他写道:"您一定不认识玛莎了,连我都不认识她了。她那种落落大方、**端庄娴雅的仪态**,圆熟的交际手腕和待人接物的亲切风度,真不知是从哪儿来的。一切都是那么自然,那么可爱,那么和善。大家都对她赞叹不已,我对她也欣赏不止。如果可能,我真愿意更加爱她。"

"噢,原来我是这样的一个人!"我想。我快活极了,心情舒畅极了,我甚至觉得我更加爱他了。我在所有熟人中取得的成功,完全出乎我的意料。四面八方都有人对我说,有位叔叔非常喜欢我,有位阿姨为我倾倒,有个男人说,彼得堡像我这样的女人还没有第二个,有个女人断定,只要我愿意,就可以当上流社会**最高雅的**女人。尤其是丈夫的表姐,д公爵夫人,上流社会一位并不年轻的女人,突然迷上了我,对我说的恭维话比谁都多,弄得我有点飘飘然。当这位表姐第一次邀请我参加舞会,并要求我丈夫答应时,我丈夫就调皮地微笑着问我是不是想去。我点点头表示愿意,感到自己脸红了。

"她表示想去时就像个罪犯。"他和蔼地笑着说。

"你不是说过我们不去交际场所,你也不喜欢去吗?"我含笑回答,用请求的目光瞧着他。

"如果你很想去,那我们就去。"他说。

"说真的,还是不去的好。"

"你想去? 很想去吗?"他又问。

我没有回答。

"社交本身并不是什么罪恶,"他继续说,"但社交界填不满的欲望可是丑恶的。我们一定去,一定去。"他最后断然说。

"实话对你说吧,"我说,"天下没有比参加舞会更使我想望的事了。"

我们去了。我感到的快乐超过我的期望。在舞会上,我更觉得我是中心,一切都对着我转,为了我,这个大厅才灯火辉煌,乐声悠扬,赞美我的人群才聚集在这里。所有的人,从理发师和使女,到穿越大厅的舞伴和老人,仿佛都在对我说或者使我感觉到,他们都爱我。表姐告诉我,舞会上大家对我的一致评论是,我完全不同于其他女人,我身上有一种特殊的纯朴可爱的乡土味。这次成功使我的虚荣心得到满足,因此我直率地对丈夫说,今年我想再参加两三次舞会,而且昧心地添加说:"这样我就心满意足了。"

丈夫欣然同意,起初欢欢喜喜地带着我去,为我的成功感到高兴,似乎完全忘记了以前说过的话,或者改变了主意。

后来,他对我们的生活显然感到厌倦和难受。但我根本顾不到这一点。即使有时发现他用严肃关注的目光询问似的瞧着我,我也不明白它的含义。我觉得,所有的外人都那么热烈地爱我,我在这里初次领略到的气氛是那么优美、愉快和新鲜,我陶醉了,连他那束缚我的精神影响也突然消失了。我感到高兴的是,在这里我不仅可以和他平起平坐,而且地位比他高,因此我也比以前更热烈更自觉地爱他,同时也无法理解他怎么会认为社交生活对我有不利的地方。每次走进舞会,看到所有的目光都集中在我身上,我就产生一种自豪和得意的新鲜感觉,而他却仿佛因拥有我而在众人面前感到害臊,赶快离开我,消失在穿黑色礼服的人群中。"等一下!"当我用眼睛在大厅尽头找寻他那不显眼的平凡身影时,一再想,"等一下,等我们回到家里,你就会明白,你就会知道,我打扮得这么漂漂亮亮是为了谁,今晚在我的周围我爱的是什么。"我由衷认为,为了他,我对自己的成功感到高兴,为了他,我也愿意放弃一切。我想,社交生活对我只有一种危险,那就是我可能迷上社交场中的哪个男人而引起丈夫的嫉妒;但他却非常信任我,神态泰然自若,我觉得所有这些年轻人同他相比都微不足道,因此,社交场中这唯一的危险对我也并不可怕。但是,尽管如此,交际场中许多人的青睐使我高兴,使我的虚荣心得到满足,使我想到我跟丈夫的爱情中有我的一份功劳,因而我对他的态度就更自信更任性了。

"我看见你跟某某人谈话谈得太起劲了。"有一次从舞会回来,我用手指指着他说,同时指名道姓地提到那天晚上同他谈过话的彼得堡著名夫人。我说这句话是要激发他的情绪;他近来特别闷闷不乐。

"唉,你说这种话做什么?你也说起这种话来,玛莎!"他喃喃地说,皱紧眉头,仿佛肉体上感到疼痛似的。"这种话同你我都不适合!这种话留给别人去说吧;这种虚假的关系会破坏我们真正的关系,可我还是希望恢复真正的关系。"

我感到害臊,没有做声。

"会恢复吗,玛莎?你认为怎么样?"他问。

"我们的关系从来没有被破坏过,将来也不会遭到破坏。"我说。当时我确实是这样想的。

"但愿如此,"他说,"我们也该回乡下去了。"

但这样的话他只对我说过一次,其他时间他同我一样心情舒畅,我感到很高兴,很快活。我想,如果说他有时感到寂寞,那我为了他待在乡下也感到寂寞。如果说我们的关系稍微有些变化,那么,只要夏天回尼科尔斯科耶同塔季雅娜·谢苗诺夫娜一起过,一切就都会恢复原状的。

冬季就这样不知不觉过去了。我们甚至超过计划在彼得堡过了复活节。复活节后的第一个星期,我们就准备动身,行李都收拾好了;丈夫已买好送人的礼物、日用品和装饰村居生活的花木,心情特别轻快。这时表姐突然来看我们,要求我们过了星期六再走,以便去参加P伯爵夫人的盛大晚会。她说,P伯爵夫人很希望我去,因为有位M亲王来到彼得堡,他在上次舞会就想同我认识,他是为此专程来参加晚会的,还说我是俄国最漂亮的女人。全市的名流都将参加晚会,总之,我要是不去,那就太不像话。

当时丈夫正在客厅的另一头跟人谈话。

"那么,你去吗,玛莎?"表姐问。

"我们后天就要回乡下了。"我瞧了瞧丈夫,犹豫不决地回答。我们的目光相遇了,他慌忙转过脸去。

"我会劝他留下的,"表姐说,"那么我们星期六去把他们弄得晕头转向,好吗?"

"这会打乱我们的计划,我们已把行李收拾好了。"我回答,开始有些让步。

"她最好今天晚上就去给亲王请安。"丈夫从房间另一头用克制的愤怒语气说,这样的语气我还从来没有听见过。

"嚯!他吃醋了,我这还是头一次见到,"表姐笑着说,"这又不是为了亲王,谢尔盖·米哈伊雷奇,我劝她去是为了我们大家。P伯爵夫人诚心诚意请她去呢!"

"这事由她决定。"丈夫冷冷地说,说完就走了。

我看到他从来没有这样激动过。这使我很苦恼,我什么也没有答应表姐。她一走,我就到丈夫那儿去。他在房间里若有所思地来回踱步,没有看见也没有听到我轻轻地走进去。

"他在想象中已经看到尼科尔斯科耶可爱的家了,"我瞧着他想,"看到明亮的客厅里摆着的早餐咖啡、他的田地、农民、起居室的黄昏和秘密的夜宵。是啊!"我心里做着决定,"为了他快乐的窘态,为了他平静的抚爱,我情愿放弃世界上所有的舞会和一切亲王的奉承。"我刚要告诉他不去参加晚会,我不愿去参加时,他突然回过头来,一看到我,立即皱起眉头,脸上温存沉思的表情也立刻起了变化。他的目光中又现出锐利、智慧和以保护者自居的镇定神色。他不愿让我看到他是个普通人;他在我面前永远是个站在高处的圣人。

"你怎么了,我的朋友?"他若无其事地向我转过身来问。

我没有回答。他在我面前装模作样,不愿让我看到我所喜欢的那种样子。

"星期六你要去参加晚会吗?"他问。

"我想去,"我回答,"但你不喜欢。再说,东西都收拾好了。"我添加说。

他从来没有这样冷冰冰地瞧着我,从来没有这样冷冰冰地同我说话过。

"我在星期二以前不走了,我去叫人把行李打开,"他说,"既然你要去,你可以去。你就去吧。我不走了。"

他烦躁地在房间里走来走去,眼睛不看我。他激动的时候总是这样的。

"我实在弄不懂你,"我说,站在原地,但眼睛盯着他,"你说你总是那么冷静(他其实从没说过这句话),你跟我说话为什么这样怪?我为了你情愿牺牲这种乐趣,可是你却用冷嘲热讽的口气硬要我去,这是你从来没有过的。"

"那又怎么样!你作出**牺牲**(他特别强调这两个字),我也作出牺牲,再好也没有了。这是在比赛宽宏大量吧。还有比这更大的家庭幸福吗?"

他这种刻薄嘲讽的话我还是第一次听到。但他的嘲讽并没使我感到羞愧,而是使我觉得委屈,他的冷酷并没使我害怕,而是使我也变得冷酷了。他一向害怕我们说话玩弄辞藻,自己一贯诚恳厚道,他会说出这样的话来吗?这是为了什么呀?就因为我真心想为他牺牲没有什么害处的乐趣,就因为一分钟前我还那么理解他、爱他。现在我们换了个角色,他不愿直率明白地说话,我却不能装腔作势。

"你变得太厉害了,"我叹了口气说,"我有什么地方对不起你?你不是反对晚会,而是你心里对我有成见。你为什么不开诚布公?你以前不是最怕不诚恳吗?你对我有什么意见就直说吧!"我心里想:"看他说什么?"同时我得意洋洋地回想,整个冬天他没有什么事可以责备我的。

我走到房间中央,这样他就得挨着我走过去。我望着他。"他会走过来拥抱我,这样就万事大吉了。"我心里这样想,我甚至因为不能向他证明他的不对而感到遗憾。但他却在房间尽头站住,望了望我。

"你还是不明白吗?"他问。

"不明白。"

"那就让我来告诉你。我感觉到和不能不感觉到的那件事使我讨厌,第一次使我讨厌。"他停下来,没说下去,显然对自己的粗暴声音感到吃惊。

"究竟什么事啊?"我含着愤怒的眼泪问。

"我讨厌,因为亲王认为你很漂亮,你就跑去奉承他,忘记了丈夫,忘记了自己,忘记了做女人的尊严。而且你还不愿明白,如果你没有自尊心,你丈夫会有什么感想;相反,你来对丈夫说你在**作出牺牲**,这就是说:'在亲王面前露面是我莫大的幸福,但我情愿**牺牲**它。'"

他越往下说,火气越大,他的声音听来又刻薄、又冷酷、又粗暴。他这种样子我从没见过,也没想到;血涌到我的心里,我感到害怕,同时,一种不应有的羞耻和自尊心受损害的感觉使我激动,我要对他报复。

"这一点我早就料到了,"我说,"你说,你说。"

"我不知道你料到了什么,"他继续说,"眼看你一天天陷到这个无聊社会懒散、奢侈的污泥里,我早就料到一切严重的后果,如今终于等到了……我从没像今天这样羞耻和痛苦过;我感到痛苦,因为你的朋友用肮脏的手揪住我的心,说我在嫉妒,但我嫉妒谁呢?嫉妒一个我不认识、你也不认识的人。而你却存心不肯理解我,要为我作出牺牲,可是牺牲什么呢?……我替你害臊,替你的卑躬屈节害臊!……哼,作出牺牲!"他重复说。

"哦!这就是夫权,"我想,"侮辱和欺凌一个完全无辜的女人。这就是夫权,但我不向它屈服。"

"不,我没有为你作出牺牲,"我说,感到鼻孔不自然地张大,脸色发白,"星期六我要去参加晚会,一定要去。"

"但愿你能尽情享乐,不过我们之间的一切到此结束了!"他无法克制他的狂怒,嚷道。"以后你再也不能折磨我了。我原来是个傻瓜,因为……"他又说,但嘴唇抖动起来,他显然在竭力克制自己,不把这句话说完。

在这一瞬间我怕他,又恨他。我想对他痛痛快快地说一通,以报复所受的屈辱;但我如果一开口,就会哭出来,在他面前丢脸。我一句话也没说,走出屋去。但等我一听不见他的脚步声,我就顿时对我们的所作所为感到害怕。我怕这构成我全部幸福的关系会从此破裂,我想回去。"但我要是默默地向他伸出手去,对他望望,他能平心静气地理解我吗?"我想。"他能理解我的宽宏大量吗?万一他说我的悲伤是装出来的,那怎么办?或者他自以为正确,现出一副泰然自若的傲慢态度来接受我的忏悔并且原谅我,那又怎么办?我这样热爱他,他为什么要这样残酷地侮辱我?……"

我没去找他,而是走到自己屋里,独自在那里坐了很久,流着眼泪,恐怖地想起我们谈过的每句话,在想象中改动一些话,再加上一些温柔的话,又怀着恐怖和屈辱的感觉回想刚才的一幕。傍晚我下去喝茶,当着在我家做客的C的面遇见丈夫,这时我感到我们之间有了一条鸿沟。C问我什么时候走。我没来得及回答他。

"星期二,"丈夫回答,"我们还要去参加P伯爵夫人的晚会。你不是要去吗?"他转身问我。

丈夫那种漫不经心的语气使我吃惊,我怯生生地回头望了望他。他的眼睛直瞧着我,目光凶恶,含着嘲弄,声音平稳,含着冷淡。

"是的。"我回答。

晚上就剩下我们两人,他走到我跟前,伸出一只手。

"我对你说的话,请你把它忘了。"他说。

我握住他的手,脸上浮起哆嗦的微笑,眼泪就要夺眶而出,但他又把手缩回去,仿佛害怕这种温情脉脉的场面,他在离我远远的安乐椅上坐下来。"难道他还自以为正确吗?"我想,本来准备向他做一番解释并要求不参加晚会,此刻却说不出口。

"得写信告诉妈妈,我们要晚几天回去,"他说,"不然她会担心的。"

"那你准备哪天走?"我问。

"星期二,晚会以后。"他回答。

"我希望这不是为了我。"我瞧着他的眼睛说,但他的眼睛只是瞧着我,没有任何表情,仿佛我们之间隔着一重雾。我突然觉得他的脸又老又丑。

我们去参加了晚会,我们之间似乎又恢复了良好的亲密关系,但这种关系已和原来完全不一样了。

在晚会上，我和几位贵夫人坐在一起。这时亲王走到我跟前，为了同他说话，我得站起来。我一面站起来，一面情不自禁地用眼睛找寻丈夫。我看见他从大厅另一头望着我，接着就转过脸去。我突然觉得非常羞耻和难受，在亲王的目光下我窘态毕露，脸和脖子都红了。但我不得不站着听他说话，让他居高临下地打量我。我们谈了没多久，他在我旁边没有地方坐，而且他大概发觉我同他在一起很不自在。我们谈到上一次舞会，谈到我上哪儿去消夏，以及诸如此类的事。他离开我的时候，表示希望同我丈夫认识。接着我看见他们在大厅另一头相遇，两人说着话。亲王一定是谈到了我，因为在谈话中他含笑朝我这边看了看。

我的丈夫突然脸红起来，深深地鞠了一躬，首先离开亲王。我也脸红了，想到亲王对我、尤其是对我丈夫一定会有看法，我感到害臊。我觉得，当我跟亲王说话时，大家都会发现我窘态毕露，以及我丈夫的古怪行为。天知道他们会有什么想法，他们知道不知道我同丈夫的龃龉？表姐用车送我回家，我在路上和她谈到丈夫。我忍不住把这次不幸晚会引起的不和告诉了她。她安慰我，说这没什么了不起，是一次平常的怄气，过后不会留下什么痕迹的。她还按照她的看法向我解释我丈夫的性格，她发现他孤僻而骄傲。我同意她的看法，我觉得我现在能比较冷静而恰当地理解他了。

但后来剩下我和丈夫两人时，我觉得这样评论他是一种犯罪，良心上过不去，因此我们之间的鸿沟变得更深了。

8

从那天起,我们的生活和我们的关系都完全改变了。我们两人单独相处的时候,再也不像以前那样快活。遇到问题我们就回避,有第三者在场,我们的谈话比只有两人时更轻松。只要一谈到乡村生活或者舞会,我们就感到挺别扭,彼此不能坦然对视。我们两人仿佛都知道隔开我们的鸿沟在哪里,我们都很怕接近它。我确信他这个人又傲慢又暴躁,所以得留神别去碰他的弱点。他认为我的生活离不开社交,我不喜欢乡村,他不得不迁就我这种不幸的趣味。我们两人就避免谈到这些事,两人都误解对方。我们早就都不把对方看作世界上的完人,而且总拿对方同别人作比较,心里互相作着批判。在离开彼得堡以前我身体不好,我们没直接回乡下而去了别墅,丈夫就从那里独自回去看他母亲。他走的时候我已恢复健康,可以和他一起走,但他硬劝我留下,仿佛是担心我的健康似的。我觉得,他担心的不是我的健康,而是怕我们在乡下过得不愉快。我没有太坚持,就留了下来。他不在,我感到空虚和孤独,但他回来后,我又觉得他已不能像从前那样增添我生活的快乐。以前,我要是不把我的一切思想和感受告诉他,就会像犯罪似的感到痛苦,而他的一言一行在我看来都是完美无缺的典范,我们相互对视就会高兴得发笑。这样的关系现在已不知不觉变了样,我们甚至没发觉它已消失了。我们都有各自的兴趣和活动,我们已不想把它们变成共同关心的事情。我们各人有自己的独立天地,而且并不因此感到烦恼。我们渐渐习惯于这样的想法,一年后当我们相互对视的时候,已不再感到别扭了。他同我在一起那种孩子气的恶性兴奋消失了，以前使我愤慨的他那种原谅一切、对待一切都很冷漠的态度消失了，以前他那种使我羞怯和兴奋的深沉目光没有了，我们一起祈祷和欢乐的情景也没有了。我们甚至不大见面，他经常出门，不怕也不惜把我一人留在家里。我经常出入交际场所，也不需要他的陪伴。

我们之间再也不发生口角和争执。我竭力迎合他，他满足我的一切愿望，我们似乎很相爱。

当我们俩单独在一起的时候（这是很难得的），我既不感到快乐，也不感到激动，也不感到慌乱，仿佛他不在旁边似的。我很清楚，他是我的丈夫，不是什么外人，他是个好人，是我的丈夫，我了解他就像了解自己一样。我相信，我知道他将做什么，说什么，有什么看法。如果他的看法和做法出乎我的意料，那我就会认为他把事情搞错了。我对他不抱任何希望。一句话，他是我的丈夫，如此而已。我觉得这是理所当然的，我们之间没有别的关系，甚至从来不曾有过别的关系。每当他外出办事，特别是开头一个时期，我总感到孤独和害怕。他不在身边，我更强烈地感到他的支持的重要性。他一回来，我总是高兴得冲上去搂住他的脖子，虽然两小时后我就会完全忘记这种快乐，我同他无话可说。只有在我们流露出柔情的平静时刻，我才感到心里有点不是滋味，感到有点难过，我从他的眼神里看到同样的表情。我觉得这种柔情有个界限，现在他不想越过它，而我则不能越过它。有时我感到伤心，但我没工夫考虑这一切，我竭力把这种模模糊糊地感到的变化的悲伤忘却在我经常能得到的消遣里。五光十色的社交生活起初使我陶醉，使我的自尊心得到满足，完全改变了我的习惯，给我戴上了枷锁，占据了我心里容纳感情的全部地位。我从不单独自处，我怕考虑我的处境。

从中午到深夜，我的全部时间都没有空，我即使不出去，时间也不属于我。这对我既不快乐，也不无聊，仿佛理应如此，不可能是别种样子。

就这样过了三年，在这期间我们的关系没有变化，仿佛停滞了，冻结了，既没有变坏，也没有变好。在这三年里，我们的家庭生活中发生了两件大事，但这两件事也都没有改变我的生活。这两件事就是我第一个孩子的出生和塔季雅娜·谢苗诺夫娜的去世。起初，母性的感情十分强烈地支配了我，我心里充满意料不到的喜悦，因此我想我的新生活开始了；但过了两个月，我又开始外出，这种感情便越来越淡，终于变成一种习惯和例行公事。丈夫正好相反，从我们的头生儿出世起，他又变得像从前一样又温柔又平静，待在家里不出门，而且把他的柔情和喜悦转移到孩子身上。每当我穿着舞会的服装走进育儿室给孩子临睡前画十字，在那里遇到丈夫时，他总是用责备的严厉目光注视着我，使我感到羞愧。我对孩子的冷淡突然使我自己感到吃惊，我问自己："难道我比别的女人坏吗？我有什么办法呢？"我想，"我爱儿子，但我不能整天守着他，我会感到无聊，但我又不愿装假。"母亲的死对他是件很悲伤的事，他说，在他母亲去世后仍住在尼科尔斯科耶，他感到难过，我呢，虽然也很怜惜她，也很同情丈夫的悲伤，我却觉得现在住在乡下更愉快更清静。这三年里，我们多半在城里度过，只有一次我在乡下待了两个月。第三年我们就出国了。

我们在温泉过夏天。

我当时二十一岁，我们的经济，我想说得上富裕，对家庭生活我没有更高的要求；我觉得凡是我认识的人都爱我；我的健康情况良好，我的服装在温泉是最讲究的；我知道我长得美，天气又好，周围是一片美和优雅的气氛，我感到心旷神怡。这种心情同在尼科尔斯科耶时不同，那时我感到自己很幸福，我之所以幸福，因为我配享有这种幸福。我很幸福，但我应该得到更大的幸福，得到越来越大的幸福。那时是另一回事，但今年夏天我也很快乐。现在我什么也不要，我无所追求，无所畏惧。我觉得我的生活很充实，良心也很平静。在这个季节里，在所有的青年中我没有找到一个突出的人物，甚至没有一个能超出向我大献殷勤的俄国老公使К公爵。有年轻的，有年老的，有淡黄头发的英国人，有留大胡子的法国人，对我来说他们都一样，但他们都是我必不可少的。这些人都毫无区别，他们在我周围形成快乐的生活气氛。其中只有意大利的Д侯爵大胆赞美我，引起我的特别注意。他不放过任何机会同我一起跳舞、骑马、进赌场，并且说我长得很美。我几次从窗口看见他在我家附近徘徊，他那双闪闪发亮的眼睛的讨厌凝视常常使我脸红，转过脸去。他年轻、漂亮、文雅，尤其是微笑和前额的表情很像我丈夫，但要比我丈夫漂亮得多。他和我丈夫的这种相似使我惊讶，虽然总的来说，他的嘴唇、目光和长下巴没有我丈夫那种善良和文静的美，他身上只有一种粗鲁的兽性的东西。我当时认为他在热烈地爱着我，我有时也带着骄傲的怜悯想到他。有时我也想让他冷静下来，使他的态度变成友好的平静的信任，但他断然拒绝我的尝试，继续用他那随时都会爆发的按捺不住的热情使我烦恼。虽然我自己也不承认，但我心里害怕这个人，常常情不自禁地想他。我丈夫也认识他，待他比待别的朋友（在朋友们眼里他只是妻子的丈夫罢了）更冷淡和傲慢。这个季末我病了，有两个星期没有出门。我病后第一次晚上出去听音乐，知道在我生病期间来了一位期待已久以美貌闻名的С女士。一群人簇拥着我，高高兴兴地欢迎我，但另一群更体面的人簇拥着那个新来的交际花，我周围的人也一个劲儿地谈着她和她的美貌。人家把她指给我看，她确实很有魅力,但她脸上那种扬扬自得的神气使我很反感。我把这意见说了出来。以前我觉得很有趣的事,那天却使我觉得很乏味。第二天,C女士组织一些人去游古堡,但我谢绝参加。几乎没有一个人留下来陪我,因此在我看来一切都彻底变了样。我觉得一切事和一切人都很愚蠢乏味,我直想哭,想早点结束疗程返回俄国。我心里有一种不愉快的感觉,但自己还不肯承认。我借口身体不舒服,不再在盛大的交际场所露面,只是一早有时独自去喝矿泉水,或是同一位俄国女友 Л. М. 坐车去郊游。当时我丈夫不在,他去海得尔堡,要在那里逗留几天,等我疗程结束一起回俄国,只偶尔来看看我。

有一天,C女士带着一大帮人去打猎,我则和 Л. М. 午饭后乘车去逛古堡。我们乘着敞篷马车沿着蜿蜒曲折的道路缓缓前进,道路两旁矗立着百年的老栗树,前面展开一片落日余晖照耀下巴登郊外美丽恬静的景色。我们一路上严肃地交谈着,这是从来没有过的事。我早就认识 Л. М.,但今天才发现她是一个聪明善良的女人,同她可以无话不谈,跟她做朋友是很愉快的。我们谈到家庭,谈到孩子,谈到这里生活的空虚。我们真想回俄国去,回乡下去,谈着谈着不知怎的我们感到有些惆怅,又有些愉快。我们怀着这种严肃的心情走进古堡。古堡里阴凉清爽,阳光照在废墟上,可以听到人家的脚步声和说话声。从门口望去,一幅美妙而我们俄国人觉得冷冰冰的巴登风景仿佛镶嵌在画框里。我们坐下来休息,默默地望着落日。说话声听得更清楚了,我仿佛听见有人提到我的名字。我留神倾听,居然听清楚了每一句话。说话的声音很熟悉,那是 Д 侯爵和我也认识的他的一个法国朋友。他们在谈论我和C女士。法国人在拿我同她作比较,分析我们两人的美。他并没有说什么侮辱人的话,但我一听清他的话,不禁血往心里直灌。他详细说明我有什么优点，C女士有什么优点。我已经有了孩子，而C女士只有十九岁。我的发辫蓬松好看，她的腰身婀娜多姿。C女士是位贵妇人，而"你们那位马马虎虎，只是一位娇小的俄国公爵夫人，这样的人这里有的是"。他的结论是：我不打算同C女士争风吃醋，做得很漂亮；还说我在巴登被彻底埋没了。

"我很可怜她。"

"万一她并不想跟您一起得到快活呢。"他开心地冷笑说。

"如果她离开这里，我就跟她走。"带意大利口音的人粗鲁地说。

"真是个幸运儿！瞧他还能谈恋爱呢！"法国人笑着说。

"恋爱！"那人说着，停了停。"我没法不恋爱！没有恋爱我就活不下去。人生在世，只有谈恋爱最快活。我谈恋爱从不半途而废，这一次也要追到底。"

"祝你成功，我的朋友！"法国人说。

后面的话我们没听见，因为他们在墙角转了弯，接着我们就只听见从另一个方向传来的脚步声。他们走下楼，几分钟后从侧门出来。他们看到我们，大吃一惊。当 д 侯爵走到我跟前时，我脸红了。走出古堡时，他伸出手来挽着我，我感到害怕。我无法拒绝，只好跟在 Л. М. 和他的朋友后面，向马车走去。我对法国人的议论感到屈辱，虽然心里承认，他说的也是我自己所感觉到的；但侯爵的话太粗鲁，使我吃惊和愤慨。一想到我听见他的话而他并不怕我，我感到不是滋味。他离我这么近，我很反感，因此不去瞧他，也不回答他，竭力松松地挽住他的手臂，免得听见他的话，同时急急忙忙跟着 Л. М. 和法国人走去。侯爵说到美丽的风景，说到遇见我的意外幸福，还说了些别的话，但我没有听他。我这时想到了丈夫，想到了儿子，想到了俄国；我不知怎的感到有点害臊,有点感伤,有点烦恼,我想赶快回去,回到巴登旅馆我那孤独的房间里,以便无拘无束地考虑一下刚才涌上心头的思绪。但 **Л. М.** 走得很慢,我们离马车还有一段路。我仿佛觉得我那位骑士故意放慢脚步,像是想让我停下。"这办不到!"我想,就断然加快脚步。但他真的拉住我,甚至还挟紧我的手臂。**Л. М.** 拐了弯,这样就剩下我们两人了。我感到害怕。

"对不起。"我冷冷地说,想抽出手,但我袖口的花边在他的纽扣上挂住了。他向我弯下腰,动手解花边,他那没戴手套的手碰到我的手。一种又不像恐惧又不像愉快的感觉使我背上一阵发凉。我冷冷地瞧了他一眼,想用这种目光来表示我对他的轻蔑,但事与愿违,我的目光只流露出恐惧和激动。他那火辣辣的湿润眼睛紧靠着我的脸,热烈地瞧着我,瞧着我的脖子和胸部;他的双手捏着我的手臂,张开的嘴唇说着什么,说他爱我,我是他的一切;他的嘴唇越来越逼近我,他的手把我的手抓得越来越紧,使我感到像烧灼一样。我热血沸腾,眼前发黑,浑身哆嗦,我想阻止他的话也在喉咙里哽住了。突然我感到我的脸颊被吻了一下,我浑身哆嗦发冷,站住不动,眼睛望着他。我说不出话,也不能动弹,胆战心惊地期待着什么,渴望着什么。这一切只发生在一瞬间,但这一瞬间实在可怕! 在这一瞬间我看清了他的一切。他的相貌我看得十分清楚:草帽底下他那很像我丈夫的低低的凸出的前额,他那鼻翼鼓起的挺直好看的鼻子,他那抹了刺鼻香膏的长长的胡子,他那刮得光光的脸颊和晒得黑黑的脖子。我又恨他又怕他,他对我是个完全陌生的人,但在这一瞬间,这个可恨的陌生人的激动和热情却在我心里引起那么强烈的反响! 我产生一种难以克制的欲望,想任凭那粗野而好看的嘴唇尽情地吻我,再让那戴着戒指、纤细的青筋毕露的白手紧紧地把我拥抱。我真想一头扎进这突然出现在我面前富有吸引力的非法欢乐的万丈深渊……

"我太不幸了,"我想,"就让更多更多的不幸落到我的头上来吧。"

他一手搂住我,身子俯向我的脸。"好吧,就让更多的羞耻和罪恶落到我的头上来吧。"

"我爱你。"他低声说,他的声音很像我丈夫的声音。我想起我的丈夫和孩子,仿佛他们是久远以前我所宝贵的人,现在同我已经无关。但这时突然从拐角处传来Л. М.叫我的声音。我清醒过来,抽出手,眼睛不看他,简直像跑一样跟着Л. М.坐上马车。这时我才瞧了他一眼。他摘下帽子,笑嘻嘻地问了一句什么。他不知道我现在正对他怀着难以形容的憎恶。

我觉得我的生活是那么不幸,未来是那么渺茫,过去是那么黑暗!Л. М.跟我说话,但我不知道她在说些什么。我觉得她同我说话只是出于怜悯,只是要掩饰她对我的蔑视。从她的每句话里,从她的每道目光中,我都感觉到这种轻蔑和使人难堪的怜悯。那可耻的一吻烧灼着我的脸颊,我一想到丈夫和孩子简直无地自容。我独自待在房间里,想好好考虑下自己的处境,但一个人待着我又害怕。我没喝完给我送来的茶,自己也不知道为什么,心急如焚地准备立刻乘晚车去海得尔堡找丈夫。

我和使女坐进空空的车厢,火车开动了,凉风从窗外吹拂着我。这时我才清醒过来,比较清楚地想到自己的过去和未来。自从我们迁居彼得堡那天起,对我们的整个婚后生活,我忽然有了新的看法,我的良心受到了谴责。我第一次生动地回想起我们最初的村居生活、我们的计划。我第一次想到这样的问题:在所有这段时间里他究竟得到了什么快乐？我觉得对不起他。"但他为什么不制止我？为什么对我口是心非？为什么要逃避解释？为什么要侮辱我！"我问自己，"为什么他不对我行使爱情的权利？是不是他不爱我？"但不管他有多大过错，我的脸颊上毕竟留着那个陌生人的吻，我感觉到这一点。我乘的火车越接近海得尔堡，我越清楚地想到丈夫的模样，也越害怕近在眼前的会见。"我要把一切、一切都告诉他，我要用悔恨的泪水请求他的宽恕。"但我自己也不知道我要告诉他的"一切"是什么，而且我也不相信他会宽恕我。

但我一走进丈夫的房间，看见他那安详平静只略带惊讶的脸，我觉得我没有什么可告诉他的，没有什么要坦白的，也没有什么要请求他宽恕的。那没有倾吐出来的悲哀和悔恨应当埋在我的心底。

"你怎么想到这儿来了？"他说，"我本来明天要到你那里去呢。"然后他走近来仔细察看我的脸，仿佛害怕起来。"你怎么啦？出什么事啦？"他问。

"没什么，"我勉强忍住眼泪回答，"我来了就不走了。我们就是明天回俄国去也行。"

他默默地凝视了我好半天。

"你说说，到底出了什么事？"他问。

我不由得脸红了，垂下眼睛。他的眼睛里闪耀着屈辱和愤怒的光芒。我害怕他可能会有什么想法，就用连我自己都没想到的装假的本领说：

"什么事也没有，只是一个人待着怪寂寞、怪无聊的。我对我们的生活和对你想得很多，我早就感到对不起你！你为什么要把我带到你不愿去的地方呢？我早就感到对不起你，"我重复说，眼泪又夺眶而出,"我们回乡下去,再也不离开了。"

"啊,我的朋友,别来这种令人伤心的场面吧,"他冷冷地说,"你想回乡,这很好,因为我们的钱不多了。至于说再也不离开,那只是幻想。我知道你是待不住的。还是让我们喝点儿茶吧。"他结束说,站起来打铃叫侍仆。

我想象他可能产生的对我的种种想法。我一接触到他那注视着我的怀疑而羞愧的目光,就觉得他一定产生了可怕的想法,我感到屈辱。不!他不愿理解我,也无法理解我,我推说要去看孩子,就离开了他。我想一个人待着,我想哭,哭个痛快……

9

尼科尔斯科耶好久没有生火的空房子又有了生气,但原有的事物已不能复返。妈妈已经不在,剩下我们两人朝夕相对。但现在我们不需要孤独,孤独已使我们痛苦。那个冬天我过得尤其糟,因为我一直害病,直到生了第二个儿子后才复元。我和丈夫的关系依旧是冷淡而友好的,就像我们生活在城里时一样,但乡下的每块地板、每堵墙、每张沙发都使我想起以前他对我的情意,想起我失去的东西。仿佛我们之间存在着没有消释的怨恨,仿佛他为什么事在惩罚我,但又装得若无其事。我没有什么事要求原谅,也没有什么过错要求赦免。他惩罚我的方法只是不像以前那样把整个身心都交给我,但他也没有交给任何别人或任何事,仿佛他已没有心灵似的。有时我想,他只是装作这样来折磨我,他身上还存在着原来的感情,因此我要竭力唤醒它。但他仿佛每一次都不愿开诚布公,仿佛怀疑我在装假,害怕情意绵绵的场面,觉得这很可笑。他的目光和语气似乎在说:"我都知道,我都知道,没有什么可说的,你想说的话我都知道。我还知道,你说的是一回事,做的可是另一回事。"起初我恨他这种不肯开诚布公的态度,但后来也不以为意,我想他不是不肯开诚布公,而是觉得没有必要开诚布公。现在要我突然对他说我爱他,或是求他和我一起祈祷,或者请他听我弹琴,我觉得开不了口。我们之间已多少有点相敬如宾。我们各过各的生活。他有他的工作,用不着我管,现在我也不愿过问;我有我的闲散生活,这种生活再也不像以前那样使他生气和伤心了。孩子们还太小,还不能促进我们的关系。

不过,春天来了,卡嘉和宋尼雅到乡下来消夏。由于尼科尔斯科耶的房子在翻修,我们就搬到波克罗夫斯科耶去住。波克罗夫斯科耶的老宅依然如旧:凉台、折叠桌、摆在明亮客厅里的钢琴、我原来那间挂着白窗帘的房间,以及那些似乎被忘却的姑娘时代的梦。这个房间里有两张小床:一张是我从前睡的,现在这里睡着伸手伸脚的胖乎乎的柯柯沙,每天晚上我都给他画十字;另一张上睡着从襁褓中露出小脸的万尼亚。我给他们画过十字后,常常站在这静悄悄的房间中央,这时从各个角落里、从墙壁上和窗帘上便会突然浮现出被遗忘的久远前青春的幻影,响起我少女时代的歌声。如今这些幻影到哪里去啦?这些甜蜜可爱的歌声到哪里去啦?过去我几乎不敢奢望的一切,如今都实现了。原来朦胧的梦想都已变成现实,而现实则变成一种艰难沉重、毫无乐趣的生活。但这里一切如旧:从窗口可以看见同样的花园、同样的草坪、同样的甬道,峡谷旁同样的长凳,池塘那里传来同样的夜莺的歌唱,盛开着同样的丁香,房子上面高悬着同样的月亮,但世事的变化却那么大,那么令人难以相信!本来应该那么宝贵亲近的一切,如今却变得那么冷峻!像以前一样,我和卡嘉两人坐在客厅里悄悄地谈话,谈论着他。但卡嘉已满脸皱纹,脸色枯黄,她的眼睛已不再闪烁着快乐和希望,只是现出同情的感伤和惋惜。我们不再像以前那样欣赏他,我们议论他,我们对我们的幸福和幸福的原因并不感到奇怪,也不像以前那样要把我们的想法告诉全世界。我们像阴谋家一般窃窃私议,成百次地互相询问,为什么一切都变得这样凄凉?而他还是那个样子,只是他眉目之间的皱纹加深了,两鬓的白发增加了,而他那深沉专注的目光似乎经常蒙上一层迷雾,使我感到迷惘。我还是原来的我,但我心里既没有爱情,也不再希望获得爱情。我不想工作,对自己也不满意。原来那种宗教的狂热,原来对他的爱情,原来充实的生活,如今都成为遥远的一去不返的往事。为别人活着就是幸福,这个信条原来是那么明白合理,如今我却无法理解。一个人都不想为自己活着的时候,何必还要为别人活着呢?

自从搬到彼得堡以来,我就完全放弃了音乐,而现在这架旧钢琴和这些旧乐谱又吸引了我。

有一天,我身体不舒服,独自待在家里。卡嘉和宋尼雅跟他一起到尼科尔斯科耶去看新房子。茶桌已摆好,我走到楼下,坐在钢琴前等他们。我打开《幻想奏鸣曲》,开始弹奏。看不到一个人,也听不见人声,窗子开向花园;熟悉的忧郁而庄严的琴声就在房间里回荡。我弹完第一乐章,完全无意识地照例回头瞧瞧他以前坐着听我弹琴的那个角落。但现在他不在,那张好久没有搬动的椅子还摆在原来的角落;从窗口仍可以看见沐浴在落日余晖中的丁香丛,清凉的晚风从开着的窗子里吹进来。我双肘支着钢琴,用手捂着脸,沉思起来。我坐了好半天,痛心地回想着一去不返的往事,胆怯地想着未来。但前面仿佛什么也没有,我仿佛没有什么要求,也没有什么希望。"难道我已经活到头了!"我恐怖地抬起头来,想着。为了忘却和不再想,我又弹起琴来,弹的还是那段行板。"我的上帝!"我想,"要是我犯了罪,请你饶恕我,或者把我心里那么美好的东西还给我,或者请你指点我该怎么办,现在我该怎样生活?"车轮的辘辘声从草地上传来,接着这声音来到了台阶前,然后凉台上响起悄悄的熟悉的脚步声,接着就沉寂了。但这种熟悉的脚步声再也不能在我心里唤起原来那种感情了。弹完这个乐章的时候,我听见背后有脚步声,接着有一只手放在我的肩上。

"你真聪明,想到弹这支奏鸣曲。"他说。

我没有做声。

"你还没喝茶吗?"

我摇摇头,也没有回头瞧他,免得让他看见我脸上激动的痕迹。

"她们马上就来。马捣蛋,她们只好离开大路走回来。"他说。

"等等她们吧。"我说完这句话,走到凉台上,希望他跟过来,但他问起孩子们,就去看他们。他的出现、他那亲切自然的声音使我不再怀疑我失去了什么。我能希望什么呢?他善良,体贴,他是个好丈夫,好父亲,我自己也不知道我还缺少什么。我走到凉台上,坐在帆布篷下当年我们定情时坐过的那条长凳上。太阳已经落山,天色黑下来了,一朵春天的乌云悬挂在房屋和花园上空,只有树林后面还亮着一片晴朗的天空,闪耀着一抹即将消逝的晚霞,升起的一颗黄昏的星星。薄云的阴影笼罩着大地,万物都在等待悄悄的春雨。风停了,树叶和青草纹丝不动,丁香和稠李散发着浓香,仿佛空中都开遍了香花,花园和凉台上飘荡着阵阵花香,时而浓郁,时而清淡,使人真想闭上眼睛,什么也不看,什么也不听,不断闻着这甜蜜的花香。大丽和玫瑰还没有开花,一动不动地挺立在黑土翻松的园地里,仿佛沿着刨光的白色支架慢慢往上长;青蛙在峡谷下拼命鼓噪,仿佛要趁它们没有被雨冲下水之前齐声高唱个痛快。只有潺潺不断的流水声盖过了蛙鸣。夜莺互相唱和,可以听到它们在枝头惊慌地飞来飞去。今年春天又有一只夜莺想在窗下灌木丛中筑巢,我出去的时候听见它飞到林荫路对面,在那里鸣啭了一次,就静止了,它也在等待春雨。

我无法使自己平静下来:我在期待着什么,我又在为什么事感到惋惜。

他从楼上下来,在我身边坐下。

"看样子她们要淋到雨了。"他说。

"是的。"我说。接着我们沉默了好一会儿。

没有风,乌云越沉越低。周围变得更寂静,花香更浓郁,树木纹丝不动。突然,一滴雨落下来,落在凉台的帆布遮阳上,接着另一滴落在甬道的砾石上,然后雨点打在牛蒡叶上。于是一场雨点很大的凉快的骤雨就哗啦啦地落下来。夜莺和青蛙都停止了鸣叫。只有潺潺的流水声在雨声中听来似乎更远,但仍回荡在空中。有一只鸟在靠近凉台的干燥的叶子里扑腾,不快不慢地唱出两个单调的音。他站起来想走。

"你去哪儿?"我喊住他,问,"这里不是很好吗?"

"得叫人给她们送雨伞和套鞋去。"他回答。

"不用了,雨一会儿就会停的。"

他同意我的意见,我们就一起留在凉台栏杆旁。我一只手支着滑腻潮湿的栏杆,伸出头去。清凉的雨纷纷落下,打湿我的头发和脖子。乌云渐渐发亮变薄,从我们头上飞过;从天上和树叶上落下的稀疏雨点代替了均匀的雨声。青蛙又在下面咯咯地叫起来;夜莺又打起精神,一会儿从这边,一会儿从那边,在湿漉漉的灌木丛中鸣啭。我们面前的一切都变得明亮了。

"多么好哇!"他说,坐到栏杆上,一只手抚摩着我潮湿的头发。

这种简单的抚爱就像对我的责备,使我心情激动,我直想哭。

"一个人还需要什么呢?"他说,"我现在心满意足,什么也不需要,幸福极了!"

"你以前对我说到幸福,可不是这么说的,"我想,"你说,不论有多么幸福,总还想要更多的幸福,现在你心满意足了,可是我心里却有说不出的悔恨和哭不出的眼泪。"

"我也觉得快乐,"我说,"但正因为一切都那么美好,我有点忧郁。我心里很乱,很空,老是希望着什么,可这里的一切都这么美好这么平静。在你欣赏自然美景的时候,难道你心里就没有一点哀愁,仿佛还想追求什么办不到的事,并对某些往事感到遗憾?"

他的手从我的头上放下,沉默了一会儿。

"是的,以前我也有过这样的感觉,特别是在春天,"他仿佛在回忆往事,说,"我也曾满怀希望在夜里坐着,一直坐到天亮,那是些多么美好的夜晚哪!……不过当时一切都还在前面,可现在一切都已过去;现在我对所有的一切都感到心满意足,我觉得很快活。"他总结说,语气那么自信和随便,使我听了很不是滋味,但我相信他说的是实话。

"难道你什么也不想要了?"我问。

"我不想要任何办不到的事,"他猜透我的心思,回答。"啊,你把头发都淋湿了,"他添加说,像爱抚孩子那样又用手抚摩我的头发,"你羡慕树叶、青草,因为它们受到雨水的滋润,因此你想变成树叶,变成青草,变成雨。可我只欣赏它们,就像欣赏世间一切美好、年轻和幸福的事物那样。"

"难道你对过去的一切就一点也不留恋吗?"我继续问他,觉得心情越来越沉重。

他沉思起来,又默不作声。我看出他要坦率地回答我。

"不留恋!"他简短地回答。

"不是实话!不是实话!"我转过身对着他,瞧着他的眼睛说。"你不留恋过去吗?"

"不留恋!"他重复说,"我感激过去,但并不留恋。"

"难道你不想让过去的好日子回来吗?"我说。

他转过身去望着花园。

"不想,就像我不想长出翅膀来一样,"他说,"这是不可能的。"

"那你也不想改正过去?不想责备自己或者责备我吗?"

"决不会!一切都在变得更好。"

"听我说!"我说,碰碰他的手臂,要他回头看看我,"听我说,为什么你从没对我说过,你希望我像你所希望的那样生活?为什么你给了我我不会享受的自由?为什么你不再引导我?如果你肯,你肯引导我走另一条路,那就什么事也不会发生了,"我说,语气里越来越强烈地流露出冷峻的愤怒和责备,而没有原来那种绵绵的情意。

"什么事也不会发生吗?"他转身对着我,惊讶地说,"本来就没有发生什么事。一切都好,一切都很好。"他含笑添加说。

"难道他真的不懂,或者更糟,他不想懂?"我想着,眼泪夺眶而出。

"我没有做什么对不起你的事,却受到你冷淡和蔑视的惩罚,这种情况本来是不应该发生的,"我突然说,"我毫无过错,你却突然夺走我所珍贵的一切,这种情况也不应该发生。"

"你说什么呀,我的宝贝?"他说,仿佛不明白我所说的话。

"不,让我把话说完……你已从我身上夺走了你的信任、爱情,甚至尊敬,在发生了一系列事情后,我不相信你现在还爱我。不,我要一下子把心里的苦恼都说出来,"我又打断他的话,"我过去不懂得生活,你却让我独自去探索,难道这能怪我吗?……现在,我自己懂得需要什么,我竭力想回到你身边也快一年了,你却把我推开,装作不明白我需要什么,难道这能怪我吗?你总是做得无懈可击,而我却是有罪的,不幸的!是的,你要把我又扔到那种使我和你两个人都不幸的生活中去。"

"我怎么会使你产生这种想法?"他确实十分惊讶地问。

"昨天你不是说过,现在还不断地说,我在这儿住不惯,冬天我们还得去我所讨厌的彼得堡吗?"我继续说,"你对我一点也不坦率,不跟我说一句真心的亲热话,你还拿什么来支持我呀?以后当我完全消沉了,你就会来责备我,对我的消沉幸灾乐祸。"

"等一下,等一下,"他严厉地冷冷地说,"你刚才这样说不好。这只能证明你对我很反感,你不……"

"我不爱你吗?你说!你说!"我说,眼泪滚滚流出来。我坐在长凳上,拿手帕捂住脸。

"哦,原来他是这样理解我的!"我想,竭力忍住使我窒息的痛哭,"完了,完了,我们以前的爱情完了,"我心里这样说。他没有走过来安慰我。我的话使他感到委屈。他的声音平静而冷淡。

"我不知道你责备我什么,"他说,"如果你是说我已不像以前那样爱你了……"

"以前那样爱我!"我用手帕捂着脸说,伤心的眼泪更加源源不止地流出来。

"如果是这样的话,那得怪时间,也得怪我们自己。一个时期有一个时期的爱情……"他停了停。"既然你要我坦率,那要我给你说实话吗?在我刚认识你的那一年,我通宵不眠,脑子里想着你,构想着我们的爱情。这种爱情在我心里不断发展,在彼得堡和国外时也一样,又有许多可怕的夜晚我通宵失眠,我想摆脱和摧毁这种折磨我的爱情。我没有摧毁爱情,我只摧毁了那使我痛苦的部分。我平静下来,我仍旧爱你,但这是另一种爱了。"

"哼,你把这叫做爱情,其实这是痛苦,"我说,"既然你认为社交界那么有害,为了社交活动你不再爱我,那你为什么要让我进入社交界呢?"

"问题不在社交界,我的朋友,"他说。

"你为什么不行使你的权力?"我继续说,"你为什么不把我捆起来,不把我宰了?这样,即使失去构成我幸福的一切,也比现在这样好。我会觉得好过些,不会再感到羞耻。"

我又捂着脸痛哭起来。

这时,卡嘉和宋尼雅浑身被雨淋湿,大声说笑着来到凉台上,但一看见我们,就不做声,立刻走掉了。

她们走后,我们又沉默了好久。我尽情哭了一阵,心里感到好过些。我瞧了他一眼。他用手支着头,坐在那里。他似乎想说些什么来回答我的目光,但只深深地叹了一口气,又用手支着头。

我走到他跟前,把他的手拿开。他的目光若有所思地对着我。

"是的,"他说,仿佛在继续沉思,"我们大家,尤其是你们女人,都得经历一下荒唐无聊的生活,才能回到实际生活中来,别人的话你们是不会相信的。当时你还远没有尝够那种醉人的荒唐生活,我则在旁边欣赏着,我让你去体验这种生活,我觉得我无权限制你,虽然对我来说这样的时期早已过去了。"

"既然你爱我,你为什么不跟我在一起,并让我过那种荒唐无聊的生活?"我说。

"因为当时你即使愿意也不会相信我的话。你必须亲自体验,才能体验到。"

"你总是考虑,考虑得很多,"我说,"但你爱得很少。"

我们又沉默了。

"你刚才的话很厉害,但倒是实话,"他说,突然站起来,在凉台上来回踱步,"是的,这是实话。是我错了!"他在我面前站住,添加说:"或者是我根本不应该爱你,或者是应该爱得随便些,是的。"

"让我们把一切都忘了吧。"我怯生生地说。

"是的,过去的事不会回来了,再也不会回来了。"他说这话时语气温和些了。

"一切都已回来了。"我说,一只手放在他的肩上。

他拿下我的手,紧紧地握着。

"不,我说我不留恋过去,那不是实话。不,我伤心,我为那已经没有和不可能再有的爱情而哭泣。这是谁的过错呢?我不知道。爱情还在,但已不是原来的爱情,只留下了爱情的位置,但这爱已饱经沧桑,不再有力量,也不再那么诱人,只剩下回忆和感激,不过……"

"别这么说了……"我打断他的话,"让一切都恢复原状吧……要知道这是可能的,是吗?"我瞧着他的眼睛问。他的眼睛是明亮的,平静的,但没有看透我的眼睛。

我这样说时就已感到,我所希望和请求他的事是办不到的。他安详而温顺地微微一笑,我觉得这是一种老年人的笑。

"你还那么年轻,可是我已经老了,"他说,"我身上已没有你所追求的东西;何必欺骗自己呢?"他添加说,依旧那么微笑着。

我默默地站在他身边,心里感到平静些了。

"我们不要竭力去恢复原来的生活,"他继续说,"我们不要自己骗自己。原来的焦虑和激动都没有了,那真该谢天谢地!我们用不着去追求和激动。我们已追求到了我们所要的东西,我们已经够幸福的了。现在我们应该隐退,给他们让路,"他说,指指抱着万尼亚走到凉台门口站住的奶妈。"就是这样,我的朋友。"他结束说,弯下腰来吻吻我的头。那不是爱人而是一个老朋友的亲吻。

花园里越来越浓烈地飘浮着夜晚的清香,天籁和寂静变得越来越庄严,空中闪烁着越来越多的星星。我对他望望,顿时觉得心情轻松了,仿佛那根使我痛苦的神经被摘除了。我突然清醒地懂得,当时的感情也像时间一样一去不复返,现在要它回来不仅不可能,而且是痛苦难受的。算了吧,难道我觉得幸福的那个时代就那么好吗?再说,这一切都已是久远的往事了!

"我们该去喝茶了!"他说。我们一起走到客厅。我在门口又遇见奶妈和万尼亚。我抱过孩子,把他裸露的红红小腿盖住,把他紧抱在胸前,然后轻轻地吻吻他。他仿佛在睡梦中动动他那皮肤宽松的张开的小手,睁开蒙眬的小眼睛,仿佛在找寻或者回忆什么。突然这双小眼睛盯着我,眼睛里闪耀着思想的火花,撅起胖鼓鼓的小嘴,闭拢又张开,浮起一个微笑。"他是我的,我的孩子!"我想,把他紧紧地贴在胸前,四肢都幸福得紧张起来,我好容易才忍住不把他弄疼。我开始吻他发凉的小腿、小肚子、小手和刚长出头发来的小脑袋。丈夫走到我身边,我连忙盖住孩子的脸,接着又让他的脸露出来。

"伊凡·谢尔盖伊奇!"①丈夫说,用一只手指摸摸他的小下巴。但我又连忙把伊凡·谢尔盖伊奇的脸盖上。除了我,谁也不许多瞧我的孩子。我瞧了丈夫一眼,他的眼睛含笑望着我的眼睛。很久以来我也头一次轻松愉快地望着他的眼睛。

从那天起,我和我丈夫的恋爱关系结束了。旧的感情变成一种宝贵的、一去不返的往事,而爱孩子和爱孩子父亲的新的感情奠定了一种崭新的幸福生活的基础,这种生活现在还在继续着……

---

① 这是孩子的本名和父名,一般表示尊敬,这里带有戏谑的意味。

哥 萨 克

——1852年高加索的一个故事

1

莫斯科万籁俱寂。冬天的街上难得听到辘辘的车声。窗子里已没有灯光,街灯也熄灭了。但教堂里却传出当当的钟声,钟声荡漾在沉睡的城市上空,报道着黎明的降临。街上空荡荡的。偶尔有一辆做夜生意的雪橇,滑过街上的积雪和泥沙,从街的这一头驶到那一头;赶雪橇的坐在上面等顾客,等得睡着了。一个老婆子上教堂去;教堂里零零落落地点着几支蜡烛,烛光红红地映在圣像的金饰上。工人们睡了一个漫长的冬夜,已经起床,这时候正上工去。

可是对老爷先生们来说,这还是晚上呢。

法定的营业时间已过,但骑士酒店的一个窗子里有灯光从紧闭的百叶窗缝里漏出来。酒店门口停着一辆轿车、一辆雪橇和一辆出租马车,马车和雪橇的后座紧靠在一起。一辆三驾驿站雪橇也停在这里。看门人裹紧衣服,身子缩成一团,躲在屋角后面。

"他们干吗尽说废话呀?"一个面容消瘦的堂倌坐在前厅里想。"老是正好碰到我值班!"从灯光通明的隔壁房间里传来三个在吃饭的青年人的声音。房间里,桌上摆着吃剩的晚餐和酒。一个个儿瘦小、相貌难看但很整洁的青年坐在那里,他那双和善而疲倦的眼睛望着那个准备远行的人。另外一个个儿很高,躺在摆满空酒瓶的桌旁,玩弄着表上的钥匙。第三个身穿一件崭新的皮里短外套,在房间里踱来踱去,偶尔停住脚步,用他那相当粗壮有力、但指甲修得很整齐的手指捏碎一粒杏仁。他老是笑眯眯的,眼睛和脸上都焕发着光辉。他指手画脚、热情洋溢地说着话,但显然找不到适当的字眼,因为他想到的话似乎都不足以表达他心中翻腾的感情。他一直满面笑容。

"现在什么话都可以说了!"这个准备远行的人说。"我不是替自己辩护,但我希望你至少得像我了解自己那样了解我,并且不要庸俗地看待这件事。你说我对不起她吗?"他对那个用和善的目光瞧着他的朋友说。

"是的,你对不起她。"瘦小难看的人回答,他的目光似乎显得更和善更疲倦了。

"我知道你为什么说这种话,"准备远行的人继续说。"照你看来,被人爱同爱人一样幸福,一个人只要一次被爱,就终生受用不尽了,是吗?"

"是啊,受用不尽了,我的宝贝!一辈子受用不尽了。"瘦小难看的人回答,一会儿睁开眼睛,一会儿闭上眼睛。

"但一个人为什么不主动去爱人呢?"准备远行的人若有所思地说,露出一副近乎怜悯的神气瞧着朋友。"为什么不去爱呢?因为没有爱情。不,光被人爱是一种不幸,因为你没有同样的感情可以给人,你会觉得对不起别人。哦,天哪!"他摆了摆手。"这些事要是能合理进行倒也罢了,事实上往往颠三倒四,不由我们做主,只得听其自然了。如今倒像是我偷了那份感情。你也是这样想的;你别否认,你确实是这样想的。说实话,我这辈子干过好多愚蠢和卑鄙的事,可是在这件事上,我并不懊悔,也不可能懊悔。不论开头,还是后来,我都没有欺骗过自己,也没有欺骗过她。我原以为终于对她有了爱情,但后来发现我这是在自欺欺人,这样谈恋爱是不行的,我谈不下去,可是她不肯罢休。我谈不下去,难道能怪我吗?叫我怎么办呢?"

"算了吧,反正这事现在已经了啦!"那朋友一边说,一边吸着雪茄以驱除睡意。"有一点可以断言:你还是没有恋爱过,你也不懂什么叫恋爱。"

穿短外套的人抱住头,还想说些什么,可是他无法把心里的意思表达出来。

"没有恋爱过!对,我没有恋爱过。可我心里想恋爱,没有别的欲望比这更强烈的了!再说,有没有这样的恋爱呢?天下什么事都是有缺陷的。哼,有什么可说的!我在生活上搞得乱糟糟的。可现在一切都了啦,你说得对。我觉得我要开始一种新的生活了。"

"你在新的生活中又会搞得乱糟糟的。"躺在沙发上玩弄怀表钥匙的人说,但准备远行的人没有听见。

"我要走了,我觉得又伤心又高兴,"他继续说,"为什么伤心?我说不上来。"

于是准备远行的人又讲起他自己的事来,没注意别人并不像他那样感兴趣。一个人在心醉神迷的时刻往往最自私。在这样的时刻,他觉得天下没有什么比他自己更可爱更有趣的了。

"德米特里·安德烈伊奇,车夫不肯等了!"一个年轻的农奴进来说,他穿着一件羊皮外套,头颈上绕着一条围巾。"马车十一点多就来了,此刻已经四点了。"

德米特里·安德烈伊奇瞧了瞧他的农奴凡纽沙。凡纽沙头颈上绕着的围巾,他那双毡靴和他那张睡眼惺忪的脸,仿佛都在召唤他的主人走向一种新生活,一种充满劳动、困苦和忙碌的生活。

"真的,该走了。再见吧!"他一边说,一边摸索着外套没有扣上的钩子。

尽管朋友们都劝他再给车夫一些小费,叫他再等一会儿,他却戴上帽子,站在房间中央。他们相互吻了一次,两次,停了一下,又吻了第三次。穿短外套的人走到桌子旁边,喝干了桌上的一杯酒,握住那个瘦小难看的朋友的手,涨红了脸。

"啊,我还是说出来吧……我必须对你坦白,我也可以对你坦白,因为我喜欢你……你爱她,是不是?我一直是这样想的……是吗?"

"是的。"那朋友回答,同时笑得更亲热了。

"也许……"

"对不起,我是奉命来熄掉蜡烛的,"睡眼惺忪的堂倌说,他听到他们最后几句话,心里觉得奇怪,老爷先生们说的怎么总是那些话。"请问,账单该给哪一位?给您吗,先生?"他对高个子说了一句,其实早就知道该向谁收账了。

"给我,"高个子说,"多少钱?"

"二十六卢布。"

高个子想了想,一句话没说,就把账单塞进口袋里。

另外两个继续谈他们的话。

"再见了,你真是个出色的小伙子!"那位瘦小难看、目光和善的先生说。

两人的眼睛里都含着泪水。他们走到门口。

"哦,对了!"远行的人红着脸,对高个子说。"这骑士酒店的账请你先付一下,以后写信告诉我。"

"好的,好的,"高个子一边戴手套,一边说,"我真羡慕你!"当他们走出门口的时候,他又突然补了一句。

远行的人坐在雪橇里,把外套裹紧身体,说:"好吧,那咱们一起走吧!"他甚至于挪了挪身体,给那说羡慕他的人让出一个位子来;他的声音有点儿哆嗦。

一个送行的人说:"再见了,米嘉,上帝保佑你……"他但愿他快点走,因此没有把话说完。

他们沉默了一会儿。有人又说了一声"再见",另外一个说了一声"走啦",于是赶雪橇的催动了马匹。

"叶利沙,走吧!"送行人中的一个嚷道。

马车夫活动起来,嘴里喷喷作声,拉动缰绳。僵硬的车轮就在雪地上吱嘎吱嘎地响起来。

"奥列宁真是个可爱的青年,"有个送行的人说,"可他上高加索去有什么意思?而且当的又是士官生!叫我说什么也不干。你明天去俱乐部吃饭吗?"

"去的。"

送行的人走散了。

远行的人觉得热了,皮外套很暖和。他坐到雪橇底里,敞开外套;那三匹鬃毛很长的驿马慢吞吞地穿过一条条黑暗的街道,经过许多他从来没见过的房子。奥列宁觉得只有出远门的人才会经过这些街道。周围黑暗、寂静而凄凉,可是他心里却充满回忆、爱情、懊悔和哽住喉咙的愉快的眼泪……

2

"我喜欢他们!十分喜欢!他们真好!真可爱!"他反复说,并且很想哭。为什么想哭?谁真可爱?他很喜欢的是谁?他可说不上来。有时候,他望望一座房子,觉得奇怪,为什么把它造得这样古怪?有时候,他觉得奇怪的是,这车夫和凡纽沙跟他身份这样不同,为什么此刻却坐得离他这样近,并且由于骖马猛拉冻僵的皮带,他们正和他一起颠簸摇晃。接着他又说:"他们真可爱,我真喜欢他们。"有一次甚至说:"多么动人哪!太妙啦!"他自己也觉得奇怪,他说这个干什么,他问自己:"莫不是我喝醉了?"不错,他喝了大概两瓶葡萄酒,但使他陶醉的不光是酒。他想起了一切他觉得亲切而友好的话,想起了朋友们在他临走前羞怯而又似乎随口说的话。他想起了握手、眼神、沉默,以及他坐上雪橇时送行人们的送别声:"**再见了,米嘉!**"他也想起了自己毅然决然的坦白。而这一切他觉得都使人感动。在动身以前,不但亲戚朋友,不但平素对他冷淡的人,就连那些讨厌他仇视他的人,也都不约而同地格外喜欢他,并且像在忏悔或者临终之前那样饶恕他。"也许我再不会从高加索回来了。"他想。他觉得他爱他的朋友们,同时爱某一个人。他可怜自己。然而,使他心肠软化、热情洋溢,以致忍不住吐露那些无意义的话的,并不是朋友的情谊;使他感情达到这种地步的,也不是女人的爱情(其实他还没有恋爱过呢)。那种满怀希望的自爱自怜,那种青春时期珍爱自己灵魂中一切美好东西的感情(他觉得如今他的灵魂中只有美好的东西),使他流泪,使他说了些语无伦次的话。

奥列宁是个青年,没有念完大学,也没有工作过(只在什么官厅里弄了个挂名差事),却已经花掉了一半财产。年纪到了二十四岁,还没有选定一种职业,也没有做过任何事情。他就是莫斯科社交场中的所谓"年轻人"。

从十八岁起,奥列宁就过着自由自在的生活——这样的自由生活,只有四十年代有钱而从小丧失父母的俄罗斯青年才能享受。对他来说,既没有肉体上的枷锁,也没有精神上的枷锁;他想干什么就能干什么,他什么也不缺少,也没有什么东西束缚他。家庭、祖国、信仰、贫穷,对他都是不存在的。他不相信什么,也不承认什么。虽然如此,他却不是一个阴郁、乏味、爱唱高调的青年,正好相反,他总是热情洋溢。他根本不承认有爱情这回事,可是每次遇到年轻貌美的女人,总有点神魂颠倒。他早就认为名誉地位都毫无意义,可是在舞会上,谢尔基公爵走过来对他说了几句亲切的话,他不禁又感到很得意。但他决不让他的任何冲动发展到妨碍自由的地步。不论迷恋什么,只要预感到将引起操劳和斗争(跟生活的微小斗争),他就立刻本能地摆脱掉那种感情或事情,以恢复自身的自由。就这样,他开始他的社交活动、公事、家务、音乐(他一度想献身的事业)和跟女人的恋爱(他不相信真有这样的事)。使他犹豫不决的是,他应该把人生只有一度的青春奉献给什么:献给艺术呢,还是献给科学?爱一个女人,还是做些实际工作?因为,青春不是智慧、意志或者教育,而是一生只有一次的激情。有了这种激情,人可以随心所欲地改造自己,而且照奥列宁看来,甚至可以随心所欲地改造世界。不错,有些人缺乏这种激情,他们一踏进生活,就把最初碰到的那副重轭套在自己身上,并且老老实实地戴着它,一直干到生命结束。但奥列宁却过分强烈地感到身上这种无所不能的青春活力:那种可以转化成一种愿望或一种理想的力量,那种敢想敢做的力量,那种可以不问目的而纵身投入无底深渊的力量。他意识到这一层,感到自豪,并且不知不觉地因此觉得快乐。直到如今,他只爱自己一个人,而且不可能不爱自己,因为他对自己只抱着美好的期望,还从来没有失望过。离开莫斯科的时候,他心里洋溢着青春的快乐:青年人一旦认识了错误,就对自己说:"原来不是那么一回事。"过去的事都是偶然的,微不足道的,以前他并不想**好好**生活;现在呢,等他离开莫斯科,就将开始一种崭新的生活——过这种生活不会再犯错误,不会再有悔恨,只会有幸福。

长途旅行总是这样的:在头上两三站,思想往往停留在离开的那个地方,但在路上过了一夜,到了第二天早晨,思想就会忽然转移到旅行的目的地上,而对那新地方作种种海阔天空的遐想。奥列宁的情形也是如此。

出了城市,环顾白雪皑皑的田野,他感到单独处身在这自然环境中的情趣。他裹紧外套,坐到雪橇上,静下心,打起瞌睡来。跟朋友们分手使他十分感动。他想起在莫斯科度过的最后一个冬天。当时的种种景象,连同模模糊糊的思想和悔恨,不禁一一浮现在眼前。

他想起那个为他送行的朋友,想起他们谈到的那那友跟那姑娘之间的关系。那姑娘很有钱。"既然知道她爱我,他怎么还能爱她呢?"他想,心里起了恶意的猜疑。"人世间不道德的事真多啊!可我怎么还没有恋爱过呢?"他问自己。"人家都说我从来没有恋爱过。难道我精神上有毛病吗?"接着他回想起他对女性的迷恋。他想起最初的社交活动,想起朋友的一个妹妹:他跟她一起坐在桌旁,在灯下共度了几个黄昏,当时灯光照亮她那正在做针线的纤细手指和她那美丽娇嫩的脸蛋的下半部。他想起他们的娓娓长谈,像传送燃烧的木棒游戏那样没完没了;他想起当时的局促不安和经常对这种不自然场面的反感。当时总像有个声音在轻轻地说:"**不是那么一回事,不是那么一回事!**"事实果然证明不是那么一回事。接着他想起了舞会,想起了怎样跟美丽的德夫人跳玛祖卡舞。"那天夜里我是那么销魂,多么幸福哇!可是第二天早晨醒来,发觉自己还是无拘无束的时候,我又是多么伤心,多么懊恼哇!为什么爱情不来捆住我的手脚呢?"他想。"不,爱情是没有的!那位邻居太太,像对杜勃罗文和首席贵族那样对我说,她爱星星,看来也**不是那么一回事**。"他又想起了乡下的农事,但也想不出什么愉快的事情。"他们会长久谈到我这次远行吗?"他心里琢磨着。但"他们"是指谁啊?他说不上来。接着产生的思想使他愁眉不展,嘴里也跟着嘟囔起来,他想起了裁缝卡普尔和欠这裁缝的六百七十八卢布。他还想起他请求裁缝再等一年,裁缝脸上却露出困惑不解和无可奈何的神气。"哎,天哪,天哪!"他眯细眼睛反复说,竭力驱除这些讨厌的念头。"虽然如此,她还是爱我的,"他想起临别时谈到的那个姑娘,"是的,我要是娶了她,就不会负债了,可如今我欠着华西里耶夫的债。"接着,他想起那天晚上他从她家出来,最后一次到俱乐部同华西里耶夫先生打牌;还想起当时他怎样低声下气地要求再打一局,却被华西里耶夫冷冷地拒绝了。"只要省吃俭用地过上一年,就可以还清全部债务了,去他妈的……"虽然有着这样的信心,他还是重新计算着剩下的债务、限期和预计归还的时间。"除了骑士酒店之外,我还欠莫列尔的账呢,"他回想着他负下那么多债务的那个夜晚。这是在吉卜赛人那儿举办的狂欢酒会,由几个从彼得堡来的人发起:沙皇侍从官萨什卡·贝,德公爵和那个显要的老头儿。"那些大人先生们为什么这样得意洋洋呢?"他想,"他们凭什么结成一派,并且认为别人参加他们一伙就挺有面子呢?就凭他们是沙皇的侍从官吗?他们把别人看得那么愚蠢,那么卑贱,真是岂有此理!我可要让他们明白,我才不稀罕跟他们接近呢。但我想,要是安德烈经理知道我跟萨什卡·贝上校那样的沙皇侍从官居然**你我相称**,他准会大为惊奇的……还有,那天晚上没有人喝得比我更多了;我还教会吉卜赛人一支新歌,大家都听我们唱。我虽然做了不少蠢事,可我到底是个出色的青年。"他想。

早晨,奥列宁已经来到第三个驿站。他喝了茶,亲自动手跟凡纽沙把包裹皮箱重新安放好,稳稳当当地在行李中间坐下来,并且知道各种东西放的地方(钱放在哪儿,有多少、护照、驿马使用证和通行税征收单放在哪儿)。他觉得一切都安排得妥妥帖帖,心里很高兴,而漫长的旅途似乎成了长时间的游荡。

从早晨到中午,他一直专心致志地做着算术:他走了多少俄里①,到下一站还有多少俄里,到下一个城市有多少俄里,到吃饭的地方有多少俄里,到喝茶的地方有多少俄里,到斯塔夫罗波尔有多少俄里,他已经走了全程的几分之几。他还计算着:他有多少钱,还能剩下多少,还清全部债务需要多少,以及他每月生活将用去收入的几分之几。傍晚,喝过茶,他算出到斯塔夫罗波尔还剩下全程的十一分之七,还清债务就得省吃俭用七个月,还要拿出全部财产的八分之一。接着他静下心,裹

---

① 一俄里合1.06公里。

紧外套,坐上雪橇,又打起瞌睡来。如今他的思想已经转向未来,转向高加索了。对未来的一切遐想,总是离不开阿玛拉特老爷①、契尔克斯女人、崇山峻岭、悬崖峭壁、可怕的激流和种种危险。这些遐想都是朦朦胧胧的,而荣誉的诱惑和死亡的威胁却使未来更加迷人。一会儿,他幻想自己以超群的勇气和惊人的力量杀死和征服无数山民;一会儿,他把自己想象成山民,跟别的山民一起反抗俄罗斯人,保卫自己的独立。当他想象那些详情细节时,就会联想到莫斯科的一些熟人。萨什卡·贝一会儿跟俄罗斯人一起,一会儿跟山民一起,同他作战。连卡普尔裁缝不知怎的也参加了胜利者的凯旋仪式。奥列宁也回想到过去的屈辱、缺点和错误,但回想起来也很有趣。生活在那边的崇山、激流、契尔克斯女人和各种危险之中,显然不会重犯那些错误。既然他已经做过忏悔,事情也就完了。在他对未来的各种遐想中,还有一个梦,一个最珍贵的梦:关于女人的梦。他想象那边山中有个契尔克斯女奴,身材苗条,眼神深邃而温柔,留着一条长辫子。他仿佛看见山中有一座孤零零的小屋,她站在屋门口等他,他却带着荣誉、一身灰尘和血迹疲劳地回到她身边,为她的亲吻、她的双肩、她那甜蜜的声音和柔情而销魂。她十分迷人,但淳朴粗野,缺少教养。在漫长的冬夜,他帮她学文化。她天资颖悟,很快就掌握了一切必要的知识。这有什么不可能的呢?她会毫不费劲地学会外国语,阅读法国文学作品。她也会说法国话。在客厅里,她也许比上流社会的贵妇人更雍容华贵。她能唱歌,唱起来那么淳朴、热情、高亢。"嘻,真是胡思乱想!"他对自己说。这时他们来到一个驿站,他得换一辆雪橇,并且给点小费。接着他又想入非非了。

---

① 俄国作家别斯土舍夫的中篇小说《阿玛拉特老爷》中的主人公。

他又想象着契尔克斯女人、荣誉以及回到俄罗斯、当沙皇侍从官、娶个绝代佳人做妻子等情景。"但爱情是根本没有的,"他又自言自语,"荣誉是没有意思的。可是那六百七十八卢布怎么办呢?……还有那征服的土地呢,它可会给我带来一辈子享用不尽的财富哇?……可是一个人独享这么多财富也是不对的。应该把它分给别人。可是分给谁呢?先还给卡普尔六百七十八卢布,其余瞧着办吧……"他头脑里充满了模模糊糊的幻象,只有凡纽沙的声音和雪橇的突然停止才破坏了他那沉酣的青春的睡梦。连到了下一站,他又换了一辆雪橇,继续前进的情景也记不清了。

第二天早晨又是同样的情况:同样的一个个驿站,同样的喝茶,同样摆动的马臀,同样跟凡纽沙的简短谈话,同样模模糊糊的幻想和黄昏的瞌睡,以及夜里同样的困倦沉酣的青春的睡梦。

3

奥列宁离俄罗斯中部越远,他的回忆也就越远;而他越接近高加索,心里也就越高兴,"我从此再也不回去了,再也不到社交场中去了,"他有时这样想。"我在这儿看到的人可不是**上流社会人士**,他们谁也不认识我,谁也不会有一天踏进我去过的社交场所,谁也不会知道我的往事。而莫斯科的社交界也不会有人知道,我处在这儿的人们中间在干些什么。"在路上遇到的那些粗汉,他认为跟他所熟识的莫斯科人不一样,而处身在这些人中间,他体会到一种跟过去一刀两断的新鲜感。人们越粗野,文明的迹象越少,他觉得越自在。而他必须路过的斯塔夫罗波尔却使他烦恼。形形色色的招牌(有些还是法文的),坐马车的贵妇人,广场上停着的出租马车,林阴大道和一个穿外套戴礼帽在路上高视阔步的绅士——这一切都使他反感。"也许他们认识我的一些熟人吧,"他这样想。于是又回想起俱乐部、裁缝、纸牌、上流社会……但过了斯塔夫罗波尔,一切景象又使他满意了:粗犷,美丽,壮观。奥列宁的情绪越来越好。哥萨克、马车夫和驿站长在他看来都是些淳朴的人,他可以跟他们随便说笑,不用考虑他们的身份。他们都是些奥列宁不由自主地感到亲切的人,而他们对他也都很友好。

还在顿河哥萨克地区,他就退掉雪橇,换乘马车;而过了斯塔夫罗波尔,天气竟暖和得使奥列宁非脱去皮外套不可。季节已经交春,那是一个奥列宁想象不到的欢乐的春天。当地居民不让他夜里离开哥萨克村庄,并且告诉他晚上赶路也有危险。凡纽沙有点提心吊胆,车上还预备了一支实弹的步枪。奥列宁却越发高兴。在一个驿站上,站长讲了前不久路上发生的一桩可怕的谋杀案。他们开始遇到武装的人。"原来从这儿开始!"奥列宁自言自语着。他一直渴望见到闻名已久的高加索雪山。一天傍晚,诺盖族①的车夫用鞭子指指云雾后面的群山。奥列宁急急地凝神眺望,这是一个阴天,云雾把群山拦腰遮住。奥列宁只看到一片灰蒙蒙、白漾漾、蓬蓬松松的东西,但不论怎样注视,都看不出他常常读到和听到的那种山岭的景象。他觉得山和云都是千篇一律的,所谓雪山的特殊美丽,就同巴赫的乐曲和对女人的**爱情**(他不相信这两者是确实存在的)一样,都是凭空想象出来的,因此,他对山不再抱什么幻想。第二天清早,他在车上由于呼吸到沁人心脾的清新空气

---

① 居住在斯塔夫罗波尔边区和阿斯特拉罕州的一个土耳其语系民族。

清醒过来，睁开眼睛漫不经心地向右边望了一下。早晨天气晴朗。他忽然看见二十步开外的地方（最初一刹那他这样感觉）屹立着洁白巍峨的群山，线条优美，峰峦清晰，背衬着遥远的天空，显得格外壮丽。当他看清山和天离开他有多远，群山多么巍峨时，当他领略到这无与伦比的美景时，他害怕了，唯恐它只是海市蜃楼，只是虚幻梦境。他抖擞精神，使自己头脑更清醒些。群山却照样屹立在眼前。

"那是什么？那是什么啊？"他问马车夫。

"山嘛。"诺盖人漫不经心地回答。

"我也看了好半天了，"凡纽沙说，"真好看！我们家里的人准不会相信天下竟有这样美的山。"

三驾马车在平坦的山路上飞驰，从车上望出去，群山仿佛在地平线上奔跑，玫瑰红的峰峦在初升的太阳照耀下熠熠发亮。奥列宁看到山，起初只感到惊奇，接着又觉得高兴，但后来越是全神贯注地凝视这白雪皑皑的山（这山不是从别的黑色山脉延伸过来的，而是拔地而起，伸展开去的），他就越发领略到它的美，并且具体地**感觉到**它的存在。从这个时候起，他所看见的，他所想到的，他所感觉的，都离不开那对他十分新鲜而又异常庄严的群山。关于莫斯科的一切回忆、羞耻和悔恨，关于高加索的种种庸俗的梦想，全消失了，一去不返了。"这下子可开始了。"仿佛有个郑重的声音对他这样说。道路也罢，出现在远处的捷列克河也罢，哥萨克村庄也罢，当地的居民也罢——这一切如今他觉得都不能等闲视之了。他望望天空，就想到了山。瞧瞧自己，瞧瞧凡纽沙，又想到了山。他望望两个骑马的哥萨克，看见套着枪衣的步枪在他们背后有节奏地摇晃，他们身下的枣红马和灰色马的腿夹杂在一起飞跑，接着又想到了山——他望见捷列克河对岸山村里升起的炊烟，接着又是山……太阳升起来了,芦苇丛后面是波光闪闪的捷列克河,接着又是山……村庄里有人推出一辆大车,路上走着几个妇女,几个年轻貌美的妇女,接着又是山……"山上的强盗在草原上游荡,我赶我的路,我不怕他们,我有枪,我年富力强……"接着他又想起了山……

4

捷列克河两岸散布着高地哥萨克的村庄,绵延近八十俄里。这些村庄的风土人情都是相同的。捷列克河是哥萨克同山民的分界线,河水浑浊而湍急,河面却宽阔而平静。河水不断把浅灰色的沙土冲到地势较低、芦苇丛生的右岸上,同时冲刷着虽不算高却很陡峭的左岸,以及岸上的百年老麻栎、腐烂的法国梧桐和幼树的根须。河的右岸分布着那些归顺帝俄、但还不很平静的鞑靼村落;河的左岸,离河半俄里的地方,是一座座哥萨克村庄,彼此相距有七八俄里。在古代,哥萨克村庄多半坐落在河边,可是捷列克河一年年向北移动,冲掉村庄,如今那儿就只剩下古代村庄的遗迹、荒芜的果园和梨树、樱桃树、白杨树,树丛中间还蔓生着黑莓子和野葡萄。这儿现在已没有人居住,而沙地上也只有鹿、狼、野兔和野鸡的脚印——它们看中了这地方。各村庄之间有一条大路相连,这是从树林里开辟出来,以便通行炮车的。沿路是哥萨克的哨兵线和有哨兵守着的瞭望台。可是属于哥萨克管辖的,只有一条六七百米宽的狭长的肥沃林地。林地以北是诺盖草原(或者叫莫兹多克草原)的流沙地,远远地伸展到北方,天知道在哪儿跟特鲁赫曼、阿斯特拉罕和吉尔吉斯—凯萨茨等草原连成一片。在捷列克河的南面，是大车臣尼雅山、柯奇卡雷科夫岭、黑山，还有一排不知名的山脉，最后才是看得分明而人迹不到的雪山。在这片土壤肥沃、草木茂盛的林地上自古以来就住着漂亮、勇敢而富裕的俄罗斯族人，他们信奉旧教，被称为高地哥萨克。

很久以前，他们信奉旧教的祖先从俄罗斯逃出来，定居在捷列克河畔高地上的车臣人中间。这高地是林木茂盛的大车臣尼雅山的第一支脉。这些哥萨克生活在车臣人中间，跟车臣人通婚，接受了山民的风俗习惯和生活方式，但保持着纯粹的俄罗斯语言和旧教信仰。在哥萨克中间至今流行着一个传说：伊凡雷帝有一次来到捷列克河边，召见高地长老，把河这边的土地赐给他们，劝谕他们跟俄罗斯人和睦相处，并且答应不强迫他们归顺或改变信仰。至今哥萨克还把车臣人看作亲戚，而爱好自由、游荡、劫掠和战斗仍是他们性格的特征。俄罗斯对他们只有不利的影响：限制他们的选举，拿走他们教堂里的钟，纵容军队在村庄中驻扎或过境。哥萨克憎恨一个杀害他兄弟的山地骑士，远不如憎恨一个为保卫村庄而在他的屋子里任意吸烟的俄罗斯士兵。他们尊敬山地的敌人，而蔑视压迫他们的异族士兵。说实在的，在哥萨克的心目中，俄罗斯农民是野蛮卑下的异族人，他们从流动商贩和小俄罗斯移民（他们被哥萨克蔑称为帽匠）身上看到了具体的形象。哥萨克认为，漂亮的装束是模仿契尔克斯人的，最好的武器是从山民那儿获得的，最好的马也是从山民手里买来或者偷来的。哥萨克青年喜欢卖弄说鞑靼话的本领，在喝酒玩儿的时候，甚至跟哥萨克弟兄也讲鞑靼话。虽然如此，这批僻居在世界一角的基督徒处于半野蛮的伊斯兰教徒和士兵的包围中，却自以为具有高度的文明，他们认为只有哥萨克是真正的人，而瞧不起其余的一切人。哥萨克的大部分时间都耗在值岗、行军或者渔猎上。他们几乎从来不在家里干活。他们难得待在村里,一回到村庄,就**寻欢作乐**。哥萨克家家都酿酒,开怀畅饮与其说是普遍嗜好,不如说是一种仪式,而不遵奉这种仪式就会被看成是叛教行为。哥萨克把女人看作享乐的工具,他们只容许姑娘们自由玩乐,而迫使老婆从青春时期到老年一直为自己干活,并且要她像东方女人那样听话和操劳。由于这种观点的影响,女人在体格上和心理上都特别发达,表面上尽管顺从男人,事实上却同东方各地一样,她们在家庭中的势力和实权,远远超过西方的妇女。不参加社会活动,惯于负担繁重的男性劳动,使她们在家庭中取得更高的地位和更大的权力。哥萨克认为在外人面前跟老婆亲昵戏谑有失体面,但跟她单独相处时,却不能不感到她的权威。他们的房子,他们的财产,他们的全部家业,都是靠她一个人辛勤操劳挣来和保持的。虽然他们坚决认为哥萨克男子从事劳动是可耻的,只有诺盖工人和妇女才配劳动,他还是模模糊糊地感觉到,他所拥有的和使用的一切都是这种劳动的成果,而被他看作奴隶的女人——母亲和妻子,却有权剥夺他所享用的一切。此外,经常性的男性繁重劳动和种种操劳使山地女人形成了一种独立不羁的男性化性格,并且大大发展了她们的体力、智力、意志和毅力。哥萨克女人多半比男人强壮而聪明,干练而漂亮。高地哥萨克女人的美,特别表现在既有契尔克斯人的清秀脸型,又有北方女人的高大体格。这儿的女人都是一副契尔克斯打扮:穿鞑靼式布衫、短棉袄和平底软鞋,但头上却像俄罗斯女人那样包一块头巾。讲究服装的整齐美观,注意室内布置的清洁雅致是她们的风气。在跟男人的关系上,妇女们,特别是姑娘们,享有完全的自由。

诺伏姆林村一般认为是高地哥萨克的发源地。这个村庄比其他村庄保持着更多高地哥萨克的古老风俗,村里的女人自古以来在整个高加索就以美丽著称。哥萨克的生活依靠葡萄园、果园、西瓜田、南瓜田，依靠渔猎、种植玉米和小米，也依靠战利品。

诺伏姆林村离捷列克河有三里路，中间隔着稠密的树林。一条大路贯穿村庄，路的一边是河，另一边是苍翠的葡萄园和果园，还望得见诺盖草原的流沙。村庄四周围着一道土堤和多刺的乌荆子。进出村庄都得通过一道高大的门。那门装在木柱上，门上盖着一个不大的芦苇顶。门旁摆着一尊安在木架上的古怪大炮，那是哥萨克以前缴获的，已经有一百年没有使用了。门旁有时站着一个穿军服的哥萨克哨兵，带着军刀和步枪，有时却没有人站岗；站岗的哨兵有时向过路的军官举枪致敬，有时却站着不动。大门顶下的白板上写着黑字：266户，男子897名，女子1012名。哥萨克的房子都是架空建筑在离地一米高的柱子上，顶上整齐地盖着芦苇，还有高高的山墙。房子即使不是新盖的，也都很整洁，附有各式各样的高大门廊，并且都不是紧挨在一起，而是散布在大街小巷之间，又宽敞，又好看。在许多房子的又亮又大的窗子前面，在菜园后边，耸立着苍绿的白杨和开着芬芳白花的洋槐，树梢高过屋顶，旁边还长着黄澄澄的向日葵，藤蔓卷曲的石竹和葡萄。广场上有三家铺子，经售布匹、呢绒、瓜子、皂荚和蜜糖饼干。在高大的围墙后面，在一排老白杨树的掩映下，可以看见团长那座装有双扇窗的住宅，比所有的房子都高大。除了星期日，村里的街道总是人迹稀少，特别是在夏天。哥萨克男人都在服役：不是在哨兵线上值岗，就是参加出征；老人们不是打猎，就是捕鱼，或者跟女人们一起在果园和菜园里干活。留在家里的就只有年迈的老人、孩子和病人。

5

这是高加索特有的一个美丽的黄昏。太阳落山了,但天色还很亮。晚霞染红了三分之一的天空;在霞光照耀下,乳白色的高山显得格外分明。空气稀薄而宁静,空中充满声音。山的影子投在草原上,有几里路长。草原上,河对岸,大路上,到处都是空荡荡的。偶尔什么地方出现几个骑马的人,于是哨兵线上的哥萨克和山村里的车臣人就都惊奇地注视着,竭力猜测那些可疑的骑手是什么人。到了晚上,人们由于互相忌惮而蜷缩在屋子里,只有飞禽走兽不怕人,自由自在地在这荒野上巡行觅食。白天在果园里扎葡萄藤的哥萨克女人在日落之前赶回家去,一路上有说有笑,兴高采烈。在这黄昏时分,果园里也像村外一样,阒无人迹,但村庄里此刻却特别热闹。人们从四面八方赶回村去,有步行的,有骑马的,有坐吱嘎发响的大车的。姑娘们把布衫掖在腰里,手拿树枝,叽里喳啦地谈着话,奔到村口去接回牲口。牲口在飞扬的尘土和蚊蚋(是牲口把它们从草原上带回来的)的包围中紧挤在一起。肥壮的黄牛和水牛在街上乱闯,穿着花花绿绿短袄的哥萨克女人在牲口中间跑来跑去。只听得她们尖声的谈话、快乐的笑声和喊声,跟牲口的叫声混成一片。一个武装的哥萨克从哨兵线上骑马回来。他骑到一座房子前,俯身凑近窗子,敲敲窗,接着就有一个年轻美丽的哥萨克女人探出头来,于是响起亲热的欢声笑语。一个衣衫褴褛、颧骨突出的诺盖长工带着芦苇从草原上回来。他把一辆吱嘎作响的大车赶到哥萨克大尉清洁宽敞的院子里,从摇头摆尾的公牛颈上解下车轭,同时跟主人大声说着鞑靼话。一个赤脚的哥萨克女人背着一捆木柴经过街上的水潭（那水潭几乎横贯全街，许多年来行人总是小心翼翼地紧挨着篱笆从它旁边走过）。她高高地撩起布衫，露出雪白的双腿。一个哥萨克打猎回来，开玩笑地对她说："再拉高点儿，不要脸的！"同时用枪向她瞄准。那哥萨克女人放下布衫，却丢掉了木柴。一个哥萨克老头儿，裤脚卷得高高的，袒着毛茸茸的胸膛，打鱼归来。他肩上搭着一网鲜蹦活跳的银色鲤鱼，为了抄近路，就从邻居的破篱笆上爬过去，随即扯下被篱笆钩住的短褂。一个女人拖着一根枯枝走过，接着街道转角处就传来丁丁的斧头声。哥萨克孩子们在街上平坦的地方打陀螺，嘴里尖声叫喊着。女人们不愿绕远路，也都翻越篱笆走过去。所有的烟囱都冒着味儿很浓的畜粪烟。家家院子里传出一片忙碌声，预告着寂静的夜晚即将来临。

乌莉特卡奶奶，哥萨克少尉兼小学教师的妻子，也同别的女人一样，走到院子门口，等女儿玛丽雅娜赶牲口回来。不等她把篱笆门完全打开，一头被蚊蚋包围的大水牛就哞哞叫着直冲进门来。几头肥壮的黄牛跟在它后面，都用大眼睛认着女主人，同时有节奏地用尾巴拂着身子的两侧。身材匀称的美人儿玛丽雅娜走进门来，扔掉树枝，砰的一声关上篱笆门，就急急地跑去把牲口分开，赶进畜棚里。"快把鞋脱掉，鬼丫头，"做娘的嚷道，"鞋都被你踩坏了。"玛丽雅娜听见母亲叫她鬼丫头，一点也不生气，把它当做亲昵的称呼，继续快活地干她的活儿。玛丽雅娜的脸用一块帕子半遮着，身上穿一件粉红色布衫，外罩一件湖色短袄。她跟着肥壮的牲口钻到敞棚里，只听得她在那儿温柔地抚慰水牛："不肯站一会儿吗？哼，你这家伙！喂，来吧，老东西！……"不多一会儿，母女俩从畜棚来到牛奶房，手里捧着两大罐牛奶——今天一天的产品。接着牛奶房的泥烟囱里就冒出畜粪的烟气——她们在把牛奶熬成熟奶油呢。女儿烧着火,母亲走到大门口。暮色笼罩了全村。空气里弥漫着蔬菜、牲口和畜粪烟的味儿。哥萨克女人们拿着引火的破布,在门口和街上奔走。挤过奶的牲口在院子里吁吁地喘气,安静地倒嚼;街上和院子里但听得妇女和孩子呼应的声音。在平常日子里,喝醉酒的男人的声音是难得听到的。

一个身材高大、有点男子气的哥萨克老太婆从对面院子里走来,向乌莉特卡奶奶讨火。她手里拿着一块破布。

"都收拾好了吗,大娘?"她问。

"丫头在烧火呢。你是不是要火?"乌莉特卡奶奶高兴地说。她总是乐于帮人家的忙。

两个女人走进屋子里。不习惯拿小东西的粗手哆嗦着打开火柴盒子——火柴在高加索是很稀少的。有点男子气的老太婆在门槛上坐下来,显然想聊会儿天。

"你那口子还在小学里吗,大娘?"客人问。

"一直在教孩子们念书呢,大娘。他来信说,过节要回来一次。"少尉的妻子说。

"聪明人哪,处处用得着。"

"是啊,用得着。"

"我那个鲁卡沙可是在哨兵线上,他们不放他回家。"客人说,虽然这事少尉的妻子早就知道了。她就是想谈谈她的鲁卡沙——她最近刚送他到哥萨克军里去服役,并且希望他能娶少尉的女儿玛丽雅娜做妻子。

"在哨兵线上吗?"

"是啊,大娘。上次过节以后就没有来过。前两天我托福摩什金送去几件衬衫。他说,他好着,上司还称赞他呢。他说,他们那边又在搜捕山匪了。他说,鲁卡沙很快活,他好着呢。"

"哦,感谢上帝,"少尉的妻子说,"一句话,是个机灵鬼。"

鲁卡沙被称为"机灵鬼"是因为他勇敢机灵,曾经从水里救出一个哥萨克孩子。少尉的妻子提到这事,存心让鲁卡沙的母亲高兴,以答谢她对她丈夫的夸奖。

"感谢上帝,大娘,他是个好儿子,有出息,大伙儿都称赞他,"鲁卡沙的母亲说,"只要给他娶上个媳妇,我就是死了也安心。"

"哦,难道村子里的姑娘还嫌少吗?"机灵的少尉的妻子一边说,一边用粗糙的双手小心翼翼地套上火柴盒子。

"多得是,大娘,多得是,"鲁卡沙的母亲一边说,一边摇头,"你家的玛丽雅娜可是个好姑娘,全村再找不到第二个了。"

少尉的妻子知道鲁卡沙母亲的用意。虽然她也认为鲁卡沙是个好哥萨克,却避开这事不谈,第一因为她是少尉的妻子,家里又有钱,而鲁卡沙只是个普通的哥萨克孩子,又丧了爹;第二因为她不愿马上让女儿离开。但主要是因为从体面上讲,她不能不推托一番。

"是啊,等玛丽雅娜长大了,她也要做大姑娘了。"她稳重而谦逊地说。

"我要请人来说媒,一定要请人来的。等我把葡萄园收拾好,我们就来求亲,请求伊利亚·华西里耶维奇答应这门亲事。"鲁卡沙的母亲说。

"那关伊利亚什么事!"少尉的妻子傲然地说,"得跟我谈。到时候再说吧。"

鲁卡沙的母亲看到少尉的妻子板着脸,知道不便再谈下去,就用火柴点着破布,站起身来说:"别推托了,大娘,记住我的话吧。我走了,得回去生火了。"

当她摇摇晃晃地拿了点着火的破布穿过街道时,正好遇到玛丽雅娜。玛丽雅娜向她鞠了一躬。

"真是个美人儿,勤快的姑娘,"她瞧着这个美丽的姑娘想,"她还用得着再长吗?该出嫁了,嫁个好人家,嫁给鲁卡沙吧。"

但乌莉特卡奶奶也有她的心事。她一动不动地坐在门口,苦苦地想着什么,直到女儿叫她才停止思索。

6

村里的男人不是出征去,就是在哨兵线上,或者照他们哥萨克的说法,"在站岗"。两个老妇人谈到的**机灵鬼**鲁卡沙,那天傍晚正站在下普罗托茨克哨所的瞭望台上。下普罗托茨克哨所就在捷列克河畔。他双肘搁在瞭望台的栏杆上,眯细眼睛,一会儿望望捷列克河对岸的远处,一会儿向下瞧瞧哥萨克伙伴们,偶尔跟他们交谈两句。太阳已经接近那矗立在云雾之上的白皑皑的雪山了。云雾在山麓上翻腾,色彩越来越暗。空中显出一派黄昏时分的明净。从草木稠密的树林里送来阵阵凉意,可是哨所周围仍旧很热。哥萨克的谈话声越来越响地传开来。捷列克河黄浊的急流在宁静的两岸中显得更加分明。河水开始退落,河岸和浅滩上露出几处黄褐色的湿沙。哨兵线对面的河岸上空旷荒凉,只有那片低矮的芦苇无边无际,一直伸展到山麓那儿。斜对面,在不高的河岸上,望得见车臣人村落里的泥屋、平屋顶和漏斗形的烟囱。站在瞭望台上的哥萨克目光炯炯地注视着远处平静的村子里几个穿红蓝衣服的车臣女人,她们在炊烟中走动着。

虽然哥萨克时刻提防着鞑靼山民渡河袭击,特别是在这五月里,捷列克河两岸树木非常稠密,徒步不易通过,而河水却很浅,即使骑马也可以涉水而过;虽然两天之前有个哥萨克**骑马跑来**,送来团长的通知,其中说,据探子密报,有七八个敌人企图渡河,着令特别戒备,但是哨兵线上并没有什么特别戒备。哥萨克们像在家里一样,不备马鞍,不带武器,有的在捕鱼,有的在打猎,有的在喝酒。只有值班人的马备了鞍,脚上系着绳子,在树林旁边的乌荆子丛里走动;还有一个哥萨克哨兵穿着契尔克斯服,带着步枪和军刀。班长是个瘦长的哥萨克,脊背特别长,手脚特别小。他敞开短裾,坐在小屋前面的土台上,脸上现出做上司的懒洋洋的神气,闭上眼睛,两只手交替托着脑袋。一个上了年纪的哥萨克蓄着宽阔的灰白胡子,穿一件衬衫,腰里束一条黑皮带,躺在河畔,懒洋洋地望着水流湍急、曲折而又单调的捷列克河。另外几个人也热得半光着身子,有的在河里洗衣服,有的在编马笼头,有的躺在河边的热沙上哼歌曲。一个脸又黑又瘦的哥萨克显然已喝得烂醉,仰天躺在小屋的墙脚边,那儿两小时之前是个背阴的地方,此刻却在炎热的夕阳照射之下。

站在瞭望台上的鲁卡沙是个漂亮的高个子青年,二十岁上下,长得很像他母亲。他的脸和身材虽然显出青春时期的瘦削,却洋溢着旺盛的体力和坚强的毅力。他**应征**入伍虽然还不久,但从他那落落大方的神情和从容不迫的姿态上看来,他已具有哥萨克和经常佩带武器的人所特有的威武豪迈的气概,并且充分认识到自己的哥萨克身份。他身上那件宽大的契尔克斯服有几处破了,帽子像车臣人那样歪戴在脑后,膝盖下的绑腿布松开了。他的服装并不讲究,但穿在他身上,自有一种特别洒脱的哥萨克风度,那是向车臣骑士学来的。一个真正的骑士,身上的服装总是宽大而破旧,显得落拓不羁,只有他的武器是贵重的。但穿戴这样破旧的服装,佩带那样贵重的武器,都有一定的款式,不是人人都会的。这一层,不论哥萨克或者山里人,都是一目了然的。鲁卡沙就具有这种骑士的风度。他双手按住军刀,眯细眼睛,不断地瞭望着远处的鞑靼村落。他脸上的各部分,分开来看,并不漂亮,可是不论谁一看到他那匀称的体格和眉毛乌黑的聪明脸相,都会忍不住喝一声彩:"好一个漂亮的小伙子!"

"嘿,娘儿们,村子里就有这么多娘儿们!"他懒洋洋地露出一排洁白的牙齿,尖声说,并不专对某一个人。

躺在地上的纳扎尔卡连忙抬起头来,应声说:

"她们准是打水去的。"

"开一枪吓唬吓唬她们,准会叫她们慌作一团!"鲁卡沙笑着说。

"枪打不到的。"

"哼!我的枪可以打过头呢。过些日子,等他们过节,我要到吉烈汗那儿去做客,去喝布扎①。"鲁卡沙一面说,一面怒气冲冲地挥开包围他的蚊子。

密林里一阵簌簌声吸引了哥萨克们的注意。一只毛色斑驳的杂种猎狗搜寻着野兽的踪迹,拼命摆动着脱毛的尾巴,向哨兵线跑来。鲁卡沙认得这是邻居猎人耶罗施卡大叔的狗,接着就看见猎人从树林里走

---

① 一种用小米做的鞑靼啤酒。——托尔斯泰

出来。

耶罗施卡大叔是个体格魁伟的哥萨克,留着一把宽阔的银白色大胡子,肩膀和胸膛都很宽阔,树林里没有人能跟他相比。他看上去个儿并不太高,那是因为他的手脚生得粗壮,跟他的体格十分相称。他身穿一件腰间掖起的褴褛短褂,脚套一双用绳子系在包脚布上的鹿皮鞋,头上戴一顶破旧的白色便帽。他一边肩上搭着一张打野鸡用的遮身布幔和藏有引诱鹞子用的小鸡和小隼的口袋;另一边肩上用皮带吊着一只打死的野猫子;腰带后面挂着一只装子弹、火药和面包的小口袋,一个驱蚊用的马尾拂尘,一柄插在血迹斑斑的破鞘里的短刀和两只打死的野鸡。他向哨兵线望了望,站住了。

"嘿,梁姆!"他用洪亮的低音吆喝着狗,他的声音远远地在树林里引起了回响。接着他那支巨大的火枪往肩上一背,举起帽子来。

"你们好哇,老乡们!喂!"他用同样洪亮而快乐的声音招呼哥萨克们,虽然一点也不费劲,却像隔河招呼人一样响亮。

"您好,大叔!您好!"许多哥萨克小伙子的快乐声音从四面八方答应着。

"你们看见什么了?给我讲讲吧?"耶罗施卡大叔一边用衣袖擦着红彤彤的阔脸上的汗水,一边喊道。

"哦,大叔!这儿的法国梧桐里有一只老大的鹞子!天一黑,它就在这儿兜圈子。"纳扎尔卡挤挤眼,耸耸肩,摇摇腿,说。

"哼,得了吧!"老头儿怀疑地说。

"真的,大叔,你来守着吧。"纳扎尔卡笑嘻嘻地说。

哥萨克们都笑了。

这个淘气家伙根本没看到过什么鹞子;可是哨兵线上的哥萨克小

伙子们早就有个习惯,耶罗施卡大叔每次跑来,他们总要作弄作弄他。

"哼,你这傻瓜,老是胡说八道!"鲁卡沙从瞭望台上对纳扎尔卡说。

纳扎尔卡立刻住口。

"得守住这鹚子。我来守吧,"老头儿说得哥萨克个个都高兴起来,"可你们有没有看到野猪?"

"看到野猪!哪有这么容易!"班长说,弯下身子,双手搔着瘦长的背。他遇到开玩笑,总是挺高兴的。"我们要搜捕的是山匪,可不是野猪。大叔,你没听到什么风声吗?"他又补了一句,无缘无故地眯细眼睛,露出一排整齐洁白的牙齿。

"你是说山匪吗?"老头儿说,"不,没听到。你们有没有契希尔①?让我喝一点,老弟。可把我累坏了。下次我给你带些新鲜野味来,一定带来。给我来一点酒吧。"他又补了一句。

"那么,你真想守着它吗?"班长问,仿佛没听见老头儿的话。

"我想守它一夜,"耶罗施卡大叔回答,"运气好,说不定能打到些什么来过节,打到了我准送你一份!"

"大叔!喂!大叔!"鲁卡沙在上面尖声喊道,引得哥萨克们都抬起头来瞧他。"你还是到上游去吧,那边有一大群野猪呢。真的!我没撒谎。前两天我们的一个弟兄在那边打到了一只。我说的是实话,"他挪了挪背上的步枪,补充说。从他的口气上听来,并不是开玩笑。

"哦,原来机灵鬼鲁卡沙也在这儿!"老头儿向上面望望说,"他这

---

① 一种葡萄酒。

是在哪儿打的?"

"你没看到吗?该是你长得太小了!"鲁卡沙说。"就在沟旁边,大叔,"他摇摇头,认真地补充说。"那天我们正沿着沟走,忽然听到一阵簌簌响,不巧我的枪装在套子里。伊利亚开了一枪……我可以带你去看那地方,大叔,并不远。等过一些时候。它们的行踪我都知道。"他忽然口气坚决、简直像发命令似的对班长说,"莫赛夫大叔!该换班了!"说着就提起步枪,没等命令,从瞭望台上走下来。

"下来吧!"班长这才向周围扫了一眼,说,"该轮到你了吧,古尔卡?那就去吧!你那个鲁卡沙可变得调皮了,"班长转身对老头儿说,"他像你一样,成天东奔西跑,家里待不住。前几天他打死了一只野猪。"

7

太阳已经落山,夜的阴影迅速地从树林那边扩展开来。哥萨克们完成了哨兵线一带的任务,聚集到小屋里吃晚饭。只有那老猎人留在法国梧桐下,拉着拴住小隼的绳,守候着鹞子。鹞子栖在树上,不下来攫取那小鸟。鲁卡沙在乌荆子丛中野鸡必经的地方不慌不忙地安排绳套,嘴里一曲又一曲地唱着歌。鲁卡沙生得身高手大,但不论什么大小活儿,他做起来总是得心应手。

"喂,鲁卡沙!"附近树林里传来纳扎尔卡的尖声叫喊,"哥萨克都吃晚饭去了。"

纳扎尔卡胳肢窝下夹着一只活野鸡,穿过乌荆子丛,来到小径上。

"哦！"鲁卡沙停止唱歌说，"这野鸡是哪儿弄来的？大概是落在我的套儿里的吧……"

纳扎尔卡跟鲁卡沙同年，也是春天入伍的。

他是个瘦弱难看的小伙子，声音很尖。他跟鲁卡沙是邻居，又是好朋友。鲁卡沙像鞑靼人那样盘腿坐在草地上，安排着绳套。

"我不知道是谁的。大概是你的吧。"

"是不是在水坑那边的法国梧桐旁边？那是我的，是我昨天安下的。"

鲁卡沙站起来，瞧瞧捕获的野鸡。那野鸡恐怖地伸长脖子，转动眼珠。鲁卡沙摸摸灰蓝色的鸡头，把野鸡抱过来。

"今天晚上我们烧鸡肉抓饭吃；你去把它杀了，煺掉毛。"

"哦，我们自己吃还是送给班长？"

"他那里有的是。"

"我不敢杀这种东西。"纳扎尔卡说。

"拿来。"

鲁卡沙从鞘里拔出短刀，猛地戳了一刀。那野鸡挣扎了一下，可是还没展开翅膀，就垂下血淋淋的头，微微哆嗦着。

"就得这么办！"鲁卡沙扔下野鸡，说，"可以做一顿肥美的鸡肉抓饭吃了。"

纳扎尔卡瞧着野鸡，身子哆嗦了一下。

"你看，鲁卡沙，那恶鬼又要派我们去**打埋伏**了，"他拾起野鸡又说，把班长称作恶鬼。"他派福摩什金打酒去了，本该轮到他的。我们去过多少夜了！老是派我们去。"

鲁卡沙吹着口哨，沿哨兵线走去。

"你带根绳子去!"他大声说。

纳扎尔卡听从他的话。

"我今天要对他说,一定要对他说,"纳扎尔卡又说,"我们对他说:我们不去了,累坏了,这就是了。你去对他说,他会听你的话的。要不,真是太气人啦!"

"这种事也犯得着费口舌!"鲁卡沙说,显然在想别的事,"真无聊!要是晚上逼我们离开村子,那才气人哪。村子里还可以玩玩,这儿又有什么呢?守在哨兵线上也罢,打埋伏也罢,反正一个样。嗨,你这家伙!……"

"你到村里去吗?"

"等休假日回去。"

"古尔卡说,你那个董卡跟福摩什金搞上了。"纳扎尔卡忽然说。

"去他妈的!"鲁卡沙回答,露出一排细密洁白的牙齿,但并没有笑。"难道我就找不到别的女人啦?"

"古尔卡说,他有一次到她那儿去,她丈夫不在家。福摩什金坐在那儿吃包子。古尔卡坐了一会儿就走了,走过窗口,听见她说:'那恶鬼走了。你怎么不吃包子啊,心肝?你可不用回家去睡了。'古尔卡就在窗外应声说:'妙哇!'"

"你胡说!"

"真的,我说的是实话。"

鲁卡沙沉默了一下,说:

"她找上别人,那就去他妈的吧:姑娘还嫌少吗?我也搞腻啦。"

"嗨,你这鬼东西!"纳扎尔卡说,"你还是去找找少尉的女儿玛丽雅娜吧。怎么样,她跟谁也没来往吗?"

鲁卡沙皱起眉头。

"玛丽雅娜又怎么样！全都一个样！"他说。

"你去试试看……"

"你想到哪儿去了？村子里的姑娘还嫌少吗？"

鲁卡沙又吹着口哨向哨兵线走去，一路上摘着树上的叶子。走过灌木丛时，他忽然发现一株光滑的小树，就拔出短刀把它砍下来。

"可以做一根通条呢。"他一边把那小树挥得呼呼响，一边说。

哥萨克们坐在哨兵线上土屋外间的泥地上，围着一张鞍鞯式矮桌，谈论着该轮到谁去打埋伏。

"今天该谁去啊？"一个哥萨克回头朝一扇开着的门，问里间的班长。

"该谁去吗？"班长回答说，"布尔拉克大叔去过了，福摩什金去过了。"他说到这里口气不很坚决，"还是你们去吧？你和纳扎尔卡，"他对鲁卡沙说，"还有叶尔古肖夫也去，他该睡够了吧。"

"你都没睡够，他怎么会睡够呢！"纳扎尔卡低声说。

哥萨克们都笑起来。

叶尔古肖夫就是那个喝醉酒睡在墙脚下的哥萨克。他刚揉着眼睛，踉踉跄跄地闯进屋里来。

鲁卡沙已经站起来，把枪准备好。

"快去吧！吃了晚饭就去！"班长说。他不等弟兄们答应就关上门，显然对哥萨克们听从他的命令不抱太大的希望。"要不是上头有命令，我也不派谁去打埋伏了，可是没办法，长官要来检查的。再说已经有八个山匪渡过河了。"

"没办法，只好去，"叶尔古肖夫说，"规矩嘛！这种时候有什么办法。我说，只好去。"

鲁卡沙双手拿着一大块野鸡肉吃着,一会儿瞧瞧班长,一会儿瞧瞧纳扎尔卡,似乎完全没把刚才的事放在心上,却瞧着两个人好笑。耶罗施卡大叔在法国梧桐下徒然守到天黑,这时也走进昏暗的外间,哥萨克们却还没出去打埋伏。

"喂,孩子们,"低矮的外间里响起了他那洪亮的低音,把所有人的声音都压下去,"我同你们一起去。你们守车臣人,我守野猪。"

8

当耶罗施卡大叔和三个哥萨克披上斗篷,挎着枪,离开哨兵线,沿捷列克河向指定的埋伏地点走去时,天色已完全黑了。纳扎尔卡根本不愿意去,但被鲁卡沙一声吆喝,不多一会儿他们就出发了。他们默默地走了几步,离开壕沟,顺着一条几乎被芦苇遮没的小径向捷列克河走去。河岸上横着一根被河水冲来的粗大黑木头,木头周围的芦苇新近被人踩过了。

"守在这里怎么样?"纳扎尔卡问。

"行!"鲁卡沙说,"坐在这儿吧,我去给大叔指点一下,马上就回来。"

"这地方倒挺不错:人家看不见我们,我们看得见人家,"叶尔古肖夫说,"就坐在这儿吧。这是个头等好地方。"

纳扎尔卡跟叶尔古肖夫摊开斗篷,在那根木头后面坐下来,鲁卡沙跟耶罗施卡大叔继续向前走去。

"离这儿不远了,大叔,"鲁卡沙一边说,一边悄悄地走到老头儿前面,"我指给你看它们打哪儿过的。只有我一个人知道,大叔。"

"指给我看吧,你真是个好样的,机灵鬼!"老头儿也低声答应着。

又走了几步,鲁卡沙站住,向一个水潭弯下身子,打了个唿哨。

"这就是那畜生经过时喝水的地方,看见吗?"他指着新鲜的蹄印说,声音轻得几乎听不见。

"基督保佑你,"老头儿回答,"那**丑货**会到这沟后面的**水潭**里来洗澡的,"他又说,"我守在这儿,你去吧。"

鲁卡沙把斗篷拉得高些,自个儿沿河岸走回去,一会儿瞧瞧左边的芦苇墙,一会儿望望岸下汹涌奔流的捷列克河。"他们也在放哨,也可能爬过来侦察的。"他想到车臣人。忽然一阵很响的簌簌声和拍水声把他吓了一跳,他急忙抓住枪。一只野猪气势汹汹地窜出来,它那乌黑的身体在光滑的水面上一闪,就钻到芦苇丛里去了。鲁卡沙连忙举起枪来瞄准,可是不等他开枪,野猪已经消失在灌木丛里了。他懊恼得啐了一口唾沫,又向前走去。他走近埋伏地点,又站住,轻轻吹了一声口哨。口哨得到了回应,他就向伙伴们那边走去。

纳扎尔卡身子缩成一团,已经睡着。叶尔古肖夫盘腿坐在那儿,身子挪了挪,给鲁卡沙让出个位子来。

"坐在这儿可舒服啦,真是个好地方,"他说,"把他带到啦?"

"我指给他看了,"鲁卡沙一边摊开斗篷,一边回答,"刚才我在水边把一只好大的野猪吓跑了。大概就是那一只!你也听见簌簌声吧?"

"听见了。我马上听出是头野兽。我心里就想,准是鲁卡沙把野兽吓跑了,"叶尔古肖夫拿斗篷裹紧身体,说。"现在让我睡一会儿,"他又说,"等鸡啼了,你叫醒我,得有个规矩。让我睡一会儿,然后你睡,我来守着。就这么办。"

"谢谢，我可不想睡。"鲁卡沙回答。

夜黑暗而温暖，没有风。只有小半边天空星光闪烁；山那边的大半边天空都被乌云遮没了。乌云跟山连成一片，因为宁静无风，缓缓地向前移动，它那曲折的边缘在湛蓝的星空陪衬下显得格外清晰。这哥萨克只看得见前面的捷列克河同河对岸的远方；他后面和两边都被芦苇包围着。芦苇有时无缘无故地东摇西摆，发出飒飒声。从下面看去，摇摆的芦苇在那片明亮的天空衬托下好像蓬松的树枝。脚边就是河岸，河岸下是汹涌的激流。远一点是一大片光滑而流动的褐色河面，河水在浅滩和岸旁泛着单调的涟漪。再远一点，水、岸、云汇成了一片不可渗透的黑暗。河面上浮动着一条条黑影，哥萨克富有经验的眼睛一下子就可以认出是些从上游冲下来的木块。偶尔亮起一道闪光，映入黑镜子般的水中，照亮了对面微斜的河岸。和谐的夜籁——芦苇的飒飒声，哥萨克的打鼾声，蚊子的嗡嗡声和流水的潺潺声，偶尔被远方的枪声、河岸上泥土的崩落声、大鱼的泼剌声，或是野兽窜过荒林的簌簌声所打断。一只猫头鹰沿捷列克河飞过，在飞翔时双翼每挥动两下就相碰一次。当它飞到哥萨克们的头上时，就折向树林，向一棵树飞去，它的双翼不再是每挥动两下相碰一次，而是每次挥动都相互接触，然后它在一株法国梧桐下盘旋了好一阵，才在那株老树上栖息下来。每次碰到这种意外的响声，这个醒着的哥萨克就竖起耳朵，眯细眼睛，不慌不忙地摸索着步枪。

大半夜过去了。乌云向西方扩展，从它那残缺的边缘里透露出一片星光闪烁的天空，一钩黄澄澄的残月玲珑地高悬在群山之上。寒气开始侵入肌肤。纳扎尔卡醒过来，说了几句话，又睡着了。鲁卡沙觉得无聊，站起来，从鞘里拔出短刀，动手把树干削成通条。他的头脑里萦回着各种幻象:车臣人住在那边的山里,勇敢的小伙子越境过来,他们不怕哥萨克,并且可能在别处渡河。于是他探身望望沿河一带,可是什么也看不见。他偶尔望望朦胧的月光下依稀可辨的流水和河岸,不再想到车臣人,只等时候一到好叫醒伙伴,好回村去。他想着村子里的董卡,他的"小心肝"(哥萨克这样称呼他们的情妇),可是一想到她,心里就有点气恼。黎明来到了:水面上白漾漾地笼罩着一片银雾,离他不远的地方,幼鹰尖声叫起来,扑动着翅膀。最后,第一声鸡啼远远地从村子里传来,接着是另一只公鸡经久不息的啼声,于是另外一些公鸡也纷纷响应着啼叫起来。

"该叫醒他们了。"鲁卡沙削好通条,感到眼皮很重,心里想。他向伙伴们转过身去,辨认着哪双腿是谁的,忽然听到河对岸有个响声,仿佛有什么东西掉到水里。他再望望残月下渐渐被照亮的远山,望望对面河岸的轮廓,望望捷列克河以及现在看得清清楚楚的河上的浮木。他似乎觉得,他自己的身子在移动,而捷列克河和浮木却一动不动,但这只是一瞬间的幻觉。他又仔细观察。一块生有枝丫的巨大黑木头特别引起他的注意。奇怪得很,这木头既不摇晃,也不打转,却在河的中流直浮过来。他甚至觉得它不是顺流而下,而是横穿捷列克河向浅滩浮来。鲁卡沙伸长脖子,全神贯注地盯着它。那木头浮到浅滩上停住,古怪地晃动起来。鲁卡沙仿佛看见有只手从木头底下伸出来。"让我一个人干掉这山匪!"他想,抓起步枪,镇静而迅速地摆好枪架,把枪搁在上面,悄悄地扣住扳机,屏息瞄准起来。"我不去叫醒他们。"他想。可是他的心紧张得怦怦直跳。他站住不动,仔细倾听。那木头忽然扑通一声落入水里,又横穿河面向河岸这边浮过来。"可别打偏人!"他想,接着在朦胧的月光下有个鞑靼人的脑袋在木头前面晃了一下。他把枪对准那脑袋。他觉得那脑袋很近,简直就在枪杆的末端。他又看了一下。"果然是个山匪!"他高兴地想,忽然用双膝跪着,再度瞄准,看见那目标出现在长枪头上,于是就用他从小习惯的规矩说了声:"凭圣父圣子之名!"扣动扳机。一阵闪光刹那间照亮了芦苇和河水。急促而尖锐的枪声沿着河流传开去,在远处扩散成一片隆隆声。那木头不再横穿河流,而是摇摇晃晃,打着转,顺着水流冲下去。

"喂,站住!"叶尔古肖夫一边叫,一边抓起枪,从一段木头后面抬起身来。

"闭嘴,小鬼!"鲁卡沙咬咬牙,低声对他说。"山匪!"

"你开枪打谁啊?"纳扎尔卡问,"打谁啊,鲁卡沙?"

鲁卡沙什么也没回答。他装上子弹,眼睛盯着那浮木。浮木在不远的浅滩上搁住,木头后面露出一样巨大的东西在水面上摇晃。

"你打什么啊?怎么不说话?"哥萨克们又问。

"山匪嘛!跟你说了。"鲁卡沙重复道。

"胡说八道!是不是枪走火了?"

"我打死一个山匪了!我开枪打的!"鲁卡沙跳起来,兴奋得断断续续地说。"有个人游水过来……"他指指浅滩说。"我把他打死了。往那儿瞧吧。"

"你胡说!"叶尔古肖夫擦擦眼睛,又说。

"怎么胡说?你瞧!往那儿瞧。"鲁卡沙一边说,一边抓住叶尔古肖夫的肩膀使劲拉,拉得叶尔古肖夫叫了声"喔唷!"

叶尔古肖夫往鲁卡沙指的方向望去,看清有具尸体,才改变了口气。

"哦!我看还有别的人哪,真的,"他低声说,拿起枪来察看了一下,"那是个打先锋的,其他的人不是已经到了这里,就是在对岸不远的地方,真的。"

鲁卡沙解开腰带,动手脱下契尔克斯服。

"你上哪儿去啊,傻瓜?"叶尔古肖夫大声说,"你只要一暴露,就会白白送命的,真的。既然你把他打死,他就跑不掉了。给我点儿火药,你有吗?纳扎尔卡!你马上到哨兵线上去,可是别顺着河岸走,要不然会给人打死的,真的。"

"叫我一个人去吗?你自己去吧!"纳扎尔卡怒气冲冲地说。

鲁卡沙脱掉上衣,走到河边。

"别下去,我说,"叶尔古肖夫一边把火药装到枪上的药池里,一边说,"瞧,他不动了,我看得出来。天快亮了,等哨兵线上来了人再说。快去,纳扎尔卡,真胆小!别害怕,我说。"

"鲁卡沙!喂,鲁卡沙!"纳扎尔卡说,"你倒说说,你是怎么把他干掉的。"

鲁卡沙改变主意,不马上下水。

"你们快到哨兵线上去,我在这儿守着。叫他们派个侦察班来。要是山匪到了这边……就得把他们捉住!"

"对,他们会跑掉的,"叶尔古肖夫支起身来,说,"得把他们捉住,说得对。"

叶尔古肖夫和纳扎尔卡站起来,画了十字,向哨兵线走去,但不沿着河岸,而是踏着荆棘穿过林间的小径走去。

"喂,鲁卡沙,留点儿神,别动,"叶尔古肖夫说,"要不然他们也会在这儿把你干掉的。你得留神,可别大意,我说。"

"去吧,我知道,"鲁卡沙回答。他检查了一下枪,又在木头后面坐下。

鲁卡沙独个儿坐着,望望浅滩,又用心听听,看哥萨克们来了没有,可是哨兵线离这地方很远,他有点不耐烦。他老担心那些同来的山匪逃走。他唯恐他们像昨天晚上那头野猪那样跑掉,因此焦虑不安。他一会儿向周围瞧瞧,一会儿朝对岸望望,巴不得再发现一个人。他摆好枪架,准备开火。至于他自己也可能被人家打死,这一层他根本没想到。

9

天蒙蒙亮了。车臣人的尸体搁在浅滩上微微晃动,现在看得很清楚了。忽然,在离鲁卡沙不远处,芦苇簌簌地响起来,听得见脚步声,芦苇梢也摇晃起来。鲁卡沙扣住扳机,说了声:"凭圣父圣子之名!"枪机一响,脚步声就停住了。

"喂,哥萨克们!可别把我大叔打死啊!"传来一个镇静的男低音。接着耶罗施卡大叔分开芦苇,来到他跟前。

"险些儿把你打死了,真的!"鲁卡沙说。

"你在打什么呀?"老头儿问。

他那洪亮的声音在树林里传开来,顺河而下,一下子打破了那笼罩着哥萨克的寂静和神秘。周围的一切仿佛也变得更加明亮和清楚。

"你什么也没看到,大叔,我可打死一头野兽了。"鲁卡沙松开枪机说,异常镇静地站起来。

老头儿紧瞅着那尸体的白脊背,同时看河水怎样在它周围起着涟漪。

"他背着木头游过来。我看得清清楚楚……你往这儿瞧!喏!穿着蓝裤子,带着枪……你看见吗?"鲁卡沙问。

"怎么没看见!"老头儿生气地说,脸上现出一副郑重其事的样子。"把一个骑士打死了。"他仿佛很惋惜似的说。

"我刚才坐在这儿,忽然看见那边有样黑糊糊的东西。我当时就看出来,有个人走到那边,跳下水去。好奇怪!一块木头,一块老大的木头浮过来,不是顺水而下,而是横穿河面。我一看,木头下面有颗脑袋伸出来。这是个什么怪物哇?我探出身去,可是被芦苇挡住,看不清楚;我抬起身来,大概被那家伙听见了,他爬上浅滩,向四下里望望。我想,哼,你逃不掉了。他爬到浅滩上张望。哦,我的喉咙像被什么东西堵住了!我准备好枪,一动不动地等着。他停了一会儿,又游起水来,等他一落到月光下,他的背都看得见了。'凭圣父圣子圣灵之名!'我透过烟雾望去,看见他正在挣扎。他呻吟起来,但这也许只是我的幻觉。哦,谢天谢地,我想这下子可把他打死了!等他浮到浅滩上时,全身都露了出来。他想爬起来,可是没有力气。他挣扎了一阵,又倒下了。什么都看得清清楚楚。瞧,他不动了,多半是断气了。哥萨克们已赶回哨兵线去通知,可不能让其余的人逃掉!"

"就这样要了他的命!"老头儿说,"老弟,如今他可走远了……"他又伤心地摇摇头。这时候,哥萨克们沿河赶来,有骑马的,也有步行的,只听得一片响亮的说话声和树枝的簌簌声。

"小船带来了吗?"鲁卡沙大声问。

"好样的,鲁卡沙!把他拖到岸上来!"一个哥萨克喊道。

鲁卡沙不等小船划到,就动手脱衣服,眼睛盯住那虏获物。

"等一下,小船纳扎尔卡马上划来。"班长喊道。

"傻瓜!说不定还活着呢!他装死!把匕首带去!"另一个哥萨克喊道。

"胡说!"鲁卡沙一边拉下裤子,一边喝道。他利索地脱下衣服,画了十字,纵身一跳,哗啦一声窜到水里。他在水里泡了泡,伸长白手臂,高高地从水里弓起背,冲着水流,横穿捷列克河向浅滩游去。一群哥萨克站在岸上大声谈话。三个骑马的出发巡逻。小船在河湾那边出现了。鲁卡沙爬上浅滩,向尸体俯下身去,摇了他两下。"一点气也没有了!"他尖声嚷道。

那车臣人被打中脑袋。他穿着蓝裤、衬衫和契尔克斯服,背上缚着一支枪和一把匕首。他身上缚了一根粗大的树干,因此开头把鲁卡沙骗过了。

"一条大鲤鱼落网了!"当车臣人的尸体从小船里拖起来放在岸边的草地上时,哥萨克围拢来,其中有一个说。

"颜色好黄啊!"另一个说。

"我们那几个人上哪儿找去了?其余的人恐怕都在对岸吧。他要不是个打前站的,也不会那么游法。一个人游来干什么?"第三个人说。

"他倒挺灵活,走在大家前头。是个真正的骑士呢!"鲁卡沙一面嘲笑说,一面站在岸上绞着湿衣服,身上直打哆嗦。"胡子还染过颜色,修剪过了。"

"他把棉袄装在口袋里,挂在背后。这样游起来方便些。"有人说。

"我说,鲁卡沙!"班长手里拿着从死人身上解下来的匕首和枪,说道。"匕首你自己拿去吧,棉袄也拿去,这支枪呢,我出三个卢布向你买。瞧,上面还有砂眼呢,"他向枪筒里吹着气,又补了一句,"我想留下它做个纪念。"

鲁卡沙什么也没回答,这种硬讨便宜的手法显然使他很生气,但他知道这是无法拒绝的。

"哼,真见鬼!"他皱着眉头把车臣人的棉袄往地上一扔,说道,"要是件好棉袄倒也罢了,可这简直是块破布。"

"打柴穿穿倒合适。"另一个哥萨克说。

"莫赛夫!我回家去一趟。"鲁卡沙说,显然忘了他的气愤,并且希望利用这讨好长官的机会得到点方便。

"好的,去吧!"

"弟兄们,把尸体搬到哨兵线那边去,"班长对哥萨克们说,仍旧察看着那支枪,"还得在他上面搭个棚子遮遮太阳。说不定山匪会来赎的。"

"天还不热呢。"有人说。

"要是被豺狼撕掉了呢?那可怎么办?"另一个人说。

"我们得派人守着,不然他们来赎时,要是被撕掉,就糟了。"

"哦,鲁卡沙,不管怎么说,你得请弟兄们喝桶酒啊。"班长快乐地补充说。

"对,这是老规矩,"哥萨克们附和说,"你看,上帝赐福给你了:还没见过什么世面,就干掉了一个山匪。"

"把这匕首和棉袄都买下吧!别舍不得钱。这裤子我也卖。上帝保佑你,"鲁卡沙说,"我穿不下,他是个瘦鬼。"

有个哥萨克用一个卢布买了棉袄。另一个人出两桶酒的代价换了匕首。

"喝吧,弟兄们,我请你们喝一桶,"鲁卡沙说,"酒我会从村里带来的。"

"这裤子剪开来给姑娘们做头巾吧!"纳扎尔卡说。

哥萨克们哄然大笑起来。

"你们笑得也够了,"班长又说,"把尸体拖开。干吗把这脏东西搁在屋子旁边……"

"大家站着干什么?弟兄们,把他拖开!"鲁卡沙用命令的口吻喝道。哥萨克们勉强抓起尸体,像服从长官命令那样服从他。他们把尸体拖了几步,松开手,那两条腿毫无生气地抖了一下,又横在地上。哥萨克们让开点儿,默默地站了一会儿。纳扎尔卡走到尸体跟前,把他歪在一边的脑袋摆正,让大家看见死人太阳穴上血淋淋的枪洞和脸庞。

"瞧,给他做了个多清楚的记号!正好在脑壳上!"他说,"丢不了啦,主人们认得出来的。"

谁也没有应声,静默的天使又在哥萨克的头上飞翔。

太阳升起来了,它那四散的光芒照耀着露珠滚滚的草木。捷列克河在附近苏醒了的树林中哗哗奔流;野鸡在四处啼叫,互相呼应,迎接着早晨。哥萨克们呆立在尸体周围,默默地瞧着他。褐色的尸体光穿着一条湿淋淋的蓝裤,凹陷的肚子上束着腰带,看上去体格生得匀称漂亮。两条肌肉发达的手臂直挺挺地摆在身旁。头发剃得发青的圆脑袋带着凝血的伤口歪在一边。晒得黑黝黝亮光光的脑门跟新剃过的头皮黑白分明。一双玻璃般的眼睛向上翻着,眼珠呆呆地下陷,对周围的一切似乎都视而不见。红棕色的小胡子下露出两片展延到嘴角的薄唇,唇上仿佛还挂着一丝不怀恶意的嘲笑。两只小手上长满红棕色的汗毛,手指向里弯曲,指甲也染红了。鲁卡沙还没有穿上衣服。他浑身湿淋淋的,脖子发红,眼睛也比平时明亮;宽阔的颧骨不断颤动着。他那洁白强壮的身体上隐隐约约地冒着热气,散发在早晨的新鲜空气中。

"原来也是一个人物哇!"他说,显然欣赏着那尸体。

"是啊,你要是落在他手里,他也不会放过你的。"一个哥萨克应声说。

静默的天使飞走了。哥萨克们开始活动和谈话。有两个砍树枝搭棚去了。其余的人慢吞吞地向哨兵线走去。鲁卡沙和纳扎尔卡跑去收拾东西,准备回村。

半小时以后,鲁卡沙和纳扎尔卡穿过捷列克河和村庄之间的密林,奔回家去,一路上不断地谈着话。

"记住,别告诉她是我派你去的,你只要看看她丈夫在不在家就行了。"鲁卡沙尖声说。

"我也要去找找雅姆卡,"顺从的纳扎尔卡说,"咱们去喝个痛快,怎么样?"

"今天不喝还等几时啊!"鲁卡沙回答。

这两个哥萨克回到村里,痛饮了一场,就倒头一直睡到黄昏。

10

就在那件事发生后的第三天,高加索步兵团的两个连进驻诺伏姆林村。辎重车队卸了马,停在广场上。火头军挖了一个坑,从人家院子里拖来些没藏好的木头,动手做饭。司务长们在点着人数。辎重兵们在地上打着拴马桩。设营员们像当家人似的在大街小巷里走来走去,给军官和士兵安排住所。这儿摆着一排排绿色的弹药箱,那儿停着行军灶和马匹以及一只只正在煮饭的锅子。上尉、中尉和司务长奥尼西姆·米哈伊洛维奇都在这儿。一切都集中在这个村庄里，据说两个连奉命驻在此地，所以官兵们就都像在家里一样随便。为什么要驻在这里？那些哥萨克怎么样？驻在这里他们欢迎不欢迎？他们是不是旧教徒？管他妈的！士兵们都筋疲力尽，满身灰尘，散队后乱哄哄的像一群蜜蜂散布在街道和广场上。他们根本不管哥萨克们的反感，三三两两地有说有笑，把枪支碰得哐哐响，走进人家家里，把军服装备往屋子里到处乱挂，打开带着的袋子，还跟娘们开玩笑。一大群士兵聚集在他们心爱的地方——饭锅周围，他们嘴里衔着小烟斗，一会儿望望炊烟怎样渐渐升腾到炎热的天空，在高空凝集，好像一片白云，一会儿瞧瞧篝火怎样在明净的空中跳动，好像熔化的玻璃。他们挖苦和嘲笑哥萨克男女，因为他们的生活跟俄罗斯人完全不同。家家院子里都可以看到士兵，听到他们的哄笑声和哥萨克女人们恼怒的尖叫，她们守着自己的家，不让士兵们用水和食具。哥萨克孩子们紧挨着他们的妈妈，或者互相依偎着，惊奇地盯着他们从没见过的士兵们的一举一动，或者保持一定距离跟在他们后面跑。哥萨克老人们坐在门外的土台上，阴沉沉地望着士兵们奔走忙碌，一言不发，似乎对什么都听天由命，漠不关心。

奥列宁以士官生身份进高加索团已有三个月了。分派给他住的是村里一所好房子，就是伊利亚·华西里耶维奇少尉的房子，也就是乌莉特卡奶奶家里。

"这算是个什么路数哇，德米特里·安德烈耶维奇？"凡纽沙气呼呼地对奥列宁说。奥列宁身穿契尔克斯服，骑着那匹他在格罗兹纳亚买的卡巴尔达马，在五小时行军之后愉快地走进那派给他住的人家的院子。

"什么事啊,伊凡·华西里奇?"他一边抚摩着马,一边问,同时好玩地瞧着头发蓬乱、满脸大汗、神情激动的凡纽沙。凡纽沙是跟辎重车一起来的,正在卸行李。

　　奥列宁好像换了个人。原来剃得光光的面颊和下巴颏如今都长了柔软的胡子。原来由于过夜生活而脸色枯黄,如今两颊、前额和耳朵后面的皮肤都晒得黑里透红,十分健康。原来穿一套洁净的崭新黑色燕尾服,如今可换上一件肮脏的打宽裆的白色契尔克斯服,还佩了武器。原来那种浆得笔挺的洁白硬领,也换上紧束住黧黑脖子的红绸短衫的领子。他一身契尔克斯人打扮,但并不地道;谁都能一眼看出他是个俄罗斯人,而不是个鞑靼骑士。一切似乎都像,其实还是不像。但他浑身都焕发着健康、快乐和满足的神气。

　　"噢,您觉得可笑,"凡纽沙说,"可您自己去跟那些人谈谈看:谁也不理你,这就是了。一句话也不会跟您说的。"凡纽沙怒气冲冲地把一只铁桶扔到门口。"到底不是俄罗斯人。"

　　"那你干吗不去找村长呢?"

　　"我又不知道他住在哪儿!"凡纽沙委屈地回答。

　　"谁让你生这么大的气啊?"奥列宁四下里打量了一下,问。

　　"鬼才知道他们!呸!真正的东家不在,说是到什么'克里加'①去了。那老太婆简直是个魔鬼,上帝保佑!"凡纽沙抱住头回答。"在这儿怎么过日子,我可说不上来。他们比鞑靼人还要坏,真的。也算是基督徒!就是鞑靼人也比他们高尚点儿。'到克里加去了'!'克里加'是个什么鬼地方,我可说不上来!"凡纽沙说完,转过身去。

---

①　河滨用篱笆围起来捕鱼的地方叫克里加。——托尔斯泰

"你说,跟我们家的下房不一样,是吗?"奥列宁嘲笑说,并不下马。

"把马给我!"凡纽沙说。显然,新环境使他感到困惑,但他还是听凭命运的摆布。

"你说鞴鞍人高尚点吗?呃,凡纽沙?"奥列宁又问,同时跳下马来,拍拍鞍子。

"哼,您笑我!您觉得好笑!"凡纽沙生气地咕噜着。

"哦,别生气,伊凡·华西里奇,"奥列宁应着说,仍旧笑嘻嘻的,"回头让我去找房东他们,你瞧着,我会把一切都安排好的。我们还要在这儿好好过日子呢!只是你别激动。"

凡纽沙没回答,他只是眯细眼睛,轻蔑地望望东家,摇摇头。凡纽沙把奥列宁单单看作东家,奥列宁把凡纽沙单单看作仆人,要是有人说,他们其实是朋友,那两个人都会感到惊奇的。但他们确实是朋友,尽管自己并没意识到这一层。凡纽沙领来那年才十一岁,当时奥列宁也是这样的年纪。奥列宁十五岁的时候,一度教过凡纽沙读书写字,还教他学法文。这件事凡纽沙挺引以为豪。如今每逢凡纽沙高兴的时候,总爱说几个法文字,并且总是一边说一边傻笑。

奥列宁跑上台阶,推开房门。玛丽雅娜只穿一件粉红衬衫(哥萨克女人在家里通常都是这样),吃惊地从门边跳开去,身子贴住墙壁,用鞴鞍衬衫的宽大袖子遮住下半个脸蛋。奥列宁把门开得大一点,在昏暗的走廊中看见了这个年轻哥萨克女人高大匀称的身材。他不禁怀着年轻人的好奇心,心头痒痒地注视着那薄印花布衬衫裹着的健美的处女身体和那双带着稚气的惊慌与粗野的好奇盯住他的乌黑美丽的眼睛。"哦,是她!"奥列宁想,"这样的女人一定还有不少。"于是他打开房间的另一扇门。乌莉特卡奶奶也只穿一件衬衫,正弯着腰,背着他在扫地。

"您好，老妈妈！我是来看房子的……"他招呼她说。

哥萨克女人并没有直起身子，只向他转过脸来。她的相貌长得还不错，但神色很严厉。

"你来干什么？想来取笑我们吗？啊？让我来教你怎么取笑吧！让黑死病瘟死你！"她一边骂，一边皱着眉头斜瞅着客人。

奥列宁原以为他所参加的英勇的高加索团在长途劳顿之后准会处处受到欢迎，特别会受到哥萨克战友们的欢迎，因此这样粗暴的接待使他纳闷。不过，他并不发窘，他只想说明一番，房租他会付的，可是老太婆不让他把话说完。

"你来干什么？谁要你这种病鬼？脸皮刮得这么光光的！等当家的回来，他会派给你住的地方的。我可不要你的臭钱。神气什么，我们这辈子又不是没见过钱！烟草熏得满屋子都是烟味，还想拿几个钱来赎罪呢！我可没见过这样的病鬼！让子弹打穿你的肚子和心肺！……"她尖声叫骂着，打断奥列宁的话。

"看来凡纽沙说得对！"奥列宁想，"还是鞑靼人高尚点。"他在乌莉特卡奶奶的咒骂声中走出屋子。这当儿，玛丽雅娜突然从穿堂里跑出来，从他身边溜过。她仍旧只穿一件粉红色衬衫，但头上包了一块头巾，直遮到眉毛边上。她赤着脚啪哒啪哒地奔下台阶站住，笑盈盈地看了奥列宁一眼，便在房子转角处消失了。

她那年轻稳健的步态，她那从白头巾下射出来的光芒逼人的野性的目光，她那匀称健美的身体，这会儿更使奥列宁惊讶不已。"这一定是她。"他心里想。他不再考虑房子的事，只不断瞧着玛丽雅娜，同时向凡纽沙走去。

"瞧,连姑娘都这样野,"凡纽沙说,他仍旧在马车旁边忙碌,但情绪已经好些了,"简直像匹野马!女人哪!"他得意洋洋地用不成腔的法语大声补了一句,哈哈大笑起来。

11

傍晚,房东打鱼回来,知道士官生答应付房租,就说服妻子,并且满足了凡纽沙的要求。

在新的住所里,一切都安排停当。房东一家搬到冬天住的屋子里,士官生就以每月三卢布的代价租得了夏天住的屋子。奥列宁吃了些东西就睡了。他傍晚醒来,洗了脸,刷过衣服,吃了饭,点上一支烟,在临街的窗口坐下。白天的暑热减弱了。一座带雕花山墙的房子的斜影投落在满是灰土的街上,影子的末端落在另一座房子的墙脚,折在墙上。对面房子坡度很大的芦苇屋顶在夕阳下闪闪发亮。空气越发清新了。村子里静悄悄的。士兵们都安顿下来,寂然无声。牲口还没有赶回棚子,人们也还没有下工回家。

奥列宁的寓所差不多就在村边。从捷列克河对岸的远处,从奥列宁来的那些地方(在车臣或者库梅茨平原),偶尔传出几下隐约的枪声。在经历了三个月的露营生活之后,奥列宁的身体越发健康了。他那张刚洗过的脸容光焕发,强壮的身体在行军之后异常洁净,经过休息的四肢感到轻松而有力。他的心情也很舒畅。他回想着这次行军和所经历的危险。他想到他在危急关头镇定自若,不比别人差,因此被英勇的高加索人看作伙伴。关于莫斯科的回忆已消失得无影无踪。他同旧生活一刀两断了,新生活开始了,这是一种洁白无瑕的崭新生活。在这儿,他作为一个新人,生活在陌生人中间,可以给人家一个新的良好印象。他尝到了一种不知从何而来的青春的生活乐趣,一会儿站在窗口望望在房子的阴影里打陀螺的孩子,一会儿瞧瞧这收拾得干干净净的新居,觉得他这个村居新生活安排得实在太美了。他又望望群山和天空,一种在雄伟的大自然面前油然而生的庄严感跟他的种种回忆和遐想融合在一起。生活开始了,同他离开莫斯科时所想望的并不相同,但是出乎意外地美好。山哪,山哪,他的一切思想和感情都离不开山!

"哈,跟小狗亲嘴!把瓦罐子都舔空!耶罗施卡大叔跟小狗亲嘴!"在窗子打陀螺的哥萨克孩子忽然向小巷那边嚷起来。"跟小狗亲嘴!拿刀子换酒喝!"孩子们一边喊,一边挤成一团向后退。

原来他们是在向耶罗施卡大叔叫嚷。耶罗施卡大叔正挎着枪,腰带上挂着几只野鸡,打猎回来。

"是我错了,孩子们!是我错了!"他一边说,一边雄赳赳地挥动双臂,望望街道两边的窗子。"拿小狗换酒喝,是我错了!"他一再说,显然有点生气,但表面上仍装得满不在乎。

孩子们对老猎人的态度使奥列宁觉得惊奇,尤其使他惊奇的,就是那个被唤作耶罗施卡大叔的富于表情的聪明的脸和强壮的体格。

"老大爷!哥萨克!"他喊道,"请到这儿来。"

老头儿往窗里瞧了一眼,站住。

"你好,老乡。"他一边说,一边掀了掀帽子,露出头发剪得很短的脑袋。

"你好,老乡,"奥列宁回答,"孩子们为什么对你这样嚷嚷啊?"

耶罗施卡大叔走到窗下。

"他们作弄我老头儿。不要紧。我喜欢。让他们拿我大叔开心吧,"他像一般受人尊敬的老人那样,音调抑扬顿挫地说,"你是部队的长官吗?"

"不,我是个士官生。你这些野鸡是在哪儿打的?"奥列宁问。

"我在树林里打死了三只野鸡。"老头儿一边回答,一边把他那宽阔的背转向窗子,让对方看见,有三只野鸡头塞在腰带上挂着,把他的契尔克斯服沾得血迹斑斑。"你没见到过野鸡吗?"他问。"你要,拿一对去吧。喏!"说着从窗口递进两只野鸡来。"你也爱打猎吗?"他问。

"是的。我在行军途中就打死了四只。"

"四只吗?这么多!"老头儿嘲笑说。"你爱喝酒吗?契希尔你喝吗?"

"怎么不喝?我也爱喝酒。"

"嗳,你这人,我看得出来,是个好样的!咱们做个朋友吧!"耶罗施卡大叔说。

"进来吧!"奥列宁说。"我们来喝点契希尔吧!"

"好的,我来,"老头儿说,"你把野鸡收下吧!"

从老头儿的脸上看得出,他喜欢这个士官生。他立刻懂得可以白喝士官生的酒,因此送他一对野鸡是应该的。

一会儿,耶罗施卡大叔便来到房子门口。奥列宁这才看清此人身材的魁伟和体格的强壮,虽然在他红棕色的脸上留着宽阔而浓密的全白大胡子,而且布满由年龄和辛劳刻下的粗大皱纹。他的腿上、臂上和肩上肌肉发达,像年轻人一样富有弹性。他的头上,在剪短的头发底下有几道很深的伤疤。筋脉毕露的粗脖子像牛脖子一样布满交叉的皱纹。粗糙的双手也满是抓伤和擦伤的痕迹。他轻快地跨过门槛,解下枪,把它放到屋角里,向室内的杂物扫了一眼,撇开穿生皮凉鞋的双脚,轻轻走到房间当中。他一进来,房间里就闻到一股契希尔、伏特加、火药和凝血的浓郁而并不难闻的混合味儿。

耶罗施卡大叔向圣像鞠了个躬,抚平胡子,走到奥列宁跟前,伸出又黑又粗的手。

"**柯施基尔达**!"他说,"这是鞑靼话,意思就是:您好,祝您健康。"

"**柯施基尔达**!这我知道。"奥列宁一边回答,一边跟他握手。

"嗳,你不懂,你不懂规矩!傻瓜!"耶罗施卡大叔说,责备似的摇摇头。"要是人家对你说'**柯施基尔达**',你就应该说'**阿拉·拉齐·波·宋**',意思就是上帝保佑你。就是这样,老朋友!可不能说'**柯施基尔达**'。我什么都会教你的。我们这儿从前有个人,叫伊利亚·莫赛伊奇,也是你们俄罗斯人,我跟他是好朋友。是个好样的。喝酒,偷东西,打猎,什么都来,打猎打得可出色啦!我什么本领都教给他。"

"那你教给我什么呀?"奥列宁问道,对老头儿越来越感兴趣了。

"我要带你去打猎,教你捉鱼,指给你看车臣人,你要的话,我还可以给你找个相好。看,我这人就是这样的。我这人就爱开玩笑!"老头儿说着笑了。"我要坐一下,老朋友,我累了,卡尔迦?"他问道。

"'卡尔迦'是什么意思?"奥列宁问。

"那就是好,是格鲁吉亚话。可我说惯了,这是我的口头禅,是我喜欢的词儿。卡尔迦,卡尔迦,我这是**开玩笑**。怎么样,老朋友,叫人弄点契希尔来吧。你有勤务兵吧?有吗?喂,伊凡!"老头儿叫道。"你们的士兵个个都叫伊凡,你那个是不是也叫伊凡哪?"

"对了,叫伊凡①。凡纽沙!你问房东要点契希尔,拿到这儿来。"

"凡纽沙也好,伊凡也好,都一样。为什么你们的士兵全叫伊凡呢?伊凡!"老头儿又喊了一声。"你问他们要新开桶的,老弟。他们酿的契希尔全村数第一。可是得留心,顶多三十戈比一升,别多给,要不就太便宜了那婆娘……我们这儿的人真该死,脑子笨,"凡纽沙出去以后,耶罗施卡大叔用推心置腹的口气继续说,"他们不把你们当人看待。在他们眼里,你比鞑靼人还坏。他们说,俄罗斯人很世故。可是依我说,你虽然是军人,到底也是个人哪,也有心肠的。我说得对吗?伊利亚·莫赛伊奇也是军人,可他真是个金子一样的好人!你说对吗,老朋友?就因为这个缘故,我们那些人不喜欢我,我可不在乎。我这人挺快活,我谁都爱,我是耶罗施卡!就是这样,老朋友!"

老头儿说着亲切地拍拍年轻人的肩膀。

12

凡纽沙这时情绪极好。他已经把家务安排停当,还请连里的理发师修过面,并且把掖在靴筒里的裤脚拉出来——这表示连队驻在宽敞的宿舍里。他不怀好意地仔细打量着耶罗施卡,好像瞧着一只从没见过的野兽,并且对着被老头儿踩脏的地板直摇头,接着从凳子底下取出两只空瓶去找房东。

"您好,好太太,"他决定装出特别和气的样子,说,"老爷叫我来买

---

① 伊凡是凡纽沙的本名。

点契希尔,请您舀一点吧,好心的太太!"

老太婆不理他。那姑娘呢,正对着一面鞑靼小镜子整理头上的帕子,只默默地回头瞅了他一眼。

"我会付钱的,可敬的太太,"凡纽沙把口袋里的铜币弄得叮当响,又说,"你们客客气气,我们也客客气气,这样大家都好。"他补了一句。

"要多少?"老太婆粗声粗气地问。

"一升。"

"去吧,孩子,给他们去舀一点,"乌莉特卡奶奶对女儿说,"从那刚开的一桶里舀吧,宝贝。"

姑娘拿了钥匙和玻璃瓶,同凡纽沙一起走出屋子。

"请问这女人是谁啊?"奥列宁指着从窗外走过的玛丽雅娜问。

老头儿挤挤眼,用臂肘碰碰年轻人。

"等一下!"他说,探身到窗外。"哼!哼!"他咳嗽起来,含糊地说:"玛丽雅娜!啊,玛丽雅娜小姑奶奶!你跟我要好要好吧,小心肝!我这人爱开玩笑。"他对奥列宁低声说了一句。

姑娘没回过头来,仍旧匀调而有力地摆动双臂,以哥萨克女人特有的轻盈洒脱的步态走过窗口,只慢悠悠地把她那双覆着长睫毛的乌溜溜眼睛转向老头儿。

"跟我要好要好吧,你会快活的!"耶罗施卡嚷道,挤挤眼,询问似地向奥列宁瞅了一眼。"我这人顶呱呱,我这人爱开玩笑,"他接着说,"那姑娘是个天生的女皇,是吗?呃?"

"是个美人儿,"奥列宁说,"叫她到这儿来吧。"

"不行,不行!"老头儿说,"人家要把她说给鲁卡沙呢。鲁卡沙是个好样儿的哥萨克,是个骑士,前几天他打死了一个山匪。我给你找个更好的吧。我给你找个穿绸戴银的好姑娘。我这人说得出办得到,我准给你找个美人儿。"

"哦,老头儿,这算什么话!"奥列宁说,"不怕罪过吗?"

"罪过?有什么罪过?"老头儿断然说,"看看漂亮的姑娘罪过吗?跟她玩玩罪过吗?还是爱她罪过呀?这是你们那边的规矩吗?不,老朋友,这不是罪过,这是功德。上帝造了你,上帝也造了姑娘。什么都是他造的,老弟。所以看看漂亮的姑娘不算罪过。姑娘造出来就是让人爱让人快乐的。我是这样想的,老乡。"

玛丽雅娜穿过院子,走进昏暗阴凉、放满酒桶的贮藏室,嘴里念着念惯的祷文,走到一个酒桶前面,把吸管放进桶里。凡纽沙站在门口,笑嘻嘻地望着她。看见她只穿一件后面扎紧、前面耸起的衬衫,觉得很可笑;对于她脖子上挂着一串银币项链,他觉得尤其可笑。他想,这不是俄罗斯派头,要是在家乡看到这样的姑娘,下房里大家准会笑死的。"这姑娘蛮不错①,别有风味,"他想,"我要去告诉老爷。"

"你干吗把光遮住,鬼东西!"姑娘忽然嚷道,"把酒瓶拿来。"

玛丽雅娜把冰凉的红葡萄酒注了一满瓶,递给凡纽沙。

"钱拿去给妈妈吧。"她推开凡纽沙拿钱的手,说。

凡纽沙嗨地笑了一声。

"您干吗这样凶啊,好姑娘?"当她盖上酒桶时,凡纽沙两脚交替站着,和气地说。

她笑了。

"难道你们就老实吗?"

---

① 这句话是用不正确的法语说的。

"我家老爷和我都很老实,"凡纽沙毫不含糊地回答,"我们都很老实,不论走到哪儿,房东总是很感激我们的,因为老爷是个上等人。"

姑娘停住脚听着。

"那么他有妻子吗,你家老爷?"她问。

"没有!我家老爷年纪轻,还没成亲哪。凡是上等人总不会年纪轻轻就成亲的。"凡纽沙用教训的口吻说。

"说得倒漂亮!吃得像水牛一样壮,还说结婚还早呢!他是你们一伙人的长官吗?"她问。

"我家老爷是士官生,就是说,他还不是军官。可他的身份比将军大人还高呢。因为别说我们的上校,就连皇上都认识他呢,"凡纽沙骄傲地解释道,"我们可不像部队里那些穷光蛋,我家老太爷本人就是枢密官;他有一千多个农奴,常给我们寄钱来,一次就是一千卢布。所以人家总是喜欢我们。别的人就算做到上尉,可是没有钱,又有什么用?"

"走,我要锁门。"姑娘打断他的话。

凡纽沙带了酒回来,告诉奥列宁,那姑娘蛮漂亮①,接着就傻里傻气地哈哈笑着走了。

13

这时候,广场上吹起了军号。村民们都下工回家。成群的牲口挤在金光闪闪的尘雾里,在栅栏门口叫着。姑娘们和婆娘们在街上和院

---

① 原文是不正确的法语。

子里奔走忙碌,料理牲口。太阳完全落入远处的雪峰后面。一片浅蓝色的阴影笼罩着天地。在昏暗的花园上空,隐隐约约闪烁着几颗星星,村子里的喧闹声渐渐静息了。哥萨克女人们料理好牲口,来到街头巷尾,坐在土台上嗑葵花子。玛丽雅娜挤完两头黄牛和一头水牛的奶,也加入了其中的一伙。

在这伙人中有几个婆娘、几个姑娘和一个哥萨克老头。

他们正谈到被打死的山匪。老头子讲着,娘儿们向他问长问短。

"我看会给他一笔重赏吧?"一个哥萨克女人说。

"那还用说!据说要奖给他一个十字勋章呢!"

"莫赛夫就想欺负他。他硬要了他的枪,可是被基兹利亚尔当局知道了。"

"真是个卑鄙的家伙,那个莫赛夫!"

"据说鲁卡沙回来了。"一个姑娘说。

"跟纳扎尔卡一起在雅姆卡(雅姆卡是个放荡的单身哥萨克女人,开着一家小酒店)那儿玩呢。听说他们喝掉了半桶酒。"

"这机灵鬼可走运了!"有人说。"真是个机灵鬼!可不是!是个好小子!灵活极了!心眼儿也直。他爹基里亚克大爷也是这样的人品;活像他爹。当年他爹被人杀了,全村人都为他大哭一场……瞧,他们来了,"说话的女人指着街上走着的几个哥萨克,继续说,"叶尔古肖夫那家伙也跟上他们了!瞧,这酒鬼!"

鲁卡沙跟纳扎尔卡和叶尔古肖夫喝完了半桶酒,正向姑娘们走来。他们三人,尤其是上了年纪的叶尔古肖夫,脸色比平时红多了。叶尔古肖夫走路跟跟跄跄,老是高声大笑,还推推纳扎尔卡的腰。

"姑娘们,干吗不唱歌啊?"他对姑娘们嚷道,"我说,唱个歌儿给我们开开心吧。"

"你们好哇？你们好哇？"他们听到一片招呼声。

"唱什么呀？又不是过节？"一个女人说，"你灌饱了，自己唱吧！"

叶尔古肖夫哈哈大笑，推推纳扎尔卡：

"还是你唱吧！我也要唱的，我什么都行，真的。"

"你们睡着了吗，美人儿？"纳扎尔卡说，"我们从哨兵线回来为大家的健康干一杯。刚才我们为鲁卡沙干过了。"

鲁卡沙走到大伙跟前，不慌不忙地掀掀帽子，在姑娘们面前站住。他的宽颧骨和脖子都是红彤彤的。他站着说话，语气沉着而庄重，但他这种沉着和庄重倒比纳扎尔卡的饶舌和慌张富有生气和力量。他好像一匹玩够了的小马，翘起尾巴，打着响鼻，四条腿像钉在地上似的一动不动地站着。鲁卡沙悄悄站在姑娘们面前，眼睛笑眯眯的；他很少说话，一会儿瞧瞧喝醉酒的伙伴，一会儿望望姑娘们。玛丽雅娜走过去，他从容不迫地掀了掀帽子，给她让了路，又站到她对面，稍稍伸出一只脚，两只拇指插在腰带里摸弄着匕首。玛丽雅娜落落大方地点头答礼，在土台上坐下，从怀里摸出一把葵花子。鲁卡沙一直盯着玛丽雅娜，也嗑着葵花子，吐着壳儿。玛丽雅娜一来，大家都不做声了。

"怎么样？你们回来要待一阵吗？"一个哥萨克女人打破了沉默。

"明天早晨就走。"鲁卡沙一本正经地回答。

"好吧，但愿上帝多给你点儿好处，"一个哥萨克说，"我刚才说过，我真替你高兴。"

"我也这么说，"酒意十足的叶尔古肖夫笑着应和说。"来了多少客人哪！"他指着一个过路的士兵，又说，"士兵的伏特加顶呱呱，最中我的意啦！"

"他们把三个魔鬼赶到我家来,"一个哥萨克女人说,"我爷爷去找过村长,可是他们说没有办法。"

"嘿!你吃到苦头了吧?"叶尔古肖夫说。

"他们怕都是抽烟的吧?"另一个哥萨克女人问道。"在院子里尽管抽好了,可就是不许在屋子里抽。就是村长来,我也**不答应**。他们还会偷东西的。瞧,村长那鬼儿子,他就不让人家住到他自己家里去。"

"你也不喜欢吗?"叶尔古肖夫又说。

"听说姑娘们还得给士兵们收拾床铺,给他们送加蜜糖的契希尔呢!"纳扎尔卡一边说,一边像鲁卡沙那样伸出一只脚,并且像鲁卡沙那样把皮帽歪戴在脑后。

叶尔古肖夫呵呵大笑,一把搂住坐得离他最近的姑娘。

"我说的是实话。"

"哎,黑鬼,"那姑娘尖声叫道,"我要去告诉你老婆了!"

"去告诉吧!"他大声说,"纳扎尔卡说的全是实话;有过通告了,他识字。确实是这样的。"他又动手去搂下一个姑娘。

"你动手动脚干什么,流氓!"脸蛋儿又圆又红的乌斯金卡笑着尖声嚷道,挥手要打他。

叶尔古肖夫身子一闪,险些儿跌倒。

"瞧,还说姑娘们没力气,差点儿要了我的命。"

"哦,黑鬼,魔鬼把你从哨兵线送回来啦!"乌斯金卡说,转过身去,又扑哧一声笑了。"你是不是睡得把山匪都放过了?要是把你宰掉,那就好了。"

"那你就要号啕大哭啰!"纳扎尔卡笑着说。

"我才不会为你号啕大哭呢!"

"你看,她一点也不在乎。你说她会哭吗?纳扎尔卡,啊?"叶尔古肖夫说。

鲁卡沙一直默默地瞧着玛丽雅娜。他的目光显然使姑娘感到不好意思。

"哦,玛丽雅娜,听说他们让一个长官住在你家里,是真的吗?"鲁卡沙向她走近一步,说。

玛丽雅娜像平常那样没有立刻回答,只是慢慢抬起眼睛,望望哥萨克们。鲁卡沙的眼睛眯眯笑着,仿佛在他同这姑娘之间有一件跟谈话不相干的特别事儿。

"是啊,她们还好有两座房子,"一个老太婆替玛丽雅娜回答,"可是他们给福摩什金家也带来一个长官,据说,整个屋子里给堆满了东西,他们一家人自己就没地方住了。把一大群大兵全赶到一个村子里来,天下哪有这样的事!叫我们怎么办!"她说,"他们要在这里搞点什么鬼名堂啊!"

"据说他们要在捷列克河上造一座桥呢!"一个姑娘说。

"可我听人家说,"纳扎尔卡走到乌斯金卡跟前,说道,"他们要挖一个坑,把姑娘们埋在里面,因为她们不爱小伙子。"他说着又做了一个古怪的手势,引得大家哈哈大笑。叶尔古肖夫这时却放过应该轮到的玛丽雅娜,动手去搂一个上了年纪的哥萨克女人。

"你怎么不抱一抱玛丽雅娜?个个都得轮到啊!"纳扎尔卡说。

"不,我这个老太婆甜一点。"叶尔古肖夫一边叫喊,一边吻着那挣扎着的老妇人。

"你要闷死我了!"她笑着嚷道。

街头传来整齐的脚步声,打断了他们的笑声。三个穿外套的士兵挎着枪,齐步走到连队辎重车那边去换岗。上了年纪的上等兵怒气冲冲地对哥萨克们瞧了一眼,带领两个士兵向鲁卡沙和纳扎尔卡站着的地方走来,逼得他们只好让路。纳扎尔卡后退了几步,鲁卡沙却皱起眉头,转过头和宽脊背,双脚站着不动。

"人家站在这儿,你们应该绕着走。"他一边说,一边从侧面轻蔑地对士兵们摆了一下头。

士兵们在灰沙飞扬的路上用整齐的步伐默默地从他们身旁走去。

玛丽雅娜笑起来,其余的姑娘也跟着笑了。

"那些家伙好神气!"纳扎尔卡说,"活像唱诗班里穿长袍的家伙。"他说着模仿他们的样子,在街上走了几步。

大家又哄然大笑起来。

鲁卡沙慢吞吞地走到玛丽雅娜跟前。

"那长官住在你们家什么地方啊?"他问。

玛丽雅娜想了想。

"我们让他住在新屋里。"她说。

"他年纪大不大?"鲁卡沙在姑娘旁边坐下来,问道。

"我干吗去问他!"姑娘回答,"我给他拿契希尔去的时候,看见他跟耶罗施卡大叔坐在窗口,头发红红的。行李倒带来了整整一大车。"

玛丽雅娜说着垂下眼睛。

"我从哨兵线请假回来,心里真高兴!"鲁卡沙一边说,一边坐得更挨近姑娘一点,一直盯住她的眼睛。

"回来要待一阵子吗?"玛丽雅娜微微笑了一下问道。

"明天早晨就走。给我些葵花子。"鲁卡沙又说,伸出一只手。

玛丽雅娜嫣然一笑,解开衬衫领子。

"别拿光。"她说。

"说实话,我一直在想念你呐。"鲁卡沙一边沉住气低声说,一边伸手到姑娘怀里取葵花籽,俯着身子更加挨近她,又在她耳边说了些什么,眼睛笑嘻嘻的。

"我不来,我对你说。"玛丽雅娜忽然高声说,闪开身子。

"真的……我有话要跟你说……"鲁卡沙喃喃地说,"来吧,玛丽雅娜。"

玛丽雅娜摇摇头,但脸上笑眯眯的。

"玛丽雅娜姐姐!姐姐!妈妈叫你去吃晚饭。"玛丽雅娜的小弟弟一边叫,一边向他们跑来。

"我就来,"姑娘回答,"你去吧,弟弟,你先去,我马上就来。"

鲁卡沙站起来,掀掀帽子。

"看来我也该回家了,这样也好。"他说,装得若无其事,勉强忍住微笑,消失在屋角后面。

夜幕笼罩了村庄。黑暗的天空中撒满明亮的星星。街上黑洞洞的,空无一人。纳扎尔卡跟哥萨克女人们留在土台上,只听见他们嘻嘻哈哈的笑声。鲁卡沙却悄悄离开姑娘们,像猫一样弯下身子,用手按住摇摇晃晃的匕首,悄没声儿地奔跑起来,但不是回家,而是朝少尉家跑去。他跑过两条街,拐进小巷里,翻起契尔克斯服的下摆,在篱笆脚下的阴影中坐下来。"瞧,真是少尉家的姑娘,"他想着玛丽雅娜,"连开个玩笑都不行,鬼丫头!等着瞧吧。"

一个女人走近来的脚步声吸引了他的注意。他留神倾听,心里暗暗好笑。玛丽雅娜低下头,迅速而平稳地径直向他走来,手里拿着一根树枝,一路上打着篱笆桩子。鲁卡沙站起来。玛丽雅娜吓了一跳,站住了。

"唷,死鬼!吓了我一跳。原来你没回家去。"她说,大声笑起来。

鲁卡沙一手搂住姑娘,一手托起她的脸。

"我有话要跟你说……真的!……"他的声音哆嗦着,没说完就断了。

"深更半夜说什么话呀!"玛丽雅娜回答,"妈妈等着呢,你找你那个相好的去吧!"

玛丽雅娜从他的怀抱里挣出来,跑了几步。她跑到自己家的篱笆旁站住,向鲁卡沙回过头来。鲁卡沙在她旁边跑着,还在求她等一会儿。

"那你有什么话要说啊,夜游神?"玛丽雅娜又笑了。

"你不要笑我,玛丽雅娜!真的!你说我有个相好吗?去他妈的!你就说一句吧,我可实在爱你啊,你要什么,我都给你办到。你看!"他把口袋里的钱弄得叮当响。"让我们好好过日子吧。人家都很快活,可是我呢?你就不肯给我一点儿快活,玛丽雅娜!"

姑娘站在他面前,什么也没回答,只用手指很快地把树枝折成一段一段。

鲁卡沙忽然握紧拳头,咬咬牙。

"干吗老是叫人等啊等的,难道我还不爱你吗,宝贝?你要拿我怎么样?"他忽然皱着眉头说,同时抓住玛丽雅娜的双手。

玛丽雅娜镇静的脸色和沉着的声音没有变。

"你别吵,鲁卡沙,你听我说,"她回答,没有缩回手,但把身子避开一点,"当然,我是个姑娘,你听我说,我自己做不了主,既然你爱我,我就老实告诉你吧。你放手,让我告诉你。我愿意出嫁的,可是你别想跟我胡搞。"玛丽雅娜说,没有转过脸去。

"出嫁有什么意思?出嫁这件事我们可做不了主。你跟我要好要好吧,玛丽雅娜!"鲁卡沙说,他忽然改变了那副烦躁不安的神气,显得温柔驯顺了。他又笑嘻嘻地逼视着她的眼睛。

玛丽雅娜紧挨着他,热烈地吻他的嘴唇。

"好哥哥!"她热情地紧贴着他,轻轻地说。接着忽然挣脱身子,头也不回地跑进自己家里去了。

这哥萨克小伙子虽然求她再等一下,说他还有话要对她说,但玛丽雅娜却不停下脚步。

"去吧!会给人家看见的!"她说,"你看,好像是我家那个鬼房客在院子里散步。"

"真是个少尉家的姑娘,"鲁卡沙心里想,"她要嫁人了!嫁人当然对,可你该先爱爱我啊!"

他在雅姆卡家里找到纳扎尔卡,跟他一起喝了一阵酒,接着就去找董卡。虽然她对他不忠实,他还是在她那里过了一夜。

14

玛丽雅娜走进大门的时候,奥列宁确实在院子里散步,他也听得她说:"那个鬼房客在散步。"那天,他跟耶罗施卡大叔在新居的门口消磨了整个黄昏。奥列宁吩咐凡纽沙搬出一张桌子、一把茶炊,拿出酒,点上一支蜡烛,一边喝茶,吸雪茄,一边听那坐在他脚边台阶上的老头儿讲故事。虽然没有刮风,蜡烛却在跳动,火焰忽东忽西地摇晃,一会儿照亮阳台上的柱子,一会儿照亮桌子和餐具,一会儿照亮老头儿白发苍苍的脑袋。飞蛾围绕着烛火盘旋,振落翅膀上的粉末,扑着桌子,撞进玻璃杯里,忽而飞进烛火里,忽而飞到烛光之外的黑暗中。奥列宁跟耶罗施卡两人喝了五瓶契希尔。耶罗施卡不停地把酒杯斟满,一杯递给奥列宁,跟他碰了杯,又滔滔不绝地讲下去。他讲到哥萨克过去的生活,讲到他父亲"巨人"一个人能背三百斤重的死野猪,一口气能喝两桶契希尔。他讲到他的往事,在那瘟疫流行的年月,他怎样跟老朋友基尔奇克偷运斗篷过捷列克河。他讲到打猎,讲到他怎样一个早晨打死两只鹿。他讲到他的"相好"怎样常常夜里跑到哨兵线上去找他。他讲得有声有色,奥列宁听得入迷,连时间是怎么过去的都没有感觉到。

"就是这样,老朋友,"他说,"可惜你没在我的黄金时代碰到我,不然我什么都会让你看到的。今天耶罗施卡只舔舔空罐子,当年耶罗施卡在整个团里可是大名鼎鼎的!谁的马数第一?谁有古尔达①造的宝刀?上谁家去喝酒?跟谁一块儿玩?该派谁上山去杀死阿赫梅特汗?全是耶罗施卡。姑娘们爱的是谁?回答总是耶罗施卡。因为我是个真正的骑士。喝酒,偷东西,上山劫马群,唱歌,我什么都行。像我这样的哥萨克如今可没有了。如今的哥萨克叫人瞧着都难受。个儿只有这么高(耶罗施卡把手举到离地三尺高),就穿上古里古怪的靴子,而且老是得意洋洋地瞧着靴子,欣赏个没完。再不然就是喝得烂醉,喝得简直不成体统,稀里糊涂。可我当年是个怎样的人哪?我是偷东西的耶罗施卡,不但各个村子里认得我,就是山里也都知道我。那些鞑靼王爷,我的老朋友,也常来找我。我跟什么人都交朋友;是鞑靼人,就交个鞑

---

① 在高加索,最名贵的刀剑是由名匠古尔达造的。——托尔斯泰

鞑朋友;是亚美尼亚人,就交个亚美尼亚朋友;是士兵,就交个士兵朋友;是军官,就交个军官朋友。什么人我都不在乎,只要能喝酒就行。他们说,一个人要洁身自好:别跟士兵一起喝酒,别和鞑靼人一同吃饭。"

"这是谁说的?"奥列宁问。

"我们那些神父呀。可是你听听毛拉①或者鞑靼法官的话吧。他们说:'你们这些异教徒,干吗吃猪肉?'就是说,各人有各人的规矩。可我以为都是一样的。上帝创造的一切都是给人享受的。什么罪孽也没有。就拿野兽来做比方吧,它可以在鞑靼人的芦苇丛里过活,也可以在我们的芦苇丛里过活。走到哪儿,哪儿就是家。上帝给你什么,就吃什么。可是我们那里的人说,贪吃要到地狱里去舔烧红的锅子的。我看这些全是骗人的鬼话。"他停了停,补充说。

"什么骗人的鬼话?"奥列宁问。

"神父们说的那些话。契尔弗伦那亚有个队长,他是我的老朋友。也像我一样了不起。后来在车臣尼雅给人杀死了。他说,这些全都是神父们骗人的鬼话。他说,人一死,坟上长出青草来,这就完了。"老头儿笑了。"是个不顾死活的家伙!"

"你多大年纪了?"奥列宁问。

"只有天知道。总有七十了吧。你们那个女皇在位的时候,我已经不太小。你就算一算有多大吧。该有七十了吧?"

"有了。可你的身子骨还挺硬朗啊!"

"是啊,感谢上帝,我身体健康,什么病也没有;就是被一个婆娘搞

---

① 毛拉即阿訇,伊斯兰教的教士。

坏了,那妖……"

"怎么一回事?"

"就这样被她搞坏了……"

"哦,那你死了坟上也会长出青草来吗?"奥列宁又问。

耶罗施卡显然不愿明白说出自己的意思。他沉默了一会儿。

"那你是怎么想的呢?喝吧!"他笑嘻嘻地举起酒杯,大声说。

15

"哦,我刚才说什么来着?"他竭力回想着,又说,"对了,我就是这样的人,我是个猎人。团里没有一个猎人能跟我相比。不论什么飞禽走兽,我都能指给你看;它们叫什么,住在什么地方,我全知道。我有几条狗,有两支枪,有网,有幔,有一只鹞子,我什么都有。感谢上帝!你要是不吹牛,确实是个猎人,我什么都可以带你去看看。我是个怎样的人吗?只要一发现脚印,我就知道是什么野兽,它躺在哪儿,到哪儿去饮水或者打滚。我会拿桩头做凳子,通夜坐在那儿守着。待在家里有什么意思!无非是喝酒造孽罢了。再有娘儿们走来东家长西家短地扯淡,孩子们对着你乱叫乱嚷,真是活受罪。还不如黄昏头出来,找个好地方,在芦苇丛里坐下来守着倒舒服。你总知道树林里是个什么景象吧?你抬头望望天空,星星在慢慢移动,你望望星星,就能知道时间了。你向四下里瞧瞧,树林里一片飒飒声,你一直守着。忽然喀啦一声,一头野猪出来擦身子了。你还能听见小鹰在那里吱吱乱叫,公鸡或者鹅儿在村子里呼应。鹅一叫,就是半夜了。这一切我都知道。有时候远远一声枪响,你头脑里就会出现各种念头。你会想,这是谁在开枪啊?也许是个哥萨克,像我一样守着野兽,可他有没有把它打死啊?还是只把它打伤了,害得那可怜的畜生白白把血溅在芦苇上。我可不喜欢这样!哦,真不喜欢!干吗要糟蹋野兽呢?傻瓜!真是傻瓜!你也可能想:'也许是山匪把哪个哥萨克笨蛋干掉了。'种种念头都在脑子里出现。有一次我坐在河边,忽然看见有只摇篮从上游漂来。一只好好的摇篮,只是边上有点坏了。这时候我心里就琢磨起来:这是谁家的摇篮哪?准是你们的士兵来到村子里,把车臣女人拉走,哪个恶鬼还杀了孩子:抓住一双小腿往屋角里一扔就完了。这种事他们干不出来吗?唉,人都没有心肝哪!头脑里也会出现这样的念头,真是不好受哇!我想:他们扔掉摇篮,赶走婆娘,烧掉房子,那骑士就拿起枪,上我们这边抢劫来了。一个人坐着想个没完。一听到有群野兽在矮树丛里簌簌地响,你的心就跳起来。宝贝啊,过来吧!你心里想:它们要嗅出我来了;人坐着一动不动,可是那心哪:怦!怦!怦!简直跳得你灵魂都要出窍了。今年春天,有一次我碰上一群好畜生,黑压压的。'凭圣父圣子之名……'我刚要开枪,忽然那母野猪对小野猪说:"糟了,孩子们,这儿有人守着!'于是它们就从矮树丛里跑掉了。那野猪离开我那么近,简直可以把它一口咬住。"

"那母猪怎么会告诉小猪有人守着呢?"奥列宁问道。

"你想怎么着,你以为它是傻瓜,是野兽?不,它比人还灵呢,虽然你叫它猪猡!它什么都知道。随便打个比方吧:一个人从你的脚印上走过,他不会发觉什么的,可是一头猪碰上你的脚印,马上就会逃走。这就说明猪有灵性。你闻不出自己的味儿,猪却闻得出来。再说,你想杀死它,它却想活在树林子里玩儿呢。你有你的道理,它也有它的道理。它是猪，可并不比你差，它也是上帝创造的啊。哎！人真愚蠢，真愚蠢！"老头儿反复说，垂下头，沉思起来。

奥列宁也沉思起来。他走下台阶，反背着双手，默默地在院子里走来走去。

耶罗施卡省悟过来，抬起头，凝视那绕着跳跃的烛火飞行并且扑到火里自焚的飞蛾。

"傻瓜，傻瓜！"他说，"往哪儿飞啊？傻瓜！傻瓜！"他站起来，用他那粗壮的手指赶掉飞蛾。

"你要烧死了，小傻瓜，飞到这儿来吧，地方多得是，"他一边温柔地说，一边努力用粗手指留神地捉住它的小翅膀，又把它放掉。"你自己把自己给毁了，我可舍不得你啊！"

他坐了好一阵，唠叨着，从瓶里慢慢地啜着酒。奥列宁却在院子里踱来踱去。忽然，门外一阵低语声使他愣住了。他不由得屏住气，于是听到女人的笑声、男人的说话声和他们接吻的声音。他故意把脚下的草踩得沙沙响，走到院子的另一边去。过了一会儿，篱笆又咯咯地响起来。一个哥萨克身穿深色契尔克斯服，头戴白羊皮帽，沿着篱笆走过去（这是鲁卡沙），一个个儿高高的女人包着白头巾从奥列宁身边走过。"你管你的事，我管我的事，咱们俩不相干吧！"玛丽雅娜稳健的步伐仿佛在这样说。他目送她走到房东的屋子门口，还从窗子里看到她解下头巾，在凳子上坐下。忽然，这年轻人的心给一种忧郁的孤独感，一些模模糊糊的希望和憧憬以及不知对谁的嫉妒揪住了。

房子里最后几盏灯熄灭了。村子里最后一些声音静息了。枝条编的篱笆、院子里白乎乎的牲口、屋顶和端庄的白杨。全都沉入酣畅、宁静和劳动后的睡梦中。只有一刻不停的蛙鸣从潮湿的远方传到留神的耳鼓里。东方,星星越来越稀,在渐渐发白的天空中慢慢暗淡下去。可是头顶上的星星却越来越远,越来越密。老头儿一手托着脑袋,打起瞌睡来。一只公鸡在对面院子里啼叫,奥列宁却一直踱着步,想着心事。传来几个人合唱的声音,他走到篱笆旁倾听。几个哥萨克小伙子在合唱一支快乐的歌,其中有个声音特别高亢。

"你知道这是谁在唱吗?"老头儿清醒过来,说,"这是骑士鲁卡沙。他打死了一个车臣人,因此高兴了。其实有什么可高兴的? 傻瓜,真是傻瓜!"

"那你打死过人吗?"奥列宁问。

老头儿忽然用双肘支起身,把脸凑近奥列宁的脸。

"你这鬼东西!"他嚷道,"你问什么呀? 别提了。送掉人家的命可不好受,哦,真不好受啊! 再见吧,老朋友,我已经酒醉饭饱了,"他说着站起来,"明天打猎去吗?"

"去的。"

"记住,得起得早一点,睡过头可要受罚的。"

"我会起得比你早的。"奥列宁回答。

老头儿走了。歌声停了,但听得脚步声和愉快的说话声。过了一会儿,歌声又起,但更远一点,耶罗施卡洪亮的声音也加入了合唱。"这是些怎样的人,这是种怎样的生活啊!"奥列宁想着,叹了一口气,独自回到屋子里。

16

耶罗施卡大叔是个退伍的单身哥萨克。他老婆二十年前改信正教,抛下他,另嫁了一个俄罗斯司务长。他也没有子女。他讲到他年轻时是村里最勇敢的小伙子,倒不是吹牛。团里人人都知道他英勇的往事。他不止一次杀过车臣人和俄罗斯人。这些事就成为他精神上的负担。他上过山,抢劫过俄罗斯人,还坐过两次牢。他一生的大部分时间都在树林里打猎,往往一连几天只吃些面包,喝点水。而待在村子里的时候,他就从早到晚饮酒作乐。那天晚上,他从奥列宁那儿回来,睡了两小时,天没亮就醒了。他躺在床上琢磨着昨天认识的那个人。他很喜欢奥列宁的"老实"(他心目中的"老实",就在于不惜请他喝酒)。他也喜欢奥列宁的为人。他不懂为什么俄罗斯人都很"老实"、很有钱,为什么他们什么都不懂,还算是受过教育的。他独自琢磨着这些问题,同时考虑着他能问奥列宁要点什么东西。耶罗施卡大叔的房子相当宽大,也不算旧,但是一望而知,里面没有主妇。跟一般哥萨克爱好整洁的习惯相反,他的整个屋子里乱糟糟的非常肮脏。桌子上摊着一件血迹斑斑的短褂,半块甜面饼,还有一只喂鹞子用的撕碎去毛的穴鸟。长凳上乱七八糟地放着凉鞋、枪、匕首、小口袋以及潮湿的衣服和破布。屋角里放着一桶发臭的脏水,桶里浸着另一双凉鞋,桶旁还放着一支步枪和一张幔。地上丢着一张网和几只打死的野鸡,桌子旁边系着一只母鸡,在肮脏的地上走来走去。在没有生火的炉子上搁着一把破壶,壶里盛着牛奶之类的东西。火炉上有只小隼在尖声啼叫,想挣断绳子,而那只脱毛的鹞子却宁静地栖在火炉边上,斜眼瞅着那只母鸡,偶尔向左右点点头。耶罗施卡大叔仰天躺在墙壁和火炉之间的短床上,只穿一件布衫,缩起两条强壮的腿,双脚搁在火炉上,用一根粗手指搔着手上被鹞子抓伤留下的痂——他带鹞子出去是不戴手套的。整个屋子里,特别是在老头儿周围,弥漫着一股强烈而并不难闻的老人所特有的混合味儿。

"乌依德吗,大叔?(大叔在家吗?)"窗外传来一个尖细的声音,他立刻听出这是邻居鲁卡沙。

"乌依德,乌依德,乌依德!在家,进来吧!"老头儿高声说。"邻居马尔卡,邻居鲁卡沙,你来看大叔吗?还是上哨兵线去?"

鹞子被主人的喊声吓了一跳,扑扑翅膀,在绳子上挣扎着。

老头儿喜欢鲁卡沙。他瞧不起年轻一代的哥萨克,唯有鲁卡沙例外。而鲁卡沙和他的母亲也常常送给这位老邻居葡萄酒、熟奶油和他所缺乏的别的家庭自制食品。耶罗施卡大叔一生落拓不羁,总是从实惠的观点来解释他的嗜好。"那有什么关系?反正人家有的是,"他对自己说,"我可以给他们一些野味,一只野鸡,他们也就不会忘记我大叔了:他们会送我一些包子馅饼什么的……"

"你好,马尔卡!你来,我很高兴,"老头儿快乐地大声说,连忙从床上挂下光脚,跳下来,在吱嘎发响的地板上走了两步,瞧瞧他那双八字脚。他忽然觉得他的脚很滑稽,嗨地笑了一声,用光脚跟顿了顿地板,顿了又顿,摆出一种滑稽的舞蹈姿势。"你看灵活吗?"他闪动一双小眼睛,问道。鲁卡沙微微一笑。"要回哨兵线去吗?"老头儿又问。

"我给你送契希尔来了,大叔,我在哨兵线上答应你的。"

"基督保佑你!"老头儿说,从地上捡起宽大的裤子和短褂,穿上,束好皮带,拿壶里的水冲了冲手,又在那条旧裤子上擦擦干,拿半截断梳子梳了梳胡子,站在鲁卡沙面前说:"准备好了!"

鲁卡沙拿出一只杯子,擦了擦,斟满酒,在凳子上坐下来,递给老头儿。

"祝你健康!凭圣父圣子之名!"老头儿郑重其事地接过酒杯,说,"祝你万事如意,祝你打仗勇敢,得个十字勋章!"

鲁卡沙也做了祷告,喝了点儿酒,又把酒杯放在桌上。老头儿站起来,拿出一条干鱼,放在门槛上,用棒把它打软,然后用他那双满是老茧的手把鱼放在唯一的一个蓝盘子里,摆在桌上。

"我什么都有,下酒的菜也有,感谢上帝。"他得意洋洋地说。"哦,莫赛夫怎么样?"老头儿问。

鲁卡沙讲到班长怎样硬要了他的枪,显然是想听听老头儿的意见。

"别舍不得一支枪,"老头儿说,"你不给他枪,就不会得奖的。"

"你这算什么话,大叔!人家说,没有正式编制的哥萨克能得什么奖?那支枪可出色得很,克里米亚造的,要值八十卢布呢。"

"哎,算了吧!当年我跟百人长也有过一场争吵,他要我的马。他说,你给我马,我就保举你当少尉。我不肯,结果就没有当上。"

"你这算什么话,大叔!你看,我得买一匹马。据说,河对岸至少得五十卢布,可我妈还没把酒卖掉呢!"

"嗯,你可不用伤心!"老头儿说,"耶罗施卡大叔像你这样的年纪就从诺盖人手里偷了马群,赶过捷列克河来。有时候,拿一匹好马只换一瓶伏特加或者一件斗篷。"

"怎么这样便宜啊?"鲁卡沙问。

"傻瓜,傻瓜,马尔卡!"老头儿轻蔑地说,"不行啊,既然你是偷来的,就不能斤斤计较。我看你还没见过人家怎样偷走一群马吧！你为什么不说话？"

"有什么可说的,大叔？"鲁卡沙说,"看来我们可不是那样的人。"

"傻瓜,傻瓜,马尔卡！不是那样的人！"老头儿模仿哥萨克小伙子的腔调,应声说。"在你那样的年纪,我可不是这样的。"

"那你是怎样的呢？"鲁卡沙问。

老头儿轻蔑地摇摇头。

"耶罗施卡大叔挺'老实',什么也不会舍不得的。就因为这缘故,我在车臣尼亚到处有朋友。哪个朋友找我,我就请他喝伏特加,招待他,跟他一起睡觉；我去看他,就带一把匕首去作为礼物。当年大家就是这样的,可不像现在：小伙子们只懂得玩儿,嗑嗑瓜子,吐吐壳儿！"老头儿轻蔑地一边说,一边装出哥萨克嗑葵花子和吐壳的样子。

"这个我知道,"鲁卡沙说,"是这样的！"

"你要有所作为,这得做个骑士,别当庄稼人。当然,庄稼人也会买一匹马,也会一手付钱,一手取马的。"

他们沉默了一会儿。

"哦,大叔,待在村子里也罢,去哨兵线也罢,都挺无聊,可是又没地方好玩。我们那些人都胆小得很。就说纳扎尔卡吧,前几天我们去过鞑靼人的村子,那边的吉烈汗叫我们上诺盖偷马去,可是谁也不肯去,叫我一个人去,那怎么成呢？"

"那么大叔怎么样？你以为我老得不中用了吗？不,我还没老得不中用呢。给我一匹马,我马上就能到诺盖去。"

"何必空口说白话呢？"鲁卡沙说,"你倒讲讲,该怎样对付吉烈汗？他说：'你只要把马赶到捷列克河边,就是整整一大群马,我也准能找到地方安顿的。'可他也是个光头①,叫人很难相信他。"

"你可以相信吉烈汗,他的一族人都很好,他爹在世时也很够朋友。可是你得听我大叔一句话,我不会作弄你的。你得叫他起个誓,这就稳当了;还有跟他一起走路,手枪得随时准备好,特别是在分马的时候。我有一次险些儿被一个车臣人打死:我要他十个卢布一匹马。相信归相信,不带枪可不能睡觉。"

鲁卡沙留神听着老头儿的话。

"大叔,人家说你有虎耳草②,是真的吗?"他沉默了一会儿,说。

"我手头没有,但我能教你怎样弄到它。你是个好孩子,没忘记我老头儿。要我教你吗?"

"教教我吧,大叔。"

"你见过乌龟吗?要知道乌龟是妖精。"

"怎么没见过!"

"你去找乌龟的窠,用栅栏把它围住,不让它进去。乌龟一回来,它就会绕着栅栏转,接着它就会去找虎耳草,虎耳草一拿到,栅栏就破了。到第二天早晨你赶去看看:栅栏破的地方就有虎耳草。你带着它不论去哪儿,都不会有门锁门闩拦着你了。"

"那你试过吗,大叔?"

"试倒没试过,但那是好人告诉我的。我只有一套法术,我一骑上马,就念'平安咒'。因此,从来没有人能杀害我。"

"什么叫'平安咒'啊,大叔?"

---

① 鞑靼人当时喜欢剃光头。
② 俄罗斯童话中的一种仙草,能开锁破闩,因而取得宝物。

"你不知道吗？嘿，你这人！那就得问大叔。你听着，跟我念：

  喂，住在锡安的人，
  这是你们的国王。
  我们骑在骏马上。
  苏菲尼在哭叫，
  扎哈里在说笑。
  我们的父亲，
  永远爱世人。

"永远永远爱世人，"老头儿反复说，"知道了吗？你说说！"
鲁卡沙笑了。
"真的吗，大叔，难道你没有给人害死就靠它吗？不见得吧！"
"你们全变得太聪明了。你还是学学，念念。这不会有坏处的。嗯，你念念'平安咒'就行了，"老头儿说着也笑起来，"你可别上诺盖去，鲁卡沙，记住，别去！"
"为什么？"
"时势不同了，你们不是那样的人，你们这种哥萨克都是窝囊废。看，我们这儿来了多少俄罗斯人！他们会把你关起来的。哦，算了吧。你们怎么行呢！我跟基尔奇克可就不同了……"
于是老头儿又想讲他那些讲不完的故事，可是鲁卡沙向窗外瞧了一下。
"天大亮了，大叔，"他打断他的话，"我该走了，改天请到我家来玩玩。"

"基督保佑你,我也要到军官那儿去,我答应带他去打猎。我看他倒是个好人。"

17

鲁卡沙从耶罗施卡那里出来,走回家去。一路上,只见湿滋滋的晨雾从地面升起来,笼罩了村庄。牲口开始在四处活动,虽然还看不见它们。公鸡彼此呼应,啼得越来越频繁越起劲。天空渐渐明亮起来,村民开始起床。鲁卡沙直到走近家门,才看清他家院子里被露水沾湿的篱笆、房子的台阶和敞开的贮藏室。从雾气弥漫的院子里传来斧头劈柴的声音。鲁卡沙走进屋子。他的母亲已经起身,站在火炉前面加木柴。他的小妹妹还在床上睡觉。

"鲁卡沙,怎么,玩够了吗?"母亲低声说,"昨天晚上你哪儿去啦?"

"在村子里。"儿子一边勉强回答,一边把枪从套子里取出来,察看着。

母亲摇摇头。

鲁卡沙在火药池里倒了点火药,取出一只口袋,从袋里摸出几只空弹药筒,装着药,小心翼翼地在每个筒里塞进一颗包布的子弹。他用牙齿咬紧装好的弹药筒,仔细检查过,才放进袋子里。

"妈妈,我叫你把布袋子补一补,你补好了吗?"他问。

"那还用问!我们的哑姑娘昨天晚上补过什么东西啦。难道你又得上哨兵线去吗?还没让我好好瞧瞧你呐。"

"收拾好就得走了,"鲁卡沙一边包火药,一边回答,"哑姑娘在哪儿？出去了吗？"

"该是在劈柴吧。她一直在替你担心哪。她说：'我再也看不到他了。'她一只手在脸上比划着，咂着舌头，又把手压在心口，表示心里难过。要叫她来吗？你打死山匪的事她全知道了。"

"叫她来，"鲁卡沙说，"我那边还有些牛油，你去拿来。我那把刀要擦点儿油。"

老太婆走出去，过了一会儿，鲁卡沙的哑姐姐踏着吱嘎作响的台阶，走进屋子里。她比弟弟大六岁，要不是她也带有聋哑人常有的那种迟钝而又粗鲁多变的表情，她的相貌倒是很像他的。她穿一件打满补丁的粗布衫，光脚上沾满泥泞，头上包着一块很旧的蓝色头巾。她的脖子、手臂和脸上都筋脉毕露，像庄稼汉一样强壮。从她的穿着和外表上可以看出，她经常干男子干的重活。她搬来一捆木柴，扔在火炉旁。接着满脸浮起快乐的微笑，走到弟弟跟前，摸摸他的肩膀，迅速地用手、脸和全身向他做着各种姿势。

"好极了，好极了！斯吉普卡真行！"弟弟点点头回答，"什么都补好了，收拾好了，真行！赏给你这个！"他说着从口袋里摸出两个蜜糖饼递给她。

哑姑娘脸红了，高兴得粗野地呜呜叫起来。她抓住蜜糖饼，更快地做着手势，不时指指一个方向，又用一只粗手指在眉毛和脸上比划着。鲁卡沙懂得她的意思，一直笑眯眯地点着头。她告诉他，他应该给姑娘们送点好吃的东西，还有，姑娘们都很喜欢他，而那个玛丽雅娜是姑娘中最可爱的，她也爱他。她迅速地指指玛丽雅娜的房子，又指指自己的眉毛和脸，咂咂嘴，摇摇头，来表示玛丽雅娜。她把一只手放在胸口，吻吻自己的手，像是在拥抱什么似的，来表示"爱"。母亲回到屋子里，一知道哑姑娘在谈什么,便笑了笑,摇摇头。哑姑娘给她看看蜜糖饼,又高兴得呜呜叫起来。

"前天我对乌莉特卡说过,要请人去说媒,"母亲说,"她同意了。"

鲁卡沙默默地瞧瞧母亲。

"那么怎么办呢,妈妈?酒得送出去卖。我要一匹马。"

"到时候我会送去的。我得先把酒桶准备好,"母亲说,显然不愿让儿子过问家务,"你走的时候把穿堂里的一袋东西带去。是我向人家借的,给你带到哨兵线去。是不是把它装在鞍囊里?"

"行,"鲁卡沙回答,"要是吉烈汗过河来的话,你叫他到哨兵线去找我,因为我这一阵不会有休假。我有事跟他谈。"

他动手收拾行李。

"我会叫他去的,鲁卡沙,会叫他去的。你怕是一直在雅姆卡家里玩儿吧?"老太婆说,"我夜里起来照料牲口,听见好像是你在唱歌。"

鲁卡沙没有回答,他走到穿堂里,把袋子搭在肩上,翻起短褂的下摆,拿起枪,在门槛上站住。

"再见了,妈妈,"他对母亲说,顺手关上门,"你让纳扎尔卡带一桶酒来,我答应过弟兄们了,他会来的。"

"基督保佑你,鲁卡沙!上帝保佑你!我会给他的,从新桶里舀给他,"老太婆一边向篱笆走去,一边回答。"你听我说。"她倚在篱笆上说。

鲁卡沙停住脚步。

"你在这儿玩了一下,嗯,感谢上帝!年轻人怎么能不找点儿快活呢?再说,是上帝赐给你福气的,这很好。可是在那边哪,好儿子,就得注意了……最要紧的是要巴结上司,千万记住!等我把酒卖掉,预备好钱给你买匹马,再去说媒。"

"得了,得了!"儿子皱着眉头回答。

哑姑娘叫了一声,引起他的注意。她指指脑袋和手,表示剃光头的车臣人。然后皱起眉头,装出拿枪瞄准的姿势,大叫一声,又摇摇头,急促地发出咿咿呜呜的声音。她的意思是要鲁卡沙再打死一个车臣人。

鲁卡沙明白了她的意思,嗨地笑了一声,按住背后斗篷下的步枪,迈开轻快的步子,渐渐消失在浓雾中。

老太婆在门口站了一会儿,回到屋子里,马上又动手干活。

18

鲁卡沙上哨兵线去了;耶罗施卡大叔唤了狗,爬过篱笆,从后院绕到奥列宁的屋子里(他出去打猎,竭力避开女人)。奥列宁还睡着,凡纽沙已经醒了,但也没有起床。耶罗施卡大叔挎着枪,一副猎人打扮,推门进去的时候,凡纽沙正打量着周围的光景,思量着是不是应该起身。

"拿棍子来!"耶罗施卡大叔声音低沉地叫道,"有警报!车臣人来了!伊凡!给老爷准备茶炊。你快起来!快点儿!"老头儿又嚷道,"我们就是这样的,好人。你看,姑娘们都起来了。你看看窗外,你看看,她打水去了,可你还睡觉。"

奥列宁醒了,霍地跳起来。他看到老头儿,听到他的声音,不由得精神一振,心里高兴。

"快点儿!快点儿,凡纽沙!"他叫道。

"你就这样去打猎吗？人家在吃早饭了，可你还睡觉。梁姆！往哪儿跑？"老头儿喝着狗。"枪准备好了吗？"老头儿大声问道，仿佛屋子里有一大群人。

"哦，是我的不是，可是有什么办法。火药，凡纽沙！还有填弹塞！"奥列宁说。

"得罚款！"老头儿嚷道。

"您要茶吗？"凡纽沙笑着用法语问。

"你不是我们的人！你叽里咕噜讲的不是我们的话，鬼东西！"老头儿露出牙龈，对他骂道。

"头一回可以原谅。"奥列宁一边拉上他的大皮靴，一边开玩笑说。

"头一回可以原谅你，"耶罗施卡回答，"下次再睡过头，可得罚一桶契希尔。等太阳一晒暖，你就碰不着鹿了。"

"就是碰着也没用，因为畜生比我们灵！"奥列宁重复着老头儿昨晚的话，挖苦道，"你骗不了它。"

"哼，你笑吧！你先去打一只再说。喂，快点儿！看，房东也找你来了，"耶罗施卡望着窗外说，"瞧他的打扮，穿上崭新的上衣，好让你知道他是个军官。唉，这批人，这批人！"

果然，凡纽沙进来通报，说房东想见见东家。

"钱！"他意味深长地用法语说，预先警告东家哥萨克少尉来访的目的。接着，少尉身穿一件新的契尔克斯服，佩着军官肩章，脚蹬一双锃亮的皮靴（这在哥萨克中是很少见的），脸上堆着笑，摇摇摆摆地走进屋子，向房客致意。

伊利亚·华西里耶维奇少尉是个"受过教育的"哥萨克。他到过俄罗斯，又是学校里的教师，而主要是个"上等人"。他要摆出"上等人"的样子,但他那种装腔作势、冒充风雅的姿态和不伦不类、装腔作势的谈吐却不能不使人觉得,他跟耶罗施卡大叔并没有什么两样。这一层,不论从他那张晒得发黑的脸,不论从他的双手或者红彤彤的鼻子上,都看得出来。奥列宁请他坐下。

"你好,伊利亚·华西里耶维奇老爷!"耶罗施卡一边说,一边站起来,带着嘲讽的意味(奥列宁有这样的感觉)低低地鞠了一躬。

"你好,大叔!你也在这儿吗?"少尉漫不经心地向他点点头,回答。

少尉是个四十岁上下的人,留着一撮山羊胡子,身体干瘦,相貌端正,就他的年纪来说,精神也很饱满。他到奥列宁这儿来,唯恐人家把他当做一个普通的哥萨克,因此想立刻显出自己的身份。

"他是我们这儿的'埃及的宁录'①,"他指着老头儿,得意洋洋地笑着对奥列宁说。"'耶和华面前英勇的猎户'。他是我们这儿的第一把手。您大概已经知道了吧?"

耶罗施卡大叔望着自己那双穿着湿漉漉生皮凉鞋的脚,若有所思地摇摇头,仿佛对少尉的手腕和学问感到惊奇,接着又自言自语道:"'挨挤的您老!'这是什么怪话啊?"

"你看,我们正想打猎去呢。"奥列宁说。

"是的,先生,"少尉应道,"可我有件小小的事儿要找您谈哪。"

"您有什么盼咐哇?"

"因为您是一位上等人,"少尉打开了话头,"而我明白我也具有军官的身份,因此像一切上等人那样,我们总可以从长计议。"他停了一

---

① 见《旧约·创世纪》第十章。

下,笑嘻嘻地对老头儿和奥列宁瞧了一眼,"但如果您愿意的话,按照我的同意,由于我妻子是我们阶级中的无知女人,她在目前不能完全请教您昨天的话。因为我的房子本可以按月租六卢布租给团里的副官,而马厩还不计在内,但是我身为上等人,永远可以宽大待人。不过,您既然愿意,我也具有军官身份,因此我个人在一切方面都可以同意您,而我虽是本地居民,但我可以不按照本地习惯,而一切都可以遵守条件……"

"说得好清楚!"老头儿咕噜着。

少尉用这种腔调又谈了好一阵。奥列宁从他全部谈话里好容易才明白他的意思是要他每月付六卢布的房租。他欣然同意,并且请客人喝茶。少尉却辞谢了。

"按照敝地的规矩,"他说,"我们认为用一只'世俗的'杯子喝茶是种罪孽。虽然,以我的教育来说,我能了解,可是我的妻子由于人类的弱点……"

"那么,您要喝茶吗?"

"要是您允许的话,让我把自己的杯子拿来,'特殊的'杯子,"少尉回答,走到门口,叫道,"拿杯子来!"

过了一会儿门开了,一只套着粉红袖子、晒得黑黑的年轻的手拿着一只杯子从门外伸进来。少尉走过去,接了杯子,跟女儿低声说了些什么。奥列宁把茶给少尉倒在"特殊的"杯子里,给耶罗施卡倒在"世俗的"杯子里。

"我可不想耽搁你们了。"少尉说,虽然烫痛嘴唇,还是把一杯热茶喝完。"我对于钓鱼也很感兴趣,一放假总想抛开职务休息一下。我也想碰碰运气,看'捷列克河的礼物'会不会落到我的头上来。我希望您什么时候也到我家来喝一杯土酒,按照我们村里的风俗。"他补充说。

少尉起身告辞,他握了握奥列宁的手出去了。当奥列宁收拾行装准备出发的时候,他听见少尉正用明确而带命令的口气在对家里人说话。几分钟之后,他看见少尉裤脚卷到膝盖上,穿一件破烂的短褂,捎着网,从他窗外走过。

"是个骗子手,"耶罗施卡大叔喝完"世俗的"杯子里的茶,说道,"难道你真愿意付他六个卢布吗?岂有此理!村里最好的房子出两个卢布都可以租到。这个滑头!我情愿把我的房子租给你,只要三个卢布就行了。"

"不,我就住在这儿算了。"奥列宁说。

"六个卢布!明明白白,这钱花得太冤枉。嗨!"老头儿回答,"伊凡,拿点契希尔来!"

奥列宁跟老头儿临行前吃了些点心,喝了伏特加,一块儿来到街上,时间已经七点多钟。

他们在大门口碰到一辆装货的牛车。玛丽雅娜头上那条白头巾直包到眼睛上边,衬衫外面罩着一件短袄,脚上穿着一双皮靴,手里拿着一根长树枝,使劲拉着那缚在牛角上的绳子。

"好姑娘!"老头儿一边说,一边装出要搂她的姿势。

玛丽雅娜拿树枝对他挥了挥,她那双美丽的眼睛喜气洋洋地向他们两人瞅了一下。

奥列宁越发高兴了。

"嗯,走吧,走吧!"他说着,把枪挂到肩上。这时他发觉姑娘在看他。

"驾!驾!"玛丽雅娜的声音在他们后面响着,接着牛车就轧轧地响起来。

他们顺着村庄后面牧场上那条大路走去,耶罗施卡一路上不停地说话。他忘不了那少尉,一个劲儿地骂他。

"你干吗这样生他的气啊?"奥列宁问。

"真小气!我可不喜欢他,"老头儿回答,"眼睛一闭,还不是什么都得留下。他攒钱为谁啊?盖了两座房子,还要打官司把另一座果园从弟弟手里夺过来。这狗东西就是喜欢摇笔杆子!还有人从别的村子里跑来找他写状子呢。他写状子,总能赢官司。他就有这种本事。可是攒那么多钱为了谁啊?总共只有一个男孩,一个姑娘;等姑娘一出嫁,还留给谁呢?"

"他攒钱是为了给她办嫁妆啊!"奥列宁说。

"什么嫁妆?姑娘长得不错,反正有人要。可他这恶鬼还想让她嫁个有钱人,是我邻居,也是我侄儿,是个好小子,前不久打死了一个车臣人。他托人向他说媒,说了好久,可他一直不答应。一次次推托,说什么姑娘年纪还小。可我知道他在打什么主意。他要人家向他点头哈腰。在姑娘这件事上,他真是太不要脸了。可人家一直在给鲁卡沙说媒呢。因为他是村子里顶出色的哥萨克,是个真正的骑士,他杀了一个山匪,会得到十字勋章的。"

"这是怎么搞的?昨天晚上我在院子里散步,正好看见房东家的姑娘在跟一个哥萨克男人亲嘴。"奥列宁说。

"你胡说。"老头儿站住,嚷道。

"是真的!"奥列宁说。

"娘儿们都是魔鬼!"耶罗施卡一边说,一边沉思着。"是个什么样子的哥萨克?"

"我没看清楚。"

"嗯,他戴什么帽子?是白的吗?"

"是的。"

"身穿红短褂吗?个儿跟你差不多?"

"不,比我高大。"

"就是他,"耶罗施卡哈哈大笑,"就是他,就是我的马尔卡。就是他,鲁卡沙。我叫他马尔卡,好玩嘛。就是他。我喜欢他!我当年也是这样的,老弟。嗨,看住她们有什么用?记得我那个相好常常跟她娘或者嫂子睡在一起,可我照样爬进去。她常常睡在高头,她娘是个妖精,魔鬼,她把我恨透了:我往往同我那个叫基尔奇克的朋友一起去。我走到窗子底下,爬到他肩上,打开窗子,摸进去。她就睡在长凳上。有一次我把她弄醒了。她叫起来!她没认出是我,她想这是谁啊?可我不能开口。她娘已经在翻身了。我慌忙摘下帽子,塞到她鼻子前面,她立刻从帽子的接缝上认出是我,就霍地跳起来。我什么也不缺。又是熟奶油,又是葡萄,她什么都给我送来,"耶罗施卡讲着,他总是很讲究实惠,"而且不光她一个人。当年的生活就是这样的。"

"那么现在呢?"

"哦,现在我们跟着那条狗走,等野鸡飞到树上,你就开枪。"

"你怎么不去讨好讨好玛丽雅娜啊?"

"你看住我的狗。晚上我再讲给你听。"老头儿指指他的爱狗梁姆,说道。

他们沉默了一会儿。

接着又谈着话走了一百步光景,老头儿又站住,指指横在地上的一根树枝。

"你看这是什么?"他说,"你以为这没什么稀奇吗?不,这棒横在地下很不好。"

"有什么不好哇?"

他嗨地笑了一声。

"你什么也不懂。你听我说:看到棒这样横在地上,你就别从上面跨过去,你要绕过它,或者把它从路上扔出去,再说一声:'凭圣父圣子圣灵之名',这样就太平无事了。这还是当年老辈教我的。"

"嗨,真是胡说八道!"奥列宁说,"你最好还是给我讲讲玛丽雅娜的事!怎么样,她跟鲁卡沙来往吗?"

"嘘!现在别响,"老头儿又低声打断他的话,"你听。让我们兜到树林里去。"

于是老头儿就悄悄地踏着那双穿着凉鞋的脚,带头沿着狭窄的小径向浓密、荒野的树林里走去。他几次皱着眉,回头向奥列宁望望,奥列宁却嘎吱嘎吱地踏着大皮靴,大大咧咧地挎着枪,以致枪杆子好几次被路边的树枝钩住。

"别响,走得轻点儿,当兵的!"老头儿怒气冲冲地对他低声说。

从空气中可以察觉太阳已经升起。迷雾在渐渐消散,但还笼罩着树梢。树林显得出奇的高。每走一步,景色都有变化。你会把一株灌木当做一棵树,连一支芦苇远远望去都像是一棵树。

19

雾一部分已经消散,露出湿漉漉的芦苇屋顶;一部分凝成露水,沾湿了道路和篱边的青草。家家烟囱里冒着炊烟。村民们纷纷离开村庄：有的去上工，有的去河边，有的去哨兵线。两个猎人并肩循着杂草丛生的潮湿道路走着。猎狗摇动尾巴，回头望望主人，在旁边跑着。成千上万的蚊蚋麇集在空中，追逐着这两个猎人，包围着他们的脊背、眼睛和手臂。空气中充满青草的芳香和树林的潮气。奥列宁不断地回顾玛丽雅娜坐着的那辆牛车，玛丽雅娜手里拿着一根树枝在赶牛。

周围一片寂静。村子里的声音如今已经传不到猎人的耳朵里；只有猎狗穿过荆棘时发出窸窣的响声，鸟儿偶尔鸣叫几声，彼此呼应着。奥列宁知道树林里有危险，山匪往往潜藏在这种地方。他也知道，对一个在树林里步行的人来说，枪是一种有力的自卫武器。他倒并不怎么害怕，但他认为，别人要是处在他的地位，准会害怕。他特别紧张地向雾蒙蒙湿漉漉的树林里张望，倾听稀落而微弱的响声，手里紧握着枪，心里产生一种新鲜而又愉快的感觉。耶罗施卡大叔走在前面，遇到留有野兽蹄印的水洼就站住，仔细察看着，并且指给奥列宁看。他简直不大开口，只偶尔低声说出他的看法。他们走的那条路，原先是由大车轧出来的，如今早就长满了野草。道路两旁的榆树林和法国梧桐林长得那么稠密茂盛，树林背后的景物一点也看不见。差不多每棵树都从上到下缠满野葡萄藤，树下又密密麻麻地丛生着黑色的乌荆子。林间每块空地上都长满黑莓和灰穗摇摆的芦苇。有几个地方，巨大的兽蹄印和细小的野鸡足迹离开道路，直铺到树林深处。这座未受牲口糟蹋的树林的蓬勃生气，处处使奥列宁感到吃惊。他还没见过这样的景象呢。这树林、危险、老头儿和他神秘的耳语、玛丽雅娜和她那具有男子气概的健美体格以及山岭——这一切在奥列宁看来都像一个迷人的梦。

"有只野鸡歇下来。"老头儿低声说，向四下里望望，把帽子拉下来遮住脸。"把脸遮住!"他气愤地向奥列宁挥挥手,几乎像爬一般向前走去。"野鸡不喜欢看见人的嘴脸。"

老头儿站住,开始向树上张望,奥列宁还在后头。野鸡在树上向那对着它吠叫的狗高声啼了一下,于是奥列宁也看到了它。就在这当儿,耶罗施卡的大枪像大炮一样轰的一声打响,野鸡扑了扑翅膀,掉下一些羽毛,落在地上。奥列宁走到老头儿跟前,惊起了另一只野鸡。他举起枪,瞄准好,也开了一枪。野鸡挣扎着向上冲去,但随即像石子似的撞着树枝,落在草丛里。

"好样的!"老头儿笑着喊道,他自己是不会打飞枪的。

他们拾起野鸡,又向前走去。奥列宁由于打中野鸡、受到称赞而兴致勃勃,不断跟老头儿谈话。

"等一等!往这儿走,"老头儿打断他的话,"昨天我在这儿看到过鹿的脚印。"

他们转入密林,走了三百步的样子,来到一片芦苇丛生、有几处积水的空地上。奥列宁一直落在老猎人的后面,耶罗施卡大叔走在他前面有二十步光景,忽然弯下腰,意味深长地点点头,向他招招手。奥列宁走到他跟前,看见老人指着一个人的脚印。

"看见吗?"

"看见了。怎么回事?"奥列宁故作镇定地说。"人的脚印。"

他的头脑里不由得闪过库柏的《拓荒者》[1]和高加索山匪的形象,同时看到老头儿走路的那副神秘模样,他弄不懂这是由于危险还是由

---

[1] 库柏(1789—1851),美国小说家,著有总称《皮裹腿故事集》的五部长篇小说,主要反映美国殖民者对印第安人的残酷屠杀和印第安人的反抗,《拓荒者》是其中的一部。

于打猎引起的,但他不敢问他。

"不,这是我的脚印。"老头儿简单地回答,又指指青草,草丛里可以隐约看出野兽的蹄痕。

老头儿又向前走去,奥列宁紧跟着他。又往低处走了二十步光景,他们看到一株枝叶扶疏的野梨,树下的黑土上还留有新鲜的兽粪。

这地方到处爬满野葡萄藤,好像一座舒服、阴暗而凉快的棚子。

"早晨它来过这里了,"老头儿叹了一口气说,"看,粪还湿漉漉的,很新鲜。"

忽然,树林里发出一声使人惊心动魄的巨响,离开他们只有十步路光景。两人都吃了一惊,抓住枪,可是什么也看不见,只听得树枝折断的响声。刹那间传来一阵匀调而急促的蹄声,从清晰的嗒嗒声慢慢变成模糊的响声,越来越远,越来越广地扩散在幽静的树林里。奥列宁觉得心里好像有样东西断裂了。他竭力向苍翠的密林里张望,可是什么也看不见,随后他回头望望老头儿。耶罗施卡大叔把枪贴在胸口,呆呆地站着,他的帽子推到后脑勺上,眼睛里发出异样的光芒。他张开嘴,怒气冲冲地露出残缺不全的黄牙,仿佛在这样的姿势中僵化了。

"一只鹿。"他说。接着把枪扔在地上,扯着自己灰白的大胡子。"就站在这儿呐!我们应该从那条小路上兜过来!傻瓜!傻瓜!"他说着又恨恨地抓住胡子。"傻瓜!猪猡!"他一边反复说,一边痛苦地扯着胡子。树林上空的雾中好像有样东西飞过;那只被惊跑的鹿的蹄声越来越远,传播得越来越广……

黄昏时分,奥列宁才跟老头儿一起回村。他又疲劳,又饥饿,又兴奋。晚饭已经准备好了。他跟老头儿一起吃喝,渐渐觉得暖和而快乐了。于是又走到阳台上。他的眼前又耸立着夕阳照耀下的群山。老头儿又讲着他那些讲不完的故事：他讲到打猎，讲到高加索山匪，讲到他的相好，讲到那种无忧无虑的放荡生活。美人儿玛丽雅娜又走进走出，穿过院子，隔着衬衫清楚地显出她那健美的处女身体。

20

第二天，奥列宁独自到昨天他跟老猎人遇见鹿的地方去。他不绕道走栅栏门，而像一般村民那样爬过带刺的篱笆。他还没把钩住他的契尔克斯服的篱笆拉开，那跑在前面的猎狗已经惊起了两只野鸡。他一踏进荆棘丛，便步步有野鸡飞起来（老头儿昨天没有带他踏进这地方，打算以后张幔捕捉）。奥列宁开了十二枪，打死五只野鸡，他在荆棘丛里爬来爬去追逐，累得一身大汗。他唤了狗，拉开枪机，装上子弹，用契尔克斯服的袖子挥开蚊群，悄悄向昨天去过的地方走去。但是他止不住那一路上追踪前去的狗，因此又打死了一对野鸡。这样一耽搁，直到将近中午才找到昨天那个地方。

天气晴朗，炎热，没有风。连树林里都感觉不到早晨的凉意，成千上万的蚊蚋简直盖没了他的脸、背和手臂。他的猎狗由黑色变成了灰色，因为它的背上也盖满了蚊蚋。奥列宁身上的契尔克斯服也是这样，蚊子隔着衣服叮他。他被蚊子叮得简直想逃回家去，他甚至觉得无法在村里过夏天。他已经转身回家，可是一想到别人也是这样过日子，便决定忍受下去，听凭蚊子的折磨。说也奇怪，到了中午，这种折磨反而使他高兴了。他甚至觉得，要是没有这种从四面八方包围他的蚊群，没有这种举手一拍就会沾在汗淋淋脸上的黏糊糊的蚊子，没有这种浑身难受的搔痒,那么,这儿的树林对他就会丧失特色和魅力。成千上万的蚊蚋跟那茂盛稠密的野生植物,跟那满树林的飞禽走兽,跟那郁郁苍苍的草木,跟那芬芳闷热的空气,跟那从捷列克河各处渗透过来、在低垂的枝叶下汩汩作响的浑浊溪流是那么协调,以致他原来觉得可怕和难受的东西,现在都变得可爱了。他在昨天遇到鹿的地方兜了一圈,什么也没有找到,很想休息一下。太阳高悬在树林上空,当他走到空地或者大路上时,阳光就直射到他的背上和头上。七只沉甸甸的野鸡挂在他的腰部,勒得他发痛。他找到昨天那只鹿的踪迹,悄悄地钻到一棵灌木底下,就在那鹿躺过的地方歇下来。他望望周围暗绿的草叶,瞧瞧那遗有鹿粪的湿漉漉地面,瞧瞧鹿膝的印痕、一块被鹿踢起的黑土和他自己昨天留下的脚印。他觉得凉快、舒服,他没有什么思虑,也没有什么欲望。他心中突然充满了一种没来由的幸福和博爱的奇特感情,他不由得按照童年时代的老习惯,画着十字,并且感激某个人。他忽然异常清晰地想:"我德米特里·奥列宁,一个与众不同的人物,如今独自躺在这天知道的怪地方。这儿原来有一只美丽的老鹿,它也许从来没有见过人,而这地方恐怕也从来没有人来坐过,并且做过这样的遐想吧。我现在坐在这儿,四下里都是老树和幼树,那棵树上还爬满野葡萄藤,那些野鸡在我身边扑动翅膀,互相追逐,它们也许闻到了它们的被杀害的弟兄们。"他摸摸他猎获的野鸡,将沾在手上的暖烘烘的鲜血擦在契尔克斯服上。"也许豺狼嗅到它们的味儿,却虎着脸往别处去了。蚊蚋在空中嗡嗡地喧闹,在我身边的枝叶中间飞来飞去。对蚊蚋来说,那枝叶就像是巨大的岛屿。蚊子一只,两只,三只,四只,一百只,一千只,一百万只,它们全都在我周围嘤嘤嗡嗡地叫着,而它们当中每一只又都和所有的蚊子不同,就像我德米特里·奥列宁跟别人不同那样。"他清晰地想象着,蚊子在嗡嗡地闹些什么,它们在想些什么。"来啊,来啊,弟兄们!这儿有个可吃的人哪!"蚊子们在这样互相召唤,并且粘在他身上。他恍然大悟,他根本不是什么俄罗斯贵族,不是莫斯科社交场中的人物,也不是某某人和某某人的亲戚朋友,他只是一只蚊子,一只野鸡,一只鹿,跟此刻生活在他周围的那些东西一模一样。"我也像他们那样,像耶罗施卡大叔那样,活一些时候,然后死去。他说得对:只有青草在上面长出来。"

"得了,青草长出来又怎么样?"他继续想,"人总得活下去,应该得到幸福!而我也只有一个愿望——幸福。不管我是什么,是一只跟别的动物一样的动物(到头来只有青草会在上面长出来,此外就什么也没有了),或者是一具带有一点灵性的躯壳,我总得以最好的方式生活下去。那么,该怎样生活才能幸福?为什么我以前不幸福呢?"他开始追忆昔日的生活,他讨厌自己了。他觉得他是个要求过多的自私自利的人,事实上他并不需要什么。他望望周围被阳光照得通亮的草木、夕阳和明净的天空,他又觉得自己像以前一样幸福。"为什么我是幸福的?我以前活着又是为了什么?"他想。"我为了自己待人多么苛刻,多么会用心思,可是除了羞耻和悲哀之外,我什么也没有给自己弄到手!如今我可不再为了幸福而去争取什么了!"他心里豁然开朗。"幸福,哦,对了,"他自言自语,"幸福就在于为别人而生活。这是明明白白的。人天生要求幸福,所以这是合理的。想通过自私自利的办法去满足这种要求,也就是说为自己追求财富、荣誉、享受或者爱情,客观条件倒可能不允许你去满足这些欲望。由此可见,不合理的是这些欲望,而不是要求幸福这件事本身。有哪些欲望可以不问外界条件而能得到满足的呢?有哪些?只有爱,只有自我牺牲!"他觉得这是新的真理,如今发现了，感到十分快乐兴奋。他跳起来，迫不及待地找寻着，他可以为谁牺牲自己，可以为谁做些好事，可以把谁作为爱的对象。"一个人既然自己不需要什么，"他不断地想，"又为什么不为别人而活着呢？"他拿起枪，想赶快回家去把这一切琢磨个透，并且找个做好事的机会，于是就走出密林。他来到林间空地上，回头一看：太阳已看不见，树梢上空也阴凉了。他觉得这地方十分陌生，一点不像村庄的郊野。骤然间一切都变了，天气变了，树林的样子也变了：天空中乌云密布，树梢上狂风怒号，周围只见一片芦苇和干枯折断的树木。他呼唤正在追逐野兽的狗，但这声音连他自己听来也有点凄凉。他忽然觉得十分恐怖。他胆怯起来。他的头脑里浮起了高加索山匪和人家讲给他听的各种谋杀案的景象，他提心吊胆，似乎每株灌木后面都会有一个车臣人窜出来，逼得他挺身自卫并且死去，要不然就要成为胆小鬼。他想起了上帝和来生，他好久没想到这些了。而周围仍旧是一片昏暗、阴森和荒凉的景象。"一个人值得为自己而活着吗？"他想，"人随时都会死的，没有做什么好事就死去，那就谁也不会知道你了。"他朝着他认为村庄所在的方向走去。他不再想到打猎，他感到筋疲力尽，同时提心吊胆地仔细察看着一草一木，准备随时送命。他兜来兜去走了好一阵，遇到一条沟，沟里流着从捷列克河来的冰凉多沙的水。为了不再迷路，他决定沿着沟走。他走着，连自己也不知道这沟将把他引到哪里。忽然，芦苇在他背后飒飒地响起来。他吓了一跳，抓住枪。他为自己害臊：原来是他那只过分兴奋的狗重重地喘着气，跳到冰凉的沟里去喝水。

他也喝了点水，跟着狗走，他认为狗会把他领回村子里去。虽然有狗做伴，他却觉得周围的一切越发荒凉了。树林变黑，在折断的老树梢上风呼啸得越来越猛。有些巨大的鸟在树梢的鸟窝旁盘旋，发出尖厉的叫声。草木渐渐稀少，遇见最多的是簌簌作响的芦苇和布满兽迹的精光沙地。在风的呼啸声中又夹杂着一种凄凉单调的吼声。他心里越来越感到沉重。他摸摸后面的野鸡，发现少了一只，野鸡的身子没有了，落掉了，只剩下流血的脖子和头还夹在腰带里。他觉得空前未有的恐怖。他便祷告上帝，他只怕一件事：没有做什么好事就死去，因此他极希望活下去，活下去好完成自我牺牲的业绩。

21

他的心里仿佛射进一道阳光，顿时变得明亮了。他听见有人讲俄国话，听见捷列克河湍急而匀调的奔流，而在他前面几步之外就是一片黄浊的流动河面，河岸和浅滩上的褐色湿沙，遥远的草原，突出在水面之上的瞭望台，一匹备了鞍、系住腿在荆棘丛中吃草的马和群山。刹那间，鲜红的夕阳从乌云后面露出来，把它的余晖欢乐地撒在河面上和芦苇上，撒在瞭望台和一群哥萨克身上。在这些哥萨克中间，鲁卡沙强壮的体格不禁吸引了奥列宁的注意。

奥列宁又无缘无故地觉得自己十分幸福。他来到捷列克河畔的下普罗托茨克哨所，河对岸是个归顺的鞑靼村。他跟哥萨克们打了招呼，但一时找不到为谁做好事的机会，就走进屋子里去。可是屋子里也没有这样的机会。哥萨克们对他很冷淡。他走进泥屋里，点着一支烟。哥萨克们对奥列宁似理非理，第一因为他吸烟，第二因为那天晚上他们有一件有趣的事。几个敌对的车臣人带了一个探子从山上下来，想赎回被打死的亲人的尸体。大家都在等哥萨克头领从村里赶来。死者的兄弟,个儿很高,身材端正,留着一撮剪短染红的胡子,虽然身上的契尔克斯服和皮帽已经破旧,但神气却庄严得像个国王。他的相貌很像被打死的山匪。他对谁也不瞧一眼,也不看一看死者,只是蹲在树阴下,抽着烟斗,啐着唾沫,偶尔喉音很重地吩咐着什么,他的同伴在旁边恭恭敬敬地听着。显然,他是个骑士,在各种场合看见过俄罗斯人,因此此刻没有什么东西能引起他的惊奇和注意。奥列宁则要走近去瞧瞧尸体,那个做兄弟的就镇定而轻蔑地扬起眉毛瞪了他一眼,怒气冲冲地说了些什么。那探子连忙用契尔克斯服遮住死者的脸。车臣骑士脸上那副威严的神气使奥列宁吃了一惊。他想跟他谈谈,问问他是从哪一个村庄来的,可是车臣人白了他一眼,轻蔑地啐了口唾沫,就转过身去。奥列宁看到山匪不理他,觉得很奇怪,他还以为他的冷淡只是由于愚蠢和不懂俄语。奥列宁就招呼他的同伴。那同伴,又是探子,又是翻译,衣服穿得跟他一样破烂,但头发是黑色的,而不是红褐色的,牙齿十分洁白,闪着一双光亮的黑眼睛,时起时坐,十分好动。探子高兴地跟他谈起话来,并且问他要一支烟。

"他们有五弟兄,"探子用似通非通的俄语说,"被俄罗斯人杀死的,这是第三个,现在只剩下两个了。他是个骑士,确实是个骑士,"探子指指那个车臣人说,"当阿赫梅德汗(那个被打死的山匪)被人打死的时候,他正坐在对岸芦苇丛里,他什么都看见了:他们怎样把他放到小船里,怎样把他抬到岸上。他一直坐到夜里,他想打死那老头儿,可是别人不让他开枪。"

鲁卡沙走到这两个谈话的人旁边,坐下来。

"是哪一个村庄的?"他问。

"喏,就在那边的山里,"探子指指捷列克河对岸雾蒙蒙的浅蓝色峡谷,回答说,"你知道苏犹克苏吗?再过去十里地就是。"

"你认识苏犹克苏的吉烈汗吗?"鲁卡沙问,显然以认识他为荣。"他是我的老朋友。"

"他是我的邻居,"探子回答。

"好样的!"鲁卡沙显然很感兴趣,就用鞑靼话跟翻译交谈起来。

不多一会儿,百人长和村长带了两名哥萨克侍从骑马跑来。百人长是新任命的哥萨克军官,他跟哥萨克们问了好,可是没有人按军队规矩向他呼喊"祝大人健康",只有少数几个人向他鞠躬还礼。有几个人站起来立正,鲁卡沙也是其中的一个。班长报告前哨太平无事。奥列宁觉得这一切都很滑稽,仿佛哥萨克都是扮成军人在演戏。不过,这种例行公事很快就结束,代之以普通的关系。百人长是一个伶俐的哥萨克,他老练地用鞑靼话跟那翻译交谈起来。他们写了一张纸,交给探子,从他那里拿到钱,走到尸体跟前。

"你们这里哪一个是鲁卡沙·加夫里洛夫?"百人长问。鲁卡沙脱下帽子,走过去。

"我已把你的功绩报告团长了。结果怎样还不知道,我建议给你一个十字勋章,可你当班长还嫌太早。你识字吗?"

"我不识。"

"真是个好样的!"百人长说,继续摆出长官的派头。"戴上帽子。他是加夫里洛夫家的吧?是不是那个叫'巨人'家的人?"

"是他的侄儿。"班长回答。

"我知道,知道。那么,去帮帮他们的忙。"他对哥萨克们说。

鲁卡沙脸上喜气洋洋,显得比平时更加英俊。他离开班长,戴上帽子,又在奥列宁旁边坐下。

等尸体搬上小船之后,车臣人的兄弟走到河边。哥萨克们不由自主地给他让了路。他用强健的腿抵住河岸,跳进小船。这时奥列宁注意到,他第一次对所有的哥萨克匆匆地扫了一眼,又急急地向他的同伴问了些什么。同伴回答他,又指指鲁卡沙。车臣人瞅了他一眼,又慢慢转过身去望着对岸。从他的目光中流露出来的,不是憎恨,而是冷冰冰的蔑视。他又说了些什么。

"他说什么?"奥列宁问活泼的翻译。

"你们的人杀死我们的人,我们的人杀死你们的人。就是这么一回事。"探子说,笑得露出雪白的牙齿,显然是在撒谎。接着他也跳上小船。

死者的兄弟一动不动地坐在船上,凝视着对岸。他怀着强烈的仇恨和轻蔑,河这边的任何东西都引不起他的好奇心。探子站在船尾上,忽左忽右地划着桨。他一面利落地划船,一面不断地说话。小船斜渡过河面,变得越来越小,人声轻得几乎听不见,最后眼看他们划到了对岸。岸上系着他们的马匹。他们把尸体抬上岸,尽管那匹马躲来躲去,他们还是把它驮在马背上,自己也上了马,沿着大路,经过鞑靼村,慢吞吞地走去。村子里有一群人出来看他们。河这边的哥萨克都兴高采烈,十分得意。到处是一片笑闹声。百人长和村长一起到泥屋里吃喝去了。鲁卡沙脸上喜气洋洋,竭力想做出一副庄重的样子,可是做不像。他坐在奥列宁旁边,双肘支在膝上,削着一根木棒。

"您干吗要抽烟呢?"他假装好奇地问,"难道有好处吗?"

他显然是因为看到奥列宁一人夹在哥萨克中间有点尴尬,才说这话的。

"没什么,习惯了,"奥列宁回答,"怎么样?"

"哼!要是我们中间有人抽烟,那就倒霉了!看,离这儿不远就是山,"鲁卡沙指指峡谷说,"可是您走不到!……您一个人怎么能回家呢?天黑了。您愿意的话,我可以送您去,可您得去请求班长同意。"

"真是个好样的,"奥列宁瞧着他那容光焕发的脸,想。他记起玛丽雅娜,记起他听见他们在门外亲吻,他为鲁卡沙感到惋惜,惋惜他缺乏教养。"这是多么荒唐糊涂哇!"他想,"一个人杀了另一个人,觉得快乐幸福,仿佛做了一件最漂亮的事。难道他不明白,这完全没有理由高兴?难道他不明白,幸福不在于杀人而在于牺牲自己?"

"啊,老弟,今后当心别落到他手里,"在目送小船离去的哥萨克中间,有一个对鲁卡沙说。"你没听见他问起你吗?"

鲁卡沙抬起头来。

"那个干儿子吗?"鲁卡沙说,意思是指那个车臣人。

"那个干儿子是起不来了,可是得当心那个红头发的兄弟。"

"他能平平安安回去,还得感谢上帝呢!"鲁卡沙笑着说。

"你高兴什么呀?"奥列宁对鲁卡沙说,"要是你的兄弟被人杀死了,你也高兴吗?"

这哥萨克含笑瞧着奥列宁。看样子他已明白奥列宁要对他说的话,但他认为这些意见根本不值得考虑。

"可不是?这有什么了不起!我们的人不也常常被他们杀害吗?"

22

百人长同村长骑马走了。奥列宁为了让鲁卡沙高兴,并且免得独自走黑暗的树林子回去,就替鲁卡沙向班长请假,班长答应了。奥列宁以为鲁卡沙要去看玛丽雅娜,而他也乐于有这样一个漂亮健谈的哥萨克做伴。他心中很自然地把鲁卡沙和玛丽雅娜联结起来,他想到他们,觉得很高兴。"他爱玛丽雅娜,"奥列宁想,"而我本来也可以爱她的。"当他们一起穿过黑暗的树林走回家去的时候,他心中产生了一种新奇而强烈的柔情。鲁卡沙心里也很高兴。在这两个截然不同的青年之间产生了一种类似爱的感情。每次当他们相对而视的时候,他们都想笑出声来。

"你走哪一道门哪?"奥列宁问。

"中门。我送你到泥塘那边。过了泥塘就不用怕什么了。"

奥列宁笑了。

"难道我会害怕吗?回去吧,谢谢你。我一个人走好了。"

"没关系!我有什么事啊?您怎么会不害怕呢?就是我们也害怕的。"鲁卡沙也笑着说,照顾着奥列宁的自尊心。

"那你到我那边坐坐。咱们谈谈,再喝点儿什么,你到天亮走好了。"

"难道我找不到过夜的地方吗?"鲁卡沙又笑了,"可是班长要我回去。"

"我昨天听见你唱歌,还看见你……"

"人人都……"鲁卡沙说着摇摇头。

"你要成亲了,是吗?"奥列宁问。

"我妈要我成亲。可我还没有马呢!"

"你还没有编入正规军吗?"

"哪里谈得到!还在准备呢。我没有马,又没有地方去弄一匹来,因此成不了亲。"

"一匹马值多少钱哪?"

"前几天河对岸有人做买卖,有人出六十卢布,他们还是不肯卖,马倒是一匹诺盖马。"

"你愿意给我当勤务兵吗?我来给你想办法,我可以送你一匹马,"奥列宁忽然说,"真的,我有两匹马,我用不着两匹。"

"怎么用不着?"鲁卡沙笑着说,"您何必送人呢?上帝保佑,我们自己会想办法的。"

"真的!是不是你不愿意当勤务兵啊?"奥列宁说,因为想出给鲁卡沙送马的主意而高兴。不过,不知怎的他觉得有点不好意思。他想说些什么,可是不知道说什么好。

鲁卡沙首先打破了沉默。

"那么,您在俄罗斯自己有房子吗?"他问。

奥列宁忍不住不讲,他不是有一座房子,而是有几座房子。

"房子好吗?比我们的大吗?"鲁卡沙好心好意地问。

"大多了,大十倍,有三层楼。"奥列宁讲道。

"那么马也同我们这儿的一样吗?"

"我有一百匹马,每匹值三四百卢布,只是跟你们的马不一样。值三百银币!都是赛跑马,你知道……可我还是喜欢这儿的马。"

"那您干吗要到这儿来啊?是自愿来的,还是被派来的?"鲁卡沙问,仿佛一直在嘲笑他。"看,您就是在那边迷路的,"他指指他们经过的小路,"您该向右拐弯才对。"

"我是自愿来的,"奥列宁回答,"我要看看你们这个地方,参加这儿的行军。"

"我真想今天就参加行军呢!"鲁卡沙说,"您听,豺狼在嚎了。"他谛听着,又说。

"那么,你杀了人不害怕吗?"奥列宁问。

"那有什么可害怕的? 我真想参加行军呢!"鲁卡沙重复说,"我真想啊,我真想啊……"

"说不定我们会一起去的。我们这一连过节前就要出发,你们的百人团也要去的。"

"您何必到这儿来呢! 家里有房子,有马,还有农奴。换了我就成天玩儿了。那么您有什么官衔吗?"

"我是士官生,但就要提升了。"

"哦,您这样的生活要不是吹牛,换了我就永远不会离开家。是的,我哪儿也不会去的。您在我们这儿过得好吗?"

"嗯,很好。"奥列宁说。

当他们这样谈着话走近村子的时候,天色已经完全黑了。黑漆漆的树林还包围着他们。风高高地在树梢上呼啸。忽然,豺狼在他们附近号叫,发出笑声和呜呜的哭泣声;前面,已经听得见村子里女人的说话声和狗的吠声,可以清楚地看见房子的轮廓和明亮的灯光,还闻到那种烧干粪的特殊烟味儿。奥列宁深深地感觉到——特别是在今天晚上——他的房子、他的家、他的全部幸福都在这个村子里,他从来不曾,也永远不会在别的什么地方过得像在这村子里这样幸福。今天晚上他是那样热爱一切人,特别是热爱鲁卡沙! 奥列宁一回到家里,就亲自从棚里牵出那匹他在格罗兹纳亚买的马(不是他自己常骑的那一匹,而是另一匹虽不年轻但也不坏的马),送给鲁卡沙。这可使鲁卡沙大为惊奇。

"您干什么要送我啊?"鲁卡沙说。"我还没有为您效过什么劳呢。"

"老实说,这在我是算不了什么的,"奥列宁回答,"牵去吧!你将来也可以送我点什么的……我们还要一起行军呢。"

鲁卡沙手足无措了。

"哦,这算什么?难道一匹马不值什么钱吗?"他说,眼睛没看那马。

"牵去吧,牵去吧!你要是不肯,我就要生气了。凡纽沙,把灰马牵给他。"

鲁卡沙拉住缰绳。

"那么谢谢您了!哦,真是做梦也没想到……"

奥列宁高兴得像个十二岁的孩子。

"把它拴在这儿吧!这是匹好马,我在格罗兹纳亚买的,跑得可快了。凡纽沙,给我们拿点契希尔来。我们到屋子里去吧。"

酒拿来了,鲁卡沙坐下,端起酒碗。

"以后有机会我一定报答您,"他喝干酒,说,"你叫什么名字?"

"德米特里·安德烈伊奇。"

"哦,德米特里·安德烈伊奇,上帝保佑你。让我们做朋友吧!有机会请到我们家去玩。我们虽然不是有钱人,还是能招待朋友的。我还要告诉我妈,你要是需要点什么:奶油也好,葡萄也好,尽管说好了。你要是到哨兵线上来,我可以陪你打猎、渡河,你要上哪儿,就上哪儿。哦,前几天我打到一只好大的野猪,把肉都分给哥萨克们了,可惜不知道,不然给你也送点来。"

"好的,谢谢你。可是你别让这马拉车,它从没拉过车呢。"

"怎么能让马去拉车呢！哦,我还有一件事要告诉你,"鲁卡沙低下头,说,"是这样的,我有一个朋友叫吉烈汗,他叫我到山脚下的大路上去打埋伏。我们一起去吧！我不会出卖你的,我可以给你当穆里德①。"

"去,改天我们一起去。"

鲁卡沙似乎完全放心了,他明白奥列宁对他的态度。他的镇定和单纯使奥列宁感到惊奇,甚至使他有点反感。他们谈了好半天。当鲁卡沙跟奥列宁握别出来,已经夜深了。鲁卡沙虽然没有醉（他从来没有醉过）,却也喝了不少。

奥列宁在窗口瞧着,看他要做些什么。鲁卡沙低低地垂下头,慢慢地走着。然后,他把马拉到栅栏门外,忽然脑袋一晃,像只猫似的霍地跳上马背,拉起缰绳,大喝一声,沿着街道疾驰而去。奥列宁以为鲁卡沙一定会去找玛丽雅娜,让她分享他的快乐,可是鲁卡沙并没有这样做。虽然如此,奥列宁还是感到有生以来第一次这样高兴。他快乐得像个孩子,忍不住不把这事告诉凡纽沙,不仅告诉他送给鲁卡沙一匹马,而且说明为什么送他,还把他那一整套关于幸福的新理论讲给他听。凡纽沙并不赞成这理论,并且说"钱没有了。"因此这一切都是胡闹。

鲁卡沙赶回家,跳下马,把马交给他母亲,叫她牵到哥萨克马群里去一起放牧,他自己当夜就得回哨兵线。他的哑姐姐把马拉去拴好,做做手势表示,她一看见那个送马的人,准要跪倒在他的脚下。老太婆听了儿子说的话只是摇头,她心里断定这马是鲁卡沙偷来的,因此嘱咐哑

---

① 伊斯兰教伊玛目门徒,这里有侍从的意思。

姑娘不等天亮就把马牵到马群里去。

鲁卡沙独自走回哨兵线,心里一直琢磨着奥列宁的行为。照他看来这马虽然并不出色,但至少也值四十卢布,因此,这礼物还是使他很高兴。但为什么要送他这样的礼物,他却无法理解,因此一点儿也不感激。相反,他心里多少有点猜疑,那士官生会不会别有用意啊。他有什么用意,鲁卡沙可琢磨不透,但假定纯粹是出于好心,那么,一个素不相识的人送给他一匹价值四十卢布的马,似乎是不可能的。要是他当时喝醉了,那还可以理解:他想摆阔。但士官生当时是清醒的,因此准是要收买他去干什么坏事。"哼,胡思乱想!"鲁卡沙想。"马已经到了我手里,往后瞧着办吧。我又不是傻瓜。谁叫谁上当,让我们等着瞧吧!"他想,觉得对奥列宁必须保持警惕,因此对他产生了不友好的感情。他没有告诉人家他是怎样弄到马的。对有些人他说是买的,对有些人又闪烁其词。不过,村里人不久还是知道了真相。鲁卡沙的母亲、玛丽雅娜、伊利亚·华西里耶维奇和另外一些哥萨克得知奥列宁无缘无故送了礼物,心里都充满怀疑,对士官生提防起来。不过,提防归提防,这种行为还是使他们对奥列宁的"老实"和富裕产生很大的敬意。

"你听说了吗:那个住在伊利亚·华西里耶维奇家的士官生送给鲁卡沙一匹值五十卢布的马?"一个人说。"真阔气!"

"听说了,"另一个意味深长地回答,"准是他替他出了什么力气。他有些什么花样,咱们等着瞧吧。这机灵鬼真走运。"

"那些士官生都挺狡猾,狡猾得要命!"第三个说。"他们不是放火烧房子,就是捣什么鬼。"

23

奥列宁的生活过得很单调,很平淡。他跟上级和同事很少往来。在高加索,一个有钱的士官生往往特别受到照顾。既没有给他分派工作,也没有叫他受训。他因参加远征而被保举提升军官,在没提升之前他就无所事事。军官们认为他是贵族,因此对他另眼相看。打牌,在歌手伴唱下饮酒作乐,这些军官们的玩意儿,他在部队里都经历过,对他似乎不再有什么吸引力;他避免同村里的军官们交际,也不同他们过同样的生活。驻在哥萨克村子里的军官,早就有了一种固定的生活方式。在要塞里,不论士官生或者军官,总是喝喝黑啤酒,打打牌,谈论谈论出征将士的奖赏;同样,在哥萨克村子里,他们总是跟房东一起喝喝契希尔,请姑娘们吃糖果和蜜糖,追求追求被看上的哥萨克女人,有时也在那里结婚成家。奥列宁的生活总是与众不同,他总是本能地厌恶平凡的道路。在这里,他也不遵循高加索军官陈腐的生活方式。

天一亮,他自然而然醒过来。喝过茶,在门口欣赏一会儿山色、晨景和玛丽雅娜,就穿上破旧的牛皮短褂、浸湿的生皮凉鞋,佩上短剑,拿起枪和一只装有点心和纸烟的小袋子,唤了猎狗,早晨五点多钟跑到村外的树林里去。直到晚上将近七点钟,他才又饥又累地回来,腰里挂着五六只野鸡,有时还有别的野味,袋子里的点心和纸烟却没有动过。要是他头脑里的思想也像他袋子里的纸烟一样,那就可以看出,在这十四个钟头里他没有动过什么脑筋。他回到家里心情舒畅,十分快活。他说不出他在这段时间里在想些什么。他头脑里出现的,既不是思索,也不是回忆,也不是幻想,而是三者混合的片段。他定神问自己,他在想些什么?他忽而把自己想象成一个哥萨克,跟哥萨克老婆一起在果园里干活;忽而把自己当做一个高加索山匪;忽而又把自己幻想成一只逃跑的野猪。同时他又一直在倾听、窥察和守候野鸡、野猪或者鹿。

到了晚上,耶罗施卡大叔照例来他家闲谈。凡纽沙照例拿来一大瓶契希尔,他们总是轻声地边谈边喝,然后又高高兴兴地分手去睡觉。到了第二天,又是打猎,又是有益健康的疲劳,又是一边喝酒一边谈天,又是快乐逍遥。有时候,逢到节日或者假日,他成天待在家里。于是,欣赏玛丽雅娜就成为他的主要活动,他常常不自觉地从窗口或者门口贪婪地注视着她的一举一动。他瞧着玛丽雅娜,并且喜欢她(他自以为如此),就像他喜欢山峦和天空的美一样,但并不想跟她有任何来往。他认为,他跟她不可能形成她跟鲁卡沙那样的关系,更不可能产生一个有钱的军官跟一个哥萨克姑娘那样的关系。他认为,要是他也做出他同事们做出的那种事,他就会失去遐想的全部乐趣,而掉进痛苦、绝望和悔恨的深渊。再说,在对待这个女人的关系上,他已经做了一番自我牺牲,并且领略到很大的乐趣;但主要的是,他不知怎的有点怕玛丽雅娜,不敢在她面前说出半句调情的话。

夏季里,有一天奥列宁没出去打猎,坐在家里。不料来了一个莫斯科的熟人,那是他在社交场中结识的一个青年。

"啊,老朋友,*亲爱的*,知道您在这儿,我真高兴!"他用莫斯科式的法语开了话头,接着又在俄语中夹了许多法国字说下去。"他们说:'奥列宁。'哪一个奥列宁啊?我真是高兴……瞧,命运又让我们碰头了。嗯,您怎么样?好吗?干什么来的?"

于是别列茨基公爵讲了他的经历:他怎样暂时加入这个团,总司令怎样请他当副官,他怎样打算在这次行军之后去就任,虽然对此毫无兴趣。

"到这个偏僻的穷地方来服务,至少得有个名堂……弄个十字勋章……一官半职……然后调到近卫军去。这些都是必要的,即使不为我个人,也得为亲戚朋友们着想啊。公爵待我很好,他是个正派人,"别列茨基滔滔不绝地说,"因为参加出征,他们替我呈请安娜勋章。现在我要待在这儿作战。这儿好极了。多可爱的女人!哦,您过得怎么样?我们的队长(斯塔尔采夫,您认识他吗?),这个善良愚蠢的家伙……他告诉我,您在这儿生活过得简直像蛮子,跟谁也不来往。我明白,您不愿意跟这儿的军官交朋友。我很高兴,今后我们又可以常常见面了。我住在这儿的哥萨克班长家里。那边有个出色的姑娘,乌斯金卡!我老实对您说吧:迷人极了!"

他又用俄语夹法语滔滔不绝地说着话,而奥列宁却觉得他早已跟说这种语言的社会一刀两断了。大家都认为别列茨基是个忠厚可爱的小伙子。也许他确实是这样的,但奥列宁却极其讨厌他,虽然他的相貌长得俊美而和善。他身上恰巧又散发出奥列宁所极度嫌恶的臭味。奥列宁最恼恨的是,他不能(说什么也不能)断然拒绝这个从旧世界来的人,仿佛旧世界对他具有一种不容抗拒的力量。他生别列茨基的气,也生自己的气,但也不由自主地在谈话中夹用法语,并且对总司令和莫斯科的熟人发生兴趣。又因为在哥萨克村子里只有他们两人讲法国话,他有点蔑视别的军官同事和哥萨克,而对别列茨基表示友好,答应去拜访他,并且请别列茨基常来玩。事实上,奥列宁一次也没去看过别列茨基。凡纽沙倒很称赞别列茨基,说他是个真正的老爷。

别列茨基很快就在村子里过着一般有钱的高加索军官的生活。奥列宁眼见他在一个月里就成了村中的老居民：他把老人们灌醉，他举办晚会，也参加姑娘们的晚会，吹嘘他爱情上的胜利，甚至于使姑娘们和婆娘们都莫名其妙地叫起他爷爷来，而哥萨克男人们呢，很能了解一个贪杯好色的男子，都跟他搞熟了，甚至喜欢他超过喜欢奥列宁，因为奥列宁在他们看来是一个谜。

24

早晨五点钟，凡纽沙在屋前台阶上生茶炊，用一只旧靴筒代替风箱鼓风。奥列宁已骑马到捷列克河边去洗澡（不久以前他想出了一种新的消遣方法：到捷列克河里给马洗澡）。女房东在屋子里忙碌，屋上的烟囱冒着黑色的浓烟；她的女儿在棚子里挤牛奶。"就是不肯安静，死鬼！"传来了她的急躁的声音，接着就是匀调的挤奶声。附近街上响起一阵急促的马蹄声，奥列宁不用鞍子骑在一匹湿漉漉的漂亮的深灰色马上，向门口驰来。玛丽雅娜包着红头巾的美丽的头从棚子里露了露又消失了。奥列宁身穿红绸衬衫和雪白的契尔克斯服，束着腰带，腰带上佩着一把短剑，头上戴着一顶高帽子。他风度翩翩地骑在潮湿的肥壮的马背上，一只手拉住背后的枪，俯下身去开门。他的头发还是湿漉漉的，脸上焕发着青春和健康的光彩。他自以为很英俊漂亮，像个骑士，其实并不像。在一个地道的高加索人看来，他不过是个普通军人罢了。看到姑娘探出头来，他越发神气地弯下腰，推开栅栏门，拉紧缰绳，把鞭子一扬，冲到院子里。"茶好了吗，凡纽沙？"他眼睛不看棚子的门，兴致勃勃地大声问。他高兴地感觉到，胯下的骏马怎样收缩臀部，绷紧缰绳,抖动每块肌肉,在院子里干燥的泥地上敲着蹄子,准备霍地一下窜过篱笆。"好了!"凡纽沙回答。奥列宁以为玛丽雅娜仍会探出美丽的头从棚子里瞧着,但他没有回头看她。奥列宁跳下马,他的枪在台阶上碰撞了一下。他笨拙地转过身子,怯生生地回头瞧了瞧棚子,却一个人也没看见,只听见匀调的挤奶声。

他走进屋子,过了一会儿又拿着烟斗和一本书来到门口,在早晨的阳光还没照到的一边坐下来喝茶。这天上午他哪儿也不想去,只想写几封拖延已久的信,但不知怎的舍不得离开这地方,不愿回到屋子里去,仿佛屋子是一座监狱。女房东生好炉子;姑娘把牲口放了出去,回来之后就动手把畜粪收拾拢来堆在篱笆旁边。奥列宁看着书,可是书里的话一点也没看进去。他的眼睛不时离开书本,瞧着在他面前来去忙碌的强壮的年轻女人。不论她走到屋前朝露未干的阴影里,或者来到欢乐的朝阳照耀下的院子中央,使她那裹着绚烂衣衫的苗条身姿显得格外鲜艳夺目,并且投下黑色的影子——她的一举一动,他都怕错过。他高兴地看到,她轻盈地弯下身子,她那件粉红色衬衫(身上唯一的衣服)裹在胸脯和线条优美的腿上;当她挺直身子的时候,她那起伏的胸脯在绷紧的衬衫下显出清楚的轮廓;她那套着旧的红色高跟皮鞋的纤足站在地上一点也不变形;她那从卷起的袖子里露出来的强壮手臂肌肉绷紧地使劲挥动着铲子;还有她那双深邃乌黑的眼睛时而向他投去一瞥。她那细长的双眉虽然紧锁着,眼睛里却流露出快乐的光芒和自我欣赏的神气。

"喂,奥列宁,您起来有好一会儿了吗?"别列茨基身穿高加索军官制服,走进院子里,招呼奥列宁说。

"哦,别列茨基!"奥列宁一边答应,一边伸出手去。"您怎么这样早哇?"

"有什么办法!把我赶出来了。今天晚上我家里开舞会。玛丽雅娜,你要到乌斯金卡家来的吧?"他问姑娘说。

奥列宁觉得很奇怪,别列茨基怎么能这样随便跟这个女人说话。玛丽雅娜却像没听见似的,低下头,拿起铲子往肩上一搭,雄赳赳地迈着男人般的步子走进屋里去。

"害臊了,小妞儿,害臊了。"别列茨基在她后面说,"见到您害臊了。"说着笑嘻嘻地跑上台阶。

"什么,您那儿开舞会?谁把您赶出来了?"

"在乌斯金卡家里,在我房东家里开个舞会,请您也来参加。所谓舞会,就是馅儿饼加上一群姑娘。"

"那我们去干些什么呢?"

别列茨基调皮地笑了笑,挤挤眼,朝玛丽雅娜进去的屋子扬扬头。

奥列宁耸耸肩,脸红起来。

"您这人真怪!"他说。

"嗯,别装模作样了,您老实招来吧!"

奥列宁皱起眉头,别列茨基看见奥列宁这副神气,讨好地笑了笑。

"嗨,得了吧,"他说,"住在同一座房子里……又是个这样迷人的少女,出色的姑娘,十足的美人……"

"美极啦!我从没见过这样的女人,"奥列宁说。

"哦,那又怎样呢?"别列茨基问,完全弄不懂奥列宁的意思。

"说来也许奇怪,"奥列宁回答,"但我又何必不说实话呢?自从我来到此地以后,女人在我仿佛是不存在的。而且说实话,我倒觉得挺不错!请问,我们跟这些女人有什么相通之处呢?至于耶罗施卡,那就不同了,我跟他有一个共同的嗜好——打猎。"

"原来如此!相通之处吗?"那我跟艾美丽雅·伊凡诺夫娜之间有什么相通之处呢?也是这么一回事。您说她们不干净吗——那可是另一回事了。上什么山,唱什么歌嘛!①"

"艾美丽雅·伊凡诺夫娜我不认识,我也决不会跟那种女人来往的,"奥列宁回答,"那种女人不值得尊重,这种女人我可是尊重的。"

"那您尽管尊重好了!谁又来拦着您?"

奥列宁不理他。他显然想把开了头的话说完。那是他的心里话。

"我知道我是个例外,"他显然有点不好意思,"但我的生活已经安排定了,我不仅没有任何必要改变我的生活方式,而且我也不能像您那样过日子,更不要说过得这么快活了。再说,我所追求的跟您不一样,我在她们身上看到的东西,也跟您不一样。"

别列茨基疑惑不解地扬起眉毛。

"不论怎么说,您今天晚上一定得来,玛丽雅娜也要来的,让我给你们介绍一下。您一定来吧!嗯,您要是觉得无聊,可以先走。您来吗?"

"我可以来,可是不瞒您说,我怕真的会迷上她。"

"哦,哦,哦!"别列茨基嚷起来,"您来就是了,我会照顾您的。您来吗?一言为定啊?"

"我可以来,可是老实说,我不知道我们将做些什么,我们将扮演什么角色。"

"我求求您。您来吗?"

---

① 原文用的是法国成语:"打仗就得像打仗!"

"嗯,也许来。"奥列宁说。

"算了吧,哪儿也找不着更迷人的女人了,您却过着修士般的生活!这是何苦哇?干吗要糟蹋您的生活,不利用利用现成的条件呢?我们的连要调到伏兹德维任斯克去,您听说了吗?"

"不会吧。我听人家说,调到那边去的是八连。"奥列宁说。

"不,我接到副官来信。他说公爵将亲自参加作战。我很高兴,我又可以同他见面了。我已经厌倦这个地方。"

"据说不久就要发动袭击了。"

"我没听说过;我只听说克里诺维钦因为参加袭击得了一枚安娜勋章。可他原来指望升做中尉呢,"别列茨基笑着说,"结果落空了。他到司令部去了……"

天色黑下来,奥列宁考虑着要不要去参加晚会。邀请使他烦恼。他想去,可是一想到那边的情景,就觉得有点古怪、荒诞,甚至恐惧。他知道那边不会有哥萨克男子,也不会有上了年纪的女人,只有一些姑娘。会有些什么事?他该采取什么态度?该说些什么?他们将说些什么?在他和那些粗野的哥萨克姑娘之间该维持一种什么样的关系?别列茨基告诉他那种别扭、无耻而又严重的关系……想到他将在那边跟玛丽雅娜在一间屋子里,也许还得跟她谈话,他觉得别扭。但当他想到她那副端庄的神态时,他又觉得这是不可能的。而别列茨基谈起来,这一切都是那么简单。"难道别列茨基真的也会那样对待玛丽雅娜吗?这倒挺有意思,"他想,"不,还是别去的好。这一切全是那么卑鄙、下流,主要是毫无意思。"那边究竟会怎么样呢?这问题又使他烦恼。但诺言似乎在约束他。于是他不待打定主意就出了门,一直来到别列茨基家,走进屋子里去。

别列茨基住的房子同奥列宁住的一样。房子架空盖在柱子上，离地面有一米多高，有两个房间。奥列宁沿着陡直的台阶走进第一个房间，里面有羽绒垫子、毯子、被头和枕头，都照哥萨克的款式雅致地一件件沿正墙摆着。边墙上挂着铜盆和武器，长凳底下摆着西瓜和南瓜。在第二个房间里，有一个大炉灶、一张桌子、几只长凳和几个旧教圣像。别列茨基就住在这里，他的行军床和旅行箱也放在里面，墙上挂着壁毯，毯子上挂着武器，桌子上摆着他的化妆用品和几张照片。一件绸晨衣扔在长凳上。别列茨基穿着内衣，修饰得干干净净、漂漂亮亮，躺在床上看《三个火枪手》。

别列茨基霍地跳起来。

"您瞧，我安排得怎么样？好吗？哦，您来了，好极了。她们干得可起劲呢。您知道馅饼是什么做的吗？是用面粉加猪肉和葡萄干做的。但那还不是主要的。您瞧瞧，那边多热闹！"

真的，从窗口望出去，他们看见房东屋子里一片忙碌的景象。姑娘们跑出跑进，一会儿拿这个，一会儿拿那个。

"快好了吗？"别列茨基大声问她们。

"马上就好！难道你饿了吗，爷爷？"接着屋子里传出一阵响亮的哄笑声。

乌斯金卡，身体胖鼓鼓，面色红喷喷，模样怪可爱的，卷起袖子，跑进别列茨基的屋子来拿盘子。

"唷，走开！别让我把盘子砸了！"她尖声尖气地对别列茨基叫道，"你还是来帮帮忙吧，"她笑着对奥列宁嚷道，"再给姑娘们准备些糖果。"

"玛丽雅娜来了吗？"别列茨基问道。

"那还用说！她还带面团来了。"

"我说嘛，"别列茨基说，"要是把这个乌斯金卡收拾干净，打扮一下，她会比我们所有的美人都漂亮的。您见过那个叫包尔晓娃的哥萨克女人吗？她嫁了一个上校。她的风度可迷人哪！真不知从哪儿找来的……"

"我没见过包尔晓娃，但依我看，没有比她们这种装束更好看的了。"

"啊，什么样的生活我都能适应！"别列茨基快乐地舒了一口气，说，"让我去看看她们弄得怎么样了。"

他披上晨衣跑出去，嘴里嚷道：

"您想法子弄点糖果来！"

奥列宁派勤务兵去买饼和蜜糖，可是他忽然觉得给钱是不体面的，仿佛他在收买什么人，因此，勤务兵问他"买多少薄荷饼，多少蜜糖饼"时，他没有给他确切的回答。

"随便好了。"

"把这些钱都买光吗？"上了年纪的勤务兵郑重地问。"薄荷饼贵一些，要十六戈比一个。"

"都买光，都买光。"奥列宁说着在窗口坐下。他自己也觉得奇怪，为什么他的心怦怦地跳得那么厉害，仿佛他在干一件重大而不好的事。

他听见别列茨基一进去，姑娘们的屋子里就发出一片尖声的喧嚷，过了一会儿，又看见他在叽里呱啦的喧闹和嘻嘻哈哈的哄笑中跑出来，奔下台阶。

"把我赶出来了。"他说。

过了一会儿，乌斯金卡走进来，宣布一切都已准备好，郑重其事地邀请客人过去。

他们走进屋子里,果然一切都准备好了。乌斯金卡在整理靠墙的羽绒垫子。桌子上铺着一块小得不相称的台布,上面放着一瓶契希尔和一条干鱼。屋子里有面团和葡萄的味儿。有五六个姑娘,身上穿着漂亮的短袄,头上不包头巾,挤在炉子后面的角落里,叽叽喳喳地低语着,嘻嘻哈哈地笑着。

"我恳求大家向我的守护神祷告。"乌斯金卡一边说,一边请客人入席。

在这群个个都很漂亮的姑娘中间,奥列宁仔细打量着玛丽雅娜。他感到痛苦和懊恼的是,他竟在这样庸俗尴尬的场合中遇到她。他觉得自己愚蠢而笨拙,决定照别列茨基的样子行动。别列茨基有点郑重其事而又洒脱大方地走到桌子旁,为乌斯金卡的健康干了一杯,并且请别人也干一杯。乌斯金卡声明,姑娘们不喝酒。

"加一点蜜糖就可以喝了,"有一个姑娘说。

勤务兵刚从铺子里买了蜜糖和点心回来,就被叫到屋子里。他又像嫉妒又像轻蔑地斜眼瞟了瞟"喝酒胡闹"(照他看来)的老爷们,小心翼翼地把灰纸包里的蜜糖和饼交给他们,正要详细交代价钱和找头,就被别列茨基打发走了。

别列茨基把蜜糖掺进酒里,阔气地将三斤饼都撒在桌上,把姑娘们从角落里硬拉到桌子旁边坐下,又把饼分给她们。奥列宁无意中发现,玛丽雅娜的一只晒黑而小巧的手抓住两只圆圆的薄荷饼和一块棕色的蜜糖,不知道怎么办才好。谈话拘谨而沉闷,虽然乌斯金卡和别列茨基很随便,并且希望大伙都玩得高兴。奥列宁犹豫不决,考虑着说些什么。他觉得他引起了人家的好奇心,也许还招人讥笑,并且使大家都拘束起来。他脸红了,他觉得玛丽雅娜特别尴尬。"她们大概是在等我们给她们钱吧,"他想,"我们怎么给呢?最好赶快给了钱就走!"

25

"你怎么连自己家的房客都不认识啊?"别列茨基对玛丽雅娜说。

"他从来不到我们那儿去,叫人家怎么认识他呢?"玛丽雅娜对奥列宁瞅了一眼,回答说。

奥列宁惊慌失措,脸刷地红了,不知所云地说道:

"我怕你母亲。我第一次上你们家去,她就把我大骂了一顿。"

玛丽雅娜格格地笑起来。

"把你吓坏了?"她说着又对他瞅了一眼,就转过身去。

奥列宁看到这位美人的整个脸蛋还是第一次,以前他看到的时候,她总是把头巾包到眼睛上。她是村子里的第一号美人,确实名不虚传。乌斯金卡是个可爱的姑娘,矮矮胖胖的,脸色红润,生着一双快乐的栗色眼睛,红嘴唇上经常挂着微笑,老是有说有笑的。玛丽雅娜呢,正好相反,一点也不可爱,但是十分美丽。她的相貌也许使人觉得过分男性化,甚至近于粗犷,但幸亏她生得高大匀称,胸部丰满,肩膀宽阔,尤其是她那双乌溜溜的秀眼,上面覆着浓密的黑眉毛,流露出又端庄又温柔的神情,此外,她的嘴和微笑也很妩媚。她难得微笑,但笑起来总是十分迷人。她身上洋溢着一种处女的健美。姑娘们个个都长得非常健美,但姑娘们也罢,别列茨基也罢,以及买了点心回来的勤务兵也罢,全都不由自主地注视着玛丽雅娜;谁要是跟姑娘们说话,也总是玛丽雅娜说。她仿佛是她们中间一位矜持而快乐的女皇。

别列茨基竭力想维持晚会的热闹气氛,不断谈天说地,硬要姑娘们敬酒,跟她们开玩笑,老是用法语对奥列宁说些关于玛丽雅娜美丽的粗话,把她称为"您的",并且劝奥列宁也像他一样行动。奥列宁越来越受不了。他想找个借口溜掉,而别列茨基这时又宣布,今天是乌斯金卡的命名日,她应该向大家敬酒,和大家接吻。乌斯金卡表示同意,但是有一个条件,他们得在盘子里放些钱,就像举行婚礼那样。"活见鬼,叫我来参加这样讨厌的宴会!"奥列宁心里说,站起来想走。

"您到哪儿去?"

"我去拿点烟来。"他说着想溜,可是别列茨基抓住他的手。

"我有钱。"他用法语对他说。

"走不掉了,只得给些钱,"奥列宁想,对自己的窘态毕露感到懊恼,"难道我就不能像别列茨基那样行动吗?我本不应该来,但既然来了,就不能扫她们的兴。我得像哥萨克那样喝酒。"他拿起酒碗(能盛八杯的大木碗),倒满了契希尔,一饮而尽。他喝的时候,姑娘们都用怀疑和恐惧的目光瞧着他。她们觉得这样喝法很古怪,很不雅观。乌斯金卡又给他们每人各敬了一杯酒,并且吻了他们两人。

"来吧,姑娘们,我们大家来玩玩。"她一边说,一边把他们放在盘子里的四个银卢布弄得丁当响。

奥列宁不再觉得窘。他兴致勃勃地谈起话来。

"啊,玛丽雅娜,现在轮到你敬酒和接吻了。"别列茨基捉住她的手,说。

"你就等着我来吻你吧!"她一边说,一边开玩笑地对他挥动拳头。

"爷爷不出钱也可以吻的。"另一个姑娘应声说。

"这才是一个聪明的姑娘!"别列茨基说,吻了吻躲躲闪闪的姑娘。"不行,你得敬酒,"他寸步不让地对玛丽雅娜说,"给你的房客敬一杯。"

于是他抓住她的手,把她拉到凳子边,跟奥列宁并排坐下。

"多漂亮的美人哪!"他一边说,一边把她的头转过去,欣赏她的侧面。

玛丽雅娜并不抗拒,只矜持地微笑着,转动一双秀眼,瞟着奥列宁。

"真是个漂亮的姑娘。"别列茨基又说了一遍。

"我是个多么漂亮的美人哪!"玛丽雅娜的神气似乎也在这样说。奥列宁情不自禁地搂住玛丽雅娜,想吻她。她忽然挣脱,撞倒别列茨基,打翻桌上的东西,跳到炉子旁边。爆发了一阵喧闹和哄笑。别列茨基低声对姑娘们说了一句话,她们一下子全都跑到穿堂里,把房门锁上。

"为什么你吻了别列茨基却不愿吻我?"奥列宁问。

"不为什么,我不愿意,就是这样。"她撅撅嘴,扬扬眉毛回答。"他是爷爷。"她笑着补了一句。她走到门边,打起门来。"为什么锁门,你们这些鬼东西?"

"没关系,让他们待在外边,我们留在这儿好了。"奥列宁一边说,一边挨近她。

她皱起眉头,严厉地用一只手把他推开。她在奥列宁面前又显得那么端庄美丽。他蓦地清醒过来,对自己的行为感到羞耻。他走到门边,动手拉门。

"别列茨基,开门! 你们搞什么鬼啊?"

玛丽雅娜又爽朗地咯咯笑起来。

"唷,你是怕我吗?"她说。

"是啊,因为你像你母亲一样脾气大。"

"你跟耶罗施卡多混混吧,姑娘们会因此爱上你的!"她又露出微笑,近近地逼视着他的眼睛。

奥列宁不知道说什么好。

"要是我去看看你们呢?……"他出其不意地说。

"那就不同了。"玛丽雅娜摇摇头,说。

这时候,别列茨基推开门,玛丽雅娜往奥列宁那边跳去,她的腰部在他的腿上撞了一下。

"我以前想到的一切,什么爱情啦,自我牺牲啦,鲁卡沙啦,全没有意思。最重要的是幸福。谁幸福,谁就做得对。"奥列宁的头脑里闪过这样的念头。接着他忘乎所以地用力抱住美人儿玛丽雅娜,吻了吻她的额角和面颊。玛丽雅娜并不动气,只是响亮地呵呵大笑,向姑娘们跑去。

晚会就这样结束。乌斯金卡的老母亲下工回来,把姑娘们大骂一顿,并把她们全赶跑了。

26

"是的,"奥列宁回家时一路上想着,"我只要稍微放松自己一点,就会疯狂地爱上这个哥萨克女人。"他上床睡觉时也在想这件事,但他想这一切都会过去,他又会恢复到原来的生活轨道上来。

可是,原来的生活一去不复返了。他跟玛丽雅娜的关系发生了变化。以前把他们隔开的那道墙倒塌了。现在奥列宁遇到玛丽雅娜,每次都向她问好。

房东来收房租,得知奥列宁的富裕和慷慨,就请他到他们家里去坐坐。老太婆亲切地招待他;从开晚会那天起,奥列宁黄昏头常常到房东那里去,在那边一直坐到深夜。表面上他在村子里跟原先一样生活,可是内心里一切都变了。白天,他在树林里消磨时光,等到七八点钟天一黑,就去看房东一家人,有时单独去,有时跟耶罗施卡大叔一起去。房东家的人跟他已经搞熟,他不去,他们就觉得奇怪。他付酒钱很客气,人又十分斯文。通常总是凡纽沙给他送茶来,他坐在靠近炉子的角落里,老太婆毫不拘束地干她的活儿,他们就一边喝茶或者喝契希尔,一边谈天。他们谈哥萨克的事,谈左邻右舍,也谈俄罗斯。关于俄罗斯的事,一般总是奥列宁讲,他们问。有时候他带来一本书,径自读着。玛丽雅娜好像一只野山羊,蜷起腿坐在炕上或者黑暗的角落里。她并不参加谈话,但奥列宁看得见她的眼睛和脸蛋,听得到她的一举一动,听得到她在嗑葵花子,感觉到她在全神贯注地听他说话;当他读书的时候,也感觉到她在旁边。有时候,他觉得她在凝视他,而当他们的目光相遇时,他不由得停下话头瞧瞧她。于是她立刻转过脸去,他也就假装专心跟老太婆谈话,其实却始终在倾听她的呼吸,留意她的一举一动,并且等待她的目光。当着旁人的面,她待他多半快乐而温和,可是剩下他们两人的时候,她就显得羞怯而粗野了。有时,他到他们家里去,玛丽雅娜上街还没回家,过一会儿忽然听见她那稳健的脚步声,接着就看见她的蓝色花布衬衫在门口一闪。她走到屋子中央,看见了他,眼睛里露出一丝亲切的微笑,他立刻感到又惊又喜。

他并不追求什么,对她也不存什么幻想,但她的在场对他来说却一天比一天更加必要了。

奥列宁过惯了哥萨克乡村的生活，因而往事便显得十分陌生，而对未来，特别是对他所生活的这个世界以外的未来，他也丝毫不感兴趣。收到家里亲友来信，他大为生气，因为他们把他看作一个迷失的人，并且因此感到伤心，而他住在这哥萨克村子里，却把那些过着另一种生活的人看成迷失的人。他脱离以前那种生活，在哥萨克村子里过着远离尘嚣的日子，他相信对自己的行为永远不会后悔。在行军时，在要塞里，他觉得快乐；但只有在这里，在耶罗施卡大叔的庇护下，在树林里，在他借住的村外小屋里，特别是在想到玛丽雅娜和鲁卡沙的时候，他才领悟到过去生活的全部虚妄。这种虚妄从前就使他愤慨，如今在他的心目中更变得无法形容的卑鄙和可笑。在这里，他觉得一天比一天自由自在，越来越像个人。高加索跟他以前所想象的截然不同。他的种种幻想，他所听到读到的关于高加索的种种描写，在这里可一点儿也找不到。"这里根本没有什么毡斗篷、悬崖、阿玛拉特老爷、英雄或者恶棍。"他想，"人们像大自然一样生活：死亡，诞生，结合，又是诞生，斗争，吃，喝，欢乐，又是死亡，除了大自然赋予太阳、青草、野兽和树木的那些条件之外，就没有别的条件了。他们没有别的规律……"因此，拿这些人跟他自己相比，他就觉得他们美丽、强壮、自由，看到他们，就自惭形秽，感到忧郁。他常常认真地考虑抛弃一切，登记入籍，做个哥萨克，买一所小房子和一群牲口，娶个哥萨克女人（但不娶玛丽雅娜，他把她让给鲁卡沙），跟耶罗施卡大叔一起生活，跟他一块儿打猎捕鱼，同哥萨克们一起参加战斗。"我为什么不这样做呢？我在等待什么呢？"他问他自己。于是他激励自己，责备自己："难道我没有勇气做我自认为正当合理的事吗？做一个普通的哥萨克，接近大自然，不损害任何人,而且做些有益于人的事,难道这些愿望比我过去的梦想(譬如,当个国务大臣或者团长)更愚蠢吗?"但似乎有一个声音在对他说,他得等待,别忙着做决定。一种模模糊糊的意识在阻止他:他不能完全像耶罗施卡和鲁卡沙一样生活,因为他的幸福观跟他们不同——幸福在于自我牺牲这观念在阻止他。他送马给鲁卡沙这件事始终使他快乐。他经常找机会为别人做自我牺牲,可是找不到这样的机会。有时候他忘记了这新发现的幸福的秘诀,认为自己可以跟耶罗施卡大叔同样生活,但接着又忽然省悟过来,立刻抱住有意识的自我牺牲的观念,并且从这个观念出发,平静而自尊地观看一切人,观看别人的幸福。

27

在葡萄收获以前,鲁卡沙骑马来看奥列宁。他显得更英俊了。

"喂,你怎么样,快结婚了吗?"奥列宁高兴地迎接他,问道。

鲁卡沙没有直接回答。

"瞧,我过河去把您那匹马换了一匹!是匹好马!洛夫养马场的卡巴尔达马①。我是个行家。"

他们观赏新马,骑着它在院子里兜圈子。这确实是匹少见的好马:一匹背宽身长的枣红骟马,生着一身光泽发亮的毛,一条粗大蓬松的尾巴以及纯种马的细软的鬃毛和顶毛。它养得那么肥壮,真像鲁卡沙说的,"你可以在它背上睡觉"。蹄子、眼睛、牙齿,全都生得形态优美,轮

---

① 洛夫养马场是高加索最好的马场之一;卡巴尔达是一种纯种马。

廓分明,只有真正的纯种马才有这样的特色。奥列宁见了不禁赞赏起来。他在高加索还没有见过这样的骏马。

"跑起来多神气!"鲁卡沙拍拍它的脖子说,"步子多漂亮!而且有灵性!总是跟着主人跑。"

"你换到这匹马,贴了好多钱吗?"奥列宁问。

"我没有算过,"鲁卡沙笑嘻嘻地回答,"从一个朋友那儿弄来的。"

"出色,真是匹漂亮的好马!给你多少钱你肯出让啊?"奥列宁问。

"有人出过我一百五十卢布,可是我愿意送给您,"鲁卡沙兴致勃勃地说,"只要您说一声,我就给。让我解下鞍子,你牵去好了。你随便给我一匹带去当差就行了。"

"不,说什么也不要。"

"那么我这儿给您带来了一件礼物,"鲁卡沙说着把挂在腰带上的两把短剑解下一把来,"我过河弄来的。"

"哦,谢谢你。"

"葡萄,我妈答应亲自给您送来。"

"不用了,以后咱们还有往来的。好吧,你送我这把刀,我就不给你钱了。"

"怎么还说钱——朋友嘛!我那次过河去,吉烈汗把我带到他家里,说:随便挑哪一把都行。我就拿了这把刀。这是我们的规矩。"

他们走进屋子,喝了些酒。

"你要在这儿待一阵吗?"奥列宁问。

"不,我是来告别的。这回哨兵线那边派我到捷列克河对岸的一个骑兵连去。今儿晚上就走,跟我的伙伴纳扎尔卡一起去。"

"那么婚礼几时举行啊?"

"我不久就回来,订了婚,还要去当差,"鲁卡沙不太高兴地回答。

"这算什么啊,也不跟未婚妻见见面?"

"就是这样!何必看她呢?您要是出去行军,只要到我们连里问大个儿鲁卡沙就行了。那边野猪多极了!我打死了两只,下次给您送来。"

"那么再见了!基督保佑你。"

鲁卡沙骑上马,不去看玛丽雅娜,而兜了个圈子来到街上,纳扎尔卡已在那边等他。

"怎么样?去一下吗?"纳扎尔卡朝雅姆卡住的方向挤挤眼,问。

"行!"鲁卡沙说,"喏,把马牵到她家去,要是我好久没回来,你就给它喂些干草。明天早晨我一定得到连队去报到。"

"那士官生没再送你什么东西吗?"

"没有!幸亏我送他一把刀,要不然他会问我要这匹马的!"鲁卡沙一边说,一边下马,把它交给纳扎尔卡。

他经过奥列宁的窗下,溜进院子,来到房东屋子的窗口。天色已经完全黑了。玛丽雅娜只穿一件衬衫,正在梳头发,准备睡觉。

"是我。"哥萨克小伙子低声说。

玛丽雅娜的脸严肃而沉静,可是她一听见有人叫她的名字,立刻喜形于色。她拉起窗子,又惊又喜地探出身去。

"什么?你要什么?"她说。

"开开吧,"鲁卡沙说,"让我进来一下。我可等得实在不耐烦了!受不了啦!"

他从窗口抱住她的头,吻了吻。

"说真的,你开开吧。"

"别胡说八道了!我说不行就是不行。你要去好久吗?"

他没回答,只是吻她。她不再问了。

"你瞧,隔着窗子连好好抱抱你都不行。"鲁卡沙说。

"我的玛丽雅娜!"传来老太婆的声音,"你这是在跟谁说话呀?"

鲁卡沙拉掉帽子,免得从帽子上被人认出来,接着在窗外蹲下身子。

"快走。"玛丽雅娜低声说。

"鲁卡沙来了,"她回答母亲道,"他找爸爸。"

"哦,那么叫他进来吧!"

"走了,他说他没工夫。"

鲁卡沙真的弯着身子,快步从窗下经过院子往雅姆卡家跑去,只有奥列宁一人看见他。他跟纳扎尔卡喝了两大碗契希尔,一同骑马离开村庄。这是一个温暖、黑暗而宁静的夜晚。他们默默地骑着马,只传出嘚嘚的马蹄声。鲁卡沙唱起那首关于哥萨克明加尔的歌,但没唱完第一节就停下,他对纳扎尔卡说:

"咳,她不肯放我进去呢!"

"噢!"纳扎尔卡应声说。"我知道她不肯放的。雅姆卡告诉我,那士官生近来常常到他们屋子里去。耶罗施卡大叔吹牛说,他因为帮士官生把玛丽雅娜弄到手,士官生送了他一支枪。"

"他撒谎,这老鬼!"鲁卡沙生气地说,"她可不是那样的姑娘。要是他真敢胡闹,我就打断这老鬼的腰。"于是他又唱起他心爱的歌来:

从伊兹玛伊洛夫的村庄里,
从老爷心爱的花园里,

逃走了一只雄鹰。
年轻的猎人当即跨上马,赶去找寻,
他对眼睛明亮的雄鹰招手呼唤,
雄鹰却这样回答猎人:
"你再也不能用金笼子把我束缚,
也别想用你的右手把我紧握,
如今我要飞往蔚蓝的海洋,
去攫取一只雪白的天鹅,
好把鲜美的鹅肉吃个称心。"

28

房东家里正在举行订婚宴。鲁卡沙回到村里,但没去看奥列宁。奥列宁虽然受到邀请,却也没有去道喜。他来到村子里以后,从没这样悲伤过。傍晚,他看见鲁卡沙打扮得漂漂亮亮,跟他母亲一起来到房东家。使他烦恼的是,鲁卡沙为什么对他这样冷淡?奥列宁关在自己屋子里,开始写日记:

"近来我反复想得很多,人也变了很多,我甚至想起识字课本上的格言:要幸福就得爱,忘我地爱,爱一切人,爱一切东西,就得向四面八方张开爱的网,谁落到网里,就把谁抓住。我就这样抓住了凡纽沙、耶罗施卡大叔、鲁卡沙、玛丽雅娜。"

奥列宁刚写完这句话,耶罗施卡大叔就走进屋里来。

耶罗施卡情绪极好。几天前的一个黄昏,奥列宁去看他,看见他正在院子里用小刀解剖一只野猪,脸上喜气洋洋的,非常得意。几只猎狗躺在他旁边(他心爱的梁姆也在那里),轻轻地摇着尾巴,看他干活。孩子们都从篱笆缝里满怀敬意地瞧着他,不再像平时那样跟他捣蛋。邻居女人们一向待他不太客气,此刻都向他招呼问好,大献殷勤:一个送他一罐子契希尔,一个送他奶油,一个送他面粉。第二天早晨,耶罗施卡坐在他的贮藏室里,身上溅满血,一磅磅地分着野猪肉——有人给他钱,有人送他酒。他脸上那副神气似乎在说:"上帝赐福,让我打死一只野猪,这下子人家就用得着我大叔了。"结果,他自然喝起酒来,待在村子里一连喝了四天。除此以外,他在订婚宴上又喝了些酒。

耶罗施卡大叔从房东家里走到奥列宁屋子里,满脸通红,胡子凌乱,酒意十足,身上穿着一件崭新的金银镶边的大红短褂,手里拿着一把巴拉莱卡①——这琴他是从对岸弄来的。他早就答应弹琴给奥列宁听,这时正好兴致勃勃。看见奥列宁在写字,他有点扫兴。

"写吧,写吧,老弟。"他低声说,仿佛觉得在奥列宁和纸张中间有个精灵,他怕把它吓跑,就轻轻地在地板上坐下。耶罗施卡大叔一喝醉,就喜欢坐在地板上。奥列宁回头看了他一眼,吩咐凡纽沙拿酒来,又继续写他的日记。耶罗施卡一个人喝酒觉得无聊,他很想谈谈话。

"我在房东家喝了定亲酒。没意思,那些猪猡!我才不喜欢呢!还不如来看看你。"

"你这把巴拉莱卡是从哪儿弄来的?"奥列宁问了一声,又继续写下去。

"我过河去了一次,老弟,弄到一把巴拉莱卡,"他仍旧那样低声

---

① 俄罗斯民间乐器,琴身三角形,张三根弦,因此又称三角琴或三弦琴。

说,"我是个好手,鞑靼的、哥萨克的、老爷先生的、士兵的,什么曲子都能弹。"

奥列宁又向他瞧瞧,嗨地笑了一声,还是写下去。

他这一笑却壮了老头儿的胆。

"哦,算了吧,我的老弟!算了吧!"他忽然坚决地说,"哦,人家欺负了你,呸,去他们的!哦,你老是写呀写的,写个没完!有什么意思呢?"

于是他用粗手指在地板上敲敲,拉长他的胖脸,作出轻蔑的神气,滑稽地模仿着奥列宁的样子。

"尽写些谎话有什么意思?还不如玩玩,做个聪明人!"

在他的头脑里,写字无非是造谣诬蔑罢了。

奥列宁哈哈大笑,耶罗施卡也哈哈大笑。他从地板上一跃而起,开始显示他弹巴拉莱卡和唱鞑靼山歌的本领。

"写它干吗,好朋友!还不如听我给你唱一曲。等到你两腿一伸,就再也听不到山歌了。来玩玩吧!"

他先是唱了一支自己编的歌,边唱边舞:

啊,嘀,嘀,嘀,嘀,哩,
在哪儿看到他这个人呢?
在集市上啊,在棚子里啊,
他呀,他在那儿卖针哪。

接着他又唱了一支歌,那是他从前的朋友司务长教他的:

礼拜一我掉进情网,
礼拜二整天苦痛烦恼,
礼拜三向她表白爱情,
礼拜四待她给我回音,
礼拜五终于来了声明,
叫我不必再痴心妄想。
到了复活节前的礼拜六,
我打算结束自己的性命;
可是啊,为了让灵魂得救,
礼拜天我改变了决定。

接着他又唱道:

啊,嘀,嘀,嘀,嘀,哩,
在哪儿看到他这个人呢?

然后又挤挤眼,耸耸肩,踏着拍子唱道:

让我吻你抱抱你,
用大红缎带系住你,
我要叫你小乖乖,
唷,我的小乖乖,
你可是真心把我爱?

他玩儿得来了劲，兴奋地边弹边唱，忽然身子一转，独自在屋子里跳起舞来。

像《嘀，嘀，哩》那样的"老爷先生"的歌，他是专门为奥列宁唱的，但又喝了三四杯契希尔之后，他回想起过去的时光，应当唱起真正的哥萨克歌谣和鞑靼歌谣来。他唱着一支心爱的歌，唱到中途忽然声音哆嗦起来，他停下来，但仍旧丁丁冬冬地弹着巴拉莱卡。

"哦，我的朋友啊！"他说。

奥列宁听到他的声音有点古怪，回过头去。老头儿在哭。他的眼睛里泪水汪汪，有一滴正循着面颊往下淌。

"哦，我的时光啊，你一去不回了！"他呜咽着说，顿了一顿。"喝吧，你干吗不喝呀！"他突然声若洪钟地嚷道，也不擦掉眼泪。

有一首达格斯坦山民的歌谣特别使他感动。这歌的歌词很少，它的魅力全在于结尾悲怆的叠句："哎哟！完啦！什么都完啦！"耶罗施卡把歌词翻译出来："一个小伙子把一群牲口从村里赶到山上，俄罗斯人一来，放火烧了村庄，把男人杀个精光，把女人全部俘虏。小伙子下山来，看到村庄变成一片空地，他的母亲没有了，兄弟没有了，房子也没有了，只剩下一棵孤树。小伙子坐在树下哭了。'我也跟你一样只剩下自己孤零零一个人！'于是小伙子唱道：'哎哟！完啦！什么都完啦！'"老头儿把这个如泣如诉、使人断肠的叠句反复唱了几遍。

唱完最后一遍叠句，耶罗施卡忽然摘下墙上挂着的双筒猎枪，匆匆跑到院子里，一下子朝天放了两枪。接着又更加悲伤地唱了一遍："哎哟！完啦！什么都完啦！"这才住了声。

奥列宁紧跟着他奔到台阶上，默默地仰望子弹掠过的黑暗的星空。房东的屋子里有灯光和人声。姑娘们聚集在门口和窗口，在正屋与小屋之间跑来跑去。有几个哥萨克男人从屋子里奔出来,忍不住放声呼喊,应和着耶罗施卡大叔歌尾的叠句和枪声。

"你为什么不去吃订婚酒啊?"奥列宁问。

"谁管他们的事,谁管他们的事!"老头儿说,显然在那边受了什么气。"我才不喜欢呢,我才不喜欢呢!嗨,那些人!我们到屋里去!他们搞他们的,我们玩我们的。"

奥列宁回到屋子里。

"鲁卡沙怎么样,高兴吗?他会不会来看我啊?"他问。

"鲁卡沙又有什么!他们哄他,说我在替你拉拢那姑娘,"老头儿低声说,"姑娘算得了什么?只要我们要她,她就是我们的:多花几个钱,就可以归我们了!我一定给你弄到手,真的。"

"那不行,大叔,她要是不爱我,出钱也没用。这事还是别提了。"

"咱俩都是没人喜欢的光杆子!"耶罗施卡大叔忽然说,又哭起来。

奥列宁听着老头儿的谈话,喝得比平时更多。"这下子我的鲁卡沙可幸福了。"他想,同时又觉得悲伤。那天晚上,老头儿醉得横在地上,弄得凡纽沙只好请士兵帮助,啐着唾沫把他抬出去。他对老头儿的恶劣行为生气极了,以致连一句法国话也不高兴说。

29

8月。一连几天,天上没有一丝云彩,太阳烤得人无法忍受。清早起就吹着暖烘烘的风,把沙丘和大路上的热沙卷起来,撒在芦苇、树木和村庄的上空。青草和树叶上落满了灰尘,道路和盐沼地都豁露出来,干得发硬。捷列克河里的水位早已下降，沟渠也都干涸了。近村池塘里，泥土堆成的塘岸被牲口踩塌了，男女孩子的戏水声和叫喊声整天响个不停。草原上的沙丘和芦苇已经干透，白天牲口呜呜叫着闯进田里。野兽都迁到远方的芦苇丛里和捷列克河对岸的山中去了。蚊蚋像乌云似的麇集在低地和村庄的上空。雪山笼罩着一片灰蒙蒙的云雾。空气稀薄，充满臭味。据说山匪已渡过河水低落的捷列克河，到河的这一边来抢劫行人。每天黄昏，太阳都在一片炽热的红光中落下。这是一年中最忙碌的时节。村民们全聚集在西瓜田和葡萄园里。果园里草木葱茏，浓阴蔽日。在宽大的半透明的叶子中间，到处露着一串串黑黝黝沉甸甸的葡萄。满载黑葡萄的大车在通向果园的灰尘飞扬的大路上吱吱嘎嘎地移动着。在这条被车轮压坏、铺满灰沙的路上，狼藉着一串串葡萄。男女孩子们，身上的衣衫都沾满葡萄汁，手里拿着葡萄，嘴里吃着葡萄，跟着他们的母亲跑来跑去。路上不断遇到衣衫褴褛的雇工，他们强壮的肩上扛着一筐筐葡萄。姑娘们把头巾一直包到眼睛上，赶着葡萄堆积如山的牛车。士兵们遇到这些大车，往往向哥萨克姑娘讨葡萄，姑娘就爬到车上，捧起一大把葡萄，扔在士兵的衣兜里。有几户人家已在榨葡萄了。空气中弥漫着葡萄渣的香味。可以看到，他们的披屋下安着一个个血红的槽，诺盖工人卷起裤脚，腿上都染满了葡萄汁。猪咕唧咕唧地大吃葡萄渣，在葡萄渣里打滚。**小屋**的平坦屋顶上，晒满一串串黑琥珀似的葡萄。鸦鹊群集在屋顶上，飞来飞去啄着葡萄子。

　　人们快乐地收获着一年辛勤劳动的果实，今年的果实又特别丰硕甜美。

　　在绿荫蔽天的果园里，在一片葡萄的海洋中，四面八方但听得女人们的欢笑、歌唱、嬉戏和说话，还看见她们鲜艳夺目的衣衫。

正午,玛丽雅娜坐在她家果园的一棵桃树阴里,从卸了牲口的大车底下拿出一家的午餐来。她对面,在一件摊开的马衣上坐着她的父亲少尉。他从学校里回来,正拿着一个瓦罐倒水洗手。她的弟弟刚从池塘那边跑来,用袖子擦擦脸,迫不及待地瞧瞧姐姐和妈妈,气喘吁吁地等着吃午饭。她的老母亲卷起袖子,露出被太阳晒得黑黑的强壮手臂,把葡萄、干鱼、奶油和面包摆在一张又矮又小的鞑靼圆桌上。少尉擦干手,脱下帽子,画了十字,坐到桌子旁边。男孩子抓住水壶,贪婪地喝起水来。母亲和女儿盘起腿,也在桌子旁边坐下。即使在树阴下也热得难受。果园上空弥漫着一股臭味。强劲的热风穿过树枝,并没有带来凉意,只是把果园里梨树、桃树和桑树的树梢一个样儿向一边吹弯。少尉又祷告了一番,从背后拿出一壶用葡萄叶盖着的契希尔,从壶嘴里喝了一点,把壶递给老太婆。少尉只穿一件衬衫,敞着领口,露出肌肉累累的毛茸茸胸膛。他那狡猾的瘦脸喜气洋洋。在他的姿态和谈吐中,一点也看不出平时的诡谲。他兴致勃勃,怡然自得。

"我们到晚上收得完**敞棚**后面那一块地吗?"他擦擦润湿的胡子,问。

"收得完,"老太婆回答,"只要天气不捣蛋就行。杰姆全家还没收好一半呢。"她又说:"只有乌斯金卡一个人在干活,可把她累坏了。"

"他们家就别提了!"老头儿傲然说。

"喏,喝一点,玛丽雅娜宝贝!"老太婆把壶递给女儿,说。"你瞧,上帝保佑,我们可有钱办喜事了。"老太婆又说。

"提那个还早呢!"少尉微微皱起眉头说。

姑娘垂下头。

"为什么不该提呢?"老太婆说,"事情办停当,日子也近了。"

"别忙着打主意,"少尉又说,"现在得先把葡萄收好。"

"你看到鲁卡沙那匹新马吗?"老太婆问。"德米特里·安德烈伊奇送他的那一匹不在了,他换了一匹。"

"不,没看到。可我今天跟那房客的农奴谈过话,"少尉道,"他说,他的东家又收到一千卢布。"

"一句话,真有钱。"老太婆肯定地说。

一家人都高高兴兴,心满意足。

活儿干得很顺利。葡萄比他们预期的更多更好。

玛丽雅娜吃完饭,给牛喂了点青草,把短袄卷起来当枕头,就在大车底下压倒的多汁的青草上躺下来。她头上包着红绸头巾,身上穿着褪色的浅蓝印花布衬衫,可她还是觉得热得受不了。她的脸晒得热辣辣的,两只脚不知道搁到哪儿去才好,眼睛蒙上一层瞌睡和疲倦的迷雾,嘴巴不由自主地张开来,胸脯一起一伏,吃力地喘着气。

忙碌的季节已经延续了两个星期,连续不断的繁重劳动占据了这年轻姑娘的全部生活。她每天天蒙蒙亮就起身,用冷水洗脸,包上头巾,赤着脚奔去照料牲口。接着她匆匆套上鞋,穿上短袄,带了一包面包,套好牛,就到果园里去待上一整天。她在那边割葡萄,搬筐子,中午只休息一个钟头,直到黄昏才一手牵牛,一手用长树枝赶着它们,高高兴兴、毫无倦容地回到村子里。她在暮色苍茫中照料好牲口,抓起一把葵花子放在宽大的衣袖里,就到街上跟姑娘们谈天说笑去了。但天一黑,她就回到家里,跟父母兄弟在昏暗的**小屋子**里吃晚饭,然后才来到正房里,无忧无虑,心情舒畅,坐到炕上,睡眼惺忪地听着那房客的谈话。等他一走,她就爬到床上,倒头睡觉,一觉睡到天亮。第二天又是同样的生活。自从订婚那天起她就没有见过鲁卡沙,平平静静地等待着结婚的日子。也跟那房客已相处惯了,现在他注视着她,她反而觉得高兴。

30

虽然天气热得人走投无路,蚊蚋麇集在大车的凉快阴影里,小弟弟又在旁边翻来覆去地撞她,玛丽雅娜却用帕子盖住头脸,准备睡觉。她的邻居乌斯金卡忽然跑来,钻到车子下面,在她旁边躺下。

"嗯,睡吧,姑娘们!睡吧!"乌斯金卡一边在车下睡得更舒服些,一边说。"等一下,"她跳起来,"这样不行。"

她一骨碌爬起来,折了一些绿色的枝条,挂在大车两边的轮子上,又把她的短袄覆在上面。

"你让开!"她又钻到车下,对玛丽雅娜的弟弟嚷道,"哥萨克男人怎么可以跟姑娘们待在一起?走开!"

等到车下只剩她们两人时,乌斯金卡忽然抱住玛丽雅娜,身子紧贴着她,吻起玛丽雅娜的面颊和脖子来。

"亲人儿!好哥哥!"她一边叫唤,一边发出一阵清脆的笑声。

"瞧你从'爷爷'那儿学来了这一套,"玛丽雅娜挣扎着说,"嗳,放手!"

她们两人都哈哈大笑,引得母亲对她们吆喝了一声,要她们安静。

"你嫉妒是吗?"乌斯金卡低声说。

"别胡说!让我睡觉。嗳,你来干什么?"

乌斯金卡却不肯罢休:

"我有一件事要告诉你,你听好!"

玛丽雅娜用臂肘支起身子,把滑下的头巾拉拉好。

"说吧,你要说什么?"

"我知道一点你那个房客的事。"

"没什么值得知道的。"玛丽雅娜回答。

"哼,你这姑娘真刁!"乌斯金卡用肘部撞撞她,笑着说。"什么事也不肯告诉人家。他上你们家来吗?"

"来的。那又有什么!"玛丽雅娜说,脸刷地红了。

"我可是个老实的姑娘,我有话对谁都讲。我为什么要隐瞒呢?"乌斯金卡说,她那快乐红润的脸蛋现出沉思的神气。"难道我在害什么人吗?我爱他,就是这么回事!"

"你是指'爷爷'吗?"

"是啊。"

"不怕罪过吗?"玛丽雅娜责备道。

"哦,玛丽雅娜!做姑娘的时候不玩玩,到几时玩啊?等我嫁了男人,生了孩子,就得愁吃愁穿了。拿你来说,等嫁给鲁卡沙,心里就不那么快活了,又得生孩子,又得干活。"

"那也不见得,有些人出嫁后日子也过得挺好。还不是一样!"玛丽雅娜平静地回答。

"你就告诉我一个人吧:你跟鲁卡沙有过什么吗?"

"有过什么啊?他们来说过亲。爹爹把这事搁了一年,如今讲定了,到秋天就把我嫁过去。"

"那他对你说了些什么啊?"

玛丽雅娜嫣然一笑。

"还不是那些话。他说他爱我。他老是要我跟他一起到果园里去。"

"瞧你们热成个什么样子！你大概没去吧？他如今变得多神气啊！第一号的骑士。他尽在队里玩儿。那天我们的基尔卡回来说：他换到了一匹顶呱呱的好马！他怕一直在惦着你吧。那他还说了些什么呀？"乌斯金卡问玛丽雅娜。

"你这人什么都想知道！"玛丽雅娜笑起来，"有一天夜里他骑马来到我窗口，喝醉了，要我放他进去。"

"那你没让他进去吗？"

"嗨，我会让他进去！我的话说出算数，就像石头一样硬。"玛丽雅娜认真地说。

"真是个出色的小伙子！只要他要，哪个姑娘会拒绝他啊！"

"那就让他去找别人好了。"玛丽雅娜傲然回答。

"你不疼他吗？"

"疼是疼，傻事我可不干。那不像话。"

乌斯金卡突然把头倒在朋友的胸膛上，双手把她抱住，咯咯咯地笑得浑身哆嗦。

"你这傻丫头！"她上气不接下气地说，"自己不要快活，"说着又呵起玛丽雅娜的痒来。

"唷，放手！"玛丽雅娜一边笑，一边嚷道，"你把拉茹特卡压坏了。"

"瞧这两个鬼丫头，好开心，还不累呢！"车子里又传来老太婆睡意惺忪的声音。

"你不要快活，"乌斯金卡又低声说，支起身来，"可是说实话，你真快活！人家多爱你啊！你这人脾气这么耿直，可人家还是爱你的。嗳，我要是你啊，准会把你家那个房客搞昏头！那次在我们家里，我注意到了，他那双眼睛啊，简直要把你一口吞下去。就说我那个'爷爷'吧，他什么东西没给过我啊！听说，你家那一个是俄罗斯人中顶顶有钱的。他那个勤务兵说，他们家里还有农奴呢。"

玛丽雅娜支起身来，想了一想，微微一笑。

"你知道他有一次对我说了什么话？就是那个房客，"她嘴里嚼着一茎草，说，"他说，我真情愿做哥萨克鲁卡沙，或者做你的弟弟拉茹特卡。你看他说这话是什么意思？"

"他这只是随便说说的，"乌斯金卡回答，"我的那一个什么话没说过啊！简直像着了魔似的！"

玛丽雅娜的头又倒在卷拢的短袄上，一手搭住乌斯金卡的肩膀，闭上眼睛。

"他今天想到果园里来干活呢，是爹爹请他来的。"她说着，沉默了一会儿就睡着了。

31

太阳已从荫蔽大车的梨树后面露出来，它的光芒斜射过乌斯金卡所插的枝条，热辣辣地晒着睡在车下姑娘们的脸。玛丽雅娜醒过来，她理理头上的头巾，向四下里张望了一下，看见那房客正挎着枪站在梨树后面跟她父亲谈话。她推推乌斯金卡，默默地含笑指给她看。

"我昨天出去，一只也没有找到。"奥列宁不安地向周围望望说，因为被枝条遮住，没有看见玛丽雅娜。

"哦，您该一直往那儿走，像罗盘指的那样直，那儿有个叫做'荒地'的荒废的果园，里面准可以找到野兔子。"少尉说，顿时改变了腔调。

"忙碌的时节打野兔，好轻松啊！您还是来帮帮我们的忙，跟姑娘们一起干活吧！"老太婆兴致勃勃地说。"喂，姑娘们，起来吧！"她喊道。

玛丽雅娜和乌斯金卡在车下低声交谈，勉强忍住笑。

自从大家知道奥列宁送了一匹价值五十**卢布**的马给鲁卡沙以后，房东一家对他的态度就和气多了，尤其是少尉，看到他跟女儿接近，十分高兴。

"可我不会干活。"奥列宁说，竭力不从枝叶缝里往大车底下瞧，虽然已发现玛丽雅娜的蓝衬衫和红头巾。

"你来吧，我请你吃桃子干。"老太婆说。

"这是古时候哥萨克待客的礼节，老太婆就懂得这些个蠢规矩，"少尉一边解释，一边又像在纠正老太婆的话，"在俄罗斯别说什么桃子干，就是有菠萝酱和糖菠萝吃也够痛快的了。"

"你说在那荒废的果园里有野兔吗？"奥列宁问，"我去一下。"接着往那绿色的枝叶缝里匆匆瞥了一眼，掀了掀帽子，就在一排排绿油油的葡萄藤里消失了。

奥列宁回到房东家果园里的时候，太阳已落到果园的篱笆后面，只有一些零落的光芒穿过半透明的叶子闪烁发亮。风停了，沁人心脾的清凉在园里扩散开来。奥列宁仿佛凭着一种本能，老远就在葡萄藤中认出了玛丽雅娜的蓝衬衫。他一路上摘着葡萄向她走去。他的狗也兴致勃勃，不时用流口涎的嘴去咬低垂的葡萄。玛丽雅娜脸涨得通红，卷起袖子,头巾拉到颏下,正敏捷地割下一串串沉甸甸的葡萄,把它们放在筐子里。她没有放掉手里的葡萄藤,只停下来亲切地向他微微一笑,接着又干她的活。奥列宁走近来,把枪往肩上一背,腾出双手。"你家里的人在哪儿啊?上帝保佑!只你一个人吗?"他想这样说,可是一句话也没有说出口,只默默地举起帽子。跟玛丽雅娜单独在一起,他有点局促不安,但又像是故意要折磨自己似的,走到她跟前。

"你这样拿枪会把女人打死的!"玛丽雅娜说。

"不,我不开枪。"

两个人沉默了一会儿。

"你还是来帮帮忙吧!"

他拿出刀子,默默地动手割葡萄。他从叶子底下拉出一串沉甸甸的约有三磅重的葡萄(上面的葡萄生得太密,都压扁了)给玛丽雅娜看。

"全割下来吗?这不太青吗?"

"你拿来。"

他们的手碰在一起。奥列宁拉住她的一只手,她笑眯眯地瞧着他。

"听说,你快出嫁了,是吗?"他问。

她没回答,却严肃地向他瞅了一眼,转过脸去。

"怎么样,你爱鲁卡沙吗?"

"这关你什么事?"

"我羡慕他。"

"说得倒像!"

"是的,你真是个美人儿!"

他忽然害臊起来:这话实在太庸俗。他刷地涨红了脸,张皇失措地抓住她的双手。

"不管我生得怎么样,都不关你的事!你开什么玩笑!"玛丽雅娜回答,可是她的眼神表示,她深信他并不是在开玩笑。

"开玩笑?你真不知道我是多么……"

这话听来更加庸俗,跟他的感情更加不协调,可他还是说下去:

"我不知道该为你做些什么才好……"

"走开,讨厌鬼!"

但是她的脸、她的闪闪发亮的眼睛、她的丰满的胸脯、她的线条优美的腿,却表示出完全不同的意思。他认为她明白他说的一切是多么庸俗,可是她并不计较;他认为她早就知道他想对她说而又不敢说的一切,可是她要听听他怎样说法。"她怎么会不明白呢?"他想,"我说的无非是她的真实情形罢了。可是她不愿领会我的意思,不肯回答我的话。"

"喂!"忽然从葡萄藤后面不远处传来乌斯金卡尖细的声音和清脆的笑声。"来吧,德米特里·安德烈伊奇,来帮帮我忙啊!我只有一个人哪!"她从叶子中间探出天真烂漫的圆圆脸蛋,对奥列宁喊道。

奥列宁什么也没回答,站着一动不动。

玛丽雅娜继续割葡萄,眼睛却不断地瞅着房客。他刚要说些什么,可是又住了口,耸耸肩膀,背起枪,快步走出果园。

32

他两次停住脚步,谛听玛丽雅娜和乌斯金卡的响亮笑声。她们两人已凑在一起,嚷着些什么。奥列宁整个黄昏都在树林里打猎,但一无所获。直到暮色苍茫,才空着双手回来。他经过院子,发现房东家**小屋**的门开着,门里露出蓝色的衬衫。他特别响亮地喊了一声凡纽沙,好让人家知道他回来了,接着就在台阶上的老地方坐下。房东一家已从果园回来;他们从**小屋**走到正屋,却没有请他进去坐。玛丽雅娜两次走到门口。有一次在薄暗中,他发觉她回头瞅了他一眼。他的眼睛紧盯住她的一举一动,可是他不敢接近她。等到她又进入屋子里,他才走下台阶,在院子里散起步来。但玛丽雅娜没再出来。奥列宁通夜不眠待在院子里,细听着房东屋子里的每一个声音。从黄昏起他听见他们谈话,吃晚饭,拖出垫子睡觉,听见玛丽雅娜不知什么缘故笑起来,后来一切又都安静了。少尉跟老太婆在喁喁低语,还有一个人在重重地呼吸。奥列宁走进自己屋里。凡纽沙和衣睡着了。奥列宁很羡慕他,又回到院子里散步,心里一直期待着什么,可是没有一个人出来,没有一个人走动,只听见三个人均匀的呼吸声。他分辨得出玛丽雅娜的呼吸声,一直听着,同时听着自己的心跳。村子里万籁俱寂,一钩残月迟迟地升起,在院子里喘息的牲口时而躺下,时而慢慢地站起,可以看得更清楚了。奥列宁怒气冲冲地问自己:"我在等什么呀?"可是他无法摆脱这恼人的夜色。忽然他听见房东屋子里分明有脚步声和地板的吱嘎声。他奔到门口,可是除了均匀的呼吸声以外,又什么也听不见,只有院子里的母水牛,长叹一声,转动身子,先是用前面的双膝,然后用四条腿直立起来,挥动尾巴,在干燥的泥地上从容地撒下些什么,接着又在朦胧的月光中躺下……他问自己:"我该怎么办?"他拿定主意去睡觉,可是又听到了一些声音。于是,在他的幻觉中,玛丽雅娜在这雾蒙蒙的月夜里出现,他又奔到窗口,又听见脚步声。直到天快亮的时候,他走到她的窗前,推了推板窗,又跑到门口,这回他真的听见了玛丽雅娜的叹气声和脚步声。他抓住门闩,敲了敲门。赤脚小心翼翼地走在地板上的声音,渐渐接近门口。门闩轻轻地移动着,门吱地响了一声,屋子里冒出一股牛至草和南瓜的气味,玛丽雅娜的整个身体在门口出现。他只在月光下看见她一刹那。她碰上门,嘴里咕噜了一句什么,悄悄地跑回去了。奥列宁轻轻地敲敲门,可是没有人理他。他奔到窗口,侧耳细听。忽然一个男人的尖细声音把他吓了一跳。

"干得好!"一个头戴白羊皮帽的矮个子哥萨克一边说,一边穿过院子向奥列宁走来。"我看见了,干得好!"

奥列宁认出是纳扎尔卡,他一言不发,不知道做什么说什么才好。

"干得好!我要到村公所去报告,我要告诉她父亲。瞧,好一个少尉的女儿!一个男人她还嫌少!"

"你要拿我怎么样,你要干什么?"奥列宁急急地说。

"没什么,我只要去报告村公所。"

纳扎尔卡说得很响,显然是故意的。

"瞧,好一个机灵的士官生!"

奥列宁浑身哆嗦,脸色发白。

"你来,你来!"他使劲抓住他的手臂,把他拉向他的屋子。"其实什么事也没有,她不放我进去,我也没存什么……她是规规矩矩的……"

"这个,会弄清楚的……"纳扎尔卡说。

"可我还是要给你一些……你等一下!……"

纳扎尔卡住了口。奥列宁跑到屋里,拿出十个卢布递给这个哥萨克。

"其实什么事也没有。但到底是我的不是,喏,给你!只要看在上帝分上,别让人知道。其实什么事也没有……"

"祝您好运气!"纳扎尔卡笑着说,走了出去。

那天晚上,纳扎尔卡是受鲁卡沙之托,到村子里来找个地方,寄存一匹偷来的马的。他回家的路上,正好听见脚步声。第二天早晨,他回到队里,就对他的一个伙伴吹牛,说他怎样巧妙地弄到了十个**卢布**。而奥列宁第二天早晨遇到房东夫妇,他们都不知道昨夜的事。他没跟玛丽雅娜说话,她只是瞧着他笑笑。第二天他又彻夜不眠,徒然在院子里踱来踱去。下一天,他故意借打猎消磨时间;晚上,为了避免胡思乱想,又去找别列茨基。他怕不能自制,就立誓不再到房东屋里去。那天晚上,奥列宁被司务长唤醒了。连队立刻要出发去袭击。奥列宁很高兴有这样的机会,并且希望不再回到村里来。

袭击持续了四天。长官是奥列宁的亲戚,他想看到奥列宁,并要他留在司令部里。奥列宁拒绝了。离开那个哥萨克村子,他无法生活,因此要求回去。由于参加袭击,他获得了一枚军人十字勋章,那是他以前十分向往的。可如今他对这勋章毫无兴趣,而对于提升为军官一事更不感兴趣。事实上提升的命令也还没有下来。他平安无事地同凡纽沙一起来到哨兵线,比他的队伍早到几小时。整个黄昏奥列宁又坐在台阶上,尽瞧着玛丽雅娜。他又通夜在院子里踱来踱去,既没有目的,也没有思想。

33

第二天早晨,奥列宁醒得很晚。房东一家已不在了。他不去打猎,一会儿拿起一本书,一会儿走到台阶上,一会儿又走进屋子往床上一躺。凡纽沙以为他病了。傍晚,奥列宁振作精神爬起来,拿起笔,一直写到深夜。他写了一封信,但没有发出去,因为反正谁也不会懂得他要说的话,而且除了他自己,谁也不需要懂得。下面就是他所写的信:

人们从俄罗斯写信来慰问我。他们总是担心,怕我待在这穷乡僻壤会毁了自己。他们是这样议论我的:"他会变得粗野,他会处处落伍,他会嗜酒成癖,说不定还会娶个哥萨克女人做老婆。"怪不得叶尔莫洛夫将军说:"一个人在高加索当上十年差,不是成为酒鬼,就会娶个荡妇做老婆。"多么可怕啊! 不错,我有可能做 B 伯爵小姐的丈夫,当官廷高级侍从官或者贵族长,我有这样的福分,却偏要毁了自己的前途,这说得过去吗? 可是我觉得你们这些人是多么可憎而又可怜! 你们不懂得什么叫幸福,什么叫生活! 一个人必须在淳朴的大自然美景中体验一下生活,观赏观赏我天天看到的景象:那些永远无法攀登的雪山,那个保持着原始美的端庄女人(造物创造的第一个女人一定具有这种原始美),他才会明白,是谁在毁灭自己,是谁在过着真实的生活(或者虚伪的生活)——是你们还是我。你们真不知道,你们那种醉生梦死的生活在我看来是多么可鄙而又可怜! 我一想象到在我面前的,不是我的小屋、我的树林、我的爱情,而是那些客厅,那些搽香油的头发里装着假发的女人,那些装腔作势卖弄风骚的嘴唇,那些包在衣衫里的虚弱丑陋的四肢,那种言不由衷的所谓客厅闲谈——一想到这些,我就觉得极其嫌恶。我就会联想到那些愚蠢的脸,那些有钱的待嫁姑娘。(她们脸上的神气似乎在说:"不要紧,你可以同我接近,虽然我是个有钱的小姐。")那种一再的谦让座位,那种拉皮条的无耻勾当,那种无休止的飞短流长和装模作样,那种繁琐的礼节——跟谁应该握手,跟谁只能点头,跟谁必须交谈,以及那种世代相传的精神上的空虚(而这一切大家又都深信是天经地义,无法避免的)。你们得设法理解并相信这样一个道理:只要领悟什么是真和美,那么,你们所说和所想的一切,你们替我和替你们自己谋求幸福的全部愿望就会化为乌有。幸福——这就是跟自然相处,欣赏自然美景,跟自然谈心。"哦,上帝保佑,说不定他还会娶个普通的哥萨克女人做老婆,从此完全脱离上流社会呢!"我想象他们会怀着衷心的惋惜这样谈论我。可是我只有一个愿望:像你们所理解的那样完全"迷失方向";我希望娶一个普通的哥萨克女人,而我之所以不敢这样做,只因为这是幸福的顶点,我不配享受。

  自从我第一次见到玛丽雅娜这个哥萨克女人以来,已有三个月了。我所离开的那个世界的观点和偏见,分明还留在我的头脑里。我当初不信我会爱上这个哥萨克女人。我欣赏她的美,就像欣赏山岭和天空的美一样,我情不自禁地欣赏她,因为她像它们一样动人。接着我觉得,欣赏她的美,已成为我生活中不可或缺的事了。于是我问自己:我是不是爱上她了?可是我在自己心里丝毫也找不到我想象中的爱情。我这种感情,既不是孤独的忧郁和结婚的欲望,也不是柏拉图式的精神恋爱,更不是我所经历过的肉体之爱。我只要能看到她,听到她的声音,知道她在旁边,这样即使说不上幸福,我也觉得心里很平静。自从那次晚会我遇到她接触到她之后,我感到在我同这女人之间有了一种虽未承认却已无法割断的关系,而这种关系是抗拒不了的。可我还是做了抗拒;我问自己:"难道我真能爱上一个永远不会理解我精神生活需要的女人吗？难道可以只为了美而爱上一个女人，爱上一个雕像般的女人吗？"其实我已爱上她了，虽然我还不相信自己的感情。

　　从那次晚会上我第一次跟她说话之后，我们的关系就变了。以前，她对我来说是一个生疏而绮丽的大自然的造物；那天晚上以后，她对我来说成为一个人了。我开始同她见面，跟她谈话，有时去帮她的父亲干活，在他们家里坐上一个黄昏。在这种密切的交往中，她在我的心目中始终是那么纯洁、矜持和端庄。她对一切总是报以同样的镇静、骄傲和愉快的淡漠。有时她也和蔼可亲，但通常她的一顾一盼、一言一行都显露出一种不是轻蔑而是富有压力和魅力的淡漠。每天我都嘴上挂着微笑，竭力装得若无其事，心里却苦恼地怀着热情和欲望跟她说笑。她看出我在掩饰真情，却天真而快乐地直瞧着我。这情况使我受不了。我希望在她面前不说假话，我希望告诉她我所想到和感到的一切。那次在果园里，我的情绪特别激动。当时我向她吐露爱情的那些话，现在想想都害臊。想起来所以害臊，是因为我不该对她说那些话，因为她比我所说的那些话，比我所想所表达的那种感情，不知要高尚多少倍。我变得沉默起来，从那天起，我的处境就变得十分难堪了。我不愿保持原来那种轻薄的态度而自贬身份，但我又觉得我跟她的关系还没有达到直率单纯的程度。我无可奈何地问自己："我该怎么办？"在胡思乱想中，我忽而把她想象成我的情妇，忽而把她想象成我的妻子，但接着又嫌恶地把这些念头抛掉。把她当做一个放荡的女人，这是卑鄙的，这无异于谋杀。把她看成一个贵妇人，做德米特里·安德烈耶维奇·奥列宁的夫人，就像一个本地的哥萨克女人嫁给一个俄罗斯军官那样，那就更恶劣了。哦，要是我能变成哥萨克，像鲁卡沙那样偷盗马群,狂饮契希尔,唱唱小调,杀杀人,喝醉酒爬进她的窗子里过夜,根本不考虑我是什么人,我活着是为了什么——那情况就不同了,那我们就能互相了解,我也就会幸福了。我试着投入那种生活,却越发深切地感到自己的软弱和做作。我不能忘记自己,不能忘记我那复杂、混乱、丑恶的过去的生活。而我的前途看来更加渺茫。天天出现在我眼前的,就是那远处的雪山和这个端庄幸福的女人。但这人世间唯一可能的幸福不是属于我的,这个女人不是属于我的!就我的处境来说,最可怕也是最甜蜜的是,我觉得我了解她,而她却永远不会了解我。她不了解我,并非因为她不如我,正好相反,她是应该不了解我的。她是幸福的;她像大自然一样稳重、安详、自在。但我这个精神堕落、心灵懦弱的人,却希望她了解我的丑恶和我的痛苦。我通夜不眠,漫无目的地在她的窗下徘徊,自己也弄不懂我这是在干什么,十八日我们连出去袭击。我离开村庄过了三天。我还是感到忧郁。在部队里唱歌、打牌、喝酒、谈论奖赏,对这些事我比平时更加嫌恶了。今天我回到家里,看到她,看到我的屋子和耶罗施卡大叔,从台阶上望见雪山,心里就有一种新的强烈的快感,我恍然大悟:我真正爱上这女人了。这是我有生以来第一次,也是唯一的一次。我明白我身上的变化。我不怕因为产生这种感情而降低身份,不以自己的爱情害臊,我以此自豪。我爱上了她,这不是我的过错。这是违反我的本意的。我用自我牺牲来摆脱爱情,我妄想从哥萨克鲁卡沙和玛丽雅娜的爱情中取得快乐,结果反而激起我的爱情和妒忌。这不是我以前经历过的那种所谓崇高的理想的爱情;也不是那种自我陶醉:欣赏自己的爱情,觉得感情的源泉就在自己身上,一切都可以由自己做主。这种感情我也体验过了。这更不是贪图享乐的愿望,而是另一种东西。也许我是通过她而爱大自然,我爱的是大自然一切美的化身;但这不是出于我的本意,而是一种自然的力量通过我在爱她,上帝创造的整个世界、整个大自然把这种爱注进我的心灵,并且吩咐说:"爱她!"我爱她,不是用理性,也不是用想象,而是用我的整个身心。因为爱她,我才觉得自己是上帝创造的整个幸福世界的不可分割的一部分。我以前提到孤独的生活所引起的新信念,可是谁也不会知道,这些信念在我心里形成是多么不容易,而一旦领悟之后,又是多么高兴,因为我在生活中看到了一条崭新的道路。在我的心里再没有比这些信念更宝贵的东西了……可是……自从产生了爱情,这些信念就不再存在,而我也并不因此感到惋惜。我甚至于很难理解,我以前怎么会珍重这样一种片面、冷酷、理性的情绪。美一出现,就把艰苦卓绝的内心活动的全部成果化为乌有了。但我对这样的损失并不感到惋惜!自我牺牲纯粹是胡说八道,谎言谬论。这只是狂妄自大,逃避应得的厄运,摆脱对别人幸福的嫉妒。为别人而生活,做好事!为了什么?既然我的灵魂里只有自爱自怜的感情,只有一个愿望——爱她,跟她一起生活,过她所过的那种日子。如今我不再希望别人幸福,不再希望鲁卡沙幸福了。如今我不再爱别人了。要是以前,我会对自己说,这是恶劣的。要是以前,我会拿一连串问题折磨自己:她怎么办呢?我怎么办呢?鲁卡沙怎么办呢?如今我可不管这些了。我不再凭自己的意志生活,因为有一种比我强大的力量在引导我。虽然我很苦恼,但以前我是死的,如今却有了生命。我决定今天去找他们,把所有的话都告诉她。

34

奥列宁写完信到房东屋里去,时间已很晚了。老太婆坐在炉子后面的长凳上缫丝。玛丽雅娜没包头巾,坐在蜡烛旁边做针线。她一看见奥列宁,便霍地站起来,拿起头巾走到炉子旁边。

"哦,玛丽雅娜宝贝,来跟我们一块儿坐坐吧!"母亲说。

"不,我光着头呢。"她说着跳到炉炕上。

奥列宁只看见她的一个膝盖和一条下垂的线条优美的腿。他请老太婆喝茶。老太婆叫玛丽雅娜取来奶酪请他吃。但玛丽雅娜把盘子往桌上一搁,又跳到炉炕上,奥列宁只觉得她那双眼睛在瞧着他。奥列宁跟房东太太谈着家常。乌莉特卡奶奶兴致勃勃,殷勤得出奇。她取出蜜饯葡萄、葡萄饼、家酿美酒,并且以那种靠体力劳动生活的人所特有的淳朴、粗鲁而自豪的殷勤招待奥列宁。本来奥列宁对老太婆的粗鲁感到惊奇,如今却常常被她对待女儿的淳朴的柔情所感动。

"是啊,先生,我们不用抱怨上帝!感谢上帝,我们什么都有了,契希尔已榨好藏好,卖掉了三四桶,剩下的也够我们喝的了。你可别忙着走。我们要请你喝杯喜酒,大家热闹一番。"

"婚礼几时举行啊?"奥列宁问,感到全身的血一下子冲到脸上,心也急促而痛苦地跳起来。

他听见炉炕上窸窣作响,还有嗑瓜子的声音。

"婚礼吗,就在下个礼拜举行。我们什么都准备好了。"老太婆简单而平静地回答,仿佛世界上根本就没有奥列宁这个人。"我替玛丽雅娜什么都准备好了。我们要体体面面把她嫁出去。就是一件事伤脑筋:我们那个鲁卡沙呀,近来不知怎的很贪玩,野得要命!尽胡闹!前天有个哥萨克从队里回来,说他居然上诺盖去了。"

"可别落在他们手里啊!"奥列宁说。

"我也这么说:你呀,鲁卡沙,别胡闹了!哦,当然,年纪轻,总免不了贪玩儿。可是干什么都得有个时候。嗯,你抢呀偷的,还打死了山匪,算你了不起!可如今你该安安分分过日子了。要不然你会惹出麻烦来的。"

"是的,我在队伍里见到过他两次,他整天就在那里玩。还卖掉了一匹马。"奥列宁说,回头向炉炕上瞧了一眼。

一双乌黑的大眼睛对他射出严厉而敌意的光芒。他为自己的话感到惭愧。

"那有什么关系!他又不害什么人,"玛丽雅娜忽然说,"他花的是他自己的钱。"她垂下双腿,从炉炕上跳下来,砰的一声关上门,出去了。

奥列宁的眼睛一直盯着她,直到她走出屋子,然后一直望着门,等待着,一点没听懂乌莉特卡奶奶在对他说些什么。过了几分钟,来了几个客人:一个老头儿(他是乌莉特卡奶奶的兄弟),耶罗施卡大叔,跟着他们进来的还有玛丽雅娜和乌斯金卡。

"你们好!"乌斯金卡尖声尖气地说。"你还在休假吗?"她转身问奥列宁。

"是的,在休假。"他回答,不知怎的感到害臊和局促不安。

他想走,可是走不掉。不说话,他觉得也不行。老头儿使他摆脱了这种尴尬局面:他要酒喝,他们就喝起酒来。接着奥列宁跟耶罗施卡干杯。然后跟另外那个哥萨克干杯。然后又跟耶罗施卡干杯。奥列宁酒喝得越多,心里就越沉重。两个老头子却兴致很好。两个姑娘坐在炉炕上,眼睛瞧着他们,窃窃私语着。他们一直喝到深夜。奥列宁一言不发,酒却喝得比谁都多。哥萨克们大声吵闹。老太婆要赶他们出去,不再给他们契希尔喝。姑娘们都嘲笑耶罗施卡大叔,直到十点钟光景,大家才走出门来。老头儿们自动提出到奥列宁屋子里去喝个通宵。乌斯金卡跑回家去了。耶罗施卡把那个哥萨克领到凡纽沙那儿。老太婆收拾牲口棚子去了。玛丽雅娜独自留在屋里。奥列宁感到精神饱满仿佛刚睡醒似的。每个人的行踪他都看在眼里,他让老头儿们先走,自己又回到屋里:玛丽雅娜正准备睡觉。他走到她跟前,想对她说些什么,可是他的声音突然中断了。她盘起腿坐到床角落里,躲开他,同时默默地用恐惧的目光瞧着他。她显然怕他。奥列宁感到这一点。他觉得自己又可怜又可耻,同时又洋洋自得,因为他至少使她产生了这种畏惧的感觉。

"玛丽雅娜!"他说道,"难道你真的永远不可怜我吗?我说不出我是多么爱你啊!"

她躲得更远些。

"瞧你醉成什么样子了。你什么也得不到的!"

"不,我没有醉。你别嫁给鲁卡沙。我要娶你。"他说这话时,心里想,"我这是在说什么呀?到明天我还会这样说吗?会说的,一定会说的,现在我要再说一遍,"他在心里这样回答自己,"你肯嫁给我吗?"

她严肃地瞧瞧他,似乎不再恐惧了。

"玛丽雅娜!我快要疯了。我克制不住我的感情。你叫我怎么办,我就怎么办。"疯狂的情话不由自主地从嘴里吐出来。

"嗨,别胡说八道了。"她突然抓住他伸出来的手,打断他的话。但她并不摔开他的手,却用她那坚硬强壮的手指紧紧地把它捏住。"难道大人先生会娶哥萨克姑娘吗?你走吧!"

"可是你肯不肯啊?我一直……"

"那我们拿鲁卡沙怎么办呢?"她笑着说。

他抽出被她握住的手,紧紧地抱住她那年轻的身体。但她像一只小鹿似的跳起来,赤脚奔到门外。奥列宁清醒过来,对自己的行为大吃一惊。他又觉得跟她比起来自己说不出有多卑鄙。但他对自己说过的话一点也不后悔,就走回家去。他一眼不瞧那两个在他屋子里喝酒的老头子,倒头就睡。他睡得很熟,那是好久以来没有过的酣睡。

35

第二天是节日。黄昏时分,村民们个个穿着在夕阳下闪闪发亮的节日服装,来到街上。今年葡萄酒榨得比往年多。辛勤的劳动结束了。再过一个月哥萨克们就要出征,好多人家在准备婚礼。

村公所前面和两家铺子(一家出售糖果和瓜子,一家出售头巾和印花布)附近的广场上,聚集的人最多。老头儿们穿着没有边饰的庄重的灰色和黑色短褂,有的坐在村公所前的土台上,有的站在旁边。他们心平气和地谈着话,谈到收获,谈到年轻人,谈到公共事业,也谈到久远的往事,同时高傲冷漠地瞧着年轻的一代。娘儿们和姑娘们经过他们面前,都停住脚步,低下头。哥萨克小伙子们恭敬地放慢步子,摘下皮帽,拿在手里,在头上举了一会儿。老头儿们住了口,有的神情严厉,有的态度和蔼,瞧着过路的人,也都慢慢地脱下帽子,再重新戴上。

哥萨克女人们还没有开始跳轮舞。她们穿着鲜艳的短袄,白色的头巾直包到眼睛上边。她们三五成堆地坐在夕阳照不到的空地上和屋前的土台上,唧唧喳喳地大声谈笑。男女孩子们在打棒球,他们把球打到晴朗的高空中,尖声叫嚷着在广场上跑来跑去。在广场的另一角,姑娘们已在跳轮舞,她们用尖细的嗓子怯生生地边舞边唱。司书、免役的小伙子和回来休假的哥萨克青年,穿着雪白的和大红镶金边的契尔克斯服,容光焕发,三三两两地手挽着手,在成群的娘儿们和姑娘们中间穿梭往来,跟她们戏谑调情。一个开铺子的亚美尼亚人身穿镶金边的上等蓝呢契尔克斯服,站在敞开的铺子门口(从门口望得见一叠叠折好的五光十色的头巾),摆出一副东方商人的傲慢神气,煞有介事地守候着顾客。有两个赤脚的红胡子车臣人从捷列克河对岸赶来看热闹,他们蹲在朋友家的门口,神态自若地抽着短小的烟斗,吐着唾沫,打量着村人,同时用喉音急促地交谈着。偶尔有一个身穿旧外套的值勤士兵从衣衫绚丽的人群中急急走过。有些地方已可以听到喝得醉醺醺的哥萨克的歌声。村里的房子都上了锁,门前的台阶前夜就洗得干干净净。连老婆子们都从屋里出来了。脚踩在干燥的街上,到处都是瑟瑟响的西瓜子壳和南瓜子壳。天气温暖无风,天空蔚蓝澄澈。屋顶后面耸立着白雪皑皑的山岭,看来似乎很近。在夕阳的照耀下染上一层玫瑰红的色彩。从河对岸间或传来遥远的炮轰声。但村庄上空却荡漾着一片欢乐的节日声音。

奥列宁一早晨都在院子里徘徊,希望见到玛丽雅娜。玛丽雅娜却打扮得漂漂亮亮到教堂做礼拜去了;礼拜完毕又和姑娘们坐在土台上嗑瓜子,几次三番跟同伴们跑回家去,每次都亲切而愉快地瞧瞧房客。当着旁人的面,奥列宁也不敢跟她随便说笑。他很想把昨天的话说完,并且得到她的明确答复。他希望再能有个昨天晚上那样的机会,可是机会不来,而他觉得再也忍受不了这种命运未定的局面。她又走到街上,过了一会儿,他也身不由己地跟着她走去。她穿着一件闪闪发亮的蓝缎短袄,坐在街角。他从她旁边走过,听见姑娘们在他背后哈哈大笑,心里不禁感到隐隐作痛。

别列茨基借住的房子面临广场。奥列宁经过的时候,听见别列茨基的喊声:"进来坐坐!"他就进去了。

他们交谈了几句,在窗口坐下。不多一会儿,耶罗施卡穿了件崭新的短褂也走了进来,坐在他们旁边的地板上。

"瞧,那一群都是贵族。"别列茨基用烟卷指指街角一群衣衫绚丽的姑娘,笑嘻嘻地说。"瞧,我的那一个也在那边,穿红衣服的。她穿的是件新衣服。轮舞怎么还不开始啊?"别列茨基探身窗外,大声问。"等到天一黑我们也去。再叫她们到乌斯金卡家里去玩,我们来给她们安排一个舞会。"

"我也要上乌斯金卡家去,"奥列宁断然说,"玛丽雅娜会去吗?"

"她会去的,您去吧!"别列茨基说,一点也不觉得惊奇。"真是太美啦!"他指着花花绿绿的姑娘们说。

"是啊,真美!"奥列宁随声附和,竭力表现出无所谓的样子。"碰到这样的节日,我总是觉得奇怪,"他接着说,"为什么人人都忽然变得兴高采烈了?就拿今天十五号来说吧,到处是一派节日的景象。眼神也罢,面容也罢,声调也罢,动作也罢,服装也罢,空气也罢,太阳也罢,什么都洋溢着节日的欢乐。可是在我们家乡,过节已经不像过节了。"

"嗯,"别列茨基不爱听这样的议论,随口答应着。"你怎么不喝酒啊,老头儿?"他对耶罗施卡说。

耶罗施卡向奥列宁挤挤眼,指指别列茨基说:

"哦,他真骄傲,你那个朋友!"

别列茨基举起杯子。

"阿拉庇尔德!"他说着一饮而尽("阿拉庇尔德"意为"上帝保佑",是高加索人喝酒时常用的祝词)。

"萨乌布尔(祝你健康),"耶罗施卡含笑说,干了一杯酒。"哼,你说过节,"他站起身来,眼睛望着窗外,对奥列宁说,"这算得上什么过节!可惜你没见过从前是怎么玩儿的!娘儿们出来,总是穿着镶金边的萨拉芳①。胸前还要挂两串金币。头上戴着金帛包头。她们从你旁边走过,只听得呼呼的响声。娘儿们个个都像公主。有时候,她们出来一大群,唱起歌来哩哩啦啦的可热闹了,她们常常玩个通宵。哥萨克们呢,把酒整桶整桶的滚到院子里,大家坐下来,一直喝到天亮。有时候,大家手拉手到村子里去'扫荡'。不论碰到谁,就把他拉在一起,一家家这样扫过去。有时候一连玩上三天三夜。我还记得,有几次我爹回来,喝得浑身又红又肿,帽子也没有了,什么东西都丢了,一回家就倒下。妈妈可知道该怎么办:她给他吃新鲜鱼子和契希尔醒酒,自己又跑到村子里去给他把帽子找回来。他就这样睡上两天两夜!瞧,从前的人就是这样的!可是现在呢?"

"哦,那么穿萨拉芳的姑娘怎么样?她们光自己玩儿吗?"别列茨基问。

"哼,自己玩儿!有时候,哥萨克们赶来,或者骑着马跑来,他们说:'让我们去冲破她们的轮舞!'于是他们就奔过去,姑娘们就拿棍子

---

① 俄罗斯妇女穿的无袖长衣。

对付他们。有一次过谢肉节,有个小伙子骑马冲过去。她们就动起手来,打他,打他的马。可他要是能冲破她们的圈子,就可以把他心爱的姑娘抓住带走。那宝贝,那心肝,就也心甘情愿跟他要好了。从前的姑娘就是这样的!全都像公主!"

36

就在这时候,有两个人从横街骑马来到广场上。其中一个是纳扎尔卡,另一个是鲁卡沙。鲁卡沙稍稍偏着身子骑在他那匹肥壮的枣红卡巴尔达马上,那马晃动着漂亮的脑袋和光亮的鬃毛,在坚硬的路上轻快地踏着步子。步枪端正地套着枪衣,背后插着手枪,斗篷卷在鞍子后面,这一切说明鲁卡沙不是从附近平静的地方来的。他那种洒脱的偏坐马上的姿势,拿鞭子轻打马腹的漫不经心的动作,特别是他那双半张半闭地傲然顾盼的乌黑发亮的眼睛,都流露出青春的力量和自信。他的眼睛左顾右盼,似乎在说:"你们可见过像我这样的小伙子?"这匹配着镶银马具的骏马,这些武器,这个漂亮的哥萨克小伙子,吸引了广场上每个人的注意。纳扎尔卡,又矮又瘦,穿戴得也远不如鲁卡沙。当他们经过老头儿们面前时,鲁卡沙勒住马,把他头上那顶鬈毛白羊皮帽掀了一下,露出剪得短短的黑发。

"怎么样,你抢到许多诺盖马了?"一个瘦小的老头儿不高兴地皱着眉头问。

"你这样问,老爷爷,大概数过了吧?"鲁卡沙一边回答,一边转过身去。

"你不该把我的孩子也带去啊!"老头儿更加不高兴地说。

"哼,活见鬼,什么都知道了!"鲁卡沙自言自语,脸上现出烦躁的神气;但他望了望转角处那许多哥萨克姑娘,就拨转马头向她们跑去。

"你们好哇,姑娘们!"他忽然勒住马,用洪亮有力的声音喊道,"我不在,你们都老了,小妖精。"他说着笑起来。

"你好,鲁卡沙,你好,小伙子!"响起了一片快乐的声音。"你带来好多钱吧?给姑娘们买些糖果来!你回来要待一阵吗?好久没见到你了。"

"我跟纳扎尔卡赶回来玩儿个通宵。"鲁卡沙回答,扬鞭向姑娘们冲去。

"嗨,玛丽雅娜可把你忘记得干干净净了。"乌斯金卡尖声说,用臂肘撞撞玛丽雅娜,咯咯地笑起来。

玛丽雅娜避开马,仰起头,用她那双又大又亮的眼睛安详地瞅了瞅鲁卡沙。

"这么久没回来了!干什么骑马往人家身上乱冲啊?"她冷冷地说着转过身去。

鲁卡沙原来兴高采烈,脸上洋溢着勇敢和快乐的神情。玛丽雅娜的冷淡回答显然使他吃了一惊。他一下子皱起眉头。

"你踩在马镫上,我带你上山去,好姑娘!"他忽然大声说道,仿佛想驱散不快的念头,同时在姑娘们中间兜来兜去。他俯身对玛丽雅娜说。"我要吻你,嘿,我要把你吻个够!"

玛丽雅娜的眼光跟他相遇,她刷地一下脸红起来,后退了一步。

"得了吧!把人家的脚都踩坏了。"她说,低下头,瞧瞧她那穿着浅蓝花袜子的漂亮的脚和那双细银镶边的大红新鞋。

鲁卡沙转身跟乌斯金卡说话,玛丽雅娜就在一个抱婴孩的哥萨克女人旁边坐下来。婴孩向她伸出胖胖的小手,抓住她那串挂在蓝色短袄上的项链。玛丽雅娜弯下身去逗那婴孩,同时瞟了一眼鲁卡沙。鲁卡沙正翻起契尔克斯服,从黑短褂口袋里摸出一包糖果和瓜子。

"哪,我请大家客。"他说着把纸包递给乌斯金卡,笑嘻嘻地对玛丽雅娜瞧了一眼。

玛丽雅娜的脸上又出现羞怯的神情。她那双美丽的眼睛仿佛蒙上了一层雾。她把头巾拉到嘴巴下面,忽然把头凑到婴孩嫩白的小脸上,重重地吻起他来。婴孩用小手按住她那高高的胸部,张开没有牙齿的小嘴哭起来。

"你要把孩子闷死了!"做母亲的一边说,一边从她手里抱回孩子,解开短袄喂奶,"你还是去跟小伙子聊聊吧!"

"让我去把马安顿好,再跟纳扎尔卡到这儿来,我们要玩它个通宵。"鲁卡沙拿鞭子往马身上一挥,说着就从姑娘们身旁跑开去。

他跟纳扎尔卡一起拐到横街,向两所并排的房子驰去。

"我们到了,老弟!你快一点儿来啊!"鲁卡沙大声对同伴说,在邻居家的院子旁边下了马,小心翼翼地把马牵进自己家的栅门里。"你好,斯吉普卡!"他招呼他的哑姐姐说。她也打扮得漂漂亮亮,从街上走来接马。他做做手势叫她给马喂些草料,但不要解鞍。

哑姑娘咿咿哑哑地叫着,指着那马咂咂嘴,又吻吻马的鼻子,表示她喜欢这匹马,这匹马很好。

"你好哇,妈妈!你怎么还不到街上去啊?"鲁卡沙按住枪走上台阶,大声喊道。

老母亲给他开了门。

"哦,真是没想到,真是没料到,"老太婆说,"基尔卡还说你不来了。"

"你拿点契希尔来,妈妈。纳扎尔卡要上我们家来,**我们要好好过一次节了。**"

"我这就去拿,鲁卡沙,就去拿,"老太婆答应着,"我们的那些娘儿们全出去玩儿了。我们的哑姑娘大概也出去了。"

她拿起钥匙,匆匆往**小屋**走去。

纳扎尔卡安顿好马,解下枪,就来到鲁卡沙家里。

37

"祝你健康。"鲁卡沙一边说,一边从母亲手里接过一满杯契希尔,小心翼翼地拿近垂下的脑袋。

"你瞧,事情坏了,"纳扎尔卡说,"布尔拉克老爹问我:'你偷了好多马吗?'显然给他知道了。"

"鬼东西!"鲁卡沙简单地回答。"可这有什么关系?"他抖了抖脑袋,又说。"反正马已经过了河。你找去得了。"

"总有点不妙。"

"有什么不妙的!明天给他送点契希尔去。这样就没事了。现在我们来玩玩。喝吧!"鲁卡沙喊道,那腔调跟耶罗施卡大叔一模一样。"我们到街上去玩玩,找姑娘们去。你去弄点蜜糖来,还是让我叫哑姑娘去买吧。我们要一直玩儿到天亮。"

纳扎尔卡微笑了。

"怎么样,我们要在这儿待好久吗?"他问。

"让我们玩一会儿吧!快去买些伏特加来!喏,拿钱去!"

纳扎尔卡顺从地往雅姆卡家跑去。

耶罗施卡大叔和叶尔古肖夫好像两只猛禽,闻到什么地方有酒喝,尽管已经喝得醉醺醺,也一前一后紧跟着扑进屋子里。

"给我们再拿半桶来!"鲁卡沙对母亲嚷道,算是回答他们的招呼。

"嗳,你倒说说,精灵鬼,在哪儿偷的啊?"耶罗施卡大叔大声说。"好样的!我喜欢你!"

"哼,我喜欢你!"鲁卡沙笑着回答,"替士官生给姑娘们送糖果。好哇,你这个老家伙!"

"造谣,那是造谣!嗨,马尔卡!"老头儿哈哈大笑,"你不知道那魔鬼怎样再三要求我啊!他说你到那儿去,帮帮我的忙。还送了我一支枪。哼,去他妈的!我本想帮他一下,可是我可怜你。那你说说,上哪儿去了?"老头儿说起鞑靼话来。

鲁卡沙干脆地回答他。

叶尔古肖夫不大懂鞑靼话,只偶尔插句把俄罗斯话。

"我说他偷了马,我确实知道。"他应和说。

"我们是跟吉烈一起去的。"鲁卡沙讲道(他不说吉烈汗而说吉烈,这在哥萨克们看来是很大胆的)。"过了河他就一直吹牛,说整个草原他都熟悉,能带我们走条直路,可是我们骑马跑去,夜黑得很,我们的吉烈迷了路,我们兜来兜去,可是兜不出来。他找不到村庄,我们就完蛋了。我们显然走得偏右些。几乎找到半夜。后来,谢天谢地,总算听到了狗叫。"

"笨蛋!"耶罗施卡大叔说,"夜里有时我们也会在草原上迷路的。

鬼才认得清楚！这样我就骑马跑到小冈上,像狼一样嚎起来,喏,就是这样(他把手按在嘴上,就像群狼同声嚎叫似的叫起来)！狗听见了就会答应。哦,讲下去。后来怎么样,找着了？"

"很快就把马弄到手了。纳扎尔卡差点儿被诺盖娘们抓住,呸！"

"是啊,差点儿被抓住。"纳扎尔卡刚从外面回来,委屈地说。

"我们又继续赶路,可是吉烈又迷路了,差点儿把我们领到流沙里去。我们还以为在朝捷列克河跑呢,其实越跑越远。"

"那你该看看天上的星星。"耶罗施卡大叔说。

"我也这样说。"叶尔古肖夫插了一句。

"可是周围黑漆漆的,有什么办法呢？我试呀试的,什么办法都试过！后来我另外拉了一匹母马,戴上笼头骑上,让我的那一匹自由行动,我想它会给我们领路。你想结果怎么样？它打了几个响鼻,鼻子在地面上闻闻……它一个劲儿向前跑,把我们一直带到村子里。谢天谢地,这时天已经大亮,我们慌忙把马带到树林里藏好。后来纳吉姆过河来,把马群带走了。"

叶尔古肖夫摇摇头。

"我说嘛,真机灵！卖了好多钱吧？"

"全在这儿了。"鲁卡沙拍拍口袋,说。

这时老太婆走进屋里来,鲁卡沙没来得及把话说完。

"喝吧！"他大声说。

"有一次我跟基尔奇克也很晚出去……"耶罗施卡开了话头。

"哦,你这事我们听够了！"鲁卡沙说,"我走了。"他喝干碗里的酒,束紧腰带,上街去了……

38

  鲁卡沙来到街上,天色已经黑了。秋夜凉爽而没有风。一轮金黄的满月从广场一边黑魆魆的白杨树后面冉冉升起。家家**小屋**的烟囱都升起袅袅炊烟,跟迷雾连成一片,飘荡在村庄上空。有几家的窗子里亮着灯光。空气里弥漫着干粪、葡萄渣和迷雾的味儿。语声、笑声、歌声、嗑瓜子声,像白天一样混成一片,但比白天更加清晰。在篱笆旁边和房子附近的黑暗中,闪动着一簇簇白乎乎的头巾和皮帽子。

  在广场上,在门户敞开灯光耀眼的铺子前面,出现了一群穿白衣服和黑衣服的哥萨克男女青年,但听得歌声嘹亮,笑语不绝。姑娘们手拉着手,在尘土飞扬的广场上轻快地转着圈子。一个瘦削难看的姑娘领头唱道:

> 从树林里,从那幽暗的树林里,嗳哟哟!
> 从花园里,从那苍翠的花园里,嗳哟哟!
> 来了两个顶呱呱的小伙子,
> 两个小伙子啊,都还没成亲哪!
> 他们走呀走的,忽然停住脚步啦,
> 他们停住脚步啦,开口就把对方大骂。
> 嘿!这时来了一位漂亮的姑娘,
> 姑娘向他们吐露衷肠:
> "我愿意跟随你们中间的一位。"

她就这样跟上了一个小伙子,
　　一个皮肤白里透红的小伙子。
　　他呀,他拉住姑娘右手,
　　他呀,他带着姑娘奔走。
　　他到处向伙伴们夸耀:
　　"嗨,朋友,瞧我这爱人长得多俏!"

老太婆们站在旁边听唱歌。男女孩子们在黑暗中乱跑,互相追逐。哥萨克男人们站在周围,碰碰从身边经过的姑娘,间或冲破她们的轮舞,走到圈子里去。别列茨基和奥列宁身穿契尔克斯服,头戴羊皮帽,站在门口黑暗的一边谈话。他们的语言跟哥萨克不一样,声音也不响,但是听得见。他们发觉人家在注意他们。身着大红短袄的胖胖的乌斯金卡跟身穿新衬衫和短袄的端庄的玛丽雅娜并排夹在圈子里跳轮舞。奥列宁跟别列茨基在商量,怎样把玛丽雅娜和乌斯金卡从圈子里拉走。别列茨基还以为奥列宁只是逢场作戏,其实奥列宁是在等候命运的判决。无论如何今天他要单独跟玛丽雅娜见一次面,把心里话向她和盘托出,并且问问她能不能做他的妻子,肯不肯做他的妻子。尽管这问题他早就得到了否定的答复,但他还是希望能有个机会尽情地向她倾吐自己的感情,并且获得她的了解。

"您干吗不早告诉我啊?"别列茨基说,"我可以通过乌斯金卡给您想办法。您这人真怪!"

"有什么办法呢?改天有机会让我把情况都告诉您。现在请您看在上帝的分上想个办法,让她到乌斯金卡家来一次。"

"好的。这个好办……嗳,玛丽雅娜,你愿意跟个白白嫩嫩的小伙子而不跟鲁卡沙吗?"别列茨基对玛丽雅娜说话以表示礼貌,但不等她回答就走到乌斯金卡跟前,请她把玛丽雅娜带到她家里去。他的话没有说完,领唱的姑娘又唱起另一支歌来。于是姑娘们又手拉手,转动圈子唱道:

> 小伙子在街头闲荡,
> 他经过花园,走遍村庄。
> 第一次走过我身边,
> 他举起右手招招;
> 第二次走过我身边,
> 他挥挥漂亮绒帽;
> 第三次走过我身边,
> 他站住了,鞠躬问好。
> "哦,可爱的姑娘,
> 我要问你一声:
> 你干吗不到花园里玩玩?
> 可是瞧不起我这个痴心汉?"
> "哦,我的好姑娘,你尽管放心:
> 到头来我准会叫你满意称心。
> 我要请人说媒,
> 我要向你求婚;
> 等到我们结婚的时光,
> 你将为我而眼泪汪汪。"
> 我知道该怎样对他回答,

> 可是不敢把真情吐露,
> 我不敢把真情吐露,
> 却走到花园里溜达。
> 花园里绿油油一片好风光,
> 见了小伙子我低下头,意乱心慌。
> "哦,姑娘,我向你鞠躬弯腰,
> 诚心诚意送上手帕一条。
> 请用你那双雪白的小手,
> 把这小小的礼品收下。
> 请用你那双雪白的小手,
> 把我这颗心留下。
> 哦,我可实在没有主张,
> 该拿什么东西送我心爱的姑娘,
> 我要送你一条大花披巾,
> 再在你脸上亲吻五下。"

鲁卡沙跟纳扎尔卡冲破轮舞圈子,在姑娘们中间荡来荡去。鲁卡沙尖着声音帮腔,挥动手臂走在圈子中央。

"喂,你们哪一个出来啊!"他喊道。

姑娘们推推玛丽雅娜;她不肯去。在一片歌声中还夹杂着清脆的笑声、打击声、接吻声和低语声。

鲁卡沙走过奥列宁身边时,亲切地向他点点头。

"德米特里·安德烈伊奇!你也来看热闹吗?"他说。

"是啊。"奥列宁干巴巴地回答。

别列茨基凑近乌斯金卡耳朵,对她说了些什么。她想回答,可是没来得及,直到圈子再转过来时才说:

"好的,我们会来的。"

"玛丽雅娜也来吗?"

奥列宁俯身对玛丽雅娜说:

"你来吗?请你一定来,就是待一分钟也好。我有话要跟你说。"

"姑娘们来,我也来。"

"你肯回答我的要求吗?"他又俯身问她。"你今天很高兴。"

她已经从他身边走开,他跟上去。

"你肯回答吗?"

"回答什么呀?"

"我前天问你的事,"奥列宁凑近她的耳朵说,"你肯嫁给我吗?"

玛丽雅娜想了想。

"我会回答的,"她说,"今天就回答。"

黑暗中,她的眼睛快乐而亲切地对这青年人闪了闪。

他一直跟着她。有机会接近她,在他真是一大乐事。

鲁卡沙却继续唱着歌,忽然使劲抓住她的手臂,把她从姑娘们手里拉到圈子中央。奥列宁只来得及说了一句:"到乌斯金卡家来吧!"就回到他的同伴那儿。歌唱完了。鲁卡沙擦擦嘴唇,玛丽雅娜也擦擦嘴唇,他们接了一个吻。"不行,得来上五个。"鲁卡沙说。说话、欢笑、奔走,代替了优美的舞蹈和优美的歌。鲁卡沙看样子已喝得酩酊大醉,他把糖果分给姑娘们。

"我请大家客!"他显出一副滑稽的得意洋洋的神气,说。"可是谁要跟士兵勾勾搭搭,就滚出去。"他忽然恶狠狠地向奥列宁瞪了一眼,补了一句。

姑娘们从他手里抢着糖果,嘻嘻哈哈地互相争夺着。别列茨基和奥列宁走到一边。

鲁卡沙仿佛因自己的慷慨而害臊,他脱下皮帽,拿衣袖擦擦前额,走到玛丽雅娜和乌斯金卡跟前。

"'哦,可爱的姑娘,你可是瞧不起我这个痴心汉?'"他重复了一下刚才唱过的歌词,转身对玛丽雅娜又生气地说了一遍,"'你可是瞧不起我这个痴心汉?等到我们结婚的时光,你将为我而眼泪汪汪。'"他一面补充说,一面伸开两臂把乌斯金卡和玛丽雅娜搂在一起。

乌斯金卡挣脱身子,挥动手臂,在他背上使劲打了一下,打得自己的手都痛了。

"你们还要再跳一次吗?"他问。

"姑娘们要跳就跳吧,"乌斯金卡回答,"我可要回家了,玛丽雅娜也要到我们家里去。"

鲁卡沙仍旧搂着玛丽雅娜,把她从人群中拉到黑暗的屋角里。

"别去,玛丽雅娜,"他说,"让我们最后一次玩儿个痛快。你回家去,我就来。"

"叫我到家里去干什么呀?过节就该玩玩。我要到乌斯金卡家去。"玛丽雅娜说。

"反正我要把你娶到手的。"

"好啦,"玛丽雅娜说,"到那个时候瞧吧。"

"你到底去不去?"鲁卡沙严厉地问,把她抱紧,在她脸颊上吻了吻。

"嗳,放手!你纠缠什么呀?"玛丽雅娜说着从他手里挣脱出来,走掉了。

"哎,姑娘啊!……不会有好收场的,"鲁卡沙站住,摇摇头,责备说,"'你将为我而眼泪汪汪。'"接着转过身去,向姑娘们嚷道:"来,玩下去吧!"

他的话似乎使玛丽雅娜吃了一惊,并使她大为生气。她站住。

"什么叫不会有好收场啊?"

"就是这样。"

"就是什么呀?"

"就是你跟那个当兵的房客勾勾搭搭,因此不再爱我了。"

"我高兴爱就爱,不高兴爱就不爱。你又不是我爸,又不是我妈。你要干什么呀?我高兴爱谁就爱谁。"

"好,好!"鲁卡沙说。"你记住!"他向铺子那边走去。"姑娘们!"他嚷道,"大家站着干什么?再来跳一回轮舞吧!纳扎尔卡!快去拿些契希尔来。"

"怎么样,她们来吗?"奥列宁问别列茨基。

"马上就来,"别列茨基回答,"我们走吧,得先去准备一下舞会呢。"

39

奥列宁跟在玛丽雅娜和乌斯金卡后面走出别列茨基的房子时已经夜深了。姑娘的白头巾在黑暗的街上晃动。金色的月亮向草原缓缓下沉。一片银雾笼罩着村庄。村子里万籁俱寂,没有一点灯火,只听得这两个渐渐远去的女人的脚步声。奥列宁的心跳得很厉害。他那热辣辣的脸接触到潮湿的空气,觉得很舒服。他望望天空,回头瞧瞧刚离开的房子:里面的烛火已经熄灭。他又注视那两个渐渐远去的姑娘的背影。白色的头巾已消失在雾里。他害怕孤独;他是那样的幸福!他跳下台阶,向姑娘们跑去。

"哼,你这个人!会被人家瞧见的!"乌斯金卡说。

"不要紧!"

奥列宁追上玛丽雅娜,把她抱住。玛丽雅娜没有挣扎。

"还没吻够吗,"乌斯金卡说,"结了婚再吻吧,现在得等一下。"

"再见,玛丽雅娜,明天我去找你父亲,我自己去跟他谈。你不用说了。"

"我有什么可说的!"玛丽雅娜回答。

两个姑娘跑掉了。奥列宁独自走着,回想着刚才的一切。他跟她一块儿在炉炕旁边的角落里度过了整个黄昏。乌斯金卡始终跟别的姑娘和别列茨基一起玩着,没离开过房子一步。奥列宁尽跟玛丽雅娜低声谈话。

"你肯嫁给我吗?"他问她说。

"你骗人,你不会要我的。"她快乐而平静地回答。

"那你爱不爱我啊?看在上帝分上你说吧!"

"为什么不爱你呢,你又没少一只眼睛!"玛丽雅娜回答,笑着用她那粗糙的手捏住他的手,"你的手真白,真软,简直像奶酪。"她说。

"我不是开玩笑。你说,你肯吗?"

"要是我爹答应,怎么会不肯呢?"

"你得记住,你要是骗我,我会发疯的。明天我就对你妈和你爹说,我要来求婚。"

玛丽雅娜忽然哈哈大笑起来。

"你笑什么?"

"就是觉得好笑。"

"对!我要买一座花园,买一座房子,我要登记做个哥萨克……"

"你可得当心,将来不许再爱上别的女人!这种事我是不肯马马虎虎的。"

奥列宁津津有味地回想着这些话。这些回忆一会儿使他痛苦,一会儿又使他快乐得透不过气来。他感到痛苦,因为她跟他说话像平时一样冷静,对这种新的局面似乎完全无动于衷。她似乎并不信任他,也没考虑到前途。他觉得她只是暂时爱他,她根本没考虑到将来要跟他结合在一起。他觉得快乐,因为他认为她说的都是真心话,她答应归他所有。"是的,"他自言自语,"只有当她完全属于我的时候,我们彼此才能了解。这样的爱情不是言语所能表达的;它需要生活,需要一辈子的生活。明天得把一切说个明白。我再不能这样生活下去了,明天我要把一切告诉她父亲,告诉别列茨基,告诉全村人……"

鲁卡沙在节日里一连两夜没睡觉,又喝了那么多的酒,以致生平第一遭醉得倒下来,并且在雅姆卡家里睡了一夜。

40

第二天,奥列宁醒得比平日早。他一醒来就想起他该做的事,同时快乐地回想到她的亲吻,她那粗糙的手怎样紧捏住他的手以及她的话:

"你的手真白！"他一骨碌爬起来，想立刻就去找房东求婚。太阳还没有升起，奥列宁觉得街上非常喧闹：步行的人，骑马的人，说话声不绝于耳。他披上契尔克斯服，奔到门口。房东一家还没有起身。有五个哥萨克骑马经过，大声谈着话。鲁卡沙骑着他那匹卡巴尔达马一路领先。哥萨克们一边说，一边嚷，简直听不清他们在谈些什么。

"到上游的哨所去！"一个嚷道。

"快备好鞍，赶上来！"另一个说。

"走那边的门近些。"

"胡说，"鲁卡沙嚷道，"得走中门。"

"对，打那儿走近些。"一个满身灰尘的哥萨克骑着一匹汗淋淋的马，说。

鲁卡沙的脸因为昨天的狂饮又红又肿；他的皮帽推在脑后。他威风凛凛地大声叫嚷，俨然像个长官。

"什么事？你们上哪儿去？"奥列宁问，好容易才引起哥萨克们的注意。

"我们捉山匪去，他们埋伏在流沙里。我们现在就去，可是人数还不够。"

哥萨克们继续嚷着沿大街跑去，一路上招集愿意去的人。奥列宁想到他不去不好，而且认为很快就可以回来。他穿好衣服，装上枪弹，跨上凡纽沙胡乱备上鞍的马，在村庄出口处追上了哥萨克们。哥萨克们下了马，站成一圈，把带来的一小桶契希尔倒在木碗里，一个个轮着喝酒，**祷告**上帝保佑他们出征成功。有个打扮得像花花公子的年轻少尉正巧在村庄里，就当了九名哥萨克的指挥官。这些哥萨克都是普通士兵，尽管那少尉装出一副长官的派头，他们却只服从鲁卡沙。他们也根本不把奥列宁放在眼里。等大家都骑上马出发,奥列宁骑马跑到少尉跟前,向他打听是怎么一回事。那个平时一向很和气的少尉,这时却对他摆起架子来。奥列宁好容易才从他身上打听到真相。奉命搜索山匪的巡逻队在离村七八俄里的流沙地碰上几个山匪。那几个山匪埋伏在一个坑里向巡逻队开枪,并且扬言决不投降。带领两名哥萨克兵出去巡逻的班长留在那里守候,同时派了一名哥萨克兵回村来求援。

太阳刚刚升起。离村三俄里多的地方是一片大草原,举目望去,但见一片单调、凄凉、干燥的平原,上面布满牛马的蹄印,一簇簇的枯草,洼地里长着的低矮芦苇,难得有人走过的稀少的小径,以及远远出现在地平线上的诺盖牧民的帐篷。这一带缺少树阴,景象荒凉,使人触目惊心。草原上的日出和日落总是红艳艳的。碰到刮风的日子,风能把整座沙丘搬走。而在宁静无风的时候,譬如这天早晨,草原上那种一片死寂的景象也足以使人吃惊。这天早晨,太阳虽然已经升起,草原上却还是那样静谧,那样阴郁;周围的景象似乎特别荒凉,特别柔和。空气纹丝不动,只听得马的蹄声和打呼噜声,但连这些声音也很微弱,一下子就消失了。

哥萨克骑马的时候多半默默无言。哥萨克手里的武器从来不铿锵作响。武器碰撞发响,这在哥萨克是极其丢脸的事。有两个哥萨克从村里赶来,同他们谈了两三句话。鲁卡沙骑的马一会儿颠踬,一会儿在草丛里绊跤,使着性子。哥萨克们认为这是不祥的兆头。他们回头望了望,连忙又转过身去,故意不理这个在这种时刻具有特殊意义的情况。鲁卡沙拉了拉缰绳,紧皱着眉头,咬咬牙,把鞭子往头上一扬。这匹卡巴尔达骏马忽然碎步狂奔起来,不知道哪一只脚先落地才好,仿佛想插翅飞腾,可是鲁卡沙在它那肥壮的胁上抽了一鞭子,又抽了一鞭子,再抽了一鞭子,于是这马就龇龇牙,翘起尾巴,打着呼噜,用后腿蹬了几下,把那群哥萨克拉下好几步。

"嚯,可真是匹好牲口!"少尉说。

他说牲口而不说马,表示特别赞美。

"真是马中之狮啊!"一个上了年纪的哥萨克附和说。

哥萨克们默默地骑马前进,忽而奔驰,忽而遛蹄,也只有这种改变驰行的方式,暂时打破寂静和他们庄严的行进。

他们在草原上骑马走了八俄里光景,只遇到一辆载着一座诺盖式帐篷的大车,在离他们一俄里外的地方缓缓行进。这是一个诺盖人带着一家老小从一处牧地搬到另一处去。他们还遇到两个衣衫褴褛、颧骨很高的诺盖女人背着筐子在草原上捡畜粪。少尉略懂几句库梅克话①,就向她们打听情况,可是她们听不懂他的话,互相对看了一下,有点害怕。

鲁卡沙赶到她们跟前,勒住马,利落地向她们问好致意。那两个诺盖女人显然很高兴,就毫无顾忌地同他交谈起来,仿佛见到了亲兄弟。

"啊咦,啊咦,山匪咕普!"她们双手指着哥萨克去的方向诉苦道。奥列宁明白,她们是说:"山匪多得很!"

奥列宁从没见过这一类战斗,他只从耶罗施卡大叔的嘴里听到过一些,因此不愿落在哥萨克们后面,而很想亲眼看一下。他不胜赞赏地留意着哥萨克们的一举一动,倾听他们的谈吐,细心观察着。他虽然身佩马刀,带着实弹的枪支,可是发觉哥萨克们都不理他,就决定不参加战斗,再说他认为他在分队里已经显示过勇气,而主要的是他自己觉得

---

① 高加索达格斯坦的一种语言。

十分幸福。

忽然远处传来一声枪响。

少尉紧张起来,立刻命令哥萨克们散开,并且从一边推进。但哥萨克们显然不理他的命令,他们只听鲁卡沙的话,眼睛只望着他一个人。鲁卡沙脸色镇定,神态庄严。他策马奔驰,眯细眼睛眺望前方,把别的马都抛在后头。

"瞧,有个骑马的人。"他勒住马等别人赶上来,说道。

奥列宁睁大眼睛看去,可是什么也没看见。哥萨克们立刻看出有两个骑马的人,就镇定地向他们直奔过去。

"那是山匪吗?"奥列宁问。

哥萨克们根本没有理他,他们认为他问得没有道理。山匪要是骑着马过河来,那可真是傻瓜了。

"瞧,那是罗吉卡在向我们招手呢,错不了,"鲁卡沙指着那两个骑马的人说,此刻他们已可以看得清清楚楚了。"瞧,他向我们跑来了。"

果然,过了几分钟就证实,那两个骑马的是哥萨克巡逻队。接着,班长来到鲁卡沙跟前。

41

"离这儿远吗?"鲁卡沙简单地问。

就在这当儿,三十步外传来一阵干巴巴的短促枪声。班长微微一笑。

"我们的古尔卡在向他们开枪了。"他朝那枪声扬扬头,说。

他们又走了几步,看见古尔卡坐在一个沙丘后面装子弹。古尔卡因为无聊,正跟埋伏在另一个沙丘后面的山匪对射。有一颗子弹从那边嘘溜溜地飞来。少尉脸色苍白,手足无措。鲁卡沙跳下马,把缰绳扔给一个哥萨克兵,向古尔卡走去。奥列宁也下了马,弯下身子,跟在他后面。他们刚走近古尔卡,就有两颗子弹从他们头上掠过。鲁卡沙笑着回头望望奥列宁,稍稍弯下身子。

"他们会把你打死的,安德烈伊奇,"他说,"最好还是走开点儿,这可不是你待的地方。"

但奥列宁存心要看看山匪。

从沙丘后面看去,他看见两百步外的地方露着几顶帽子和几支步枪。忽然从那儿冒出一团硝烟,随即又有一颗子弹呼啸而过。山匪埋伏在山脚下的沼泽地里。奥列宁觉得他们据守的地方很特别。其实这块地方跟草原上别的地方并没有什么不同,但因为那里有山匪待着,仿佛就有点异样。他甚至认为这正是山匪藏身的好地方。鲁卡沙回到马旁,奥列宁还是跟住他。

"得想法子弄一车干草来,"鲁卡沙说,"不然会被他们打死的。瞧,沙丘后面不是停着一辆诺盖人的草车吗!"

少尉听从他的话,班长也表示同意。干草车拉来了,哥萨克们躲到车后,动手拿干草掩护身体。奥列宁骑马跑上一个沙丘,从那儿可以望见周围的一切。干草车向前移动;哥萨克们紧挤在车子后面。哥萨克们向前推进;车臣人(总共九个)膝盖连着膝盖坐成一排,没有开枪。

周围一片寂静。忽然从车臣人那边传来凄凉的歌声,有点像耶罗施卡大叔唱的"哎哟!完啦!什么都完啦!"车臣人知道他们无法脱身,就用皮带把他们的膝盖缚在一起,免得到时候逃跑,并且准备好枪支,唱起临死前的哀歌。

哥萨克们推着干草车越来越近,奥列宁时刻都在等待着开枪,可是打破寂静的只有山匪的凄凉歌声。歌声忽然停住,传出一阵短促的枪声,一颗子弹啪的一下打在车子横木上,还听到车臣人的咒骂声和尖叫声。枪声一下紧接着一下,子弹一颗紧跟着一颗打在草车上。哥萨克们并不开枪,他们离车臣人至多五步。

又过了一会儿,哥萨克们一阵呐喊从车子两边窜出来。鲁卡沙领头。奥列宁只听得几下枪声、呐喊和呻吟。他仿佛看到了烟和血。他丢下马,不假思索地向哥萨克们跑去。他恐怖得眼睛发黑,什么也看不清楚,只明白一切都完了。鲁卡沙脸色白得像头巾,抓住一个受伤的车臣人的两臂,嚷道:"别打死他!我要捉活的!"原来就是那个兄弟被鲁卡沙打死、曾来领取尸体的红头发车臣人。鲁卡沙把他的手臂扭到背后。车臣人忽然挣脱身子,开了一枪。鲁卡沙应声倒下。血从他的肚子里流出来。他跳起来,但又倒下,嘴里用俄语和鞑靼语骂着。他身上和身下的血越流越多。哥萨克们赶到他跟前,动手替他松开腰带。其中一个,就是纳扎尔卡,在动手救护他之前,手忙脚乱,好一阵才把刀插进鞘里。他的刀刃上沾满了血。

那些红头发的车臣人蓄着剪短的小胡子,血肉模糊地横在地上。只有那个向鲁卡沙开枪的熟识的车臣人,虽然遍体鳞伤,但还活着。他好像一只中了枪弹的鹞子,浑身是血(他的右眼还在流血),脸色苍白,皱着眉头,咬牙切齿地圆睁着一双眼睛环顾四周,他手里拿着一把匕首蹲在地上,还准备自卫。少尉仿佛随便经过似的走到他身边,眼明手快地举起手枪往他耳朵里开了一枪。车臣人挣扎了一下,随即倒下。

哥萨克们气喘吁吁地搬动尸体,把武器解下来。这些死去的红头发车臣山匪,每个人脸上都有一种特别的表情。哥萨克们把鲁卡沙抬到大车上,他依旧用俄语和鞑靼语骂个不停。

"胡说八道,我要亲手掐死你!你逃不出我的手心!畜生!"鲁卡沙挣扎着嚷道。不多一会儿,他由于虚脱而住了口。

奥列宁骑马回家。晚上,人家告诉他,鲁卡沙已处于弥留状态,但河对岸来的一个鞑靼人还在用草药给他医治。

山匪的尸体被搬到村公所里。女人孩子都聚拢来观看。

奥列宁在薄暮中回到家里。刚才的种种景象使他的心情好久平静不下来,可是一到黑夜降临,昨天的事又涌上心头。他往窗外望望:玛丽雅娜正从屋子里出来,到棚子里去照料牲口。她的母亲到葡萄园去了。她的父亲在村公所里。奥列宁不等她料理完毕,就去找她。她在房子里,背对他站着。奥列宁以为她怕羞。

"玛丽雅娜!"他说,"嗳,玛丽雅娜!我可以进来吗?"

她忽然转过身。她的眼睛里隐约地含着眼泪,脸容悲哀,却凄艳动人。她庄重地向他瞧瞧,一言不发。

奥列宁又说:

"玛丽雅娜!我是来……"

"走开。"她说。她的神色没有改变,但泪水从她的眼睛里涌出来。

"你哭什么呀?你怎么啦?"

"什么?"她语气生硬地重复了一下。"哥萨克被人家打死了,就是这样!"

"鲁卡沙吗?"奥列宁说。

"走开,你要干什么!"

"玛丽雅娜!"奥列宁一边说,一边走近她。

"你再也别想从我身上得到什么了!"

"玛丽雅娜,别这样说!"奥列宁恳求道。

"走开,你这人真讨厌!"姑娘嚷道,跺跺脚,气势汹汹地向他逼近。她的神气那样充满嫌恶、轻蔑和愤恨,以致奥列宁立刻明白,他什么也不用指望了。他过去认为这女人无法接近,这一层如今完全得到了证实。

奥列宁不再说什么,从屋子里跑了出去。

42

他回到家里,一动不动地在床上躺了两个钟头,然后去找连长,请求把他调到团部去。他不向任何人告别,只叫凡纽沙去跟房东结账,就收拾行李准备到团部驻扎的要塞去。只有耶罗施卡大叔一人来给他送行。他们一杯又一杯地喝着酒。也像奥列宁离开莫斯科时一样,一辆三驾驿车停在大门口等他。但奥列宁已不像上次那样苦苦思索,并且对自己说,他在这里的全部思想和行为都"不是那么回事"。他不再指望过一种新的生活了。他比以前更爱玛丽雅娜,但他知道她是永远不会爱他的。

"嗯,再见了,老弟!"耶罗施卡大叔说。"你要是出去打仗,可得聪明一点,得听我老头儿的话。碰到进攻或者什么的,要是对方开枪,你千万别往人多的地方跑(我是一头老狼,什么场面都见过了)。你们这些家伙一害怕,总是往人堆里挤。你们以为人多热闹些,其实这样最危险:人家总是向人多的地方瞄准。我总是避开人群,自己单独行动,因此从来没负过伤。我这辈子什么世面没见过啊?"

"那你背上怎么有一颗子弹留着呢?"正在屋子里收拾行李的凡纽沙问道。

"这是哥萨克捣的鬼。"耶罗施卡回答。

"哥萨克?"奥列宁问。

"就是这么一回事!那次我们喝酒,有个叫凡卡·西特金的哥萨克,酒喝多了,拔出手枪就朝我这里打了一枪。"

"那你痛不痛啊?"奥列宁问。"凡纽沙,快好了吗?"他又问凡纽沙。

"哎!忙什么!让我讲完……他向我开了一枪,子弹没有打穿骨头,就留下了。我对他说:老弟,你差点儿要了我的命。你干的什么好事?我决不放过你。你得赔我一桶酒。"

"那你痛不痛啊?"奥列宁又问,根本没有心思听他讲话。

"让我把这事讲完。他只好弄了一桶酒来。我们又喝起来。可是血流个不止。整个屋子里都流满了血。布尔拉克老爹说:'这小子没命了。再罚你弄一瓶甜酒来,不然我们叫你吃官司。'于是酒又来了,大家又拼命大喝……"

"那你当时痛不痛啊?"奥列宁又问。

"痛什么!你别打断我,我不喜欢人家插嘴。让我把话讲完。我们喝着喝着,一直喝到天亮,我喝得烂醉,就在炉炕上睡着了。早晨醒来,身子怎么也伸不直了。"

"那你一定很痛吧?"奥列宁又问,他想这下子总可以问出一个结果来了。

"我又没对你说过痛!痛是不痛,可身子就是伸不直,也不能走路。"

"后来伤养好了吗?"奥列宁说,脸上没有一点笑意:他心里实在沉重得很。

"养好了,可是子弹就这样留在里面。喏,你来摸摸!"他说着撩起衬衫,露出强壮的背。在脊梁骨旁边摸得出有一颗子弹。

"你瞧,就这样滑来滑去的,"他说,拿子弹像玩具似的玩弄着,"喏,它滑到下面去了。"

"那么,你说鲁卡沙还活得成吗?"奥列宁问。

"只有天知道!又没有大夫。请是去请了。"

"到哪儿去请啊,到格罗兹纳亚吗?"奥列宁问。

"不,老弟,假如我是沙皇的话,早就把你们那些俄罗斯大夫统统绞死了。他们就知道开刀。他们就这样毁了我们的哥萨克巴克拉歇夫,把他的一条腿割掉了。他们简直是笨蛋。如今巴克拉歇夫还有什么用?不,老弟,只有山里才有真正的大夫。我的朋友基尔奇克上次在战斗中负了伤,就在胸口这个地方,你们的那些大夫个个都摇头,可是萨伊勃从山里赶来,把他治好了。山里的大夫会用草药,老弟。"

"嘿,别尽说废话了,"奥列宁说道,"让我到司令部去请个医官来吧!"

"哼,废话!"老头儿学着他的腔调说,"笨蛋!笨蛋!废话!请一个医官来!要是你们的人医得好病,哥萨克和车臣人早就到你们那里去治病了!事实上,你们的军官倒常常上山去请大夫的。你们就知道骗人,样样都是骗人的。"

奥列宁不再回答。他完全同意,他原来生活过的世界,也就是他现在回去的那个世界,样样都是骗人的。

"鲁卡沙到底怎么样了？你去看过他吗？"他问。

"他像死人一样躺着。滴水不进，只喝一点伏特加。嗯，能喝伏特加，就不要紧。这小伙子真叫人心疼。是个顶呱呱的小伙子，像我一样勇敢。我有一次也这样差点儿死掉，那些老太婆都放声痛哭，我的头脑就像火烧一样。他们把我抬到圣像底下，我就直挺挺地躺在那儿，在我头上的火炉上有一群这样小的鼓手在拼命擂鼓。我对他们大喝一声，他们却擂得更凶了（老头儿笑起来）。娘儿们把神父请来，准备给我送终。他们说：'他跟外教人来往，玩女人，杀人害命，不守斋戒，弹巴拉莱卡。'他们说：'你忏悔吧！'我就忏悔起来。我说我有罪。不管那神父说什么，我总是回答我有罪。他问到巴拉莱卡。我还是回答我有罪。他问我："你把那个鬼玩意儿放在哪儿啊？你指给我看，好把它毁掉。'可是我回答说我没有这东西。其实我把它藏在小屋的一个网里，我知道他们找不着的。他们就这样把我丢下了。我休养了好多时候。后来我又弹起巴拉莱卡来……哦，我说什么来着？"他继续说，"听我的话，你得避开人群，要不然你会白白送命的。说实话，我疼你。你爱喝一杯，我就是喜欢你。你们那些人总是喜欢往土墩上跑。从前我们这儿有个人，是从俄罗斯来的，他老是喜欢骑马上土墩，怪里怪气地把土墩叫做小山。他一看见土墩，就冲上去。有一次也这么骑马冲上去。冲到上面，高兴极了。不料有个车臣人向他开了一枪，就把他打死了。哦，车臣人用枪架打枪打得可准了！打得比我还准。可我不喜欢这样糊里糊涂被人家打死。有时候我瞧瞧你们那些兵，感到很奇怪。他们真是太笨了！这些可怜虫全部都挤在一处，衣服上还缝上红领子。这样人家怎么会打不中呢！一个被打死了，倒下来，把他拖开，另外一个又上去。真是太傻了！"老头儿摇摇头重复说，"为什么不分开来一个一个走呢?以后你得这样走才对。这样他们就没法子向你瞄准。你一定得这么走。"

"哦,谢谢你!再见了,大叔!上帝保佑你,我们还会见面的。"奥列宁一边说,一边站起来向门口走去。

老头儿坐在地板上,没有站起来。

"难道就这样分手吗?傻瓜!傻瓜!"他说道。"唉,人都变成什么样了!做朋友,做朋友,做了整整一年,说声再见,就走了。要知道,我是多么爱你,多么疼你啊!你这人真苦恼,老是孤零零的,老是孤零零的。谁也不爱你!有时候我睡不着觉,就想到你,我可真替你难过。就像歌里唱的那样:

　　生活在外乡异地,
　　可不好过啊,亲爱的兄弟!

你就是这样。"

"那么,再见了。"奥列宁又说了一遍。

老头儿站起来,向他伸出手去;奥列宁握了握,转身想走。

"把脸转过来,把脸转过来。"

老头儿伸出他那双强壮的手捧住奥列宁的头,用湿滋滋的胡子和嘴唇在他脸上吻了三次,哭起来。

"我真疼你,再见了!"

奥列宁坐上马车。

"哦,你就这样走了吗?送点什么留个纪念吧,老弟!送我一支枪吧!你要两支干什么?"老头儿一边说,一边感情冲动地呜咽着。

奥列宁拿出一支枪,送给他。

"您送老头子这么多东西干什么!"凡纽沙嘀咕道。"他永远不会知足的!老要饭的。都是些不规矩的人。"他一边说,一边裹紧外套,在前座上坐下来。

"闭嘴,猪猡!"老头儿笑着嚷道,"瞧,多小气!"

玛丽雅娜从棚子里走出来,冷冷地对马车瞧了一眼,点点头,走进屋里去了。

"这姑娘!"凡纽沙挤挤眼,用法语说道,接着傻里傻气地哈哈大笑起来。

"走吧!"奥列宁怒气冲冲地喝道。

"再见,老弟!再见了!我不会忘记你的!"耶罗施卡喊道。

奥列宁回头望了一下。耶罗施卡大叔正在跟玛丽雅娜说话,显然是在谈他自己的事;不论老头儿,还是玛丽雅娜,谁也没有瞧着他。

波利库什卡

1

"太太,您吩咐好了!只是杜特洛夫一家怪可怜的。他们家个个都是好样的。如果家奴一个也不派,那他们就逃不掉了,"管家说,"其实现在大家都指着要他们去。不过,还是看您的意思。"

接着他把右手搭在左手上,两手叠放在肚子前面,脑袋歪向一边,两片薄嘴唇往里一嘬,差点嘬出声来,接着眼珠滴溜溜转了一圈,就不再说什么。他显然想这样沉默下去,恭顺地倾听太太对他说出一大篇废话来。

这个管家家奴出身,脸刮得光光的,身穿长礼服(管家穿的特殊款式),在这个秋天的晚上站在女东家面前禀报。照女东家看来,这类禀报就是听取过去事务的办理情况,并对未来事务作出安排。而照管家叶果尔·米哈伊洛维奇看来,这类禀报只是例行公事,他得恭恭敬敬地站在角落里,两脚外撇,面对沙发,听取种种与正事无关的废话,提出各种建议,千方百计弄得女东家不耐烦,迫不及待地对他说:"好了,好了。"

此刻正在谈征兵的事。波克罗夫斯科耶要出三名壮丁。其中两名,按照家庭情况、个人品德和经济条件,都已自然确定。对于这两名人选,无论村社方面、女东家方面或者舆论方面都不会有犹豫和争论。对第三名则有争论。管家想庇护杜特洛夫家三兄弟,而派已成家的家奴波利库什卡去,波利库什卡名声很坏,曾因偷窃麻袋、缰绳和干草不止一次被人逮住过;但女东家很疼爱波利库什卡家几个衣衫褴褛的孩子,想用《福音书》上的教诲来纠正波利库什卡的品德,不愿送他去当兵。同时她又不愿加害于杜特洛夫一家,尽管她不认识也从没见过他们。可是不知怎的她说什么也不明白,而管家又不敢对她明说:如果波利库什卡不去,那么杜特洛夫家就非去一个不可。"我不愿叫杜特洛夫家遭殃,"她怀着同情心说,"如果您不愿意,那您就出三百卢布买个新兵好了。"管家本应这样回禀她,可是从策略上考虑他不能这样做。

于是叶果尔·米哈伊洛维奇稳稳当当地站好,身子甚至悄悄靠在门框上,但脸上仍是一副奴颜婢膝的样子,开始瞧着太太的嘴唇怎样翕动,以及她帽子上的荷叶边和它那落在墙上一幅画下面的投影怎样不断跳动。不过他认为根本无需去注意她说话的意思。太太啰啰唆唆讲了好久。他想打呵欠,耳朵根感到痒痒的,但他巧妙地把呵欠变成咳嗽,用手捂着嘴,假咳了几声。不久以前,我曾看见帕默斯顿勋爵[1]用帽子遮着脸坐在那儿,当时一名反对党的成员正在猛烈抨击内阁,后来这位勋爵突然站起来,做了三个小时的演说,逐条驳斥对方所有的论

---

[1] 帕默斯顿(1784—1865),英国政治家,从1855年任英国首相,直至去世。托尔斯泰1861年2月底去英国时,曾听过他在下议院的演讲。

点。我看到这个情况,并不感到奇怪,因为我成百上千次看见叶果尔·米哈伊洛维奇和他的女东家之间也有过类似的情况。当时,不知是他怕自己睡着呢,还是觉得女东家已说得心醉神迷,总之,他把全身的重量从左脚移到右脚,然后照例发表引人入胜的开场白:

"就看您的意思了,太太,不过……不过此刻大家正在账房前面开会,总得有个结果。命令里说,必须在圣母节①前把新兵送到城里。有农民说,非叫杜特洛夫家出人不可。村社其实并不关心您的利益,我们毁了杜特洛夫一家,他们才不在乎呢。我可知道他们一家是怎么熬过来的。自从我管事那天起,他们就一直过着穷日子。老头子好容易才等到最小的侄子长大,如今又要把他们给毁了。我呢,您老人家知道,对您的财产就像对自己的财产一样当心。我觉得可惜,太太,不过总是照您的意思办!他们和我非亲非故,我也没拿过他们一文钱……"

"我也没有这样的意思,叶果尔。"太太打断他的话,立刻想到他准是得了他们的好处。

"……不过,波克罗夫斯科耶全村就数他们一家最好。个个敬畏上帝,勤劳肯干。老头子当了三十年教堂管事,不喝酒,不用脏话骂人,按时上教堂。(管家知道怎样讨好女东家。)主要的是,我要禀告您老人家,他只有两个儿子,其余都是侄子。村社指定要他出人,其实他得抽两次签。有些人随随便便分了家,现在看来他们倒是做对了,那些老实本分的人反而要遭殃。"

太太听到这里,简直一点也不明白。她不明白"抽两次签"和"老实本分"是什么意思,她只听见管家说话的声音。她同时观察着管家

---

① 圣母节在俄历 10 月 1 日。

礼服上的土布纽扣:上面那一颗他大概难得扣,钉得还很牢,但中间那一颗已经松动,勉强吊着,早就应该钉一钉了。不过大家都知道,谈话时,尤其是在谈正经事时,根本用不着了解对方的话的意思,只要记得你自己想说什么话就行。太太就是这样做的。

"你怎么不明白,叶果尔·米哈伊洛维奇,"她说,"我完全不希望让杜特洛夫家的人去当兵。想来你也知道,我总是愿意尽我的力量帮助我的庄稼人,我不希望他们遭殃。你要知道,为了摆脱这种苦恼的事,我不惜牺牲一切,既不让杜特洛夫家出人,也不让波利库什卡去。(我不知道管家会不会想到,为了摆脱这种苦恼的事,用不着牺牲**一切**,只要三百卢布就行。但这种想法很容易在他头脑里产生。)不过有一点我要告诉你:我说什么也不让波利库什卡去。自从偷钟的事发生后,他自己向我认了错,他哭着发誓说要改过自新,我跟他谈了好一阵,我看出他受了感动,真心悔过了。("嘿,又唠叨开了!"叶果尔·米哈伊洛维奇想,开始察看她杯子里的果酱:是橘子酱还是柠檬酱?"大概带点苦味吧。"他想。)那事到现在已有七个月了,他没再喝醉过,什么事都规规矩矩的。他老婆告诉我,他换了个人了。既然他已改过自新,你怎么能叫我再去惩罚他呢?他有五个孩子,全家靠他一人养,送他去当兵,岂不是太不近人情了? 不,这事你别对我说了,叶果尔……"

太太说到这里,咕嘟咕嘟地喝了几口水。

叶果尔·米哈伊洛维奇注视着水从太太的喉咙里流下去,然后简短而生硬地反驳说:

"那么您吩咐叫杜特洛夫家的人去啰?"

太太双手一拍说:

"你怎么还不明白我的意思? 难道我愿意让杜特洛夫家遭殃吗?

难道我有什么事跟他们过不去吗？上帝给我作证，为了他们，我什么都愿意做。（她望了望屋角那幅画，但立刻想到那不是圣像。她想："还不是一样，问题不在这儿。"但奇怪的是，她没有想到三百卢布。）但我有什么办法？我怎么知道这是怎么一回事？我无法知道。好吧，这件事我就交给你了，你知道我的意思。你要办得大家都满意，一定要照法律办事。这有什么办法呢？不光是他们，谁都有困难的时候。不过不能把波利库什卡送去。你要明白，这样做我会感到很难过。"

她十分激动，还想说下去，但这时有个使女走进来。

"你有什么事，杜尼雅莎？"

"来了一个庄稼人，要我问问叶果尔·米哈伊洛维奇，开会要不要等他。"杜尼雅莎说，生气地瞧了瞧叶果尔·米哈伊洛维奇。（她想："哼，这个该死的管家，他又弄得太太不高兴，今晚不到两点钟她又不会让我睡觉了……"）

"那你去吧，叶果尔，"太太说，"你就瞧着办吧。"

"是，太太。（他已经不提杜特洛夫家的事了。）那么，派谁到花匠那儿去取钱呢？"

"难道彼得鲁沙还没有从城里回来吗？"

"没有，太太。"

"那么不能叫尼古拉去跑一趟吗？"

"我爹腰疼，躺着呢。"杜尼雅莎说。

"要不要明天我自己去跑一趟？"管家问。

"不，叶果尔，你这儿还有事。"太太想了想。"取多少钱？"

"四百六十二卢布。"

"叫波利库什卡去吧。"太太果断地瞧了瞧叶果尔·米哈伊洛维奇的脸,说。

叶果尔·米哈伊洛维奇没有张开牙,只仿佛微笑似的咧了咧嘴,脸上仍不动声色。

"是,太太。"

"叫他到我这儿来一下。"

"是,太太。"叶果尔·米哈伊洛维奇说完就回账房去了。

2

波利库什卡是个声名狼藉的小人物,他又是从外乡迁来的,没有靠山,女管家也好,厨子也好,男管家也好,女仆也好,和他都没有交情。他的窝也是最糟的,尽管他一家有七个人。这"窝"还是老爷在世时造的,是一所十俄尺①见方的石头房子,正中有一个俄国式大炕,四周是**走廊**(家奴都这样称呼),房子四角都用木板围成小间。地方不大,特别是波利库什卡那个紧挨着门的小间。一张结婚时置办的双人床;床上放着绗过的棉被和花布枕头;一个睡着娃娃的摇篮;一张三条腿的小桌用来做饭、洗衣、放置各种杂物,波利库什卡自己也在这张桌上干活(他是个马医);此外,木桶、衣服、几只母鸡、一头牛犊和全家七口人塞满了整个屋子。如果没有那座占全屋面积四分之一的大炕可以睡人和放东西,而有些活动可以扩展到台阶上去,那么,屋里的人就无法转身了。他们的日子确实不好过:10月里天气就很冷,可是一家七口只有

---

① 1 俄尺合 0.71 米。

一张羊皮可以御寒,不过,孩子们可以靠奔跑取暖,大人可以干活使身子暖和,而且还可以爬到温度高达四十度的大炕上取暖。在这样的条件下生活显然很困难,但他们却无所谓,日子照样过。阿库林娜给孩子和丈夫缝缝洗洗,纺纱织布,漂白自己织的土布,在公用的大炕上做饭,跟邻居吵嘴、搬弄是非。每月口粮不仅够孩子们吃,而且还能喂一头母牛。劈柴可以随便取用,喂牲口的饲料也没有限制。有时还可以从马厩里弄到点干草。他们还有一小块菜园。母牛生了一头牛犊;他们还养了些母鸡。波利库什卡在马厩干活,照管两匹种马,给马和别的牲口放血,清理马蹄,消除马口盖肿,敷上自制药膏,以此得到点钱和食物。东家的燕麦也可以留下来。村里有个农民按月拿二十俄磅①羊肉来换两俄斗②燕麦。如果没有精神上的苦恼,日子还是过得去的。但他们一家却有件非常苦恼的事。波利库什卡从年轻时起就在另一个村庄的养马场干活。他在那里遇到一个马夫,那马夫是这一带的头号盗贼,后来被流放了。波利库什卡最初就在这个马夫手下当学徒,因此年轻时干惯**这一类小事**,后来想洗手不干,也戒不掉了。当时他年轻无知,意志薄弱,又没有爹妈,没有人教育他。波利库什卡喜欢喝酒,但不喜欢乱扔东西。皮环也好,鞍鞯也好,锁也好,轮轴也好,或者更值钱的东西,都能在波利库什卡那里找到。这种东西到处有人要,他们总是讲好条件,或者用钱买,或者用酒换。这种钱,像人们说的那样,最容易挣,既不要学艺,也不用费力,什么也不需要,而且只要试过一次,从此就不想干别的活了。不过干这种营生也有一点麻烦,尽管得来容易,不费什

---

① 1俄磅合409.5克。
② 1俄斗合16.38公斤。

么劲,日子也过得挺自在,但要是碰上恶人,就糟了,一下子就会倾家荡产,日子也就不好过了。

波利库什卡的情况就是这样。波利库什卡成了亲,上帝赐福给他:老婆是饲养员的女儿,天生身强力壮,聪明勤劳,给他生了好几个孩子,一个比一个出色。但波利库什卡一直没有放弃那营生,总是干得顺顺当当。有一次,他没得手,被人逮住。为的是一件小事:他拿了农民的几条皮缰绳藏起来,这事被人发现了。他挨了一顿打,还被告到女东家那里,从此大家就提防他。后来又被逮住两三次。大家责骂他,管家威胁要把他送去当兵,女东家训斥他,老婆痛哭流涕,寻死寻活。于是一切都倒了过来。他原是个好人,并不坏,就是意志薄弱,爱喝酒,一旦染上这种恶习,怎么也改不掉。通常他喝醉酒回家,老婆骂他,甚至打他,他就哭着说:"我真倒霉,可是有什么办法呢?我戒酒,再也不喝了,要不就瞎掉我的眼睛。"但过了一个月,他又出去喝酒,一连两三天都不见他的影子。"他准是在哪儿弄到钱,又去喝了。"大家都这么议论他。他最近作案就是偷了账房的挂钟。账房里有座旧挂钟,早就不走了。有一次账房门开着,他一进去,看上这座钟,就把它拿到城里去卖。事有凑巧,原来那个买他钟的小店老板是个女仆的亲家,他到乡下来过节,讲起这钟的事。于是大家就认真追问起来。那位管家尤其不喜欢波利库什卡。这事被查明了。他们报告了女东家。女东家就把波利库什卡叫去。他立刻按照老婆教他的那样,噗通一声跪倒在地,痛切地把事情一五一十交代了一番。这事他做得很好。女东家便规劝他,数落了一遍又一遍,说到上帝,说到道德,说到来世,说到老婆孩子,直说得他痛哭流涕。女东家最后说:

"我这次原谅你,但你要答应我,以后再也不干这种事。"

"再也不干了！要不就让我下地狱，永世不得翻身！"波利库什卡说，可怜巴巴地哭起来。

波利库什卡回到家里，在家里像头牛犊似的嚎了一整天，一直躺在炕上。从那时起，就再也没有发现波利库什卡干过什么偷偷摸摸的事。只是他的日子过得很不愉快，大家都把他看作小偷，一到征兵的时候，又都指名要他去。

前面已经说过，波利库什卡是个马医。他是怎样突然成为马医的，这事谁也不知道，他自己更加不明白。在养马场，他在一名被流放的马医手下干活，但除了打扫马厩，刷刷马，运运水之外，什么活也没有干过。他在那里根本学不到什么。后来他又当过织布工，还在花园里干过活，打扫小径，后来又被罚去敲砖头，后来又被人雇去扫院子，以偿付代役租。所以他一直没有机会学点手艺。然而，近来他待在家里，不知怎的大家都说他具有非凡的简直不可思议的医马本领。他给马放血，一次，两次，然后把它放倒，从它的大腿上剔出点什么，然后叫人把马捆在桩子上，切开它的蹄叉，直到流血，不管马怎样挣扎尖叫，他却说这是"放蹄下血"。然后他向庄稼人说明，必须从两处血管放血，"让马好过些"。于是他用木槌敲他那把钝柳叶刀，再拿老婆头巾上扯下的布边绑住马的肚子。最后他拿矾撒在各处伤口上，再从玻璃瓶里倒上点药水，有时还给马服药。结果，被他糟蹋的马越多，被他弄死的马越多，大家就越相信他，牵来找他治病的马也就越多。

我觉得，我们这些老爷先生嘲笑波利库什卡是不太应该的。他为了博得信任而使用的方法，其实同人们对我们父辈、我们自己和将来对我们孩子所使用的方法是一样的。一个庄稼人用肚子压住他那匹唯一的母马的头（这匹马不仅是他的财产，简直就是他家的一员），又信任又恐惧地瞧着波利库什卡皱着眉头煞有介事的脸和他那卷起袖子的细手臂。波利库什卡正有意按着马的痛处,大胆地在它身上开刀,心里想着:"说不定碰运气它会好的。"他装出一副懂行的神气,知道哪里是血,哪里是脓,哪里是筋,哪里是血管,嘴里咬着一块包治百病的破布或者装着矾的小瓶。庄稼人压根儿也不会想到,波利库什卡其实一窍不通,在胡乱开刀。庄稼人自己是下不了手的。但既然开了刀,也就不会责怪自己让他这样随便动刀了。我不知道你们怎样,我可经历过一模一样的情况:一个医生应我的请求就这样折磨我的亲人。那柳叶刀,那装着升汞的乳白色神秘药瓶,以及**马晕症**、**痔疮**、**放血**、**排脓**之类的话,难道不是同**神经**、**风湿症**、**机体**之类的话一样吗?"**敢于误解和敢于梦想!**"①这话与其说是指诗人,不如说是指医生和马医。

3

在那个寒冷而黑暗的10月之夜,人们聚集在账房前面闹哄哄地开会,选派新兵。就在那个晚上,波利库什卡正坐在桌旁床沿上,用玻璃瓶碾碎连他自己也不知道的马药。这里有升汞、硫黄、芒硝和波利库什卡采来的一种草药。有一次他突发奇想,认为这种草药治马的气肿病一定很灵,而且也不妨用来治治其他的病。孩子们已经躺下:两个在炕上,两个在床上,一个在摇篮里,而阿库林娜就坐在摇篮旁纺纱。窗口烛台上插着蜡烛头(那是女东家没有放好的点剩蜡烛),为了不让丈夫

---

① 引自德国作家席勒的诗《台克拉》,原文是德语。

中断重要的工作,阿库林娜不时站起来弹掉烛花。有些有独立见解的人认为波利库什卡是个空头马医和空头家伙。其他多数人则认为,他人品虽不好,但医道还是很出色的。阿库林娜呢,虽然常常骂他,甚至打他,但认为他无疑是天下首屈一指的马医和首屈一指的人物。波利库什卡把一种药倒在手心里,(他从来不用天平,并且嘲讽使用天平的德国人说:"又不是开药铺!")掂掂手里的药,估了估分量,觉得太少,就又倒出十倍的药。"都搁上,效果会更好些。"他自言自语。阿库林娜一听见当家人的声音,就连忙回过头来,听候吩咐,但看到这事跟她无关,就耸耸肩想:"嘿,他还真行!打哪儿学来的这套手艺!"接着又纺她的纱。刚才倒出药来的那张纸片落到桌子底下,阿库林娜没有忽略这事。

"阿纽特卡,"她叫道,"瞧,你爹掉了东西,你把它捡起来。"

阿纽特卡从盖着的外套下伸出两条细瘦的光腿,像小猫似的钻到桌子底下,把纸片捡起来。

"给,爹。"她说着又把两条冻僵的小腿藏进外套底下。

"你干吗挤我呀!"她妹妹睡意蒙眬,尖声叫道。

"我打死你们!"阿库林娜说。于是两个脑袋又钻到外套底下。

"他要给我三个卢布,"波利库什卡盖上瓶子说,"我替他把马治好了。这算便宜了他。让我动动脑筋,试试!阿库林娜,你去问尼基塔借点烟草来。我明天还他。"

波利库什卡从裤袋里掏出一根菩提木烟袋,烟袋杆上的漆已经剥落,烟嘴是用火漆做的。他动手收拾烟锅。

阿库林娜放下纺锤,好不容易没有绊着什么走了出去。波利库什卡打开小柜,放好药瓶,把一只空酒瓶对着嘴倒了倒,可是瓶里没有酒。

他皱了皱眉头,但等他老婆拿来烟草,他就装好烟,坐在床上抽起来。他脸上现出得意洋洋的神色,就像一般人做完一天工作时那样。他是在想象明天怎样揪住马的舌头,往马嘴里灌这种灵丹妙药呢,还是在思索一个有用的人决不会遭人拒绝,因此尼基塔终于送来了烟草呢?总之,他情绪很好。突然,那扇只剩一个铰链连着的门被推开,一个**上房**使女冲了进来。她不是个二等使女,而是个三等粗使丫头。所谓**上房**,大家都知道是指老爷们住的房子,尽管它在楼下。阿克秀特卡(这个丫头的名字)走路老像子弹飞,飞的时候手臂并不弯曲,而是像钟摆一样按照奔跑速度在身体前后左右摆动。她的面颊总是比她的粉红色衣裳更红;说起话来,舌头也总是像她的两条腿那样动得飞快。她飞进屋子,不知为什么抓住炕沿,身子就摆动起来。她仿佛打定主意一口气只说两三个字,决不多说,就上气不接下气地对阿库林娜说出下面的话来:

"太太吩咐……波利库什卡马上……到上房去,叫……"她停了停,喘了口粗气。"叶果尔·米哈伊洛维奇到太太那儿去过,他们谈到抽壮丁的事,提到波利库什卡……太太吩咐他马上就去……太太吩咐……"她又喘了口粗气,"马上就去。"

阿克秀特卡瞧了瞧波利库什卡,瞧了瞧阿库林娜,瞧了瞧从被子下面探出头来的孩子们,顺手捡起炕上一块胡桃壳,向阿纽特卡扔去,又说了一遍"马上就去",就像一阵风似的飞出屋子,两臂又随着奔跑的速度像钟摆一样左右摆动起来。

阿库林娜又站起来,给丈夫拿皮靴。这是一双士兵穿的破旧皮靴。然后她又从炕上取下长衫,看也没看就递给他。

"波利库什卡,你不要换件衬衫吗?"

"不要。"波利库什卡说。

在波利库什卡默默地着衣穿靴的时候,阿库林娜没看他一眼。不看也好,因为波利库什卡脸色发白,下颚哆嗦,眼睛里现出一种灾难临头、听天由命、欲哭无泪的神情,只有善良、软弱而有罪的人,才有这样的眼神。他梳了梳头,一走出去,老婆就把他拦住,把悬在上衣外面的衬衫带子往里掖了掖,又给他戴上帽子。

"什么,波利库什卡,是太太叫您去吗?"从隔板后面传出木匠老婆的声音。

木匠老婆今天早晨为波利库什卡的孩子打翻她一罐碱水同阿库林娜大吵过一场。她一听见波利库什卡被叫到太太那儿去,心里就高兴:准不会有好事。再说她是个尖酸刻薄、诡计多端的女人。谁都不如她会拿话损人,至少她自己是这样想的。

"准是太太要派您进城去买东西,"她继续说,"我想,她准是要找个可靠的人,这才派您去。那您就给我买二两茶叶来吧,波利库什卡。"

阿库林娜忍住眼泪,气得撅起了嘴。她真恨不得一把揪住这个该死的木匠老婆的脏头发。但她瞧了瞧自己的几个孩子,想到他们将成为孤儿,她自己则将成为守活寡的大兵老婆,就把尖嘴毒舌的木匠老婆忘掉,双手掩住脸,坐在床上,一头倒在枕头上。

"妈,你要把我压坏了。"咬字不清的女孩喃喃地说,把自己的外衣从母亲臂肘下拉出来。

"你们最好统统死光!我生了你们真是活受罪!"阿库林娜嚷道,接着就放声大哭,这可使那念念不忘早晨那场争吵的木匠老婆乐坏了。

4

过了半小时,婴儿哭起来。阿库林娜站起身,给他喂了奶。她已经不哭了,手托着她那依旧美丽的瘦脸,眼睛盯着残烛,心里想着她为什么要出嫁,国家为什么要那么多大兵,还想到怎样对木匠老婆进行报复。

阿库林娜听见丈夫的脚步声,就擦干眼泪,站起来给他让路。波利库什卡大摇大摆地走进来,把帽子往床上一扔,喘了口气,动手解腰带。

"什么事?太太叫你去干什么?"

"哼,还用说!波利库什卡是个最次的人,但一旦有事,找谁呢?还不是找我波利库什卡。"

"究竟什么事?"

波利库什卡不急于回答,他抽起烟来,啐了一口唾沫。

"叫我到商人那儿去取钱。"

"取钱?"阿库林娜问。

波利库什卡嗨地笑了一声,摇摇头。

"她真会说话!她说:'人家都说你这人靠不住,但我比谁都信任你。'"波利库什卡大声说,想让邻居都能听见。"她说:'你答应我改过自新,现在你到商人那儿去,把钱取回来。这就是我信任你的最有力证明。'我就说:'太太,我们都是您的奴仆,应该像侍候上帝那样侍候您,所以我觉得,为了您我什么都愿意干,什么活儿也不推辞;您吩咐什么,我都照办,因为我是您的奴才。'"他又现出那种软弱、善良而有罪的人所特有的笑容。"她说：'你能稳稳当当办好这件事吗？你明白这事关系到你的命运吗？'我怎么会不明白我什么事都能办到呢？我说：'如果有人对我说三道四，那是不能怪他的，但我可从来没想到让您老人家生气。'这样我就把我们太太的心给说软了。她说：'你将成为我最信得过的人。'"他沉默了一会儿，脸上又现出原来那样的笑容。"我可很懂得怎样跟他们这种人说话。从前，我给人家干活抵租的时候，人家可会找我的茬儿啦！但只要让我说上两三句，拍拍他马屁，他就心软了。"

"要取好多钱吗？"阿库林娜又问。

"一千五百卢布。"波利库什卡漫不经心地说。

阿库林娜摇摇头。

"什么时候走？"

"太太吩咐明天走。她说：'你去挑一匹马，再到账房去一下，祝你一路平安。'"

"主啊，赞美你！'阿库林娜站起来画着十字，说，"上帝保佑你，波利库什卡！"她压低声音，免得隔壁人家听见，接着又拉拉他的衬衫袖子。"听我说，波利库什卡，我用基督和上帝的名义请求你，你走的时候吻吻十字架，发誓滴酒不沾。"

"带着这一大笔钱上路，还能喝酒吗！"他冷笑了一声。"喔，刚才那儿有人弹钢琴，弹得可好听啦！"他停了停，笑着加了一句。"那准是小姐。我站在太太面前，旁边有个玻璃柜，小姐就在隔壁弹琴，叮叮咚咚，叮叮咚咚，弹得真好听！说实话，我也真想弹弹呢。我学得会的。一下子就能学会。干这种事我可行了。你明天给我一件干净衬衫。"

他们俩心满意足地躺下睡觉了。

5

　　这时候,账房门前的大会正开得热气腾腾。这里谈论的可不是什么闹着玩的事。农民差不多都跑来开会,当叶果尔·米哈伊洛维奇到女东家那里去的时候,大家都戴上帽子,说话的人更多,声音也更大了。人群浑浊的喧闹声有时被一个气喘吁吁的沙哑刺耳的说话声所打断。这种喧闹声像大海的涛声传到女东家的窗子里,使她感到紧张不安,就像听到猛烈的雷雨声一样。她感到又害怕,又不舒服。她老觉得这声音会变得更大更急,马上会出什么事。她想:"什么事都不能按照基督的精神、按照博爱与和平的精神心平气和地办理,非得争吵和叫嚷不可。"

　　突然,有许多人同时说起话来,但嚷得最响的是木匠费奥多尔·列松。他有两个儿子,此刻正在攻击杜特洛夫。杜特洛夫老头子则在为自己辩护,他原来站在人群后面,这时走到前面。他上气不接下气,时而张开双手,时而捋着胡子,嘟嘟囔囔地说些连他自己都不明白的话。他的儿子和侄子,个个身强力壮,缩着身子站在他后面,而杜特洛夫老头就像**老鹰抓小鸡**游戏中的老母鸡。老鹰是列松,而且不只列松一个。凡是有两个儿子和一个儿子的,以及差不多所有到会的人都在向杜特洛夫进攻。原来杜特洛夫的弟弟三十年前就被送去当兵,因此他不愿跟有三个儿子的人在一起抽签,而要把他弟弟的兵役也算上,这样他就可以跟有两个儿子的人家一起抽签,产生第三名新兵。除了杜特洛夫家,还有四户人家有三个儿子,但其中一户是村长,太太把他豁免了;第二户在上次征兵时就送走一名壮丁;其余两户已被指定出两名壮丁;其中一户的户主没有到会,只有他的老婆忧心忡忡地站在人群后面,暗暗希望能时来运转,逢凶化吉;另一名被指定送儿子去当兵的是红头发的罗曼,他并不穷,却穿着一件破外套,在台阶旁站着,低着头,一直不作声,只偶尔抬头望望大声说话的人,接着又低下头去。他整个儿显出萎靡不振的样子。杜特洛夫老头名声很好,凡是稍微了解他的人都肯把成百上千卢布交给他保管。他为人老成持重,敬畏上帝,家境富裕,而且当过教堂管事。因此他此刻的愤激也就格外引人注目。

木匠列松是个又高又黑的人,脾气暴躁,嗜酒成癖,无所顾忌,特别善于在集会和集市上跟工人、商人、农民或者老爷们争论和谈判。此刻他镇定沉着,说话尖刻,仗着他身材高大,嗓门洪亮,能言善辩,把那个说话上气不接下气、完全丧失平时老成持重的教堂管事压倒。参加争论的还有方头圆脸、胡子鬈曲、五短身材的柯彼洛夫。柯彼洛夫属于年轻一代,口才仅次于列松,说话尖刻,在大会上他也是个举足轻重的人物。其次就是梅尔尼奇内,他是个面黄肌瘦、细长条子的庄稼人,背有点儿驼,年纪也很轻,胡子稀稀拉拉,长着一双小眼睛,总是板着脸,肝火很旺,不论什么事总往坏处想,常常提出一些别人意料不到的问题和意见,使大家感到难堪。这两个能说会道的人都支持列松。除此以外,还有两个多嘴多舌的人,常在人家说话时插嘴:一个叫赫拉普科夫,相貌和善,留着又宽又密的浅褐色大胡子,老爱说:"我亲爱的朋友。"另一个叫日德科夫,他个儿矮小,尖嘴猴腮,老爱说:"弟兄们,由此可见。"说起话来头头是道,但总是文不对题。他们两人一会儿支持这个,一会儿支持那个,但没有人听他们唠叨。这样的人还有,但这两个在人群中穿来穿去,嗓门比谁都高,使女东家听了害怕,但听他们的人最少，而他们却以耍嘴皮子为乐，完全陶醉在自己的喧嚷声中。这里还有许多性格各异的村民：有脸色阴沉的，有规规矩矩的，有漠不关心的，有胆小怕事的，还有拄着拐棍站在男人后面的村妇，但他们的情况容我另找机会再谈。来的人多半是庄稼人，他们来开会就像上教堂一样，站在后面低声谈家常，谈什么时候到树林里去砍柴，默默地等待吵闹早点结束。还有一些富裕的村民，这种大会既不会增加他们的财富，也不会减少他们的利益。叶尔米尔就是这样一个人。他生得肥头大耳，满面红光，因为有钱，老乡们都叫他大肚子。还有斯塔罗斯京也是这样的人。他脸上总是现出一副有权有势的得意神气，仿佛在说："哼，不管你们怎么说，谁也不敢碰我。我有四个儿子，可是一个也不放。"有时，他们也会受到柯彼洛夫和列松这类有独立见解的农民的攻击，遇到这种情况，他们就起来反击，反击时沉着坚定，确信自己是不可侵犯的。如果说杜特洛夫像老鹰抓小鸡游戏中的老母鸡，那么，他的孩子们并不像小鸡：他们不乱跑，不叽叽喳喳乱叫，而是安安静静地站在他后面。老大伊格纳特已有三十岁；老二华西里也已成亲，但不适于当兵；最小的一个是侄儿伊留什卡，刚刚成亲，脸色白里透红，身穿漂亮的皮袄（他是赶驿车的），站在那儿瞧着人群，有时搔搔帽子下的后脑勺，仿佛这事同他无关，但老鹰要抓的小鸡偏偏就是他。

"照这么说，我爷爷也当过兵，"列松说，"那我也可以不抽签了。老兄，这样的法律是没有的。上次征兵，米海伊切夫被抽了去，可是他叔叔当兵还没回来呢。"

"你爹也好，你叔叔也好，都没给沙皇服务过，"杜特洛夫抢着说，"你也没给太太和村社当过差，就知道灌老酒，怪不得孩子们都同你分了家。你好挑岔儿，老是指责人家，因此无法跟你一起过，可我当过十年村警,做过教堂管事,家里两次失火,谁也没帮助过我;现在我们一家过得和和睦睦,规规矩矩,因此就要把我弄得破产吗?把我兄弟给找回来。他多半已死在那边了。正教教友们,大家要凭真理,凭上帝的教义说话,可不能听这个醉鬼胡言乱语。"

与此同时,盖拉西姆对杜特洛夫说:

"你总是拿弟弟来搪塞,可他当兵不是村社送去的,他是因为生活放荡被老爷送去的,所以你不能拿他做挡箭牌。"

没等盖拉西姆把话说完,那个脸色枯黄的高个子梅尔尼奇内就上前一步,阴阳怪气地说:

"可不是吗,老爷们想送谁去就送谁去,然后村社再挑选。村社决定叫你儿子去,你要是不乐意,可以去求太太,说不定太太会叫我扔下孩子去当兵。法律就是这样的嘛。"他挖苦说。接着摆了摆手,回到原来的地方。

红头发罗曼的儿子已被选定。这时罗曼抬起头来说:"说得对,说得对!"接着怒气冲冲地坐到台阶上。

但同时说话的还不止这些人。除了站在后排谈自己事情的人,那些饶舌的人也没有错过机会。

"对啊,正教教友们,"矮小的日德科夫重复杜特洛夫的话说,"要凭基督教义说话。我说,乡亲们,要凭基督教义说话。"

"要凭良心说话,我亲爱的朋友!"和善的赫拉普科夫重复柯彼洛夫的话说,同时拉拉杜特洛夫的皮袄,"这可是东家的主意,又不是村社的决定。"

"对!说得对!"其他的人说。

"是谁喝醉了酒胡说八道?"列松反驳说。"是你请我喝的酒,还是你那个在路上被人抬回来的儿子想指摘我喝了酒？乡亲们,得赶快做出决定。你们要是放过杜特洛夫,那么,不仅有两个儿子的,就是只有独子的也得出人了,我们准会被他笑话的。"

"杜特洛夫家该出人！那还用说吗！"

"理所当然！有三个儿子得先抽签！"有几个人同时说。

"还得听听太太怎么吩咐。叶果尔·米哈伊洛维奇说过,他们想派一名家奴去。"有人说。

这个意见使争论暂时停息,但马上又热烈地争论起来,而且转为人身攻击。

列松说伊格纳特从路上被人家抬回来,伊格纳特就揭发列松,说他偷了过路木匠的锯子,还说他喝醉了酒,差点没把老婆打死。

列松回答说,他不论有没有喝醉都打老婆,而且总也打不够。他的话引得大家哈哈大笑。谈到锯子的事,他突然发火,向伊格纳特逼近几步,问道：

"谁偷了？"

"你偷了。"身强力壮的伊格纳特也向他抢前一步,大胆地回答。

"谁偷了？还不是你偷了？"列松嚷道。

"不,是你偷的！"伊格纳特叫道。

从偷锯子又扯到偷马,扯到一袋燕麦,扯到村里的一小块菜园子,又扯到一具尸体。这两个庄稼汉就这样相互对骂。他们说的事只要有百分之一是真的,那他们就得依法被流放到西伯利亚,至少也得发配到那里定居。

不过,杜特洛夫老头选择了另一种方式自卫。他不喜欢儿子的大叫大嚷,就拦住他说："对你说,别造孽了！"他同时还说,三个儿子不论同住还是分家,都算有三个壮丁。于是他又点了斯塔罗斯京的名。

斯塔罗斯京微微一笑,清了清嗓子,摸了摸胡子,摆出一副富裕农民的派头答辩说,这就得看东家的意思了。如果东家豁免他的儿子,他的儿子当然不去。

关于分家的问题,盖拉西姆也驳斥杜特洛夫的理由。他说,照老爷在世时的规矩根本不允许分家,不过去的事也就算了,但现在总不能叫独子去当兵吧。

"难道分家是闹着玩的吗?凭什么现在要把人家弄得家破人亡呢?"那些分了家的人说,而那些多嘴多舌的人也一起起哄。

"如果你不愿意出壮丁,那就出钱去买个替身。你买得起!"列松对杜特洛夫说。

杜特洛夫无可奈何地掩上长衫,站到别的农民背后去。

"你好像数过我的钱了,"他恶狠狠地说,"还得听叶果尔·米哈伊洛维奇从太太那儿回来怎么说。"

6

果然,这时叶果尔·米哈伊洛维奇正好从东家家里出来。帽子一顶顶从人们的头上举起来,管家越走近,露出的秃脑袋就越多,有的中间谢顶,有的前额秃光,头发有的全白,有的花白,有的红色,有的黑色,有的淡褐色,说话声也渐渐稀少,全场终于安静下来。叶果尔·米哈伊洛维奇站在台阶上,摆出一副要说话的样子。他身穿长礼服,两手装模作样地插在衣袋里,戴着一顶工人戴的帽舌向前伸出的鸭舌帽,分开两脚稳稳当当地站在高处,俯视着向他仰望的一个个脑袋,其中多半是上了年纪的,相貌漂亮,还蓄着胡子。此刻他跟站在女东家面前时判若两人,模样十分威严。

"乡亲们,太太决定:她不愿把家奴送去当兵,至于谁去,由你们自己指定。今年我们要抽三名壮丁。其实只要两个半,半个是预支的。反正都一样:今年不去,下次也要去。"

"明白了!这话在理!"有几个人说。

"照我看,"叶果尔·米哈伊洛维奇继续说,"霍留什金和米玖兴一定要去,这是上帝的意思。"

"对,这样很好。"有人说。

"第三名要么让杜特洛夫家去,要么从有两个儿子的人中选派一个。你们说怎么样?"

"杜特洛夫家去一个,"大家说,"杜特洛夫家有三个壮丁。"

于是叫喊声又响起来。他们又扯到锯子上,扯到那块菜园子和从老爷家偷去的麻袋上去。叶果尔·米哈伊洛维奇掌管庄园已有二十年,他为人聪明,经验丰富。他站在那儿听了一刻钟光景,突然叫大家闭嘴,并叫杜特洛夫家三个孩子抽签,看应该让谁去。大家准备好签,赫拉普科夫摇摇帽子,从里面抽出一张签,抽中的是伊留什卡。大家都不做声。

"是我吗?让我瞧瞧。"伊留什卡说,他的声音都变了。

大家都不做声。叶果尔·米哈伊洛维奇吩咐明天每户送七戈比征兵费来,宣布事情已经了结,可以散会。人们纷纷散开,走到拐角处戴上帽子,发出一片说话声和脚步声。管家站在台阶上,看人们散去。等杜特洛夫的孩子们拐过弯,他把老头子叫到身边。杜特洛夫本来就没走,这时跟着他走进账房。

"老伙计,我很可怜你,"叶果尔·米哈伊洛维奇在桌前一张扶手椅上坐下,说,"这回轮到你了。你不替侄儿买个替身吗?"

老头子没有回答,意味深长地瞧了叶果尔·米哈伊洛维奇一眼。

"这是躲不过去的。"叶果尔·米哈伊洛维奇回答他的目光说。

"叶果尔·米哈伊洛维奇,买,我倒是愿意买,可就是没有钱。两匹马夏天给人家抢去了。又给侄儿娶了亲。我们生就这样的命,看来是因为我们规规矩矩过日子。他说得倒好。"他想起了列松。

叶果尔·米哈伊洛维奇用手擦擦脸,打了个呵欠。他显然已经感到厌烦,而且又到了喝茶的时候。

"我说,老伙计,别造孽了,"他说,"你到地窖里去找找,说不定能找到四百个旧银币。我给你买一个替身就行了。前些日子就有这样一个人。"

"在省里吗?"杜特洛夫问,他所谓**省里**就是指城里。

"怎么样,你买吗?"

"说实话,我倒是愿意买,可是……"

叶果尔·米哈伊洛维奇严厉地打断他的话:

"那么,老伙计,你听我说:别让伊留什卡干什么傻事①;等我传下话来,不是今天就是明天马上把他带走。你送他,你就得负责,万一有什么差错,就拿你的大儿子顶替。听见没有?"

"难道不能叫有两个儿子的人家去吗?叶果尔·米哈伊洛维奇,这太欺负人了,"他停了停,说,"我兄弟当兵死了,还要夺走他的儿子,

---

① 旧俄时,农民常把自己弄成残废,以逃避兵役。

我的命怎么这样苦啊?"他说着几乎要哭出来,甚至要跪下。

"好啦,走吧,走吧,"叶果尔·米哈伊洛维奇说,"这是规定,毫无办法。对伊留什卡要看着点,你可要负责。"

杜特洛夫若有所思地拿手杖敲着高低不平的路面,走回家去。

7

第二天一早,下房的台阶前停着一辆出门用的马车(管家出门也乘这辆车),车上套着一匹不知为什么叫做"大鼓"的骨骼粗大的枣红骟马。波利库什卡的大女儿阿纽特卡不顾天下着雨夹雪,寒风刺骨,光着两脚站在马头旁。她站得远远的,显然有点害怕,一只手抓住缰绳,另一只手按着披在头上的黄绿色短褂。这件短褂在家里既当被子、皮袄、帽子、毯子用,又当波利库什卡的外套,还有其他许多用途。波利库什卡的"窝"里这时忙碌不堪。屋里还很黑,雨天暗淡的晨光微微透过有的地方糊着纸的窗户。阿库林娜暂时放下炉子上的饭菜和孩子们(几个小的还没起床,正冻得发抖,因为他们的被子被姐姐拿去当衣服,他们身上只盖着母亲的头巾权当被子),给丈夫收拾行装。衬衫倒是干净的,但那双靴子正像俗话所说"张开了大口",这使她感到特别伤脑筋。她先从自己脚上脱下那双唯一的厚毛袜给丈夫;其次,她用前天波利库什卡捡回家来扔在马厩里的毡鞍垫巧妙地做了一双鞋垫,使它既能堵住靴子上的窟窿,又能使波利库什卡的脚不受潮。波利库什卡盘腿坐在床上,正在整理身上那条宽腰带,免得它看上去像条脏绳子。那个说话含糊不清、脾气不好的小女孩穿着一件即使顶在头上也要绊脚的皮袄,被打发去向尼基塔借帽子。好多家奴都来托波利库什卡到城里买东西,有的要买针,有的要买茶叶,有的要买低等橄榄油,有的要买烟草,木匠老婆要买糖,这就增加了他们的忙乱。那木匠老婆为了讨好波利库什卡,早就烧好茶炊,给他送来一碗所谓茶的汤水。虽然尼基塔不肯借帽子,波利库什卡必须修补自己那顶破帽,也就是把露出来、挂在外面的棉花塞进去,再用马医的针把破洞补好;虽然那双用毡鞍垫底的靴子穿不进去;虽然阿纽特卡冻僵了,几乎放开"大鼓",穿着皮袄的玛什卡上去接替她,然后玛什卡又脱下皮袄,由阿库林娜亲自去拉"大鼓"——虽然有种种情况,最后波利库什卡还是几乎把家里所有的衣服都穿在身上,只留下一件短褂和一双**便鞋**。他收拾停当,坐上马车,掩好衣襟,拿起缰绳,再把衣襟掩得更紧些,就像老爷先生们做的那样,驱车出发。

他的小男孩米什卡跑到台阶上,要求带他坐车去玩。说话含糊不清的玛什卡也要求带她"坐车车兜风",说她"不穿皮袄也挺暖和"。于是波利库什卡勒住"大鼓",露出怯弱的微笑,阿库林娜就把孩子们抱上车,又俯身对他低声说,叮嘱他记住自己起的誓,一路上滴酒不沾。波利库什卡把孩子们带到铁匠铺那儿,让他们下车,自己又裹紧衣服,戴正帽子,赶马小跑,不紧不慢地驱车向前驶去。车子每一颠簸,他的面颊就哆嗦一下,他的脚就轻轻地碰到车板。米什卡和玛什卡光着脚顺着滑溜溜的山坡奔回家去,嘴里尖声叫喊,吓得一条从村里跑往庄园下房的狗瞧瞧他们,突然夹着尾巴狂吠,逃回家去。这样一来,波利库什卡两个孩子的叫声便更提高了十倍。

天气很坏,寒风刺骨,天空落着似雪非雪、似雨非雨、似雪珠非雪珠的东西,打在波利库什卡的脸上,打在他那藏在外套袖子里握着冰冷缰绳的光手上，打在车辄的皮面上，打在这匹贴着耳朵、眯着眼睛的老马"大鼓"的头上。

后来，雨雪突然停了，天空顿时放晴；淡蓝色的雪云分明可见，太阳开始露面，但有点羞羞答答，郁郁寡欢，就像波利库什卡本人的微笑一样。虽然如此，波利库什卡还是沉浸在愉快的沉思中。他这个要被送去流放、受到威胁要被送去当兵的人，这个只有懒人才不去打骂他的人，这个凡是苦差使都有份的人，如今却坐着马车去**取一笔**款子，而且是一笔巨款，太太又偏偏信任他，他坐的又是那辆由"大鼓"拉的、管家坐的、有时太太本人也坐的马车，俨然像一位客店老板坐在一辆有皮辄索、皮缰绳的马车上。波利库什卡坐在车上把腰杆挺得更直些，把帽子里露出来的棉花塞塞好，把衣裳裹裹紧。不过，波利库什卡要是认为他完全像个有钱的客店老板，那他可就错了。的确，手头有上万卢布的商人坐的也是配有皮马具的马车：话虽这么说，但事实也并不尽然。如果有一个人留着大胡子，身穿蓝长衣或黑长衣，驾着一匹高头大马，独自坐在马车上，你只要看看他的马肥不肥，他自己胖不胖，他坐的姿势怎样，马套得怎样，车上的轮箍怎样，他束的腰带怎样，你立刻就能看出，此人在经营几千卢布的买卖还是几百卢布的买卖。有经验的人，只要走近一点瞧瞧波利库什卡，瞧瞧他的手和他的脸，瞧瞧他不久前才蓄起的胡子，瞧瞧他的腰带，瞧瞧那胡乱扔在车厢里的干草，瞧瞧瘦骨嶙峋的"大鼓"，瞧瞧那磨损的轮箍，立刻就能看出，车上坐的是个奴才，不是商人，不是牲口贩子，不是客店老板，他身上既没有几千或几百卢布，甚至连几十个卢布也没有。但波利库什卡并不这样想，他想入非非，还自得其乐。他将把一千五百卢布揣在怀里带回家去。只要他愿意，他可以勒转马头不回家，而到敖德萨去，而且要上哪儿就上哪儿。但他可不愿意这样干,他要规规矩矩地把钱带回给太太,以后可说,他带过的钱还远不止这个数目。当马车来到一家酒馆门前时,"大鼓"就绷紧左边的缰绳,掉过头想停下来,但波利库什卡尽管身上带有人家托他买东西的钱,却抽了"大鼓"一鞭子,继续往前赶去。到了另一家酒馆门前,情况也一样。将近中午时,他下了马车,打开一家客店的门(太太家的仆人都是在这家店里过夜的),把车赶进去,卸了马,给马喂了干草,跟客店伙计们一起吃了饭,没有忘掉说明他是来办一件极其重要的事。然后他把信放在帽子里去找花匠。花匠虽然认识波利库什卡,但他一面看信,一面露出疑惑的神色,一再问他太太是不是真的吩咐他来取钱。波利库什卡想发脾气,但他不会发,只是照例露出尴尬的微笑。花匠把信又看了一遍,才把钱交给他。波利库什卡拿到钱,把它揣在怀里,回到客店。不论是酒店还是啤酒馆,都引诱不了他。他全身感到一种说不出的兴奋,不止一次在各种店铺门前停下来,店铺里陈列着种种诱人的东西:靴子、粗呢外套、帽子、花布和食物。他站了不多一会儿,就心情愉快地走开:我都买得起,可是我不买。他到市场上去买了人家托他买的东西,东西买齐了,他又拿起一件要价二十五卢布的熟皮大衣。店主瞧着波利库什卡,不知怎的不相信他能买得起,但波利库什卡指指自己的怀里说,如果他愿意,他可以把整个铺子都买下来,并要求试试那件大衣。他穿上大衣,揉了揉,摸了摸,把皮毛吹吹,弄得一身都是皮毛臭,这才叹了一口气脱下。"价钱不合适,你要是十五卢布肯卖,我就买。"他说。商人生气地把大衣扔回桌子后面,于是波利库什卡走出来,高高兴兴地回住处去。他吃过晚饭,给"大鼓"饮过水,喂过燕麦,这才爬到炕上,掏出信封看了好半天,又要求识字的店主念了念地址和"内附钞票一千六百十七卢布"这句话。信封是用普通纸做的,封口压着铁锚形棕色火漆印，中间一个大的，四角四个小的，边上也用火漆封住。波利库什卡把这一切仔细看了看，记熟了，又摸摸钞票的尖角。想到手里有这么一大笔钱，他像孩子般感到快乐。他把信封塞在帽子窟窿里，又把帽子枕在头底下躺下来，但夜里他醒了几次，每一次都摸了摸信封。他发现信封还在原处，就感到很得意。他想到他波利库什卡一直被人欺侮和羞辱，如今居然带着这么一大笔款子，并将忠心耿耿地把它送到女东家手里，这样忠心耿耿恐怕连管家自己也做不到。

8

将近半夜，店家的伙计和波利库什卡被一阵敲门声和农民的叫嚷声吵醒了。他们是从波克罗夫斯科耶送来的新兵，有十来个人：霍留什金、米玖什金和伊留什卡（杜特洛夫的侄子）、两个替身、村长、杜特洛夫老头子和几名车夫。小屋里点着一盏小灯，厨娘睡在神像下的长凳上。她一骨碌爬起来，点亮蜡烛。波利库什卡也醒了，他从炕上探出身望着走进来的农民。大伙走进来，画着十字，纷纷在长凳上坐下。他们个个神情平静，简直看不出谁送谁去当兵。他们打了招呼，说着话，并要点吃的。说真的，有几个沉默寡言，情绪忧郁，而另外几个却兴高采烈，显然是喝多了。其中包括伊留什卡，他以前从没喝过酒。

"怎么样，小伙子们，先吃饭还是就睡觉？"村长问。

"吃饭，"伊留什卡敞开皮袄坐在长凳上，回答说，"叫人去买点伏特加来。"

"伏特加你喝得也够了，"村长顺口答道，接着又对其他的人说，

"小伙子们,吃点面包吧。干吗去叫醒人家?"

"给我伏特加。"伊留什卡又说,眼睛没瞧着谁,从语气上听得出,不给他酒喝他是不肯罢休的。

农民们听从村长的话,从车上拿出面包来吃,又要了些克瓦斯,接着便躺下来,有的躺在地板上,有的躺在炕上。

伊留什卡还不时重复说:"给我伏特加,我说,给我伏特加。"突然间他看见了波利库什卡。

"波利库什卡,喂,波利库什卡!老朋友,你在这儿吗?我这回是去当兵,要跟我妈和老婆永别了……她哭得好伤心,他们拉我去当兵。你请我喝点伏特加吧。"

"我没钱。"波利库什卡回答。"说不定上帝保佑,会把你退回来的。"波利库什卡安慰他说。

"不,老兄,我像白桦一样干净,身上什么毛病也没有。我怎么会被退回来呢?沙皇还要什么样的兵啊?"

波利库什卡就讲了一个故事,说有个农民给了医生一张蓝票子(五卢布钞票),就给退回来了。

伊留什卡往炕上靠了靠,谈起心事来:

"不,波利库什卡,现在全完了,我自己也不愿留在家里。我伯伯把我送出来。难道我家就买不起一个替身?不,他既舍不得儿子,又舍不得钱,就把我送出来……现在我自己也不愿留在家里。"他说话声音很低,开诚布公,但有点哀愁。"只有一件事,我可怜妈妈,她可真是伤心啊!还有我老婆,她就这样无缘无故被断送了。如今她完了,一句话,成了大兵的老婆。早知道还是不成亲的好。他们干吗要给我娶亲啊?她们明天会来的。"

"怎么这么早就把你们送来了?"波利库什卡问,"本来一点也没听说,忽然一下子……"

"哼,他们是怕我在自己身上干出傻事来,"伊留什卡苦笑着回答。"不用怕,这种事我是不会干的。我就是当兵也不会完蛋,就是妈妈太可怜。他们干吗要给我娶亲啊?"他伤心地低声说。

门打开来,又砰的一声关上。杜特洛夫老头子走进来,抖掉帽子上的雪花。他穿着一双老大的树皮鞋,就像脚上套着两只小船。

"阿法纳西,"他一边画十字,一边对客店老板说,"有没有风灯?我要倒点燕麦。"

杜特洛夫没对伊留什卡看一眼,不慌不忙地点上蜡烛头。他的手套和鞭子塞在腰里,粗呢外套上整整齐齐地束着腰带,仿佛他是押着车队来的。他那勤劳的脸像平时一样纯朴、和善,显示出对家务的操心。

伊留什卡一看见伯伯便不做声,又闷闷不乐地垂下眼睛望着长凳,接着对村长说:

"弄点酒来,叶尔米拉。我要喝酒。"

他的声音又愤怒又忧郁。

"这会儿还有什么酒?"村长喝着茶回答,"你瞧,人家都吃过饭睡了,你还胡闹什么呀?"

村长一说"胡闹",就提醒他索性胡闹一番。

"村长,如果你不给我喝酒,那我就不客气了。"

"你最好开导开导他。"村长对杜特洛夫说。杜特洛夫已点着风灯,这会儿站住了,显然想听听下文,同时满心同情地瞟着侄子,仿佛对他的孩子气感到惊讶。

伊留什卡低下头,又说:

"拿酒来,要不我就不客气了。"

"算啦,伊留什卡!"村长和颜悦色地说,"真的,还是别闹啦。"

但没等他把这句话说完,伊留什卡就霍地跳起来,一拳打在玻璃窗上,同时拼命大叫:

"不听我的话,我就给你们颜色瞧!"说着就冲到另一个窗口,想把那块玻璃也打碎。

波利库什卡一瞬间连翻了两个身,躲到炕角,把蟑螂都吓跑了。村长扔下茶匙,奔到伊留什卡跟前。杜特洛夫慢吞吞地放下风灯,解下腰带,咂着舌头,摇摇头向伊留什卡走去。伊留什卡正跟村长和客店老板拉拉扯扯,因为他们不让他跑到窗前去。他们抓住他的手臂,看来抓得很紧,但伊留什卡一看见伯伯拿着宽腰带,力气似乎增加了十倍,他挣脱身子,眼睛一翻,就握紧拳头,冲到杜特洛夫跟前。

"我要打死你,别过来,你这野人!你把我给害了,你跟你那两个强盗儿子把我给害了。你干吗要让我成亲?别过来,我要打死你!"

伊留什卡的样子十分可怕。他脸涨得发紫,眼珠骨碌碌乱转,他那强壮的年轻身体像发疟疾一般发抖。他似乎想要并且能够把三个向他进攻的人统统打死。

"你喝你兄弟的血,吸血鬼!"

杜特洛夫一向平静的脸上掠过一道特殊的表情。他向前跨了一步。

"你不要不识好歹。"他说,突然不知从哪儿来的力气,向侄子猛扑过去,把他翻倒在地,接着在村长的帮助下把他的双手反扭过来。他们搏斗了五分钟光景,最后杜特洛夫在农民们的帮助下,扳开伊留什卡抓住他皮袄的手,自己先站起来,然后把双手反绑的伊留什卡拉起来,让他坐在屋角的长凳上。

"我说过,这样对你没有好处,"他气喘吁吁地说,同时理着衬衫上的腰带,"你造什么孽?我们大家都要死的。把外套给他枕在头底下,"他对客店老板说,"要不头会发麻的。"他说着拿起风灯,腰间拴了根绳子,又去照料马匹。

伊留什卡头发蓬乱,脸色苍白,拉出衬衫,打量着屋子,仿佛在竭力回忆他在什么地方。客店老板收拾起碎玻璃,用一件短袄堵住窗子,免得冷风吹进来。村长又坐下来喝茶。

"唉,伊留什卡,伊留什卡!我真可怜你。有什么办法!你瞧霍留什金,他也成了亲。明摆着这是逃不掉的。"

"恶棍伯伯把我给害了,"伊留什卡咬牙切齿地一再说,"他舍不得自己的儿子……妈妈说,管家叫他买个壮丁代替我。他不肯,说他买不起。难道我们兄弟俩给家里挣的还少吗?……他这恶棍!"

杜特洛夫回到屋里,在神像前祷告了一下,脱了衣服,挨着村长坐下。使女又给了他克瓦斯和一把匙子。伊留什卡不做声,闭上眼睛,躺在粗呢外套上。村长默默地指指他,摇摇头。杜特洛夫挥挥手。

"难道我舍得他吗?他是我亲兄弟的儿子。不但舍不得,他们还弄得我在他面前成了恶棍。他老婆,别看她年轻,这婆娘可刁啦,哄得他满脑子以为我们有钱,买得起壮丁。因此他恨我,但我可怜这小子!……"

"是啊,这孩子不错!"村长说。

"我可没办法对付他。明天我派伊格纳特来,他老婆也想来。"

"好,让他们来吧,"村长说着站起来,爬到炕上,"钱算得了什么?钱是脏东西。"

"要是有钱,谁会舍不得?"客店伙计抬起头来说。

"唉,钱,钱!多少罪恶都是为了钱,"杜特洛夫附和说,"世界上再没有什么比钱造的孽更多的了。圣经里也这样说。"

"《圣经》里什么都说到了,"客店老板同意说,"有人告诉过我这么一件事:从前有个商人,他攒了许多钱,但一个钱也不愿留给别人。他爱钱如命,要把钱带到棺材里去。他临死的时候,嘱咐把一个枕头放进棺材。但谁也没有往这上面想。后来他的儿子们找起钱来,但什么也没有找到。有一个儿子猜想,钱大概放在枕头里。他们向沙皇呈报,沙皇恩准他们掘坟。你想结果怎样?他们打开棺材,枕头里什么也没有,棺材里却爬满了毒蛇,他们又把棺材给埋了。瞧,这都是金钱作怪。"

"可不是,罪孽深重啊!"杜特洛夫说着站起来,祷告上帝。

他做完祷告,瞧瞧侄儿。那小子睡着了。杜特洛夫走过去给他松了绑,自己也躺下来。另一个农民去守着马睡觉。

9

周围刚安静下来。波利库什卡仿佛犯了什么过错,悄悄从炕上爬下,动手收拾东西。和新兵一起在这儿过夜,他不知怎的有点害怕。公鸡报晓越来越频繁。"大鼓"已吃完燕麦,伸长脖子饮水。波利库什卡把它套上车,牵着它从农民们的大车旁走过。他那顶里面装着东西的帽子完整无损。马车的车轮又在通波克罗夫斯科耶的结冰路面上辘辘地滚动。直到出了城,波利库什卡才舒了一口气。这以前他不知怎的总觉得后面仿佛有人在追他,叫他站住,要把他的双手反绑起来,让他顶替伊留什卡,明天把他送到征兵站去。不知是由于天冷,还是由于恐惧，他的脊梁骨一阵阵发冷，于是他不停地赶着"大鼓"。他遇见的第一个人是个戴高筒皮帽的牧师，牧师随身还带着一名独眼工人。波利库什卡感到越发害怕。但出了城，这种恐惧就渐渐消失。"大鼓"慢悠悠地走着，前面的道路看得清楚些了。波利库什卡摘下帽子，摸了摸钱。"把钱藏到怀里吗？"他想，"那就得解开腰带。还是等我下了坡，到那里再下车收拾一下，帽顶缝得挺结实，钱也不会从里子里掉出来。不到家我决不摘下帽子。""大鼓"乘兴一个劲儿地下了坡，又跑上另一座山。波利库什卡和"大鼓"一样，也想快些回家，因此并不制止它。一切都很顺利，至少他这样想。他耽入幻想中，想象着女东家怎样感谢他，还赏给他五个卢布，想象他一家人怎样快乐。他摘下帽子，又摸了摸信，然后把帽子深深地扣到头上，微微一笑。帽上的棉绒已经破烂，而且正因为阿库林娜头天晚上把破的地方认真缝好，帽子的另一头就开了线，而且还因为波利库什卡摘下帽子，想在黑暗中把装钱的信封往棉絮里塞得更深些，结果把帽子撑破了，信封的一角便从棉绒下露出来。

天渐渐亮了，波利库什卡通宵没睡，这时打起瞌睡来。他把帽子拉了拉，那个信封便露出更大的一块。他打着瞌睡，头不时撞在车侧的横木上。快到家时，他才醒来。他的第一个动作就是去摸帽子：帽子依旧紧紧地扣在头上；他没有把帽子摘下来，深信信封还在里面。他抽了"大鼓"一鞭子，理了理身下的干草，又摆出客店老板的神气，不时大模大样地向周围望望，摇摇晃晃地往家里跑去。

瞧，那是厨房，那是下房，木匠老婆在那里搬粗麻布，那是账房，那是太太的住宅，在那里马上就将证明他波利库什卡是个忠实可靠的人，证明"任何人都会被人说闲话"，于是太太说："好，波利库什卡，谢谢你,给你三个卢布……"也许给五个,也许给十个,还叫人拿茶给他喝,说不定还会给他一点伏特加。喝杯酒驱驱寒气,倒也不错。有了十个卢布,就可以痛痛快快过节了,可以买一双靴子,还给尼基塔四个半卢布,要不他老是来讨债……离家还有百来步,波利库什卡掩了掩衣襟,理理腰带和领子,摘下帽子,拢了拢头发,这才不慌不忙地把手伸到帽子里。这只手在帽子里摸了摸,越摸越快,接着另一只手也伸了进去,他的脸顿时变得煞白,越来越白,一只手把帽子捅穿了……波利库什卡跪下来,勒住马,在车上、干草里和买来的东西里到处找寻,又摸摸怀里和灯笼裤里,可是哪儿也没有钱。

"老天爷!这是怎么回事?叫我怎么办!"他揪住头发,放声痛哭。

但他立刻想到人家会看见他,他就调转马头,把帽子拉得低低的,赶着又是惊讶又是不满的"大鼓"往回走。

"跟波利库什卡一起真叫我受不了","大鼓"一定在这样想。"他一辈子只有一次及时让我吃饱、喝足,而目的就是要这样折磨我。我刚才一个劲儿往家里跑!真把我累坏了,可是我一闻到家里的干草香,他又赶我往回跑。"

"哼,你这该死的老马!"波利库什卡含泪叫道,他站在车上,一边拉着马嚼子,一边抽着马。

10

这天一整天,在波克罗夫斯科耶谁也没有看见过波利库什卡。午饭后,太太几次问起他,阿克秀特卡就飞也似的去找阿库林娜,但阿库林娜说,他没有回来,显然是商人把他留住,要不就是马出了什么毛病。"会不会是马瘸了腿?"她说。"上次马克西姆也这样去了整整一天一夜,一路上都是一步一步走回来的!"于是阿克秀特卡又把手摆得像钟摆回到家里。阿库林娜则左思右想,猜测丈夫耽搁的种种原因,竭力安慰自己,但是没有用!她心头沉重,准备明天过节的活儿怎么也干不好。特别使她不安的是,木匠老婆硬说,她亲眼看见"一个人,很像波利库什卡,驾车快到大街时,又掉转头回去了"。孩子们也焦急不安地等着爸爸回来,不过他们是出于别的原因。阿纽特卡和玛什卡既没有皮袄,也没有外套,即使轮流上街也不行,因此不得不穿着单衣拼命绕着房子跑,而这样就使进出**下房**的人感到不便。有一次,玛什卡撞着提水的木匠老婆的腿,虽然她一撞着木匠老婆的膝盖就抢先大哭,但还是被木匠老婆揪住头发揍了一顿,因此哭得更厉害。要是她没有撞到什么人,她就一口气跑回屋里,踏着木桶爬到炕上。只有太太和阿库林娜真正为波利库什卡担心;孩子们焦急的只是爸爸把衣服穿走了。至于叶果尔·米哈伊洛维奇,他显然很得意,因为他的预见得到了证实。太太问他:"波利库什卡还没回来吗?他能到哪儿去呢?"他笑了笑回答说:"我不知道。"接着又意味深长地说:"他本该午饭以前就回来的。"这天一整天,在波克罗夫斯科耶,谁也不知道波利库什卡到底出了什么事。后来知道,邻村有农民看见他光着脑袋在大路上奔跑,逢人便问:"你没看到一封信吗?"另外有个人看见他睡在路边,旁边拴着马和车。"我还以为他喝醉了,"那个人说,"马看来有两天没饮没喂,肚子都瘪了。"阿库林娜通宵没合眼,一直留神听着,但夜里波利库什卡也没回来。要是她孤身一人,或者还有个厨子和使女跟她在一起,她就会更加难受;但公鸡刚叫过三遍,木匠老婆就起身了,阿库林娜也得起来生炉子。这天正好过节,天亮以前她得把面包从炉子里取出来,得做克瓦斯,得烙饼,得挤牛奶,得熨外衣和衬衫,得给孩子们梳洗,得提水,不能让邻居把整个炉灶都给占了。阿库林娜一面不停地留神倾听,一面做着这些家务。天已经亮了,教堂的钟声也已经响过,孩子都已起床,可是仍旧不见波利库什卡。头天晚上下了一场初雪,积雪斑驳地覆盖着田野、道路和屋顶;仿佛为了过节,今天天气晴朗,阳光明亮,但很寒冷,可以听见远处的响声,看见远方的景象。但阿库林娜站在炉旁,埋头忙着烙饼,因此没听见波利库什卡车子走近的声音,直到孩子们叫嚷起来,她才知道丈夫回来了。大女儿阿纽特卡头上抹了油,自己穿好衣服。她穿着一件崭新的但是揉皱的粉红色印花布连衣裙,这是太太送给她的。这件衣服穿在她身上就像树皮一样,使邻居们看了不顺眼。她的头发油光光的,她把半瓶油都抹在头上了。她的鞋虽然不是新的,但是做得很精巧。玛什卡还穿着那件短袄,满身污垢,因此阿纽特卡不让她接近,免得弄脏衣服。父亲带了一个口袋驾车回来时,玛什卡正在院子里。"爸爸回来了。"她尖声叫道,飞也似的从阿纽特卡身边擦过,冲进门去,把阿纽特卡的衣服弄脏了。这时阿纽特卡已顾不上衣服,动手就打玛什卡,但阿库林娜放不下手头的活。她只对孩子们嚷道:"哼,你们这些小鬼!我要把你们好好地揍一顿!"接着往门口看了一眼。波利库什卡手里提着袋子,走进门廊,立刻钻进自己的小屋。阿库林娜觉得他脸色苍白,不知在哭还是在笑,但她没有工夫细看。

"怎么样,波利库什卡,事情都顺利吗?"她在炉灶旁问。

波利库什卡喃喃地说了句什么,她没听懂。

"什么?"她大声问,"你上太太那儿去过吗?"

波利库什卡坐在自己小屋的床上,怯生生地打量着周围,露出负疚和极其不幸的苦笑。他好半天一句话也没回答。

"怎么啦,波利库什卡?怎么去了这么久?"阿库林娜问他。

"我吗,阿库林娜,把钱交给了太太,她再三谢我!"他突然说,越发不安地向四周张望着,脸上露出苦笑。他那双像发热病一般圆睁的不安眼睛特别注意两样东西:拴摇篮的绳子和摇篮里的婴儿。他走到摇篮旁边,用他那枯瘦的手匆匆解开绳结。然后他的眼睛停留在婴儿身上,但就在这时阿库林娜端着一板烙饼走进来。波利库什卡慌忙把绳子藏到怀里,坐到床上。

"你怎么啦,波利库什卡,是不是不大舒服?"阿库林娜问。

"没睡觉。"他回答。

突然窗外有什么东西掠过,接着上房使女阿克秀特卡像箭似的飞进来。

"太太叫波利库什卡马上就去,"她说,"东家太太叫他马上就去……马上就去。"

波利库什卡望望阿库林娜,又望望这个小姑娘。

"马上就来!还有什么事?"他若无其事地说,阿库林娜放心了,说不定要奖赏他。"你告诉她,我马上就来。"

他站起来,走出去。阿库林娜端起木盆放在长凳上,把门旁水桶里的冷水和炉灶上锅里的热水倒进盆里,卷起袖子,试了试水温。

"来,玛什卡,给你洗澡。"

那个爱发脾气、说话含糊不清的小姑娘放声大哭起来。

"来,死丫头,我给你穿干净衬衫。好了,别吵了!来,我还要给妹妹洗呢。"

然而,波利库什卡并没有跟上房使女去见太太,而是去了别的地方。在门廊靠墙的地方,有一架梯子直通阁楼。波利库什卡走进门廊,回头看了看,看见没有人,就弯着腰灵活地飞快爬上梯子。

"波利库什卡还不来,这是怎么回事?"太太不耐烦地问正在替她梳头的杜尼雅莎,"波利库什卡在哪里?他怎么还不来?"

阿克秀特卡又往下房跑去,又跑进门廊,叫波利库什卡到太太那儿去。

"他早就去啦。"阿库林娜回答。她已给玛什卡洗完澡,这时刚把吃奶的小男孩放进木盆里,也不管他啼哭,正在洗他稀疏的头发。小男孩哭着,皱着眉头,拼命想用他那双无力的小手抓什么东西。阿库林娜用一只大手扶着他那松软的满是肉窝的小脊背,另一只手替他洗澡。

"你去瞧瞧,他是不是在什么地方睡着了。"她不安地朝四下里看看,说。

就在这时,木匠老婆头也没梳,敞着胸,提着裙子,爬到阁楼上去取晾干的衣服,突然从阁楼上传出一声恐怖的叫声,接着木匠老婆像发疯似的闭着眼睛,用四肢爬着向后退,与其说跑,不如说像猫似的从梯子上滑下来。

"波利库什卡!"她叫道。

阿库林娜一松手,放掉婴儿。

"他上吊了!"木匠老婆大喊大叫。

阿库林娜冲进门廊,根本没注意婴儿像个球似的仰天倒在木盆里,翘起两条小腿,脑袋浸在水里。

"吊在……梁上了。"木匠老婆说,但一看见阿库林娜,就没再说下去。

阿库林娜冲到梯子跟前,人家没来得及把她拦住,她已爬上阁楼,惨叫了一声,就像死人一样倒在梯子上,要不是大家过来把她扶住,她非摔死不可。

11

一连几分钟,一片乱哄哄,什么也听不清。人们纷纷跑来,孩子和老太婆在哭,大家七嘴八舌,阿库林娜躺在地上不省人事。最后,男人们、木匠和跑来的管家爬到阁楼上,木匠老婆说了二十遍:"我怎么也没想到,我去拿披肩,往里一瞧,看见有个人站在那儿,又一瞧,看见旁边放着一顶帽子,里子翻在外面。再一瞧,看见有两条腿在摇晃。我吓得浑身上下直发冷。有人上吊了,这可不是闹着玩的,这样的事偏偏让我碰上了!我怎样扑通一声摔下来,连我自己都不记得了。上帝救了我,这真是奇迹。真的是上帝保佑我。这可不是开玩笑!梯子那么陡,又那么高!我真会摔死的。"

凡是上过阁楼的人也都这么说。波利库什卡只穿着一件衬衫和一条衬裤吊在梁上,用的就是他从摇篮上解下来的绳子。他的帽子里子往外翻,也放在那儿。粗呢外套和皮袄脱下了,整整齐齐地叠放在一边。他的脚虽已碰到地面,但他已断了气。阿库林娜苏醒过来,又向梯子扑去,但被大家拦住。

"妈妈,肖姆卡憋死了。"说话含糊不清的小姑娘突然在屋角尖声叫道。

阿库林娜又挣脱身子,跑进小屋。婴儿一动不动,仰天躺在木盆里。他的小腿也不动了。阿库林娜一把将他抱起来,但婴儿已没气了,不再动弹。阿库林娜把他扔在床上,两手叉腰,突然哈哈大笑,笑得那么响亮那么可怕,吓得起初也跟着笑的玛什卡捂住耳朵,哭着跑到门廊里。人群又哭又叫地跑进屋里。大家把婴儿抢出去,动手给他按摩,但一切努力都无济于事。阿库林娜在床上打滚,哈哈大笑。听到这笑声的人,没有一个不毛骨悚然。直到这时,看到聚集在门廊里形形色色的男女老少,才懂得**下房**里住着些什么人,人数有那么多。大家七嘴八舌,乱成一团,许多人在哭,但没有一个在干正经事。木匠老婆还能找到没有听过她故事的人,于是又从头讲起,那意外的景象怎样刺激她脆弱的神经,以及上帝怎样救了她,她才没从梯子上掉下来摔死。年老的厨子身穿女式短袄,讲了老爷在世时有个女人投水自尽的事。管家派人去找警察局局长和牧师,又指定人看守。上房使女阿克秀特卡一直瞪着两眼,从洞口望着阁楼,虽然什么也没看见,却不愿回到太太那儿去。老太太从前的使女阿加斐雅·米哈伊洛夫娜,一面讨茶喝以安神,一面哭个不停。安娜老奶奶用她那双熟练的涂满橄榄油的胖手把婴儿尸体抱到桌上,女人们站在阿库林娜周围,默默地望着她。孩子们缩在屋角,瞧着母亲,大哭大嚷,后来不哭了,又瞧着母亲,身子蜷缩得更紧了。男孩子们和男人们都挤在台阶跟前,神色恐惧地往门里和窗里张望,但他们什么也没看见,什么也不明白,就相互打听究竟出了什么事。有人说,木匠用斧子把老婆一条腿砍断了。另一个人说,洗衣妇一胎生了三个孩子。再有一个人说,厨子的猫疯了,咬伤了人。但事情真相还是渐渐传开来,终于传到太太耳朵里。大家似乎不会把事情说得婉转点,好让太太有个精神准备。粗鲁的管家叶果尔开门见山地作了禀报,弄得太太精神上大受刺激,好半天都回不过神来。人群渐渐安静了;木匠老婆摆上茶炊烧茶,这时,那些没有受到邀请的局外人觉得再待下去不成体统。男孩子们也在台阶旁打架。大家都已知道发生了什么事,就画着十字纷纷散去。这时突然有人喊道:"太太来了,太太来了!"于是大家又聚拢来,挤得紧紧的给她让路,但大家也想看看她怎么处理这件事。太太脸色苍白,泪痕满面,跨过门槛,走进门廊,来到阿库林娜的小屋。几十个脑袋挤在一起,在门口张望。一个怀孕的女人被挤得尖声大叫,她立刻乘机在前面占了一个位置。谁不想在阿库林娜家看看太太呢!对家奴们来说,这等于表演结束时放的焰火。既然放焰火,那就值得一看,同样,既然太太穿着花边丝绸衣服来到阿库林娜家,那也值得一看。太太走到阿库林娜身边,拉住她的手,可是阿库林娜把手挣脱了。上了年纪的家奴都不以为然地摇摇头。

"阿库林娜!"太太说,"你有孩子,你要保重身子。"

阿库林娜哈哈大笑,站了起来。

"我的孩子都是银子做的,都是银子做的……我不要钞票,"她一口气嘟囔道,"我对波利库什卡说过,不要钞票,嘿,这下子你可被人抹黑了,抹上焦油了。焦油加肥皂,太太,不论生什么癣,一洗就好。"她哈哈大笑,笑得更响了。

太太转身叫医士拿些芥茉来。"给我点冷水。"她说着亲自去找水,但一看见死去的婴儿,旁边站着安娜老奶奶,她就转过脸去,大家看见她用手帕捂住脸哭起来。安娜老奶奶用一块粗麻布给婴儿盖上,她那胖鼓鼓的灵巧的手把婴儿的小手臂放直,然后摇摇头,撇撇嘴,感伤地眯缝起眼睛,深深地叹了一口气,使人人都能看到她的好心肠。可惜太太没有看到,要是看到,一定会大加赞赏。其实这一切她是有意做给太太看的。不过太太都没有看见,她什么也看不见。她放声痛哭,歇斯底里发作,大家挽着她的手臂把她扶到门廊里,再把她送回家去。"太太也不过如此。"许多人这样想着,各自走开了。阿库林娜一直哈哈大笑,胡言乱语。大家把她带到另一间屋里,给她放了血,敷上芥茉,头上放上冰块,但她还是什么也不明白,也不哭,只是哈哈大笑,满口胡言乱语,做出古怪的动作,引得照顾她的好心人也忍不住笑了。

12

这个节日在波克罗夫斯科耶庄园过得并不愉快。尽管天气很好,人们都没有出去玩;姑娘们没有在一起唱歌,从城里回来的工人们既没有拉手风琴和弹三弦琴,也没有跟姑娘们一起玩。大家都坐在角落里,不说话,即使说话,也是悄悄地,仿佛怕被魔鬼听到。白天倒还没什么,一到晚上,天色一黑,狗吠叫起来,再加上阴风凄凄,烟囱里呼呼作响,下房里的人就个个毛骨悚然,有蜡烛的都在神像前点上蜡烛;凡是孤身独居的人,就到人口较多的隔壁邻居家去请求借宿;那些该到牲口棚去的,也不出去,硬着心肠一夜不给牲口喂料。每家储藏在小瓶里的圣水在这一夜里都用光了。这天夜里,许多人甚至听见阁楼里一直有人脚步沉重地走来走去;铁匠还看见,有一条蛇飞上阁楼。波利库什卡的"窝"里一个人也没有;孩子们和那个疯女人都被带到别处去了。只有死婴还躺在屋里,那里还有两个老太婆和一个女香客;这个女香客正在虔诚地诵读圣诗,但不是为了死去的婴儿,而是为了禳灾避邪。这是太太要她这样做的。这两个老太婆和这个女香客刚读完一篇圣诗,就听见上面房梁颤动,有人在呻吟。她们一念:"愿上帝兴起"①,呻吟声就静止了。木匠老婆把干亲家婆请了来,一夜没睡,跟她一起把留作一星期喝的茶全喝光了。她们也听见上面横梁咯咯作响,仿佛有麻袋从上面掉下来。守夜的农民给家奴增添了勇气,要不他们准会在夜里吓死。这些农民躺在门廊的干草堆上,后来振振有词地说,他们也听见阁楼上的怪事,虽然这天晚上他们平静地谈论着征兵的事,啃着面包,搔着痒,尤其是他们使门廊里充满庄稼人特有的怪味,以致木匠老婆从旁边走过时啐了一口唾沫,骂他们是乡巴佬。不管怎样,吊死的人仍在阁楼上挂着,仿佛魔鬼这天夜里用它巨大的翅膀遮住**下房**,显示自己的威力,并且离这些人比任何时候都近。至少他们有这样的感觉。我不知道这事是否属实。我甚至认为这完全是虚构。我想,如果有个大胆的人在这个可怕的夜晚拿着蜡烛或者提着风灯,画了十字,或者连十字也不画,就走上阁楼,用烛光渐渐驱散夜的恐怖,照亮横梁、沙土、布满蛛网的烟道,以及木匠老婆忘在那儿的披肩,一直走到波利库什卡跟前,如果他没有被恐怖吓倒,而把风灯举到齐脸高,那么他准会看到熟悉的干瘦身子和站在地上的双脚(绳子已松掉),身子僵硬地歪向一边,衬衫领子敞着,里面没有十字架,还可以看见头垂在胸前,眼睛睁着,但视而不见,脸上现出负疚的温和微笑,周围是一片肃穆和寂静。说实在的,木匠老婆缩在床角上,披头散发,眼睛里露出惊惶的神色,讲着她怎样听见麻袋落下的声音,她讲这件事时的神情倒是比波利库什卡可怕得多,尽管他身上的十字架已被摘下,放在横梁上。

在**上房**,也就是在太太那里,也像**下房**那样笼罩着恐怖的气氛。太

---

① 见《旧约全书·诗篇》第六十八篇第一节。

太屋里散发着花露水味和药味。杜尼雅莎在化黄蜡做药膏。药膏有什么用处,我不知道,但我知道,太太一生病,总要做药膏。而这会儿她心情不佳,闹起病来了。杜尼雅莎的姑妈来陪杜尼雅莎过夜,为她壮胆。她们总共四个人,跟小丫头一起坐在女仆室里悄悄说话。

"谁去拿点油来?"杜尼雅莎问。

"杜尼雅莎姐姐,我说什么也不去。"那个二等丫头断然回答。

"得啦,你跟阿克秀特卡一起去吧。"

"我一个人去跑一次,我什么也不怕。"阿克秀特卡说,但立刻又胆怯起来。

"去吧,乖丫头,去问安娜老奶奶要,用杯子盛着端来,小心别洒了。"杜尼雅莎对她说。

阿克秀特卡一手提着裙子,这样一来她就无法摆动两手,只得用另一只手更使劲地拼命摆动,向前飞奔而去。她害怕极了,她觉得无论她看见或听见什么,哪怕是看见她那活着的母亲,她都会吓得要死。她眯缝着眼睛,沿着熟悉的小路飞奔而去。

13

"太太睡了没有?"一个农民低沉粗重的声音突然在阿克秀特卡身旁问道。阿克秀特卡睁开半闭着的眼睛,看见一个人影,她觉得这个人影比**下房**还高。她尖叫一声,转身就往回跑,跑得身上的裙子都飞起来。她一步跳上台阶,再一步就跳进了女仆室,狂叫着倒在床上。杜尼雅莎、杜尼雅莎的姑妈和另一个丫头都吓坏了,但没等她们清醒过来,就有一阵沉重缓慢而犹豫不决的脚步声从门廊和门口传来。杜尼雅莎撞落药膏,向太太屋里冲去;那个二等使女躲到挂在墙上的裙子后面;姑妈比较果断,她想去堵门,但门开了,一个庄稼汉走进屋来。原来是杜特洛夫。他依旧穿着一双宽大的树皮鞋。他不理会使女们的恐惧,眼睛找寻着神像,但没有找到挂在左面屋角的小神像,就对着碗柜画了个十字,把帽子放在窗台上,一只手深深地伸进皮袄下,仿佛要在腋下抓痒,接着掏出一个盖有五个棕色铁锚火漆印的信封。杜尼雅莎的姑妈使劲抱住胸部……她好容易才说出话来:

"你可把我吓死了,杜特洛夫!吓得我……话也说不出来。我真以为没命了。"

"怎么能这样?"二等使女从裙子后面探出头来说。

"把太太都惊动了,"杜尼雅莎从门里出来,说,"怎么问也不问就闯进女仆室来?真是个大老粗!"

杜特洛夫也不道歉,只一再说要见太太。

"她身体不舒服。"杜尼雅莎说。

这时候,阿克秀特卡扑哧一声大笑起来,笑得那么不成体统,只得把脑袋藏到床上的枕头底下,尽管杜尼雅莎和她姑妈威胁她不要这样,她还是整整一小时抬不起头来,一抬头就哈哈大笑,仿佛在她那粉红色的胸脯和红红的面颊里有什么东西要爆炸似的。大家都吓得魂不附体,她感到好笑。于是她又把脑袋藏起来,仿佛抽风似的用鞋底蹭着地板,整个身子不断扭动。

杜特洛夫站住,留神对她瞧瞧,仿佛想弄明白她到底出了什么事,但弄不明白,就又转过身去继续说话。

"是这么一回事,这事可重要了,"他说,"你就说,有个庄稼汉找到一封装钞票的信。"

"什么钞票?"

杜尼雅莎去通报之前,先念了信封上的姓名和地址,再问杜特洛夫在哪里和怎样找到这笔钱——就是波利库什卡应该从城里带回来的那笔钱。等她把详细情况都问清楚,就把那笑个不停的麻利的使女推到门廊里,自己去找太太,但使杜特洛夫惊讶的是,太太还是不接见他,而且没有对杜尼雅莎说清楚是什么道理。

"什么庄稼汉,什么钱,我什么也不知道,什么也不想知道,"太太说,"我谁也不见,谁也不想见。叫他让我安静一会儿。"

"叫我怎么办呢?"杜特洛夫摆弄着信封说,"钱可不少啊。这上面写着什么?"他问杜尼雅莎,杜尼雅莎把信封上的姓名地址又给他念了一遍。

杜特洛夫仿佛总有点不相信。他希望这笔钱不是太太的,人家给他念的姓名地址也许不对。但杜尼雅莎再次向他证实是这样写着的。他叹了一口气,把信封揣到怀里,准备走出去。

"看来只好交给警察局长了。"他说。

"等一下,我再去试试,再去说说,"杜尼雅莎注视着这个庄稼人把信封揣在怀里,又把他叫住。"把信给我。"

杜特洛夫又掏出信来,但没有立刻把它交到杜尼雅莎伸出的手里。

"你就说是杜特洛夫在路上捡到的。"

"把信给我。"

"我原以为这只是一封普通的信,可是有个当兵的看了,说里面有钱。"

"你拿来。"

"为了它,我连家都没敢回……"杜特洛夫又说,舍不得放弃这封宝贵的信。"你就这样禀告太太吧。"

杜尼雅莎拿了信,再次去到太太屋里。

"啊呀,我的天,杜尼雅莎!"太太用责备的语气说,"别对我提那些钱了。我一想到那个小东西……"

"太太,那个庄稼人不知道该把钱交给谁。"杜尼雅莎又说。

太太拆开信封,一看见钱,浑身打了个哆嗦,沉思起来。

"可怕的钱,它造了多少孽啊!"她说。

"那人叫杜特洛夫,太太。您要他走呢,还是出去见见他?钱没少吧?"杜尼雅莎问。

"我不要这些钱。这些钱太可怕了,它惹出多少事来啊!你对他说,他如果要,就拿去吧。"太太突然说,找着杜尼雅莎的手。"对,对,对,"太太一再对惊讶不已的杜尼雅莎说,"让他统统拿去,他爱怎么办就怎么办。"

"一千五百卢布哪。"杜尼雅莎像孩子似的含笑说。

"让他统统拿去,"太太不耐烦地重复说,"怎么,你不明白我的意思吗?这钱不吉利,再也别对我提到它了。就让捡到它的庄稼人拿去吧,去、快去!"

杜尼雅莎来到女仆室。

"没少吧?"杜特洛夫问。

"你自己数去,"杜尼雅莎把信封交给他,说,"太太吩咐交给你。"

杜特洛夫把帽子夹在腋下,弯下腰数起钱来。

"没有算盘吗?"

杜特洛夫以为太太笨,不会数钱,就吩咐他数。

"你回家去数吧！给你了！这是你的钱！"杜尼雅莎怒气冲冲地说。"太太说：'我不想看到这些钱，谁拿来，就给谁。'"

杜特洛夫仍旧弯着腰，眼睛盯住杜尼雅莎。

杜尼雅莎的姑妈两手使劲一拍。

"哦，我的亲妈呀！上帝让你交了好运啦！哦，我的亲妈呀！"

那个二等使女不相信这件事。

"杜尼雅莎姐姐，您开什么玩笑呀？"

"谁跟你开玩笑！太太吩咐交给庄稼汉……喂，把钱拿去，走吧，"杜尼雅莎并不掩饰恼恨，说，"真是有人倒霉，有人走运。"

"一千五百卢布，这可不是闹着玩的。"杜尼雅莎的姑妈说。

"还不止呢，"杜尼雅莎肯定说。"我说，你去买支十戈比的蜡烛供供圣尼古拉，"杜尼雅莎嘲笑说。"怎么，你还不明白吗？这笔钱要是给穷人就好了！可他自己有的是钱。"

杜特洛夫终于明白这不是开玩笑，就把拿出来准备数的钱装进信封，但他的手直打哆嗦，他一直拿眼睛盯住使女们，想确认这不是跟他开玩笑。

"瞧他乐昏头了，"杜尼雅莎说，露出一副她既瞧不起庄稼汉、也瞧不起这笔钱的模样，"让我来给你装吧。"

她说罢伸手想拿，但杜特洛夫不让她拿，他把钞票攥成一团，往信封深处一塞。然后拿起帽子。

"你高兴吗？"

"我不知道说什么才好！这真是……"

他没有把话说完，只摆摆手，差点哭出来，然后走了出去。

太太屋里又在打铃。

"你还给他了?"

"还给他了。"

"他怎么样,很高兴吗?"

"简直像疯了。"

"噢,你去把他叫来。我要问问他是怎么捡到的。你去叫他来,我走不动。"

杜尼雅莎跑去,在门廊里碰到那个庄稼汉。他没有戴上帽子,正掏出钱包,弯着腰,在解钱包上的扣子,钱叼在嘴里。他也许以为钱不装进钱袋就不是他的。杜尼雅莎喊他,他吓了一跳。

"什么事,杜尼雅莎姐姐?是不是太太想把钱要回去?求您替我说句好话,我一定送些蜂蜜给你。"

"说得倒好听!你几时给过?"

门又开了,庄稼汉被带到太太跟前。他很不高兴。"唉,她要把钱收回去!"他想,不知怎的高高地抬起腿穿过一个个房间,仿佛走在野草丛里,竭力不让树皮鞋发出声音。周围的一切他没有看到,也不明白是怎么一回事。他从一面镜子前经过,看见一些花,看见一个穿树皮鞋的庄稼汉抬起脚,看见只画着一只眼睛的老爷的画像,还有一只绿桶和一样白的东西……瞧,这个白的东西说话了。原来就是太太。他睁大眼睛,什么也不明白。他不知道他在什么地方,只觉得周围是一片迷雾。

"是你捡到的吗,杜特洛夫?"

"是我,太太。原封没动,"他说,"我真倒霉,上帝保佑!马都让我赶坏了……"

"嗨,这是你走运,"她宽厚而轻蔑地笑着说,"拿去吧,你拿去吧。"

杜特洛夫只是瞪着眼睛。

"我很高兴你拿到这笔钱。上帝保佑,但愿能对你有点用处!怎么样,你高兴吗?"

"怎么不高兴!我真是太高兴啦,太太!我要一辈子为您祷告上帝。我真高兴,但愿上帝保佑我们太太长寿。一切罪孽都由我来承担。"

"你是怎么捡到的?"

"我是说,我们总是愿意老老实实为太太出力,决不会……"

"太太,他可完全糊涂了。"杜尼雅莎说。

"我送我侄儿去当兵,回来时在路上捡到的。准是波利库什卡无意中掉下的。"

"好,你去吧,走吧,老头子。我很高兴。"

"我太高兴了,太太!……"杜特洛夫说。

后来他想到他还没有道谢,也不知道该怎么办。太太和杜尼雅莎都笑了,他又像穿过草丛似的提起腿走路,好容易忍住没撒腿飞跑。他一直觉得会有人拦住他,把钱抢走……

14

杜特洛夫一来到户外,就离开大路向菩提树丛走去。他解开腰带,以便容易掏出钱包,把钱装进去。他的嘴唇颤动,撅起又咧开,虽然没有发出一点声音。他把钱装好,束紧腰带,画了个十字,像喝醉酒似的沿着小路踉踉跄跄走去,头脑里思潮翻腾。他突然看见前方有个庄稼汉迎面走来。他喊了一声,原来是叶斐姆。叶斐姆正拿着一根棍子在下房周围巡逻。

"喂,杜特洛夫大叔,"叶斐姆走近来,快乐地说,(叶斐姆一个人正感到有点害怕。)"您把壮丁都送走了吗,大叔?"

"都送走了。你在干什么?"

"波利库什卡上吊了,要我在这里守夜。"

"他在哪儿?"

"喏,听说在阁楼上吊着。"叶斐姆回答,用棍子指指黑暗中的下房屋顶。

杜特洛夫朝着他指的方向望去,虽然什么也看不见,却皱紧眉,摇摇头。

"警察局局长来了,"叶斐姆说,"是马车夫说的。马上就要把他放下来。夜里可真有点吓人,大叔。哪怕他们下命令,夜里我也决不会上去的。哪怕管家把我打死,我也不去。"

"罪过,真是罪过!"杜特洛夫反复说,显然只是出于礼貌,其实他根本没想到他在说什么,他只想走自己的路。但管家的声音使他停住脚步。

"喂,守夜的,你过来。"管家从台阶上大声喊道。

叶斐姆答应了一声。

"跟你在一起的庄稼汉是谁啊?"

"杜特洛夫。"

"你也来一下,杜特洛夫。"

杜特洛夫走上前去,凭着马车夫手里风灯的光,看清管家和一个矮个子官员。这个官员头戴有帽徽的制帽,身穿军大衣。他就是警察局局长。

"老头子也跟我们一起去。"管家看见杜特洛夫,说。

老头子吓得脊梁骨发凉,但又无可奈何。

"你啊,叶斐姆,年纪轻,快跑到他上吊的阁楼上去,把梯子摆摆正,好让长官上去。"

叶斐姆刚才还说他说什么也不走近下房,这时却提起两只穿树皮鞋的脚噔噔噔地跑了过去。

警察局局长打火点着烟斗。他住在离此地两俄里的地方,刚刚因为酗酒被县警察局局长狠狠训斥了一顿,因此这会儿来了精神:晚上十点钟一到就立刻要去验尸。管家问杜特洛夫在这儿干什么。杜特洛夫一路上把捡钱的事和太太的处理告诉了管家。杜特洛夫说,他是来请求管家的许可的。管家把信封要去看了看,这可把杜特洛夫吓坏了。警察局局长也拿过信封,不动声色地简单问了问经过情况。

"嗨,这钱算吹了。"杜特洛夫想,替自己辩解起来。不想警察局局长却把钱还给了他。

"这下子大老粗走运了!"他说。

"对他正有用,"管家说,"他刚把侄儿送到征兵站,现在可以赎回来了。"

"啊!"警察局局长说着向前走去。

"怎么样,你去把伊留什卡赎回来吗?"管家问。

"怎么把他赎出来?钱够吗?也许来不及了。"

"随你的便。"管家说。接着两人就跟着警察局局长走去。

他们走到下房跟前,几个守夜人手拿风灯在门廊里等着,身上发出难闻的气味。杜特洛夫跟在他们后面。守夜人都露出负疚的神态,这只能是因他们身上发出的臭味,因为他们什么坏事也没有做过。大家都不做声。

"在哪儿?"警察局局长问。

"在这儿,"管家低声说,"叶斐姆,你年纪轻,打着风灯领路!"

叶斐姆已经铺平阁楼上的地板,似乎也不害怕了。他一步跨两三级,得意洋洋地领先爬着,不时回头瞧瞧,拿风灯给警察局局长照路。管家跟在警察局局长后面。等他们走进阁楼里,杜特洛夫才提起一只脚登上梯子,叹了一口气,又停下脚步。两分钟后,他们的脚步声在阁楼上听不见了,他们显然已走到尸体跟前。

"大叔!叫你呐!"叶斐姆在阁楼洞口叫道。

杜特洛夫爬了上去。风灯的光只照见房梁后面警察局局长和管家的上半身。他们后面还有一个人背朝外站着。原来就是波利库什卡。杜特洛夫爬过房梁,画着十字站住。

"把他转过身来,伙计们。"警察局局长说。

谁也没动一动。

"叶斐姆,你是小伙子,你来。"管家说。

小伙子跨过房梁,把波利库什卡的身子转过来,站在他旁边,眼睛快活地一会儿瞧瞧波利库什卡,一会儿瞧瞧长官,就像一个耍把戏的,把一个天老儿①或者尤利雅·巴斯特拉娜②展示给人看。他看看观众,又看看自己的展品,准备满足观众的一切要求。

"把他再转过来一点。"

---

① 天老儿又称白化病人,天生毛发和皮肤都呈白色或红色。
② 尤利雅·巴斯特拉娜是一种长胡子的天生畸形女人。

波利库什卡又被转过来一点,他的两臂微微摆动,一只脚在沙地上拖了一下。

"小心,把他放下来。"

"局长,要把绳子割断吗?"管家说。"伙计们,拿把斧子来。"

对守夜人和杜特洛夫要命令两次,他们才肯动手。那个小伙子对待波利库什卡就像对待一只宰掉的绵羊。他们终于砍断绳子,把尸体放下来,再用东西把它盖好。警察局局长说法医明天来验尸,然后放大家回去。

15

杜特洛夫翕动嘴唇,向家里走去。起初他有点害怕,但越走近村庄,这种感觉就越淡薄,他心里就越是喜滋滋的。村庄里有唱歌声和醉醺醺的说话声。杜特洛夫从来不喝酒,此刻也直接走回家去。他走进自家的小屋,天色已经晚了。他的老伴已经睡下。老大和孙子们睡在炕上,老二睡在贮藏室里。只有伊留什卡的老婆没有睡,她身穿一件平时穿的脏衬衫,没有包头巾,在长凳上号哭。她没有出去给伯伯开门。杜特洛夫一进门,她就哭得更凶,一边哭一边数落。照老伴的说法,她虽然年轻没有经验,但数落得有板有眼,非常好听。

老伴起来给丈夫做饭。杜特洛夫把伊留什卡的老婆从桌旁赶走。"够啦,够啦!"他说。阿克西尼雅站起来往长凳上一躺,仍哭个不停。老伴默默地摆好饭菜,饭后又把桌子收拾干净。老头子也一言不发。他祷告了上帝,打了个饱嗝,洗洗手,就把挂在墙上的算盘取下来,走进贮藏室。他在那里先跟老伴低声说了几句话,等老伴走了,就噼噼啪啪打起算盘来,最后砰的一声把箱子盖盖上,钻进了地下室。他在贮藏室和地下室忙碌了好半天。当他回到正屋时,屋里已一片漆黑,松明也灭了。白天总是不声不响的老伴,这时已在高铺上睡着,鼾声响得满屋子都能听见。伊留什卡的爱吵嚷的老婆也已睡下,呼吸很平静。她还是和衣躺在长凳上,头底下没垫什么东西。杜特洛夫祷告了一下,然后瞧瞧伊留什卡的老婆,摇摇头,吹灭松明,又打个饱嗝,这才爬到炕上挨着小孙子躺下。他在黑暗中把树皮鞋从炕上扔下,仰天躺着,望着头上隐约可见的椽子,听着蟑螂在墙上爬动的沙沙声、人的叹息声、鼾声、两脚互相蹭痒的声音和院子里牲口的声音。他好一阵睡不着觉,月亮已经升起,屋里变得亮一些,他能看清睡在角落里的阿克西尼雅,但还有一样东西看不清楚,不知是儿子忘在那里的粗呢外套,还是婆娘放在那里的木桶,还是有个人站在那里。他迷迷糊糊,不知睡着了还是没睡着,但他又注视起来……大概是那个引诱波利库什卡寻短见的魔鬼(这天晚上家奴们都感觉到他的到来),此刻展开翅膀飞到这个村庄,飞到杜特洛夫的小屋,屋里正放着**他**用来毁灭波利库什卡的钱。至少杜特洛夫感到**他**就在这里,杜特洛夫因此觉得很不自在:睡也不是,起来也不是。他看见这个模糊不清的东西,就想起被捆着双手的伊留什卡,想起阿克西尼雅的脸和她那有板有眼的数落,想起两手摆动的波利库什卡。老头子突然觉得有人从窗外走过。"什么事,难道是村长来通知什么事吗?"他想。"他是怎么开门的?"老头子听见门廊里有脚步声,想。"是不是老伴去门廊没有插上门?"狗在后院里叫起来,**他**却在门廊里走着,正像老头子后来讲的那样,**他**仿佛在找门,**他**从门旁走过,然后又摸着墙,在木桶上绊了一下,木桶发出响声。接着又摸着墙,仿佛在找门把手。

他抓住了门把手。老头子浑身上下打了个哆嗦。**他**拉了一下门把手,接着屋里就进来一个人影。杜特洛夫心里明白,这就是**他**。他想画十字,但是画不成。**他**走到铺着台布的桌旁,一把扯下台布,把它扔到地上,又往炕上爬去。老头子认出,**他**化成波利库什卡的模样。**他**龇牙咧嘴,摆动两手。**他**爬到炕上,一下压在老头子身上,想要把他扼死。

"这是我的钱!"波利库什卡说。

"你松手,我再也不干了。"杜特洛夫想说,但是说不出来。

波利库什卡用他那石山般的全身重量压在他的胸口上,拼命掐住他的喉咙。杜特洛夫知道,只要**他**一念祷文,**他**就会放开他,而且他知道该念什么祷文,但就是念不出来。孙子睡在他旁边。这孩子尖声叫嚷,哭了起来,因为爷爷把他往墙上挤。孩子一哭,老头子的嘴就张开来。"愿上帝兴起,"杜特洛夫说,**他**稍微放松了一点。"使他的仇敌四散⋯⋯"杜特洛夫喃喃地说。**他**下了炕。杜特洛夫听见**他**双脚着地的响声。杜特洛夫仍念着他熟悉的祷文,连续不断地念着。**他**向门口走去,经过桌旁,砰的一声关上门,把房子都震动了。除了祖孙二人外,大家都睡着了。祖父念着祷文,浑身哆嗦,孙子一边哭一边睡,身子紧贴着爷爷。一切又归于沉寂。祖父一动不动地躺着。墙外一只公鸡直冲杜特洛夫的耳朵啼叫。他听见母鸡也活动起来,一只小公鸡想学老公鸡啼叫,但是学不像。老头子的脚边有样东西动起来。原来是一只猫。猫用柔软的爪子从炕上跳到地上,在门口喵呜喵呜地叫。祖父起身,支起窗子,街上一片漆黑,满地泥泞。窗外停着马车的前车。他画着十字,赤脚走到院子里马车跟前。这里也看得出,那**老板**①来过这里。一

---

① 指魔鬼。

匹母马站在棚子下的马槽旁,它的一条腿被缰绳绊住,弄得谷糠撒了一地,它抬起腿,扭转头,等着主人。一匹马驹躺在马粪里。祖父把它扶起来,解开母马被绊住的腿,喂了料,回到屋里。老伴起来,点着了松明。"把孩子们叫醒。"他说,"我要进城去。"他点着神像前供着的一支蜡烛,擎着它到地下室去。等杜特洛夫从地下室出来,不仅他一家点了松明,邻居家家都点了松明。小伙子们都已起来,正在收拾东西。婆娘们拿着水桶和牛奶盆进进出出。伊格纳特在套车。老二在给另一辆车膏油。那个年轻的媳妇已不再号哭,打扮得整整齐齐,系上头巾,坐在屋里长凳上,等着到时候进城去跟丈夫告别。

杜特洛夫老头显得格外严厉。他跟谁也不说一句话,穿上新外套,系上腰带,把波利库什卡的钱统统揣在怀里,就去找管家。

"你尽管给我磨蹭吧,"他对伊格纳特嚷道。伊格纳特正在转动涂上油的架起来的车轮,"我马上就来。一切都会准备好的!"

管家刚起床,正在喝茶,他准备亲自去城里办新兵交接的事。

"你有什么事?"他问。

"我嘛,叶果尔·米哈伊洛维奇,想把侄儿赎回来。这事可要麻烦您了。前几天您说,您知道有个自愿卖身当兵的人。请您指点指点。这事不知该怎么办。"

"怎么,你改变主意了?"

"改变主意了,叶果尔·米哈伊洛维奇,到底是兄弟的儿子,怪可怜的。不论怎么说,总有点舍不得。钱是万恶之源,万恶之源。请您指点指点吧。"他说着,深深地鞠躬。

管家遇到这种事,照例总是一言不发,咂着嘴,仔细考虑了一番。等他把事情考虑好,就写了两张便条,告诉杜特洛夫在城里应该做些什么,怎么做。

杜特洛夫回到家里,年轻的媳妇已跟伊格纳特一起走了,那匹大肚子的灰斑马已套好,停在大门口。杜特洛夫从篱笆上折下一根树枝,掩好衣襟,坐到车上,赶着马走了。他把马赶得飞快,以致马的肚子一下子就瘪了下去。杜特洛夫不去看它,免得看了心疼。他担心去征兵站会迟到,伊留什卡就得去当兵,魔鬼的这笔钱就会留在他手里。

我不想详细描述杜特洛夫这天早晨的全部经历,我只想说他特别走运。那个接到叶果尔·米哈伊洛维奇便条的主儿早已有一名自愿卖身当兵的人,这人已花掉二十三卢布,而且已被征兵局批准。那主儿想把他卖四百卢布,但那个小市民买主已磨蹭了三个星期,只肯出三百卢布。杜特洛夫只三言两语就把这事办成了。"三百二十五,卖不卖?"他伸出手去说,但脸上的表情一眼就能看出他还愿意再添一点。那卖主缩回手去,还是要四百。"三百二十五卖不卖?"杜特洛夫又说了一遍,左手抓住对方的右手,摆出要击掌成交的姿势。"不卖吗? 好,上帝保佑你!"他突然说,接着拍了一下卖主的手掌,猛地转过身去,"看来只能这样了! 给你三百五十。开张收据。把小伙子领来。这是定金。两张红票子①总够了吧?"

杜特洛夫解开腰带,掏出钱来。

那卖主虽然没有缩回手去,但仿佛还是不太乐意。也没有收下定金,提出要杜特洛夫摆一桌酒,请请自愿卖身当兵的人。

"别造孽了,"杜特洛夫把钱塞给他,一再说,"我们都是凡人,都要死的。"他带着教训的口吻温和而坚决地重复说,使卖主只得说:"真拿你没

---

① 旧俄十卢布钞票。

办法。"他又一次拍了杜特洛夫的手,向上帝做了祷告,"祝你好运!"

他们叫醒那个因昨天醉酒还在睡觉的自愿卖身当兵的人。小伙子很高兴,要求喝点罗姆酒解解醉,杜特洛夫给了他一点钱去买酒。直到走进征兵办公室,他才胆怯起来。上了年纪的卖主身穿腰间打褶的蓝色上衣;自愿卖身当兵的人身穿短皮袄,竖眉瞪眼,他们在门厅里站了好半天,细声商议着,要求到什么地方去,找某个人,见到每个录事不知怎的都脱帽鞠躬,一本正经地听着那卖主认识的录事念决议给他们听。想当天把手续办妥的一切希望都落空了,因此那个自愿卖身当兵的人又变得高兴和放肆起来。杜特洛夫一看见叶果尔·米哈伊洛维奇,马上抓住他不放,拼命鞠躬,再三要求。叶果尔·米哈伊洛维奇的帮忙果然见效,到两点多钟,这个自愿卖身当兵的人在大为不满和惊讶之中被带进办公室,送往征兵站。这时从守卫到长官不知怎的都很高兴,他就在这种气氛中被脱去衣服,剃光头,穿上军服,然后被带到门外。五分钟后,杜特洛夫点交了钱,拿了收据,告别卖主和自愿卖身当兵的人,回波克罗夫斯科耶新兵投宿的那家客店去了。伊留什卡和他的年轻媳妇正坐在厨房角落里,老头子一进去,他们就停止谈话,用顺从而怨恨的目光盯着他。老头子照例做了祷告,解下腰带,然后掏出一张纸,把大儿子伊格纳特和伊留什卡的母亲叫到屋里。

"你别造孽了,伊留什卡,"他走到侄儿跟前说,"昨天晚上你跟我说了这样的话……难道我舍得你走吗?我记得我兄弟是怎样把你托付给我的。要是我有办法,我会送你去当兵吗?上帝让我交了好运,我不会吝惜钱的。瞧,这就是字据。"他说着把收据放在桌上,用他那弯曲僵硬的手指小心翼翼地把它抚平。

波克罗夫斯科耶所有的农民、客店伙计,甚至一些闲人都从外面走进屋来。大家都在猜测是怎么一回事,但谁也没有打断老头子庄严的演说。

"瞧,这就是字据!我花了四百卢布。别再怨你的伯伯了。"

伊留什卡站起来,但一言不发,他不知道说什么好。他的嘴唇激动得发抖;他的老母亲走到他身边,不断啜泣,她想扑上去搂住儿子的脖子,但老头子威严地用一只手把她慢慢拉开,继续说:

"你昨天对我说了一句话,"老头子再次重复说,"你那句话像刀一样扎进我的心。你父亲临死前把你托付给我,你就像我亲生儿子一样,要是我有什么地方对不起你,那我们大家都是罪人。是不是,正教弟兄们?"他转身对站在周围的农民们说,"你的亲娘和你年轻的老婆都在这里,这是给你们的收据。钱算得了什么!看在基督分上,请你们原谅我。"

他撩起粗呢外套前襟,慢慢地跪下来给伊留什卡和他老婆叩头。这对年轻夫妇来不及拦住他,他的头已触到地面,接着他站起来,拍拍身上的土,坐到长凳上。伊留什卡的母亲和年轻媳妇高兴得放声痛哭,人群中发出一片赞美声。有个人说:"讲道理,讲上帝的教义,就应该这样做。"另一个人说:"钱算得了什么?有钱也买不到一个小伙子啊。"第三个人说:"真叫人高兴,一句话,他是个公正的人。"只有那几个被指定当兵的农民什么话也没说,悄悄地走到院子里。

两小时后,杜特洛夫家的两辆大车驶出城郊。第一辆车上坐着老头子和伊格纳特,由一匹肚子瘪进去、脖子上流汗的灰斑母马拉着,车后面摇摇晃晃地挂着一串串锅子和面包。第二辆车无人驾驶,上面坐着婆媳俩,她们都系着头巾,神态端庄而幸福。那媳妇围裙上放着一瓶酒。伊留什卡背对着马,蜷缩着身子,脸涨得通红,摇摇晃晃地坐在马车前车上,一面吃面包,一面不停地说话。人语声、大车的辘辘声和马打响鼻声汇合成一支快乐的交响曲。马感到正在往家里走，不停地摇动尾巴，跑得越来越快。路上遇见的行人和乘车的人都不由得回头望望这快乐的一家。

一出城，杜特洛夫一家就赶上一批新兵。这批新兵在酒店门前围成一个圆圈。一个新兵把灰色的军帽推到后脑勺上，露出剃光的前额，看上去挺别扭，他正起劲地弹着三弦琴。另一个新兵没有戴帽子，手里拿着一瓶伏特加，在圈子中央跳舞。伊格纳特勒住马，跳下车去把挽绳绕好。杜特洛夫一家怀着好奇、赞赏和快乐的心情瞧着跳舞的人。这个新兵没看任何人，但觉得欣赏他的人越来越多，便跳得更起劲，更灵巧。他雄赳赳地跳着，双眉紧蹙，红润的脸庞一动不动，嘴上挂着早已失去表情的微笑。他的全部精力似乎都集中在两脚上，使它们更快地一会儿用脚跟，一会儿用脚尖轮换着跳。有时他突然站住，对弹三弦琴的人使个眼色，于是弹三弦琴的人就更快地拨动所有的琴弦，甚至不时用指关节敲敲琴板。这个新兵停住了，站着一动不动，但他仿佛还在跳舞。突然他慢慢地扭动身子，抖动肩膀，又猛地纵身一跃，接着又从空中蹲下，尖叫一声，跳起矮脚舞来。男孩子们哈哈大笑，女人们不断摇头，男人们赞赏地微笑着。一个上了年纪的军士若无其事地站在跳舞的人旁边，那副神气仿佛在说："你们真是少见多怪，这一套我们可是司空见惯了。"弹三弦琴的人显然累了，他懒洋洋地向周围环顾了一下，用手在所有的琴弦上拨动了一下，突然用手指敲了敲了琴板。于是跳舞就结束了。

"喂，阿廖哈！"弹三弦琴的人指着杜特洛夫对跳舞的人说，"瞧，你的教父来了！"

"在哪儿？我亲爱的朋友！"阿廖哈（就是杜特洛夫买的那个新兵）

把一瓶伏特加举到头上,拖着疲劳的双腿踉踉跄跄地向大车走去。

"米什卡!拿个杯子来!"他叫道。"老板!我亲爱的朋友!真是幸会!……"他叫道,把喝得醉醺醺的脑袋伸进大车里,请男人和女人喝酒。男人们喝了,女人们回绝了。"我的亲人们,我能拿什么送给你们呢?"阿廖哈搂着老太婆们叫道。

一个卖点心的女贩子站在人群中间。阿廖哈一看见她,就夺过她的托盘,把所有的点心统统倒进车里。

"别害怕,我会给你……给你钱的,活见鬼!"他像哭一般叫道,接着就从裤袋里掏出钱包,扔给米什卡。

他臂肘搁在大车上站着,眼泪汪汪地瞧着坐在车上的人。

"哪一位是做母亲的?"他问,"是不是你?我要送点东西给她。"

他考虑了一下,把手伸进口袋里,掏出一条叠好的手帕、一条在军大衣里面束腰的手巾,又匆匆解下脖子上的红围巾,把这些东西揉成一团,塞在老太婆的两膝中间。

"给你,我送给你。"他说,声音越来越低。

"做什么呀?那么谢谢你了,好小子!真是好小伙子。"老太婆对向她们的大车走来的杜特洛夫老头子说。

阿廖哈一声不响,没精打采,好像睡着了一样,他的头越垂越低。

"我是为你们去的,替你们送命去的!"他说,"所以我要送东西给你们。"

"我想他也有母亲,"人群中有一个人说,"真是个老实的小伙子!真可怜!"

阿廖哈抬起头来。

"我有妈,"他说,"我有亲爸。他们都不要我了。你听我说,老大娘。"他抓住伊留什卡母亲的手说。"我送给你礼物。看在基督分上,你听我说。你到伏德诺耶村去一下,到那儿找尼科诺娃大娘,她就是我的亲娘,你懂吗,你就对她尼科诺娃大娘说,她住在村头第三家,门口有眼新井……你就对她说,阿廖哈,她的儿子……喂,弹琴的!来吧!"他叫道。

他又跳起舞来,嘴里念念有词,把酒瓶连同喝剩的酒往地上一摔。

伊格纳特爬上大车,想要动身。

"再见,上帝保佑你!……"老太婆掩上皮大衣前襟,说。

阿廖哈突然站住。

"你们都给我去见鬼!"他挥动拳头大声威胁道,"去你妈的……"

"哦,主哇!"伊留什卡的母亲画着十字说。

伊格纳特催动马匹,大车又辘辘地响起来。新兵阿廖哈站在道路中央,握紧拳头,怒气冲冲地拼命大骂那些农民。

"你们站着干什么?滚开!魔鬼,吸血鬼!"他大声嚷道,"你们逃不出我的手!恶鬼!乡巴佬!……"

他喊到一半声音突然中断,扑通一声直挺挺地倒在地上。

不多一会儿,杜特洛夫一家已来到田野里。他们回过头去,已瞧不见那批新兵了。大车慢慢地走了五俄里光景,伊格纳特从父亲大车上下来(这时老头子已在车上睡着),挨着伊留什卡的大车走着。

伊格纳特和伊留什卡把城里买来的一瓶酒喝光了。过了一会儿,伊留什卡唱起歌来,婆娘们跟着他唱起来。伊格纳特和着歌声快乐地吆喝着马。一辆快乐的驿车迎面疾驰而来。当这两辆快乐的马车擦肩而过时,驿车夫雄赳赳地对马吆喝了一声;邮差回头瞧了瞧,向坐在车里摇摇晃晃、快乐地唱歌的脸色红润的男女挤挤眼。

图书在版编目（CIP）数据

草婴译著全集. 第八卷/(俄罗斯) 列夫·托尔斯泰著；草婴译.
-- 上海：上海文艺出版社，2018
ISBN 978-7-5321-6349-6
Ⅰ.①草… Ⅱ.①列… ②草… Ⅲ.①中篇小说－小说集－俄罗斯－近代
②短篇小说－小说集－俄罗斯－近代Ⅳ.①I11
中国版本图书馆CIP数据核字（2018）第252430号

发 行 人：陈　徵
策　　划：姜逸青 郑　理
责任编辑：夏　宁
装帧设计：周志武

书　　名：草婴译著全集. 第八卷
作　　者：(俄罗斯) 列夫·托尔斯泰
译　　者：草　婴
出　　版：上海世纪出版集团　上海文艺出版社
地　　址：上海绍兴路7号　200020
发　　行：上海文艺出版社发行中心发行
　　　　　上海市绍兴路50号　200020　www.ewen.co
印　　刷：上海文艺大一印刷有限公司
开　　本：890×1240　1/32
印　　张：13
插　　页：6
字　　数：300,000
印　　次：2019年2月第1版　2019年2月第1次印刷
Ｉ Ｓ Ｂ Ｎ：978-7-5321-6349-6/I．5070
定　　价：78.00元
告 读 者：如发现本书有质量问题请与印刷厂质量科联系　T：021-57780459